JONATHAN COE

Roman Liebesgrüße aus Brüssel

Aus dem Englischen von
Walter Ahlers

Deutsche Verlags-Anstalt

Für Dad,
dem leider nicht genug Zeit blieb

»Wissen Sie, ich wäre beinahe geneigt zu glauben, dass es eine vernünftige Erklärung für das alles geben muss.«
Naunton Wayne zu Basil Radford in *Eine Dame verschwindet* (1938)

»Bis zum Tag der Eröffnung war der amerikanische Pavillon in ein Spionageinstrument gegen die Sowjetunion und ihre Verbündeten verwandelt worden.«
Robert W. Rydell, *World of Fairs: The Century-of-Progress Expositions*

BRÜSSEL MACHT
UNS ALLEN
GROSSE FREUDE

In einem Schreiben vom 3. Juni 1954 überbrachte der belgische Botschafter in London der britischen Regierung Ihrer Majestät die Einladung zur Teilnahme an einer neuen Weltausstellung mit dem Titel »Exposition Universelle et Internationale des Bruxelles 1958«.

Gut fünf Monate später, am 24. November 1954, überreichte die Regierung Ihrer Majestät dem Botschafter anlässlich eines Londonbesuchs des von der belgischen Regierung ernannten Generalbeauftragten für die Organisation der Ausstellung, Baron Moens de Fernig, ihre förmliche Zusage.

Es handelte sich um die erste Veranstaltung dieser Art seit dem Ende des Zweiten Weltkriegs. Sie würde zu einer Zeit stattfinden, in der die ehemals gegeneinander Krieg führenden europäischen Nationen Schritte hin zu friedlicher Kooperation oder gar Bündnissen unternahmen, während gleichzeitig die Spannungen zwischen den NATO-Staaten und denen des Warschauer Paktes einen Höhepunkt erreicht hatten. Der Optimismus hinsichtlich der Fortschritte auf dem Gebiet friedlicher Nutzung der Kernenergie war nie größer gewesen, doch zugleich wurde er gedämpft von einer nie da gewesenen Furcht vor dem, was passieren mochte, würden diese Fortschritte nicht zu friedlichen, sondern zu zerstörerischen Zwecken genutzt. Als Symbol dieses Paradoxes sollte im Herzen des Ausstellungsgeländes eine riesengroße, in Aluminium gekleidete Konstruktion mit dem Namen Atomium errichtet werden. Das von dem in England geborenen belgischen Ingenieur André Waterkeyn konzipierte und entworfene, über hundert Meter hohe Bauwerk stellte die Elementarzelle einer Eisenkristallstruktur in 165-Milliardenfacher Vergrößerung dar.

Ziel der Ausstellung war es laut dem offiziellen Einladungsschreiben: »*... einen Vergleich der mannigfaltigen Aktivitäten verschiedener Völker auf den Gebieten des Denkens und der Kunst, der Wirtschaft und Technologie zu ermöglichen. Zu diesem Zweck soll ein umfassender Blick auf aktuelle Errungenschaften geistiger wie materieller Art sowie weiterführende Bestrebungen in einer sich rapide verändernden Welt geliefert werden. Letztliches Ziel ist die Förderung einer echten, auf dem Respekt vor der Individualität des Einzelnen basierenden Eintracht unter den Menschen.*«

Wie der britische Außenminister auf diese eindrucksvollen Worte reagierte, ist nicht überliefert, aber Thomas stellte sich gerne vor, dass ihm bei der Aussicht auf vier Jahre Stress, Streitigkeiten und galoppierende Kosten das Einladungsschreiben aus den Fingern glitt, er sich die Hand vor die Stirn schlug und murmelte: »Oh, nein... Diese dämlichen Belgier...«

Thomas war ein stiller Mensch. Das war sein hervorstechendster Wesenszug. Er arbeitete für das Zentrale Informationsbüro in der Baker Street, und einige Kollegen hatten ihm hinter seinem Rücken den Namen »Gandhi« verpasst, weil er an manchen Tagen den Eindruck erweckte, ein Schweigegelübde abgelegt zu haben. Ein paar der Sekretärinnen wiederum nannten ihn – ebenfalls hinter seinem Rücken – »Gary«, weil er sie an Gary Cooper erinnerte, während eine rivalisierende Fraktion eher eine Ähnlichkeit mit Dirk Bogarde ausgemacht haben wollte. In jedem Fall war man sich einig, dass Thomas ein gut aussehender Mann war, aber hätte es ihm jemand auf den Kopf zugesagt, wäre er verwundert gewesen und hätte mit diesem Wissen wenig bis gar nichts anzufangen gewusst. Wer ihn kennenlernte, dem fielen an ihm als Erstes seine Sanftheit und Bescheidenheit auf, und erst später (wenn überhaupt) begann man dahinter eine Selbstgewissheit zu ahnen, die an Arroganz grenzte. Bis dahin aber nannte man ihn einen »anständigen Kerl« und »zurückhaltenden, verlässlichen Zeitgenossen«, wenn man über ihn sprach.

Er arbeitete seit vierzehn Jahren für das ZIB, seit 1944, als es noch Informationsministerium hieß und er gerade mal achtzehn Lenze zählte. Angefangen hatte er als Büroboote und sich stetig – wenngleich sehr, sehr langsam – in seine jetzige Stellung als Juniortexter hochgearbeitet. Er war inzwischen zweiunddreißig und verbrachte den Großteil seiner Arbeitszeit mit dem Verfassen von Merkblättern zur öffentlichen Gesundheit und Sicherheit, in denen er Fußgängern erklärte, wie sie möglichst gefahrlos eine verkehrsreiche Straße überqueren, und Erkältungskranken nahelegte, ihre Erreger möglichst nicht an öffentlichen Plätzen unter die Leute zu bringen. Wenn er an manchen Tagen an seine Kindheit und seinen Start ins Leben zurückdachte (Thomas war der Sohn eines Gastwirts), fand er, dass er sich eigentlich ganz gut gemacht hatte; an anderen Tagen kam seine Arbeit ihm langweilig und verachtenswert vor; dann hatte er das Gefühl, seit Ewigkeiten dasselbe zu tun, und sehnte sich nach einer Gelegenheit, endlich ein Stück voranzukommen.

Brüssel hatte Bewegung in seinen Laden gebracht, so viel war sicher. Kaum war dem ZIB die übergreifende Verantwortung für die Inhalte des britischen Pavillons auf der Expo 58 übertragen worden, hatten allenthalben Kopfzerbrechen und introspektive Selbstbeschau rund um den zum Wahnsinn treibenden, nicht fassbaren Themenkomplex des »typisch Britischen« eingesetzt. Was bedeutete es im Jahre 1958, britisch zu sein? Da war guter Rat teuer. Einigkeit bestand darüber, dass Traditionen eine überragende Rolle in Großbritannien spielten: Um seine Traditionen, seinen zeremoniellen Glanz, seine Rituale wurde es in aller Welt beneidet. Aber gleichzeitig steckten die Briten in der Vergangenheit fest: ängstlich gegenüber allem Neuen, gelähmt durch überkommene Standesunterschiede, einem hermetischen, unberührbaren Establishment hörig. Wohin richtete sich der Blick, wenn man typisch Britisches definierte? Nach vorne oder nach hinten?

Eine knifflige Frage, und der Außenminister war sicher nicht der Einzige, der in den Jahren vor der Expo 58 die Belgier verfluchte, wenn er an langen Nachmittagen an seinem Schreibtisch saß und sich partout keine Antworten finden lassen wollten.

Ein paar konstruktive Maßnahmen wurden getroffen. James Gardner, dessen Ideen vor einigen Jahren das Festival of Britain befruchtet hatten, wurde zum Architekten des Pavillons bestellt und legte schon bald eine geometrisch strukturierte Außenansicht vor, die nach allgemeinem Dafürhalten genau die richtige Mischung aus Modernität und Kontinuität bot. Dem Pavillon war ein äußerst vorteilhafter Standort auf dem Heysel-Plateau am nördlichen Stadtrand Brüssels zugeteilt worden. Aber womit wollte man ihn füllen? Millionen von Besuchern aus aller Welt, auch aus Afrika und den Ostblockstaaten, wurden zur Expo erwartet. Amerikaner und Sowjets würden unter Garantie nationale Errungenschaften in gewaltiger Größenordnung zeigen. Was für ein Bild wollten da die Briten von sich vermitteln, auf dieser gigantischen globalen Bühne, vor einem so neugierigen und bunt gemischten Publikum?

Niemand schien eine Antwort zu wissen. Alle waren sich darüber einig, dass Gardners Pavillon eine architektonische Augenweide zu werden versprach. Und – mochte es auch nur ein schwacher Trost sein – über noch etwas herrschte Einigkeit: das Pub. Besucher der Weltausstellung wollten mit Speis und Trank versorgt sein, und wenn man schon dem Nationalcharakter Ausdruck verleihen wollte, führte kein Weg daran vorbei, in unmittelbare Nähe zum Pavillon ein britisches Pub zu stellen. Und falls es jemand immer noch nicht begriff, würde der Name des Pubs endgültig alle Unklarheiten beseitigen: Es sollte The Britannia heißen.

An einem Nachmittag Mitte Februar 1958 war Thomas gerade damit beschäftigt, die Korrekturfahne einer Broschüre zu redigieren, die vor dem Pavillon verkauft werden sollte und an deren Zusammenstellung er mitgearbeitet hatte: »Ansichten aus Großbritannien«. In einen schmalen Textkörper waren hübsche Holzschnitte von Barbara Jones eingestreut. Thomas ging gerade die französische Fassung durch.

»*La Grande-Bretagne vit de son commerce*«, las er. »*Outre les marchandises, la Grande-Bretagne fait un commerce important de ›services‹: transports maritimes et aériens, tourisme, service bancaire, services d'assurance. La ›City‹ de Londres, avec ses célèbres institutions comme la Banque d'Angleterre, la Bourse et la grand compagnie d'assurance ›Lloyd's‹, est depuis longtemps la plus grand centre financier du monde.*«

Während Thomas noch darüber nachdachte, ob das »*la*« im letzten Satz nicht doch falsch war und in den maskulinen Artikel geändert werden musste, klingelte sein Telefon, und Susan aus der Telefonzentrale überraschte ihn mit der Mitteilung, dass Mr Cooke, der Chef des Ausstellungsreferats, ihn heute Nachmittag um 16 Uhr in seinem Büro erwartete.

Die Tür war nur angelehnt, und Thomas hörte Stimmen auf der anderen Seite. Leise, sonore, gebildete Stimmen. Die Stimmen hochgestellter Persönlichkeiten. Er hob die Hand, um an die Tür zu klopfen, aber Furcht ließ ihn innehalten. Seit zehn oder mehr Jahren war er bei seiner Arbeit von solchen Stimmen umgeben: Was ließ ihn jetzt zögern, warum zitterte seine vor dem holzgetäfelten Türblatt verharrende Hand beinahe? Was war anders als sonst?

Schon seltsam, wie tief diese Angst saß.

»Herein!«, antwortete eine der Stimmen auf sein allzu ehrfürchtiges Klopfen.

Thomas holte tief Luft, stieß die Tür auf und betrat das Zimmer. Noch nie zuvor war er in Mr Cookes Büro gebeten worden. Es war von erwarteter Pracht: ein gedämpftes, beruhigendes Ambiente aus Eichenholz und rotem Leder, mit zwei großen, fast bis zum Boden reichenden Schiebefenstern, die einen weiten Ausblick über die windgepeitschten Baumwipfel des Regent's Park boten. Mr Cooke saß hinter seinem Schreibtisch, rechts von ihm, nah beim Fenster, saß sein Stellvertreter, Mr Swaine. Vor dem Kamin, wo ein goldgerahmter Spiegel seinen rosigen, grau gefleckten Kahlkopf gnadenlos reflektierte, stand ein dritter Mann, den Thomas nicht kannte. Sein dunkler Kammgarnanzug und der steife weiße Kragen verrieten wenig über ihn; immerhin war die marineblaue Krawatte, die er dazu trug, mit einem diskreten Emblem geschmückt, das sich einigermaßen zuverlässig als Wappen eines der Oxford- oder Cambridge-Colleges identifizieren ließ.

»Ah, Foley.« Mr Cooke erhob sich und streckte eine Hand zur Begrüßung aus. Thomas schüttelte sie kraftlos, von der demonstrativen Herzlichkeit umso mehr verunsichert. »Vielen Dank für Ihre Zeit. Sehr freundlich von Ihnen. Sie werden selbst genug um die Ohren haben. Sie kennen Mr Swaine, nehme ich an? Und das hier ist Mr Ellis vom Auswärtigen Amt.«

Der unbekannte Mann trat vor und bot Thomas seine Hand. Sein Händedruck war argwöhnisch, ohne Überzeugung.

»Freut mich, Sie kennenzulernen, Foley. Cooke hat mir viel von Ihnen erzählt.«

Thomas hielt das für nahezu ausgeschlossen. Er nickte ratlos, um Worte verlegen. Auf eine auffordernde Geste Mr Cookes hin setzte er sich schließlich.

»Nun denn«, sagte Mr Cooke, der ihm hinter seinem Schreibtisch direkt gegenübersaß. »Wie ich von Mr Swaine höre, haben Sie gute Arbeit für das Brüsselprojekt geleistet. Ganz ausgezeichnete Arbeit.«

»Vielen Dank«, murmelte Thomas und neigte sich Mr Swaine zu, eine Geste, die zu einem Mittelding zwischen Kopfnicken und Verbeugung geriet. Und mit etwas lauterer Stimme, weil er wusste, dass jetzt etwas von ihm erwartet wurde, fügte er hinzu: »Es ist eine Herausforderung. Eine Herausforderung, die mir große Freude macht.«

»O ja, Brüssel macht uns allen große Freude«, sagte Mr Swaine. »Ungeheuer große Freude. Das können Sie mir glauben.«

»Und Brüssel ist auch der Grund«, sagte Mr Cooke, »warum wir Sie heute zu uns gebeten haben. Swaine, seien Sie so gut und setzen Sie ihn ins Bild.«

Mr Swaine erhob sich, verschränkte die Hände hinterm Rücken und begann im Raum auf und ab zu gehen wie ein Lateinlehrer, der Deklinationen abfragt.

»Wie Sie alle wissen«, begann er, »teilt sich der britische Beitrag für Brüssel in zwei Sektionen. Auf der einen Seite haben wir den Regierungspavillon, unser Baby hier beim ZIB. Wir alle haben uns in den letzten Monaten dafür ins Zeug gelegt – nicht zuletzt unser junger Freund Foley, der Unmengen von Über- und Unterschriften und Broschüren und was nicht alles zusammengebastelt und dabei sehr gute Arbeit geleistet hat, wenn ich das einmal sagen darf. Der Regierungspavillon ist im Wesentlichen ein kulturelles und historisches Schaufenster. Die Zeit läuft uns davon, und auch wenn die Geschichte in den Grundzügen mehr oder weniger steht, gibt es – ähm – eine Menge kniffliger Kleinigkeiten, die wir noch nicht so *ganz* im Griff haben. Der Grundgedanke ist es, ein Bild vom britischen Wesen zu verkaufen, zu *projizieren* sollte ich vielleicht besser sagen – immer mit dem Blick auf die –

wie bereits gesagt – historischen und kulturellen, aber eben auch die wissenschaftlichen Aspekte der Dinge. Natürlich blicken wir dabei zurück auf unsere reichhaltige und vielfältige Geschichte. Aber wir wollen auch nach vorne schauen. Nach vorne schauen in die... die...«

Er verstummte. Das Wort, so schien es, lag ihm auf der Zunge, aber es schaffte den Absprung nicht.

»Die Zukunft?«, schlug Mr Ellis vor.

Mr Swaine strahlte ihn an. »Exakt. Zurück in die Vergangenheit und voraus in die Zukunft. Beides zur gleichen Zeit, wenn Sie verstehen, was ich damit sagen will.« Mr Ellis und Mr Cooke nickten im Gleichtakt mit den Köpfen. Sie verstanden anscheinend auf Anhieb, was er damit sagen wollte. Ob auch Thomas es verstand, war in diesem Moment von untergeordneter Bedeutung. »Und dann«, fuhr Mr Swaine fort, »haben wir noch den Pavillon der britischen Industrie. Der nun wieder ein ganz anderes Paar Stiefel ist. Er wird von British Overseas Fairs aufgestellt, assistiert von einigen der ganz großen Namen aus Industrie und Wirtschaft, die natürlich ihre... na, ja, eben die entsprechenden Zielsetzungen haben. Wir sehen den Industriepavillon im Prinzip als eine Art Schaufenster. Eine Menge Firmen lassen es sich eine Menge Geld kosten, zur Auslage dieses Schaufensters gehören zu dürfen, und Sinn und Zweck der Sache ist es, ähm... kurz und gut, wir erhoffen uns möglichst viele lukrative Geschäfte. Unser Pavillon ist offenbar der einzige mit erheblichen privaten Mitteln geförderte Pavillon auf der ganzen Ausstellung, und es macht uns natürlich besonders stolz, dass Großbritannien in dieser Hinsicht den Vorreiter gibt.«

»Das war ja zu erwarten«, sagte Mr Ellis. »Eine Nation von Krämern.« Ein trocken dahingesagtes Zitat, wenn auch eine gewisse Zufriedenheit seinem Lächeln durchaus anzusehen war.

Mr Swaine war durch die Zwischenbemerkung etwas aus dem Konzept gebracht. Er starrte mehrere Sekunden lang ausdruckslos in den Kamin, der trotz des trüben Februarnachmittags leer und kalt geblieben war. Mr Cooke musste ihm wieder auf die Sprünge helfen:

»Na gut, Swaine, da hätten wir also den offiziellen Regierungspavillon und den Industriepavillon. Fehlt nicht noch etwas?«

»Ach! Aber ja, natürlich!« Er hatte sich gefasst und nahm wieder Fahrt auf. »Und ob noch etwas fehlt. Das, was genau in die Mitte zwischen die beiden gehört. Ich spreche natürlich vom…« Und zu Thomas gewandt: »Na, Mr Foley, Ihnen muss ich wohl nicht sagen, wovon ich spreche, oder? Sie wissen, was zwischen die beiden Pavillons kommt.«

Das wusste Thomas allerdings. »Das Pub«, sagte er. »Zwischen die beiden kommt das Pub.«

»So ist es!«, rief Mr Swaine. »Das Pub. Das Britannia. Ein uriges altes Wirtshaus, so britisch wie… der Bowlerhut und Fisch und Chips, stellvertretend für die beste Gastlichkeit, die unser Land zu bieten hat.«

Mr Ellis erschauderte. »Die armen Belgier. Das wollen wir ihnen also zumuten, ja? Würstchen mit Kartoffelbrei und Schweinspastete von vorletzter Woche, heruntergespült mit einem Pint lauwarmes Bitter. Leute sind schon wegen weniger ausgewandert.«

»1949«, belehrte ihn Mr Cooke, »haben wir auf die internationale Handelsmesse in Toronto ein typisches Yorkshire-Wirtshaus gestellt. Ein Riesenerfolg, fanden alle. Wir hoffen darauf, diesen Erfolg zu wiederholen. Wir bauen sogar darauf.«

»Gut, ein jeder nach seiner Fasson«, räumte Mr Ellis mit einem Schulterzucken ein. »Wenn ich auf der Expo bin, genehmige ich mir lieber eine Schale *moules* und ein Fläschchen gepflegten Bordeaux. Aber vorerst geht es mir darum – geht es *uns* darum, sollte ich besser sagen –, dass dieses dubiose Projekt ordentlich organisiert und über die Bühne gebracht wird.«

Thomas war etwas verwundert über das Pluralpronomen. Für wen sprach Mr Ellis? Doch wohl für das Auswärtige Amt…

»Sehr richtig, Ellis, absolut richtig. Wir liegen ganz auf einer Linie.« Mr Cooke förderte nach kursorischer Durchsuchung seines Schreibtischs eine Kirschholzpfeife zutage, die er sich – offenbar ohne jegliche Absicht, sie anzuzünden – zwischen die Zähne schob. »Das Problem mit dem Pub ist, verstehen Sie… ist seine… *Provenienz*. Whitbread richtet es ein und betreibt es. In dieser Hinsicht sind wir aus dem Schneider. Aber es bleibt die Tatsache, dass es auf unserem Gelände steht und deshalb unweigerlich als Teil des offiziellen britischen Beitrags gesehen wird. Was für mein Gefühl…« (er sog an der Pfeife, als würde sie fröhlich glimmen) »… definitiv ein Problem darstellt.«

»Aber kein unlösbares, Mr Cooke«, sagte Mr Swaine und trat aus dem Schatten des Kamins. »Ganz und gar kein unlösbares Problem. Für uns geht es nur darum, in irgendwelcher Gestalt oder Form gegenwärtig zu sein, der Sache gewissermaßen unseren Stempel aufzudrücken und dafür zu sorgen, dass… nun ja, dass alles wie geschmiert läuft.«

»Eben«, sagte Mr Ellis. »Was bedeutet, dass jemand aus Ihrer Dienststelle vor Ort sein muss, um die Dinge zu managen oder – zumindest – ein Auge auf sie zu haben.«

So dick war das Brett vor Thomas' Kopf, dass er auch jetzt noch nicht begriff, worauf das alles zusteuerte. Mit wachsender Bestürzung sah er Mr Cooke einen braunen Aktendeckel aufklappen und träge durch seinen Inhalt blättern.

»Also, Foley«, sagte er, »ich habe mal einen Blick in Ihre Akte geworfen, und ein, zwei Dinge… ein, zwei Dinge sind mir direkt ins Auge gesprungen. Hier lese ich zum Beispiel…« (er hob den Blick und sah Thomas mit einem verwunderten

Ausdruck an, als sei er gerade auf eine ungeheuerliche Information gestoßen) »..., dass Ihre Frau Mutter Belgierin war. Ist das richtig?«

Thomas nickte. »Und streng genommen ist sie es noch. Sie kam in Leuven zur Welt, musste das Land aber zu Beginn des Krieges – des Ersten Weltkrieges – verlassen. Damals war sie zehn.«

»Mit anderen Worten: Sie sind ein halber Belgier?«

»Ja, ohne je einen Fuß in das Land gesetzt zu haben.«

»Leuven... Reden die dort Flämisch oder Französisch?«

»Flämisch.«

»Aha. Sprechen Sie das Kauderwelsch?«

»So gut wie gar nicht. Ein paar Worte.«

Mr Cooke sah wieder in die Akte. »Ich lese hier auch etwas über den... den Werdegang Ihres Vaters.« Diesmal ließ er sich beim Überfliegen der Seite sogar – wie in betrübter Verwunderung – zu einem Kopfschütteln hinreißen. »Hier steht – hier steht, dass Ihr Vater ein Pub betreibt. Entspricht das etwa auch den Tatsachen?«

»Ich fürchte nein, Sir.«

»Ach?« Mr Cooke schien sich nicht zwischen Erleichterung und Enttäuschung entscheiden zu können.

»Er hat einmal ein Pub betrieben, das ist richtig, fast zwanzig Jahre lang war er Wirt des Rose & Crown in Leatherhead. Aber mein Vater ist leider vor drei Jahren gestorben. In relativ jungen Jahren. Er war Mitte fünfzig.«

Mr Cooke senkte den Blick. »Tut mir leid, das zu hören, Foley.«

»Er ist an Lungenkrebs gestorben. Er war starker Raucher.«

Die drei Männer sahen ihn an, leicht verdutzt über die Bemerkung.

»Jüngste Studien«, erklärte Thomas vorsichtig, »legen einen Zusammenhang zwischen Rauchen und Lungenkrebs nahe.«

»Komisch«, sinnierte Mr Swaine laut. »Ich fühle mich nach ein, zwei Glimmstängeln jedes Mal wie neugeboren.«

Kurzes betretenes Schweigen.

»Nun, Foley«, sagte Mr Cooke, »da haben Sie ja ein schönes Päckchen zu tragen. Darf ich Sie unserer Anteilnahme versichern?«

»Danke, Sir. Er fehlt uns sehr, meiner Mutter und mir.«

»Ähm – ja, gewiss, der Verlust Ihres Vaters«, fügte Mr Cooke hastig hinzu; offenbar war der Auslöser für seine Bemerkung ein anderer gewesen. »Auch wenn wir mehr an Ihre ... Ausgangsbedingungen gedacht hatten. Diese Kombination – das Pub und diese belgische Geschichte – müssen doch ein entsetzlicher Klotz am Bein für Sie gewesen sein.«

Weil ihm selber die Worte fehlten, musste Thomas ihn weitersprechen lassen.

»Allerdings haben Sie es auf die öffentliche Oberschule geschafft, wie ich hier lese, und das war doch immerhin etwas. Wenn man sieht, wo Sie heute stehen, haben Sie sich doch mehr als wacker geschlagen. Meinen Sie nicht auch, meine Herren? Dass unser junger Freund Foley großen Mut und eine bewundernswerte Entschlossenheit bewiesen hat?«

»Auf jeden Fall«, sagte Mr Swaine.

»Unbedingt«, sagte Mr Ellis.

Während des sich anschließenden Schweigens meinte Thomas in einen Zustand vollständiger Teilnahmslosigkeit zu versinken. Sein Blick wanderte zu einem der Schiebefenster und weiter, hinüber zum Regent's Park, und während er darauf wartete, dass Mr Cook wieder das Wort ergriff, packte ihn eine glühende Sehnsucht, dort drüben zu sein, Seite an Seite mit Sylvia den Kinderwagen zu schieben, ihrer beider Blick auf ihr kleines Töchterlein gerichtet, das in einem traumlosen, tierhaften Schlaf lag.

»Also, Foley«, sagte der Direktor des Referats Ausstellungen beim ZIB und klappte mit überraschender Entschlossenheit den Aktendeckel zu, »es kann eigentlich keinerlei Zweifel mehr daran geben, dass Sie unser Mann sind.«

»Ihr Mann?«, sagte Thomas, und langsam stellte sich sein Blick wieder scharf.

»Unser Mann, ja. Unser Mann in Brüssel.«

»Brüssel?«

»Foley, haben Sie nicht zugehört? Wie Mr Ellis bereits ausgeführt hat, muss jemand vom Zentralen Informationsbüro ein Auge auf die Geschäftsführung des Britannia haben. Wir brauchen einen Mann vor Ort, auf dem Gelände, während der gesamten sechs Monate der Ausstellung. Und dieser Mann sind Sie.«

»Ich, Sir? Aber...«

»Aber was? Ihr Vater war zwanzig Jahre lang Wirt eines Pubs? In der langen Zeit müssen Sie doch irgendetwas darüber gelernt haben.«

»Ja, aber...«

»Und Ihre Mutter stammt aus Belgien, Herrgott noch mal! In Ihren Adern fließt belgisches Blut. Sie werden sich fast wie zu Hause fühlen.«

»Aber... aber meine Familie, Sir? Ich kann doch meine Familie nicht so lange allein lassen. Wir haben ein kleines Mädchen.«

Mr Cooke winkte lässig ab. »Nehmen Sie sie mit, wenn's sein muss. Auch wenn ich ehrlich gesagt eine Menge Männer kenne, die sich liebend gern für ein halbes Jahr von Schlabberlätzchen und Rasseln verabschieden würden. Ich in Ihrem Alter hätte keine Sekunde überlegt.« Er ließ ein seliges Lächeln in die Runde strahlen. »So, ist damit alles so weit geregelt?«

Thomas erbat sich das Wochenende als Bedenkzeit. Mr Cooke schaute etwas pikiert, willigte aber ein.

Thomas konnte sich für den Rest des Nachmittags kaum noch auf seine Arbeit konzentrieren und war auch um halb sechs immer noch aufgewühlt. Statt gleich die U-Bahn zu nehmen, ging er ins Volunteer und bestellte sich einen halben Pint und als Rachenputzer einen Whisky. Das Pub war gut besucht und verqualmt, und bald musste er seinen Tisch mit einer Brünetten und einem wesentlich älteren Herren mit militärischem Schnauzbart teilen: Die beiden hatten ganz offensichtlich eine Affäre, aus der sie kein Geheimnis machten. Als er die Diskussion ihrer Pläne fürs Wochenende und die ständigen Rempler eines Pulks Musikstudenten der Royal Academy leid war, trank er sein Glas leer und verließ das Lokal.

Draußen war es dunkel geworden, eine ungastliche Nacht. Der Wind mühte sich redlich, den Regenschirm zum Überklappen zu bringen. In der Station Baker Street stellte Thomas fest, dass er sehr spät heimkommen und großen Ärger bekommen würde, wenn er nicht anrief. Sylvia hob fast sofort ab.

»Tooting zwo-fünf-eins-eins.«

»Hallo, Liebling, ich bin's nur.«

»Ach, hallo, Liebling.«

»Wie sieht's aus?«

»Gut sieht's aus.«

»Und das Baby? Schläft?«

»Im Moment nicht. Was ist das für ein Lärm im Hintergrund? Wo bist du?«

»Baker Street.«

»Baker Street? Was machst du um die Zeit noch in der Baker Street?«

»Hab auf die Schnelle einen getrunken. War auch nötig, um ehrlich zu sein. Heute Nachmittag haben sie mich nach oben gerufen und eine Bombe platzen lassen. Ich hab was zu erzählen, wenn ich nach Hause komme.«

»Gute oder schlechte Neuigkeiten?«

»Gute, denke ich.«

»Hast du in der Mittagspause in der Apotheke vorbeigeschaut?«

»Verdammt. Hab ich nicht«
»Ach, Thomas.«
»Ich weiß. Tut mir leid. Hab's total vergessen.«
»Wir haben keinen Tropfen Kolikmittel mehr. Und sie schreit schon den ganzen Nachmittag.«
»Versuch's doch bei Jackson's.«
»Jackson's macht um fünf zu.«
»Aber die werden doch einen Lieferjungen haben, oder?«
»Und wie soll ich telefonisch bestellen, wenn niemand mehr im Laden ist? Bis morgen müssen wir uns irgendwie helfen.«
»Tut mir leid, Liebling. Ich bin so ein Esel.«
»Ja, bist du. Und schrecklich spät zum Essen bist du auch.«
»Was gibt's denn?«
»Hammeleintopf. Ist seit über einer Stunde fertig, aber er läuft ja nicht weg.«

Thomas hängte ein und verließ die Telefonzelle, aber anstatt zur Rolltreppe zu eilen, zündete er sich eine Zigarette an, lehnte sich gegen eine Mauer und sah den Menschen nach, die an ihm vorüberhasteten. Ihm hing das Gespräch nach, das er gerade mit seiner Frau geführt hatte. Es war herzlich gewesen, wie immer, aber etwas hatte ihn gestört. In den letzten Monaten hatte er immer öfter so ein Gefühl gehabt, als hätte die Achse seiner Beziehung zu Sylvia sich verschoben. Schuld daran war zweifellos die Ankunft von Baby Gill: Zweifellos hatte das Ereignis sie in mancherlei Hinsicht einander nähergebracht, und trotzdem ... Sylvia war so sehr mit der Sorge um das Baby beschäftigt, um seine nicht enden wollenden, unberechenbaren Bedürfnisse, dass Thomas sich zunehmend an den Rand gedrückt, ins Abseits gestellt fühlte. Aber was sollte er tun? Das flüchtige Bild vorhin in Mr Cookes Büro – die Vorstellung, wie sie beide den Kinderwagen durch den Regent's Park schoben – war ja deutlich genug gewesen. Aber welcher Mann ließ sich von solch einer Vision ablenken?

Welcher Mann schlendert lieber mit Frau und Kind durch den Park, als sich um sein Fortkommen in der Welt zu kümmern? Carlton-Browne und Windrush hatten ihn eines Morgens am Telefon mit Sylvia Maßnahmen gegen den Schluckauf bei Babys erörtern hören und ihn noch Tage danach gnadenlos damit aufgezogen. Und das aus gutem Grund. So etwas entbehrte jeglicher Würde und Seriosität. Schließlich hatte ein Mann in der heutigen Zeit Verantwortlichkeiten, eine Rolle, die er ausfüllen musste.

Es wäre blanker Wahnsinn, den Posten in Brüssel auszuschlagen. Als er eine Dreiviertelstunde später endlich vor seiner Haustüre stand, hatte er seine Entscheidung in diesem Sinne getroffen. Und noch eine zweite: Er würde Sylvia nichts von Mr Cookes Angebot erzählen. Noch nicht. Nicht bevor er sich darüber im Klaren war, ob er Sylvia und das Baby mitnehmen wollte. So lange würde er die Sache für sich behalten. Beim Abendessen entschärfte er die am Telefon angekündigte »Bombe«: Es handle sich um einen kleinen Zuschuss zu seinem Rentenbeitrag.

VORBEI IST VORBEI

Als sie 1914 mit ihrer Mutter aus Belgien nach London geflüchtet war, hatte sie Marte Hendrix geheißen. Zwei Namen, die für englische Zungen zu schwierig waren. Ihre Mutter hatte sie nacheinander geändert, und zum Zeitpunkt ihres achtzehnten Geburtstags hieß sie Martha Hendricks. Seit ihrem Hochzeitstag im Jahre 1924 war sie Martha Foley. Über einen Zeitraum von mehr als dreißig Jahren hatte ihr eigener Name eigentümlich für sie geklungen. Und heute, da der Mann, dessen Nachnamen sie angenommen hatte, nicht mehr am Leben war, erschien ihr dieses Gefühl der Fremdheit gegenüber ihrer eigenen Person intensiver und beharrlicher denn je.

Heute saß Martha Foley, so sie es überhaupt war, im Wartehäuschen an der Bushaltestelle und wartete geduldig auf die Ankunft des Linienbusses. Es war 11.32 Uhr. Der Bus würde nicht vor 11.43 Uhr eintreffen. Das Warten machte ihr nichts aus. Sie ging gerne auf Nummer sicher.

Sie war jetzt dreiundfünfzig, vierundfünfzig im September, und hätte sich durchaus noch attraktiv herrichten können, wenn ihr daran gelegen wäre. Stattdessen zog sie die vernünftige Kleidung einer Frau in mittleren Jahren vor, trug Schuhe mit flachen Absätzen, ließ sich das ergrauende Haar matronenhaft streng frisieren (beinahe wie die Königinmutter) und mied außer einem nachlässig aufgetragenen hellroten Lippenstift und hin und wieder einem Tupfer aus der Puderdose tunlichst jede Art von Make-up. Schließlich war sie inzwischen Großmutter. Da galt es eine gewisse Seriosität zu wahren.

Martha Foley blickte gelassen auf das graue Band der vor sie hingestreckten Straße, die grün belaubten Vororte ihrer Heimatgemeinde, die bescheidenen Konturen der Hügellandschaft Surreys, die sich in nicht allzu großer Ferne abzeichneten. Dieser Vormittag war so tödlich ruhig, wie es ein englischer Sonntagvormittag nur sein konnte.

Noch sechs Minuten bis zur Ankunft des Busses. Martha streckte die Beine von sich und stieß einen leisen zufriedenen Seufzer aus. Sie liebte diese englische Ruhe. Sie konnte nicht genug davon bekommen.

Um fünf nach eins schenkte Thomas sich einen Whisky ein und spritzte ihn mit einem kurzen Schuss Soda aus dem Siphon im Getränkefach der Anrichte. Für Sylvia und seine Mutter hatte er haselnussbraunen süßen Sherry in zwei Gläser geschenkt.

»So, Mutter, runter damit.«

Sylvia kam herein, klopfte sich die Frisur zurecht. Sie hatte nach dem Braten gesehen, der fast fertig war. Nur die Soße fehlte noch.

»Und, Mrs Foley, wie geht es Ihnen?«, sagte sie und beugte sich herunter, um ihrer Schwiegermutter die gepuderte Wange zu küssen. »War der Bus wenigstens pünktlich? Sobald wir ein Auto haben, holt Thomas Sie in Leatherhead ab. Dann sparen Sie sich diese schreckliche Busfahrerei.«

»Ach, die macht mir gar nichts aus«, antwortete sie.

»So bewahrt sie sich ein Stück Unabhängigkeit«, sagte Thomas.

Seine Mutter warf ihm einen strengen Blick zu. »Das klingt ja fast, als würdest du über eine Greisin reden. Das kannst du in zwanzig Jahren machen, wenn ich wirklich alt bin.«

»So oder so«, beschwichtigte Thomas, »wird noch viel Zeit ins Land gehen, bis wir mal ein Auto haben. Sehr viel Zeit. Wir zahlen noch jahrelang an dem Haus ab.«

»Na ja, aber das Geld ist gut angelegt«, sagte Mrs Foley und sah sich um. »Ein sehr schönes Heim habt ihr hier.«

Während diese Bemerkung noch eine Weile über ihnen schwebte, schien die Uhr auf dem Kaminsims besonders laut zu ticken. Da Thomas die Gesprächsthemen bereits auszugehen drohten, warf er einen sehnsüchtigen Blick auf den heutigen *Observer*, den er vorhin halb gelesen auf den Beistelltisch hatte legen müssen. Es war eine ausgesprochen anregende Lektüre gewesen. Einem Artikel von Bertrand Russell, in dem der Philosoph als Befürworter der Kampagne für nukleare Abrüstung wortgewaltig Stellung bezog, hatte man als Gegengewicht einen ausgewogeneren Leitartikel gegenübergesetzt, dessen Autor zu bedenken gab, dass man im Rausch der Empörung gegen den Rüstungswettlauf die fantastischen Vorteile, die in diesen neuen Technologien steckten, nicht ganz unter den Tisch fallen lassen dürfe. Nicht zuletzt hatte er dabei eine potenziell unerschöpfliche Quelle sauberer, preiswerter Energie im Sinn. Thomas war sich noch nicht ganz schlüssig, welchen Standpunkt er in dieser speziellen Debatte beziehen sollte, und hätte sich gerne – die eben erst gewonnenen Argumente noch frisch im Gedächtnis – mit jemandem darüber ausgetauscht. Wäre er in der Arbeit gewesen, hätte er es in der Kantine vielleicht mit Windrush oder Tracepurcel versuchen können, aber Sylvia war sich ihrer selbst noch viel zu unsicher, um sich in solchen Dingen eine Meinung zu leisten. Manchmal hatte er das Gefühl, dass ihre Gedanken auf ganz verschiedenen Umlaufbahnen unterwegs waren. Das konnte nicht gut sein. Natürlich erwartete er von ihr kein fundiertes Wissen über Weltpolitik oder Nuklearwissenschaften – das hätte er nicht einmal für sich selbst in Anspruch nehmen können –, aber er hielt es für wichtig (sogar für eine Pflicht), ein Interesse an solchen Dingen wachzuhalten. Artikel darüber zu lesen, sich zu informieren, war ein wesentlicher Bestandteil von Thomas' Alltagsleben. Er musste daran glauben können, dass es da draußen, jenseits der stillen Grenzen des spießigen Tooting, eine Welt der Ideen, Bewegungen, Entdeckungen und spontanen Veränderungen gab, eine Welt, die in permanenter Diskussion mit sich selbst stand, und eines Tages – wer konnte das schon wissen? – würde er vielleicht seinen eigenen winzigen Beitrag zu dieser Diskussion leisten.

»Ich sollte mich langsam um die Karotten kümmern«, sagte Sylvia und stellte ihr Glas ab.

Sie wollte aufspringen, aber Thomas kam ihr zuvor.

»Die sind draußen im Garten, richtig?«, fragte er und war schon unterwegs, ehe seine Frau ihn zurückhalten konnte.

So jäh aufeinandergeworfen, beäugten Sylvia und ihre Schwiegermutter sich misstrauisch.

»Was für ein schönes Bild«, sagte Mrs Foley mit vergnügter Stimme, nachdem jede an ihrem Sherryglas genippt hatte.

Sie meinte ein neues Foto von Baby Gill – vor zwei Wochen in einem kleinen Studio in der High Street aufgenommen –, das erst gestern Morgen in einem hübschen Rahmen aus Birkenholz geliefert worden war. Die Kleine saß auf einem Schafwollteppich, putzmunter, ihr noch sehr spärlicher Haarwuchs blieb unter einer Spitzenhaube verborgen. Es war eine Schwarz-Weiß-Aufnahme, aber der Fotograf hatte die Pausbacken kunstvoll rosarot getönt.

»Sie wird mal eine Schönheit«, prophezeite Mrs Foley.

»Ach je. Wer weiß das schon?«, sagte Sylvia und senkte den Blick, als sei ihr das Kompliment gemacht worden.

»Sie hat deine Farbe. Sie bekommt deine Pfirsichhaut. Wir können von Glück sagen, dass sie nicht nach Thomas schlägt. Er hatte eine fürchterliche Haut, als er jünger war. Schauderhaft. Er kriegt ja heute noch manchmal Pickel. Das hat er von seinem Vater.« Das alles stellte sie ganz sachlich fest. Das Leben hatte Mrs Foley eine Menge Dinge gelehrt. Taktgefühl gehörte offenbar nicht dazu. »Sie schläft jetzt, oder?«

»Ja. Ich hätte längst mal nach ihr sehen müssen.«

Es wäre ein fadenscheiniger Vorwand gewesen, den Raum zu verlassen, aber genau im rechten Moment klingelte das Telefon.

»Entschuldigen Sie.«

Ihre Mutter, Gwendoline, rief aus Birmingham an. Thomas, mit Karottenschälen beschäftigt, steckte den Kopf zur Küchentür heraus und zischte: »*Sag, du rufst zurück*«, aber Sylvia hörte nicht hin. Anscheinend gab es wichtige Familienangelegenheiten zu erörtern, von denen Thomas erst eine Weile später erfuhr, als sie alle zusammen am Esstisch saßen und die Keule zerlegt war.

»Ich muss mich für die Unterbrechung entschuldigen«, sagte Sylvia, während sie Mrs Foley Gemüse auf den Teller löffelte, »aber meine Mutter hatte ziemlich bedauerliche Neuigkeiten zu berichten.«

»Für mich nicht zu viele davon, meine Liebe«, sagte Mrs Foley mit wachsamem Blick auf die Schüssel mit den Kartoffeln. »Der Hüfthalter sitzt straff genug. Noch mehr Fettpolster müssen nicht sein.«

»Und?«, fragte Thomas, »was ist denn passiert?«

»Cousine Beatrix mal wieder.«

»Ach ja?«

Immer, wenn der Name Beatrix fiel, spitzte Thomas die Ohren. Irgendwie war sie die interessanteste (und am wenigsten geachtete) von Sylvias Verwandten, eine triebgesteuerte, romantische Abenteurerin, die sich kaum einmal durch die Tatsache einschränken ließ, dass sie für eine kleine Tochter zu sorgen hatte. Über Beatrix' neueste Skandale zu lästern war eines der letzten Amüsements, die Thomas und Sylvia noch teilen konnten: Bei ihnen beiden riefen ihre Heldentaten regelmäßig und gleichermaßen heftigste Missfallensbekundungen und heimliche Stiche des Neids aus.

»Lass mich raten«, sagte er. »Sie hat dem armen alten Kanadier den Laufpass gegeben und schon das nächste Opfer am Wickel. Hätte ich dir sagen können, dass es nicht länger als ein oder zwei Jahre dauert.«

Aber es handelte sich um eine viel dramatischere Neuigkeit. »Sie hatte einen schrecklichen Unfall«, teilte Sylvia ihnen mit. »Im Rückstau vor einem Kreisverkehr ist ein riesiger Laster auf sie aufgefahren.«

»Du liebe Güte«, sagte Thomas, »Ist sie schwer verletzt?«

Sylvia nickte. »Sie hat den Hals gebrochen, die Arme. Muss monatelang im Krankenhaus liegen.«

Dieser Mitteilung folgte ein feierlich-respektvolles Schweigen.

»Da kann sie ja wohl von Glück sagen, mit dem Leben davongekommen zu sein«, meinte Mrs Foley.

»Allerdings. Wenigstens dafür sollten wir dankbar sein.«

In das nächste Schweigen hinein sagte Thomas: »Apropos Dankbarkeit…«

»Oh. Ja, natürlich.« Sylvia faltete die Hände und schloss die Augen. Die anderen machten es ebenso. »Für das, was du uns bescheret hast, o Herr, danken wir dir von Herzen.«

»Amen«, intonierten Thomas und seine Mutter.

Sie hatten kaum zu essen begonnen, als sich schon die nächste quälende Gesprächsflaute auf sie herabsenkte.

»Das sind wirklich reizende Tischsets«, sagte Mrs Foley in einer Art Verzweiflung. »Gebirgsszenen, oder?«

»Richtig«, sagte Thomas, ohne den Blick vom Teller zu heben.

»Die hab ich mal in Basel gekauft«, sagte Sylvia. »Sie waren allerdings nicht das einzige Souvenir, das ich von der Reise mitgebracht habe.« Dabei lächelte sie kokett und verschwörerisch zu ihrem Ehemann hinüber, aber der saß über seine Pastete gebeugt und gab durch nichts zu erkennen, dass er ihre Bemerkung gehört hatte. Etwas verschnupft ließ Sylvia den Blick eine Weile auf ihm ruhen, irritiert auch durch seine Bemühungen, so viel Soße wie möglich aufzusaugen, ehe er die Gabel zum Mund führte. Seine Egozentrik gab ihr einen Stich: Ein heftiges, schwindelerregendes Gefühlsgemisch aus Liebe und Beunruhigung wallte in ihr auf. Diesem Mann hatte sie ihr Leben anvertraut. Manchmal fragte sie sich, ob es die richtige Entscheidung gewesen war.

Sylvia hatte nicht viele Erfahrungen mit Männern, und die wenigen waren unglücklicher Natur. Sie hatte spät geheiratet, im Alter von zweiunddreißig. Den größten Teil ihrer Zwanzigerjahre hatte sie zu Hause bei ihren Eltern in Birmingham gelebt, und ihre beste Zeit (so schien es ihr heute) auf die Verlobung mit einem wesentlich älteren Mann verschwendet, einem Handlungsreisenden aus dem Norden. Sie waren sich an einem Freitagnachmittag in der Cafeteria eines Kaufhauses begegnet, wo er es sich partout nicht nehmen lassen wollte, sie zu ihrer Tasse Kaffee und einem Eclair einzuladen. Nach dieser ersten Begegnung hatten sie sich monatelang nicht gesehen, aber es entspann sich ein leidenschaftlicher Briefwechsel, der in einem weiteren Treffen in einem Café und einem Heiratsantrag gipfelte. Heute schauderte es Sylvia vor ihrer eigenen Naivität. Auch danach sahen sie sich höchstens zwei-, dreimal im Jahr. Es waren weiterhin Briefe gekommen, in unregelmäßigen, größer werdenden Abständen. Bis schließlich eines Morgens ein Umschlag im Briefkasten lag, in dem eine anonyme Nachricht sie darüber in Kenntnis setzte, dass ihr Verlobter bereits eine Ehefrau, drei Kinder und übers ganze Land verteilt eine ganze Reihe zukünftiger Bräute hatte.

Sylvia war in ein Loch gefallen, in eine lange und tiefe Depression, und hatte von ihrem Arzt den Rat bekommen, es mal mit viel frischer Luft und ausgiebiger körperlicher Betätigung zu versuchen. Mit Unterstützung ihrer Eltern war sie 1955 zusammen mit zwei anderen Frauen, den unverheirateten Töchtern eines Arbeitskollegen ihres Vaters, zu einem ausgedehnten Wanderurlaub in die Schweiz gereist. Sylvia hatte keine der beiden Frauen vorher gekannt und auch während der Reise keine rechte Zuneigung zu ihnen finden können. Und doch war nicht alles vergeblich gewesen. Am Ende des Urlaubs hatten die drei Frauen noch ein paar Tage in Basel verbracht und den Mut zu einem Besuch in einem Bierkeller gefunden, wo sie Thomas kennenlernten, einen Engländer – obendrein einen Junggesellen –, der allein unterwegs war und es sehr zu schätzen wusste, in so aufgeschlossene weibliche Gesellschaft geraten zu sein. Und was noch besser war – er besaß gute Manieren und eine umwerfende Kinnpartie. Eine von Sylvias Reisekameradinnen glaubte mehr als nur einen Anflug von Gary Cooper in seinen graublauen Augen zu erkennen; die andere sah eine verblüffende Ähnlichkeit mit Dirk Bogarde. Sylvia bemerkte weder das eine noch das andere: Sie sah einen – potenziellen – Ehemann, und am Ende ging sie als Siegerin aus dem erbitterten Wettstreit hervor, der sich über die folgenden Tage hinzog. Diesmal hatte sie es nicht so eilig mit einer Verlobung; zurück in England, spannte sie Thomas wochenlang auf die Folter, obwohl sie nicht einen Moment daran zweifelte, dass sie ihn nach einer angemessenen Wartezeit erhören würde. Mit seiner Stellung beim Zentralen Informationsbüro, einer vorzeigbaren und gar nicht einmal schlecht bezahlten Arbeit, schien er ihr ein erstklassiger Fang zu sein. Anfangs hatte sich sogar der bevorstehende Umzug nach London glanzvoll und aufregend für sie angefühlt.

Sylvia wurde gewahr, dass ihre Schwiegermutter etwas zu ihr gesagt hatte.

»Tut mir leid, Mrs Foley? Ich hab Sie nicht richtig verstanden.«

»Ich habe gefragt«, wiederholte Mrs Foley und tupfte sich mit der Baumwollserviette über die Lippen, »ob ihr noch mal über die Heißmangel nachgedacht habt. Wie gesagt, benutze ich sie kaum noch. Ich weiß wohl, manche Leute finden so etwas altmodisch, aber die alten Methoden sind oft die besten. Und seit das Baby da ist, dürfte es euch an Wäsche ja wohl nicht fehlen.«

»Ach«, sagte Sylvia, »das ist wirklich sehr freundlich... Was meinst du, Liebling?«

Nach dem Mittagessen wachte die Kleine auf, und Sylvia ging hinauf, um sie zu stillen. Thomas machte seiner Mutter eine Tasse Tee, die sie zu einer kleinen Inspektion des Gartens mit nach draußen trug. Der Hauch einer späten Nachmittagssonne lugte durch die Wolkendecke, und es war warm genug, sich für ein, zwei Minuten an den kleinen schmiedeeisernen Tisch zu setzen, den sie sich letzten Sommer gekauft hatten, in Vorfreude auf stille Nachmittage bei Zeitungslektüre, während das Baby glücklich in dem Sandkasten buddelte, der seiner Fertigstellung noch harrte. Der ganze Garten war ein einziges wildes Durcheinander.

»Hier müsstest du mal ein bisschen Arbeit investieren«, sagte seine Mutter.

»Das ist mir klar.«

»Was um alles in der Welt ist das für ein riesiges Loch da hinten?«

»Das soll mal ein Goldfischteich werden«, sagte Thomas.

»Ich dachte, du wolltest Gemüse pflanzen.«

»Will ich auch. Kartoffeln und Bohnen. Aber dafür ist es noch zu früh.«

Dann erzählte er seiner Mutter von der Sitzung mit Mr Cooke und Mr Swaine und Mr Ellis vom Auswärtigen Amt und der Absicht der Herren, ihn für sechs Monate nach Belgien abzukommandieren.

»Und Sylvia, was sagt die dazu?«, fragte sie ihn.

»Sie weiß noch nichts davon. Ich warte auf die rechte Gelegenheit.«

»Könntest du sie mitnehmen?«

»Den Vorschlag haben sie mir gemacht. Aber es klingt nicht gerade ideal. Kein Mensch weiß, wie ich dort untergebracht sein werde. Ziemlich primitiv, vermute ich mal.«

Seine Mutter machte keinen Hehl aus ihrer Skepsis. »Du hättest es mir nicht zuerst erzählen dürfen. Du musst mit deiner Frau darüber reden.«

»Das tu ich schon noch.«

Sie erhob einen warnenden Zeigefinger. »Vernachlässige sie bloß nicht, Thomas. Sei ihr ein guter Ehemann. Das hier…« (ihre Handbewegung meinte die nähere Ferne jenseits des Goldfischteichs, des Luftschutzkellers, in dem Thomas seine wenigen Gartengeräte untergestellt hatte, des Bahndamms und der trostlosen Ebene Tootings) »… ist nicht ihre Heimat, weißt du. Heimat im engeren Sinn. Sie ist nicht daran gewöhnt. Und es ist keine lustige Sache, fern von daheim mit einem Mann zu sitzen, der sich nicht um einen kümmert.«

Thomas wusste, dass sie von ihren eigenen Erfahrungen sprach, von ihrer Ehe mit seinem Vater. Er wollte das nicht hören.

»Dein Vater hatte Liebschaften, weißt du.«

»Ja, das weiß ich.«

»Ich bin damit fertiggeworden. Was nicht heißt, dass es mir nichts ausgemacht hat.« Sie zog sich den Schal fester um die Schultern. »Lass uns wieder reingehen. Es wird kühl.«

Als sie sich erheben wollte, legte Thomas ihr die Hand auf den Arm und sagte mit ernster Stimme: »Ich bin in Brüssel, Mutter, nicht weit von Leuven und der Gegend, wo das Bauernhaus stand. Nur ungefähr eine halbe Autostunde. Ich könnte hinfahren – ich weiß, das Haus steht nicht mehr, aber ich könnte mir anschauen, wo es mal gestanden hat, und… mit Leuten reden… Fotos machen…«

Mrs Foley erhob sich steifbeinig. »Bitte tu das nicht. Nicht wegen mir. Ich denke über das alles schon lange nicht mehr nach. Vorbei ist vorbei.«

DIES IST
EINE NEUE
ZEIT

Am Dienstagnachmittag um halb fünf durchquerte Thomas unterwegs zu einer Sitzung in Whitehall den St James's Park. Trotz Dauerregens hatte sein Schritt etwas ungewohnt Elastisches, und er summte eine heitere Melodie vor sich hin, die er abends zuvor im Light Programme aufgeschnappt hatte: »The Boulevardier« von Frederic Curzon.

Die Dinge hatten sich gut entwickelt seit dem Wochenende. Gestern beim Abendessen hatte er Sylvia endlich von der Abkommandierung nach Brüssel erzählt. Im ersten Moment war sie erschrocken: Der Gedanke, ihn nach Brüssel zu begleiten, war ihr gar nicht gekommen (vorgeschlagen hatte er es ihr auch nicht), und es war für sie zweifellos eine beunruhigende Aussicht, ein halbes Jahr lang allein gelassen zu werden. Aber Thomas hatte überzeugende Beschwichtigungen vorzubringen gewusst: Man konnte sich Briefe schreiben, es gab ja auch noch das Telefon, an manchen Wochenenden würde er zu ihr nach Hause geflogen kommen. Und je mehr er ihr über die Ausstellung erzählte, desto besser verstand sie, dass er sich eine solche Möglichkeit nicht entgehen lassen durfte. »Dann ist es ja wohl eine große Ehre«, hatte sie gesagt, endlich – die Nachspeise stand auf dem Tisch, und sie schüttete sich etwas Dosenmilch über ihre schmale Portion Apfelstrudel – mit klarem Blick auf die Dinge, »dass Mr Cooke dich ausgesucht hat. Und nicht noch jemand anderen gefragt hat. Du kommst mit Menschen aus aller Herren Länder zusammen: Belgiern, Franzosen, sogar Amerikanern ...« Als er sie so hatte reden hören, war Thomas klar geworden, dass es einen Standpunkt gab, von dem aus Sylvia ihn tatsächlich dazu antrieb zu gehen; dass er in ihren Augen – so schmerzhaft die Trennung für sie beide sein würde – durch diese Erfahrung an Statur gewann. Er würde sich – zumindest für diese sechs Monate – von einem kleinen Schreiberling im Regierungsdienst in etwas weit Interessanteres, beinahe Glanzvolles verwandeln: in einen Akteur (wie klein auch immer) auf einer internationalen Bühne. Der Gedanke gefiel ihr – erregte sie sogar. Und vielleicht war es in allererster Linie diese Erkenntnis, die an diesem Dienstagnachmittag seinen Schritt federnd, ihn selbst ein paar Zentimeter größer erscheinen ließ, als er über die Fußgängerbrücke auf den Birdcage Walk zuschritt. Plötzlich meinte er sogar, eine unerwartete Verwandtschaft mit Londons Möwen zu spüren, die hier, schwelgend in der Freiheit ihres Flugs, flach über das Wasser sausten.

Eine halbe Stunde später saß er im Konferenzsaal 191 des Auswärtigen Amtes; nie zuvor in seinem Leben war er einem der Zentren der Macht so nah gewesen.

An dem riesengroßen Konferenztisch war jeder Platz besetzt. Dichter Tabaksqualm hing in der Luft. Ein paar der Anwesenden hatte Thomas schon unten im Wartezimmer gesehen. Andere erkannte er als Personen des öffentlichen Lebens: Sir Philip Hendy, den Direktor der National Gallery, Sir Bronson Albery, den berühmten Theaterregisseur, den Physiker Sir Lawrence Bragg, Direktor der Royal Institution. James Gardner, dem Architekten des britischen Pavillons, war er in den Diensträumen des ZIB schon ein paar Mal begegnet, aber den Mann, mit dem Gardner im Verlauf der Sitzung einen Strauß nach dem anderen ausfocht – Sir John Balfour, Träger des Ordens vom heiligen Michael und heiligen Georg, seines Zeichens Generalbevollmächtigter für den Beitrag des Vereinigten Königreichs zur Expo 58 – sah er heute zum ersten Mal.

Der Ärger begann früh. Thomas meinte eine allgemeine nervöse Anspannung im Saal zu spüren. Die Ausstellung öffnete in drei Monaten ihre Pforten, und es war augenscheinlich, dass noch viel zu tun blieb. Sir John hatte einen dicken Stoß Papiere vor sich auf dem Tisch liegen; sein Widerwille gegen ihren bloßen Anblick war ihm vom Gesicht abzulesen.

»Es lässt sich nicht verhehlen«, begann er forsch, aber nicht ohne einen gewissen Überdruss im Ton, »dass unsere belgischen Freunde, was ihren Ausstoß an Informationsmaterial betrifft, zu bemerkenswerten Höchstleistungen aufgelaufen sind. Dieser Papierberg stellt nur einen Bruchteil der Gesamtproduktion dar. Dabei waren wir schon ausgesprochen wählerisch, was die Anfertigung von Kopien für Sie alle angeht. Wenn Sie mir also gestatten, das Ganze ein bisschen zusammenzufassen. Lassen Sie uns vielleicht mit dem musikalischen Aspekt beginnen. Ist Sir Malcolm anwesend?«

Wie sich herausstellte, hatte Sir Malcolm Sargent, Chefdirigent des Symphonieorchesters der BBC und musikalischer Berater für den britischen Beitrag, nicht zu der Sitzung erscheinen können.

»Wie ich höre, steckt er mitten in Proben«, sagte ein junger Mann im Nadelstreifenanzug, den Thomas für einen Bürogehilfen hielt. »Er lässt sich vielmals entschuldigen, aber er wisse das Konzertprogramm ja in guten Händen, lässt er ausrichten.«

»Zum Inhaltlichen hatte er nichts weiter zu sagen?«

»Ein paar Namen sind gefallen. Elgar, selbstverständlich. Ein bisschen Purcell. Die üblichen Verdächtigen, wie es scheint.«

Sir John nickte. »Perfekt. Ich muss nämlich sagen, dass von belgischer Seite ein paar ziemlich ... eigenartige Einfälle kommen.« Er warf einen Blick auf das oberste Blatt auf dem Stoß. »Ein einwöchiges Festival – hier steht *einwöchig* – der elektronischen Musik und *musique concrète*, unter anderem mit Welturaufführungen von Stockhausen und – wie zum Henker spricht der Bursche sich aus – Xenakis?« Er schaute sich im Saal um, runzelte fragend die Stirn. »Hat von dem schon mal jemand gehört? Und was bitte schön soll ›konkrete Musik‹ sein, wenn es fertig ist? Vermag mich jemand von Ihnen zu erleuchten?«

Während des allgemeinen Kopfschüttelns um den Tisch herum wurde Thomas plötzlich auf zwei seltsame Gestalten am anderen Ende aufmerksam. Was war es genau, das seinen Blick anzog? Die beiden folgten der Diskussion ebenso konzentriert wie alle anderen – wenn nicht konzentrierter –, und doch machten sie den Eindruck, als gehörten sie nicht dazu. Sie wechselten nie ein Wort miteinander, schienen keinerlei Notiz voneinander zu nehmen, dabei saßen sie dichter beieinander, als nötig gewesen wäre, wodurch sie nach außen den Eindruck einer verschworenen Einheit erweckten. Beide waren (seiner Einschätzung nach) um die vierzig. Der eine trug die Haare straff nach hinten gegelt und schaffte es, seinem Mondgesicht einen gleichermaßen leeren wie intelligenten Eindruck zu geben, während der andere harmloser, weit weniger wachsam aussah. Seine linke Backe zierte eine Narbe von beachtlicher Länge, und nicht einmal das vermochte den Gesamteindruck verträumter Gutmütigkeit wesentlich zu schmälern. Beide schienen Teilnehmer der Sitzung und doch irgendwie abwesend zu sein. Außerdem waren sie die einzigen Personen im Raum, die während des gesamten Verlaufs der Sitzung weder angesprochen noch vorgestellt wurden, und seit Thomas auf sie aufmerksam geworden war, fühlte er sich seltsam irritiert durch ihre Anwesenheit.

»Gut, ich weiß nicht, wie es Ihnen geht, aber mir erscheint der Vorschlag ausgezeichnet«, sagte Sir John gerade.

Thomas wurde klar, dass er der Diskussion nicht gefolgt war. Offenbar war auch Großbritannien aufgefordert worden, einen Beitrag zur Woche der zeitgenössischen Musik zu leisten, und um den Tisch herum schien weitgehende Einigkeit darüber zu herrschen, dass es kaum etwas Geeigneteres gab als einen militärischen Zapfenstreich.

»Ich schlage die Grenadier Guards vor!«, rief jemand.

»Ausgezeichnet«, sagte Sir John und bedeutete der Sekretärin an seiner Seite mit einem Kopfnicken, diese Entscheidung schleunigst zu Papier zu bringen.

Beinahe im selben Moment war von einer Ecke des Tisches ein Laut zu hören, den man nur als höhnisches Schnauben bezeichnen konnte. »Ha!«

»Mr Gardner – möchten Sie einen Einwand vorbringen?«

Der angesprochene schlanke, asketische Mann, der durch eine konservative Hornbrille schaute, das Haar jedoch lässig lang trug, machte eine wegwerfende Handbewegung und sagte: »Nein, keinen Einwand, Sir John, das ist ja gar nicht mein Ressort. Aber ich stelle es Ihrer Sekretärin frei, meine Belustigung zu Protokoll zu nehmen.«

»Und was, falls die Frage gestattet ist, finden Sie so lustig an einem militärischen Zapfenstreich?«

»In dem Kontext? Na, wenn Sie das nicht verstehen, Sir John, dann kann ich nur sagen ... Sie sind wahrscheinlich die Idealbesetzung für den Vorsitz dieses Komitees.«

Thomas rechnete mit gedämpfter Heiterkeit, stattdessen trat fassungsloses Schweigen ein.

»Mr Gardner«, sagte Sir John, stützte die Ellbogen auf den Tisch und legte die Fingerspitzen zu einer Pyramide zusammen, »es lag ursprünglich in meiner Absicht, die Diskussion Ihrer jüngsten Vorschläge für den britischen Pavillon noch etwas zurückzustellen, aber vielleicht ist dieser Augenblick gar nicht einmal ungeeignet, ein paar Betrachtungen dazu anzustellen.«

»Das waren reine Gedankenspiele«, wiegelte Gardner ab.

»Die Brüsseler Weltausstellung öffnet in drei Monaten ihre Pforten«, rief Sir John ihm ins Gedächtnis, »und die

Bauarbeiten am Pavillon sind um Wochen im Rückstand. Ist es da nicht ein bisschen spät, neue Gedanken ins Spiel zu bringen? Zumal Gedanken wie Ihre...« (er warf einen Blick in seine Unterlagen) »...›kleine Geschichte des britischen Wasserklosetts‹«

»Ach«, sagte Gardner, »das hat Ihnen nicht gefallen?«

»Für meine Ohren klingt es ein bisschen... nun, ›absonderlich‹ scheint mir ein hinreichend höflicher Ausdruck zu sein.«

»Aber nein, keine Höflichkeiten, wenn Ihnen nicht danach zumute ist, Sir John. Wir sind hier doch unter guten Freunden.«

»Also gut. Dann korrigiere ich mich dahin gehend, dass ich Ihren Vorschlag... haarsträubend dumm, ja nachgerade abstoßend finde.«

Einige Männer am Tisch (außer Sir Johns Sekretärin saß keine Frau im Saal) hoben an dieser Stelle jäh wach gerüttelt die Köpfe.

»Da bin ich mit Verlaub anderer Ansicht, Sir John«, sagte Gardner. »Britanniens Beitrag zur Entsorgung menschlicher Exkremente hat bisher an keiner Stelle die gebührende Würdigung erfahren. Und das ist nicht auf meinem Mist gewachsen, das ist eine historische Tatsache.«

»Gardner, Sie reden Unsinn.«

»Nun ja« – verlegenes Hüsteln eines blassen, unterernährten jungen Männleins zu Mr Gardners Linker, offenbar eines Mitglieds seines Teams –, »vielleicht nicht ganz, Sir John.«

Der Generalbeauftragte hob eine Augenbraue.

»Nicht ganz?«

Der Mann, der sich zu Wort gemeldet hatte, wurde noch um eine Spur verlegener. »Ich will damit sagen, dass Jim – Mr Gardner – nicht ganz unrecht hat. Aborte sind von eminenter Bedeutung für unser tägliches Leben. Ich meine, nicht zuletzt deshalb...« – er schluckte schwer –, »weil wir... es ja alle machen müssen.«

»*Machen müssen*, Mr Sykes? *Was* müssen wir machen?«

»Nun, es abzustreiten hilft ja auch nicht weiter, oder, Sir?«

»Um Himmels willen, Mann, wovon reden Sie?«

»Nun ja. Wir alle müssen ja mal unser... großes Geschäft machen.«

»*Großes Geschäft?*«

»Jawohl!« Gardner sprang auf und begann, an der Peripherie des Tisches auf und ab zu gehen. »Sykes bringt es auf den Punkt. Wir alle, Sir John. Auch Sie! Wir alle müssen unser großes Geschäft machen. Vielleicht reden wir nicht gerne darüber und denken nicht einmal gern darüber nach, aber vor vielen Jahren hat jemand darüber nachgedacht, gründlich darüber nachgedacht, und hat – wenn ich es einmal so ausdrücken darf – uns alle damit in die Lage versetzt, sauber und frei von Scham unser großes Geschäft machen zu können, und damit das Land – die ganze Welt! – zu einem besseren Ort gemacht. Was spricht dagegen, diesen Umstand zu feiern? Die Tatsache zu feiern, dass wir Briten nicht nur den halben Erdball erobert haben, sondern auch in die historische Schlacht um das große Geschäft gezogen und siegreich daraus hervorgegangen sind?«

Er nahm wieder Platz. Über den Tisch hinweg ruhte Sir Johns eisiger Blick auf ihm.

»Sind Sie fertig, Gardner?« Er wertete das Schweigen des Angesprochenen als Zustimmung und fügte hinzu: »Darf ich Sie daran erinnern, dass im Eingang des Pavillons, den Sie mit Ihrem obszönen Exponat zu verschandeln beabsichtigen, ein großes Porträt Ihrer Majestät der Königin aufgestellt sein wird?«

Gardner beugte sich vor. »Und darf ich Sie daran erinnern, dass auch Ihre Majestät – *selbst* Ihre Majestät...«

Sir John erhob sich halb von seinem Stuhl, die Stirn in tiefe Zornesfalten gelegt. »Sollten Sie sich unterstehen, diesen Satz zu Ende zu sprechen, Gardner«, sagte er, »dann werde

ich Sie auffordern müssen, den Saal umgehend zu verlassen.«
Es entstand ein angespanntes, ausgedehntes Schweigen, während die beiden Männer sich feindselig anstarrten. Als deutlich wurde, dass Mr Gardner nichts hinzufügen würde, nahm Sir John leise wieder Platz. »Also«, fuhr er fort, »ich erwarte von Ihnen, diese Schwachsinnsidee aus Ihrem Gedächtnis zu streichen und sich Gedanken über Darbietungen zu machen, die nicht nur dem Ruhm, sondern der Würde der Bewohner dieser Inseln Genüge tun. Ist das verstanden?« Sichtlich aus der Fassung, ohne auf eine Antwort zu warten, wandte er sich dem nächsten Blatt Papier zu und verlas die ersten Zeilen schnell und automatisch, ohne über sie nachzudenken: »Als Nächstes – das ZETA-Projekt. Transport- und Aufstellungsplan für eine Nachbildung von Großbritanniens ...«

»ÄHEM!«

Sir John hob den Blick wieder von seinem Blatt. Das warnende Räuspern war von einem der beiden geheimnisvollen Männer gekommen, die kurz zuvor Thomas' Aufmerksamkeit erregt hatten: dem Mondgesicht mit den zurückgegelten Haaren. Er legte einen mahnenden Finger auf die Lippen und schüttelte beinahe unmerklich den Kopf. Was immer der Grund für die Geste war – Sir John reagierte prompt, wendete in einer beiläufigen Bewegung das Blatt Papier und legte es mit der Vorderseite nach unten auf den Tisch.

»Ja, Sie haben natürlich recht. Diese Sache hat keinen Vorrang und kann durchaus noch warten. Es gibt da eine wesentlich dringlichere Angelegenheit, und zwar ... ja, richtig! Das Pub. Das berühmte Pub.« Alle Anspannung war aus seinem Gesicht gewichen, und er sah sich suchend unter den versammelten Gesichtern um. »Eigentlich sollten wir heute ein neues Mitglied in unserem Team begrüßen dürfen, ist das richtig? Ist Mr Foley unter uns?«

Thomas hatte sich schon halb erhoben, als er merkte, wie lächerlich das womöglich aussah, also ließ er sich zurück auf seinen Stuhl sacken. Als er seine Stimme gefunden hatte, klang sie beunruhigend dünn und zaghaft.

»Ja, ich bin hier, Sir... Sir John.«

»Gut. Wunderbar.« Es folgte ein langes, erwartungsvolles Schweigen. Als deutlich wurde, dass Thomas nicht beabsichtigte, es zu brechen, sagte Sir John: »Ich glaube, wir sind bereit, uns Ihre Überlegungen anzuhören.«

»Ach ja.« Thomas sah sich in dem Kreis dieser distinguierten, ihm zugewandten Physiognomien um und schluckte schwer. »Nun, wie Sie wahrscheinlich wissen, wird das Britannia in mancherlei Hinsicht zu so etwas wie einem Brennpunkt der britischen Ausstellung werden. Der ursprüngliche Gedanke war es, wie Sie wahrscheinlich wissen« – (weshalb wiederholte er sich?) –, »den Nachbau eines – und an dieser Stelle zitiere ich –, ›eines altenglischen Gasthauses‹ neben unsere Pavillons zu stellen, um den Besuchern das Beste an britischer Gastlichkeit zu präsentieren. Ein oder zwei Faktoren haben allerdings zu einer Abweichung vom ursprünglichen Plan geführt. Zum einen haben die Belgier offenbar schon damit begonnen, ein Dorf auf dem Ausstellungsgelände zu errichten, dem sie den Namen ›La Belgique Joyeuse‹ geben wollen, was übersetzt in etwa ›Fröhliches Belgien‹ heißt, und zu den Repliken von Gebäuden der letzten Jahrhunderte zählt auch ein authentisches Gasthaus. Ein anderer... ähm... Faktor ist die Tatsache, dass das Zentrale Informationsbüro – ich glaube sogar Mr Gardner selbst, auch wenn ich ihm ungern Worte in den Mund lege – von Beginn an dafür Sorge tragen wollte, den britischen Beitrag – bei allem Respekt vor unseren großen Traditionen – nicht zu sehr in die... nun ja, nicht zu rückwärtsgewandt auszurichten. Und so kam man überein, die Architekten des Britannia auf einen etwas moderneren Entwurf zu verpflichten. Großbritannien ist schließlich ein modernes Land. Was Innovationen in Wissenschaft und Technologie angeht, sind wir ganz vorne dabei.« (Er hatte

Schritt gefasst, und zu seiner eigenen Verwunderung begann ihm die Sache Spaß zu machen.) »Aber unsere eigentliche Stärke liegt in der Fähigkeit, vorneweg zu marschieren, ohne unsere Vergangenheit hinter uns zu lassen. Und so haben die Designer der Innenräume des Britannia sich ins Zeug gelegt, um diesem Paradoxon angemessenen Ausdruck zu verleihen.«

An dieser Stelle wurde ein leiser Einwand geltend gemacht.

»Wenn ich mir diese Fotos ansehe«, sagte einer der älteren Männer im Komitee, der rechts von Thomas saß, »dann entspricht das in keiner Weise dem Bild, das ich von einem englischen Wirtshaus habe.« Er blätterte sich durch einen Stoß Schwarz-Weiß-Aufnahmen, schüttelte den Kopf. »Zweifellos würden… ein paar Pferdegeschirre, hölzerne Deckenbalken, die Schaumkrone eines gepflegten englischen Ales, die über den Rand eines Zinnkrugs quillt, der Sache…?«

»Aber genau das wollten wir vermeiden«, sagte Thomas. »Das Britannia steht an einem ausgesprochen attraktiven Platz mit Blick über einen künstlichen See. Deshalb haben wir uns, was den Stil angeht, für das Ambiente eines… sagen wir, eines Jachtclubs entschieden. Es wird große Fenster und weiße Wände geben. Helle, geräumige, luftige Innenräume, wie es der neuen Zeit entspricht. Wir leben in einer neuen Zeit! Wir schreiben das Jahr 1958! Großbritannien wird der Welt im Schatten des Atomiums sein neues Gesicht zeigen, nichts Geringeres sollte unser Anspruch sein. Wir müssen den Blick nach vorn richten. Wir müssen vorneweg marschieren.«

Sir John betrachtete Thomas plötzlich mit ausgesprochenem Interesse, sogar Wohlwollen.

»Brillant formuliert, Mr Foley, wenn ich das sagen darf. Ich gebe Ihnen vollkommen recht. Großbritannien muss seinen Platz in der Welt von heute finden, wir müssen den anderen Ländern zeigen, dass sich das auch erreichen lässt, ohne Zuflucht zu modischem Firlefanz suchen zu müssen, wie... konkreter Musik, oder wie immer sich das schimpft. Nach meinem Dafürhalten hat Mr Lonsdale zu diesem Zweck famose, absolut famose Entwürfe geliefert. Und Sie, Mr Foley, werden während der gesamten Dauer der Ausstellung auf dem Gelände sein und sich in geschäftsführender Funktion um das Britannia kümmern. Ist das korrekt?«

»Das ist korrekt, Sir, ja.« Aus dem Augenwinkel beobachtete Thomas, dass die beiden geheimnisvollen Herren einen flüchtigen Blick wechselten, während er das sagte. »Die Brauerei hat einen Festwirt engagiert, der sein eigenes Bedienungspersonal mitbringt, aber ich werde als Vertreter des ZIB vor Ort sein, ein Auge auf die Dinge haben und dafür sorgen, dass jederzeit... klar Schiff ist, gewissermaßen.«

»Sehr gut. Haben Sie das Gelände bereits in Augenschein genommen?«

»Ich fliege am Donnerstag zu einem vorbereitenden Besuch nach Brüssel, Sir.«

»Ausgezeichnet. Wir wünschen Ihnen alles Glück Britanniens für Ihre Aufgabe, Mr Foley. Ganz sicher werden wir uns in Brüssel wiedersehen.«

Thomas bedankte sich mit einem Lächeln und neigte den Kopf, eine vorsichtige, zurückhaltende Geste, mit der er nichts von den Gefühlen des Stolzes und der wilden Erregung preisgab, die sein Innerstes in dem Moment aufwühlten.

DAMIT WIR UNS
EIN BILD MACHEN
KÖNNEN

*Erst*klassiger Beitrag da drinnen, Mr Foley.«

»Absolut. Einsame Spitze.«

Thomas fuhr herum, um zu sehen, woher die Stimmen kamen. Er hatte auf dem klatschnassen Gehsteig vor dem Auswärtigen Amt gestanden und überlegt, in welche Richtung er gehen sollte, ohne zu merken, dass da jemand in der Dunkelheit hinter ihm wartete. Jetzt traten zwei Gestalten aus dem Schatten hervor, beide im beigefarbenen Trenchcoat mit Filzhut auf dem Kopf. Thomas war kaum überrascht, dass es die namenlosen Männer aus der Sitzung waren.

»Scheußliches Wetter«, bemerkte der erste im Plauderton.

»Grauenhaft«, pflichtete Thomas ihm bei.

»Wollen wir ein paar Schritte zusammen gehen?«, fragte der zweite.

»Gern. In welche Richtung müssen Sie denn?«

»Ach, das überlassen wir Ihnen.«

»Wir sind da ganz offen.«

»Verstehe«, sagte Thomas und verstand gar nichts. »Tja, ich war mir noch nicht schlüssig.«

»Wissen Sie was?« Der erste der beiden Männer hob den Arm, und wie aus dem Nichts rollte ein schwarzer Austin Cambridge neben ihnen an den Randstein. »Wir bringen Sie nach Hause.«

»Das ist sehr freundlich von Ihnen«, sagte Thomas. »Sind Sie sicher?«

»Absolut, alter Freund.«

»Versteht sich doch von selbst.«

Sie zwängten sich zu dritt auf die Rückbank. Es war sehr eng. Thomas saß in der Mitte und konnte kaum die Arme bewegen.

»Wohin diesmal, die Herren?«, fragte der Fahrer.

»Tooting bitte«, antwortete der erste Mann unaufgefordert. Als Thomas ihn verblüfft ansah, fügte er hinzu: »'tschuldigung. Sie müssen nicht nach Hause, wenn Sie nicht möchten. Wir bringen Sie, wohin Sie wollen.«

»Nein, nein«, sagte er zögerlich, »Tooting ist schon richtig.«

»Schließlich wollen wir das kleine Frauchen ja nicht warten lassen, oder?«

»Wo Sie Ihnen sicher schon was Leckeres kocht.«

»Sie Glücklicher.«

»Zigarette, Mr Foley?«

Während sich alle eine ansteckten, sagte der Mann mit dem Mondgesicht:

»Vielleicht sollten wir uns mal vorstellen. Wayne mein Name.«

»Wie der Filmstar«, fügte sein Begleiter hinzu. »Drollig, oder? Wenn Sie sich den mit Cowboyhut vorstellen.«

»Und das ist Mr Radford«, sagte Mr Wayne.

Mr Radford schüttelte Thomas herzlich die Hand, angesichts der beengten Verhältnisse auf der Rückbank kein leichtes Unterfangen. »Hocherfreut, Ihre Bekanntschaft zu machen.«

»Sind Sie Mitglieder des Brüssel-Komitees?«, fragte Thomas, und die beiden lachten in sich hinein.

»Du liebe Güte, nein.«

»Gott bewahre.«

»Wo denken Sie hin, alter Freund. Aber wir verfolgen es mit lebhaftem Interesse. Aus der Distanz.«

»Wir waren jetzt schon bei einigen der Sitzungen dabei.«

»Und langsam lernen wir die Akteure ein bisschen kennen.«

»Schon ein alter Streithammel, dieser Mr Gardner, was?«
»Lässt den Hund gern mal in den Hühnerstall.«
»Aber ein zuverlässiger Mann.«
»Absolut. Salz der Erde.«
»Grundsolide. Innen drin, Sie verstehen.«

Sie schwiegen eine Weile. Mr Radford kurbelte sein Fenster herunter, um etwas Zigarettenqualm abzulassen. Aber es wehte so nass von draußen herein, dass er es gleich wieder hochkurbelte. Bei spärlichem Verkehr kam der Chauffeur zügig voran. Nach wenigen Minuten fuhren sie schon die Clapham High Street hinauf. Als der Cambridge vor einer roten Ampel wartete, schaute Mr Wayne zum Fenster hinaus und sagte: »Sagen Sie, Radford, ist das nicht das Café, in dem wir vor ein paar Tagen waren?«

»Sieht ganz so aus, ja.« Mr Radford blinzelte hinaus in den Regen.

»Wissen Sie was, ich habe einen gehörigen Kaffeedurst.«
»Da sprechen Sie mir aus der Seele.«
»Was ist mit Ihnen, Foley?«
»Lust auf ein Käffchen?«
»Na ja, ich ... ich hatte eigentlich gehofft, rechtzeitig zum Abendessen ...«
»Also abgemacht. Fahrer! Lassen Sie uns hier raus, bitte.«
»Wenn Sie um die Ecke auf uns warten würden.«
»Wir sind gleich wieder da.«

Die drei Männer zwängten sich aus dem Wagen und überquerten raschen Schrittes den regennassen Gehsteig. Das Lokal nannte sich Mario's Coffee Bar. Drinnen standen ein halbes Dutzend Tische, alle leer. Ein gelangweiltes dunkelhaariges Mädchen hinter der Bar lackierte sich die Fingernägel grün.

»Einen Kaffee bitte«, sagte Mr Wayne. »Mit Milch und zwei Zucker.«

»Für mich dasselbe«, sagte Mr Radford. »Foley, was möchten Sie?«

»Ich bin eigentlich kein großer Kaffeetrinker«, sagte Thomas.
»Also drei Kaffee mit Milch und zwei Zucker«, sagte Mr Wayne.
»Und die Milch bitte aufschäumen, wenn Sie so nett sein wollen«, sagte Mr Radford. »Sie wissen schon, wie die Italiener ihn trinken.«
»Wo sie uns doch jetzt alle zu Kontinentaleuropäern machen«, sagte Mr Wayne, während er Platz nahm.
»Sie sagen es«, stimmte Mr Radford zu und schüttelte sich ein paar Regentropfen vom Mantel, bevor auch er sich setzte. »Europa wächst zusammen.«
»Römische Verträge et cetera.«
»Darum geht es bei dieser Chose da drüben in Brüssel ja wohl auch, wenn man so will.«
»So ist es. Geschichte wird gemacht.«
»Und wir dürfen dabei sein.«
»Oder, Foley, was halten Sie davon?«
»Ich?«
»Von dem Zirkus da drüben in Belgien? Expo 58. Sehen Sie es auch als historische Chance, alle Nationen dieser Welt zum ersten Mal nach dem Krieg im Geist friedlicher Kooperation zusammenzubringen?«
»Oder ist es für Sie eher ein Basar, bei dem es weniger um Ideale als um handfeste kapitalistische Interessen geht?«
Thomas saß noch nicht richtig, da bombardierten sie ihn schon mit solchen Fragen. Seine Kleider waren patschnass von den paar Schritten. Dampf stieg von seinem Körper auf.
»Ich muss ... also, ich fürchte, ich müsste erst einmal darüber nachdenken.«
»Sehr gute Antwort«, lobte Mr Wayne.
»Da spricht der Diplomat.«
Die Kellnerin erschien mit dem Zuckertopf.
»Der Kaffee kommt gleich«, sagte sie. »Die Maschine spinnt mal wieder. Wir kriegen sie nicht auf Temperatur.«

Auf dem Rückweg zum Tresen kam sie an der Musikbox vorbei und warf ein paar Münzen ein. Sekunden später dröhnte eine infernalische Musik los: Schnell und treibend, ein lautes Schlagzeug stampfte den Rhythmus zu drei oder vier simplen Akkorden, und über dem ganzen Lärm erzählte ein Sänger halb singend, halb quäkend von einem Streamline Train. Mr Wayne hielt sich die Ohren zu.

»Großer Gott.«

»Was für ein Krawall.«

»Was um Himmels willen ist das?«

»Ich glaube, das nennt man Rock'n'roll«, sagte Mr Radford.

»Klingt für mich eher nach Skiffle«, sagte Thomas.

»Sieh einer an«, sagte Mr Wayne. »Ein Kenner musikalischer Trends sind Sie also auch.«

»Wer, ich? Überhaupt nicht. Meine Frau hört hin und wieder solche Musik. Ich halte es mehr mit der Klassik.«

»Ach ja. Die Klassik. Geht doch nichts über ein schönes Stück klassische Musik, oder? Sie hören doch bestimmt gerne Tschaikowsky.«

»Natürlich. Wer täte das nicht?«

»Und wie steht's mit den moderneren Strategen? Sagen wir, Strawinsky?«

»O ja. Großartig.«

»Schostakowitsch?«

»Da kenne ich nicht so viel.«

»Prokofjew?«

Thomas nickte, ohne so recht zu wissen, warum. Worauf wollten die beiden hinaus? Die Kellnerin brachte die Kaffees, jeder verrührte seinen Zucker und nippte versuchsweise am Tassenrand.

»Viele Leute haben es ja mehr mit dem Lesen als mit dem Musikhören«, sagte Mr Radford.

»Machen's sich lieber mit einem guten Buch gemütlich«, pflichtete Mr Wayne ihm bei.

»Lesen Sie viel?«

»Hin und wieder, ja. Wahrscheinlich viel zu selten.«

»Schon mal Dostojewski gelesen? Auf den schwören ja manche.«

»Oder Tolstoi?«

»Ich fürchte, mein Geschmack ist etwas angestaubt. Ich mag Dickens. Und zur Entspannung lese ich gern Wodehouse. Darf ich vielleicht fragen, was das alles zu bedeuten hat? Warum stellen Sie so viele Fragen nach russischen Autoren und Komponisten?«

»Damit wir uns ein Bild machen können.«

»Von Ihren Vorlieben und Abneigungen.«

»Ich müsste nämlich langsam nach Hause zu meiner Frau.«

»Natürlich, alter Knabe. Das verstehen wir.«

»Sicher wollen Sie in den kommenden Wochen jede freie Minute mit ihr verbringen.«

Thomas runzelte die Stirn. »Inwiefern?«

»Na ja, sie kommt ja wohl nicht mit nach Brüssel, oder?«

»Nein, das ist richtig.«

»Eine lange Zeit, ein halbes Jahr ganz ohne... den häuslichen Komfort.«

»Die Freuden des Ehelebens.«

»Immer vorausgesetzt, man ist gerne verheiratet.«

»Es soll ja Männer geben, die heiraten, obwohl es ihre Sache eigentlich gar nicht ist.«

»Obwohl ihre wahren Interessen ganz woanders liegen.«

»Übles Thema.«

»Absolut.«

»Ich hab mal so einen gekannt – zehn Jahre verheiratet, drei Kinder, und kaum einmal zu Hause. Eher schon traf man ihn in der Herrentoilette am Hyde Park Corner.«

»Eine furchtbare Vorstellung.«

»Absolut furchtbar. Kennen Sie die?«

»Was?«, fragte Thomas.

»Die Herrentoilette am Hyde Park Corner?«

Er schüttelte den Kopf. »Nein.«

»Sehr vernünftig. Lieber einen Bogen darum machen.«

»Einen möglichst großen.«

»Darf ich Ihre Frage so verstehen, dass Sie wissen möchten, ob ich homosexuell bin?«, fragte Thomas, und Empörung trieb ihm die Röte ins Gesicht.

Mr Wayne hielt es für einen köstlichen Witz. »Du lieber Gott, nein, wie kommen Sie denn darauf, mein Freund?«

»Was für ein grotesker Gedanke!«

»So etwas würde uns doch nie einfallen.«

»Nicht im Traum.«

»Nein, Sie sind so wenig homosexuell wie Mitglied der Kommunistischen Partei.«

Thomas atmete auf. »Dann ist es ja gut. Über manche Dinge macht man besser keine Scherze.«

»Da bin ich absolut einer Meinung mit Ihnen, alter Knabe.«

»Apropos«, sagte Mr Radford, »Sie sind nicht zufällig Mitglied der Kommunistischen Partei, oder?«

»Nein, bin ich nicht. Würden Sie mir jetzt bitte endlich erklären, worauf Sie hinauswollen?«

Mr Wayne trank noch einen Schluck Kaffee, bevor er einen Blick auf seine Taschenuhr warf.

»Hören Sie, Foley, wir halten Sie hier schon viel zu lange auf. Sie haben absolut nichts zu befürchten. Sie und ich und Mr Radford, wir ziehen an einem Strang.«

»Spielen im selben Team.«

»Sie müssen verstehen – dieser Klamauk da drüben in Brüssel, na ja, als Idee vielleicht ganz nett, aber er birgt auch gewisse Gefahren.«

»Gefahren?«

»So viele verschiedene Länder, ein halbes Jahr zusammen am selben Ort – theoretisch eine wunderbare Sache, wenn jemand die Risiken im Auge behält.«

»Was denn für Risiken?«

»Sie haben es in der Sitzung ja selbst gesagt.«

»Ich?«

»Es ist eine neue Zeit. Die Wissenschaft vollbringt die unglaublichsten Dinge.«

»Nur darf man nicht vergessen, die Wissenschaft hat auch eine Kehrseite.«

»Die Wissenschaft ist ein zweischneidiges Schwert.«

»Sie sagen es. Wir müssen alle wachsam bleiben. Das ist der Preis, den es zu zahlen gilt.« Damit stand Mr Wayne auf und streckte die Hand aus. »Also, Foley, auf Wiedersehen. Oder vielleicht besser: *au revoir?*«

Auch Thomas und Mr Radford erhoben sich. Es entstand ein kurzes Durcheinander beim gegenseitigen Händeschütteln.

»Von hier aus können Sie den Bus nehmen, oder?«, sagte Mr Radford. »Tooting ist ein bisschen ab vom Schuss für uns.«

»Ja, natürlich«, murmelte Thomas, verwirrter denn je.

»Dann vergeuden wir jetzt nicht länger Ihre Zeit. Ab nach Hause zu Ihrem Abendessen.«

»Heim in den Schoß der Familie.«

»Und keine Sorge wegen dem Kaffee, den übernehmen wir.«

»Geht alles auf unsere Rechnung.«

»Das ist uns das Vergnügen Ihrer Gesellschaft doch allemal wert.«

Thomas dankte ihnen verunsichert und ging zur Tür. Der Regen schien stärker geworden zu sein. Er klappte vorsichtshalber den Mantelkragen hoch. Eben stieß er die Tür auf, ließ den ersten feuchten Windstoß herein, da rief Mr Radford ihm nach:

»Übrigens, Foley.«

Thomas drehte sich um. »Ja?«

»Dieses Gespräch hat natürlich nie stattgefunden.«

WELKOM
TERUG

Als Thomas am späten Donnerstagvormittag die bescheidene Ankunftshalle des Flughafens Melsbroek betrat, hielt er Ausschau nach einem Mann im Anzug, der seinem inneren Bild von David Carter entsprach, dem Vertreter des British Council, mit dem er dort verabredet war. Aber so jemand war nirgends zu sehen. Stattdessen sprach ihn eine hübsche junge Frau in Uniform an.

»Mr Foley?«, sagte sie und streckte die Hand aus. »Ich heiße Anneke und soll sie zum britischen Pavillon auf dem Ausstellungsgelände begleiten. Wenn Sie mir bitte folgen würden.«

Ohne auf seine Antwort zu warten, drehte sie sich um und steuerte auf den Ausgang zu, schon zwei, drei Schritte voraus. Thomas hatte Mühe, sie wieder einzuholen.

»Ich hatte mit Mr Carter gerechnet«, sagte er. »Das ist wirklich mal eine angenehme Überraschung.«

Annekes Lächeln war weder kühl noch herzlich, einfach nur hochprofessionell.

»Mr Carter ist aufgehalten worden«, sagte sie. »Sie treffen ihn auf dem Gelände.«

Annekes Uniform war elegant, dezent und bewusst unweiblich. Die Absätze waren hoch, aber nicht zu hoch. Der marineblaue Rock endete ein gutes Stück unterhalb des Knies. Unter der diskret taillierten, kastanienbraunen Uniformjacke trug sie eine weiße Bluse mit Kragen und Krawatte. Ein lustiges – aber bescheidenes – Hütchen krönte das Ensemble. Die Uniform war alles andere als extravagant, aber Thomas empfand einen spontanen Widerwillen dagegen. Das Gespräch mit Anneke wäre ihm wesentlich leichter gefallen, wenn sie Zivil getragen hätte.

»Sie sind also eine der berühmten Expo-Hostessen«, sagte er.

»Sind wir berühmt, sogar schon in England?«, fragte sie.

»Das erzähle ich meinen Kolleginnen. Die werden begeistert sein.«

Thomas hatte die flüchtige Vision einer Gruppe dieser jungen Frauen, alle Anfang zwanzig, alle in derselben Uniform, die in einem Brüsseler Café oder einer Kantine um einen Tisch herumhockten, vergnügt kichernd über ihren Ruhm in England. Er kam sich plötzlich unendlich alt vor.

Vor der Abflughalle wagte die Vorfrühlingssonne sich misstrauisch hervor. Anneke blieb stehen und sah nach rechts und links, auf einmal unschlüssig.

»Eigentlich sollte hier ein Auto auf uns warten«, erklärte sie. »Ich geh es suchen.«

Für ein paar Minuten sich selbst überlassen, bemühte sich Thomas, Gefallen an einer Situation zu finden, die eigentlich große Bedeutung für ihn haben sollte: Zum ersten Mal stand er auf belgischem Boden, im Land seiner Mutter. Die ganze Woche über hatte er sich auf diesen Augenblick gefreut und war jetzt dankbar dafür, ihn allein erleben zu dürfen. Aber er kam sich sehr schnell albern dabei vor. Der Moment hatte so gar nichts Bedeutendes. Das hier war ein Land wie jedes andere: wie naiv von ihm, darauf zu hoffen, dass sich hier so etwas wie ein unmittelbares Zugehörigkeitsgefühl einstellen könnte. Und warum sollte das Paradox Belgiens am Ende nicht darin bestehen, dass er sich hier britischer als irgendwo sonst fühlte?

Ein blassgrüner Citroën fuhr vor. Die Vordertür zierte der asymmetrische Stern, das Logo der Expo 58. Anneke sprang heraus und öffnete ihm die hintere Tür. Sie fuhren zügig los in Richtung Heysel.

»Ein Katzensprung«, versprach Anneke. »Keine zwanzig Minuten.«

»Schön. Kommen wir vielleicht zufällig durch die Gegend von Leuven?«

»Leuven?« Anneke schien überrascht. »Weit ist es nicht nach Leuven, aber es liegt in der anderen Richtung. Möchten Sie dort einen Besuch machen?«

»Vielleicht nicht heute«, sagte Thomas. »Ein andermal, hoffe ich. Meine Mutter ist dort geboren. Meine Großeltern hatten in der Gegend einen Bauernhof.«

»Ach, Ihre Mutter ist Belgierin? Sprechen Sie unsere Sprache?«

»Nein, überhaupt nicht. Höchstens ein paar Worte.«

»Nun, dann sollte ich wohl sagen, *Welkom terug*, Mr Foley.

»*Dankuwel, dat ist vriendelijk*«, antwortete Thomas vorsichtig.

Anneke antwortete mit einem fröhlichen Lachen. »*Goed zo!* Aber ich will Ihnen nicht noch mehr auf den Zahn fühlen. Das wäre unfair.«

Danach redete es sich leichter. Anneke erzählte ihm, dass sie aus Londerzeel stammte, einer Ortschaft nordwestlich von Brüssel, und dass sie dort immer noch bei ihren Eltern wohnte. Sie war eine von 280 jungen Frauen, die das Glück gehabt hatten, als Hostess ausgewählt zu werden. Sie alle sprachen vier Sprachen – Französisch, Holländisch, Deutsch und Englisch –, und die meisten würden ihren Dienst in den Häfen, Bahnhöfen und Flughäfen versehen, wo sie die Aufgabe hatten, Tausende von ausländischen Besuchern in Empfang zu nehmen und ihnen die Anreise zur Expo 58 zu erleichtern. Die Hostessen gehörten zu den wichtigsten Botschaftern der Weltausstellung und unterlagen einem strengen Verhaltenskodex: Während der Arbeitsstunden durften sie kein Kaugummi kauen, nicht stricken oder häkeln, nicht rauchen, keinen Alkohol trinken keine Romane, Zeitungen oder Illustrierte lesen.

»Eigentlich«, sagte Anneke, »dürfte ich mich ohne schriftliche Genehmigung von der Ausstellungsleitung nicht einmal mit einem Mann zusammen in der Öffentlichkeit zeigen. In Ihrem Fall habe ich zum Glück eine.«

Wieder lächelte sie Thomas an, und diesmal schien ihm das Lächeln weniger professionell zu sein und mehr vom Herzen zu kommen. Und immer deutlicher sah Thomas, dass sie verteufelt hübsch war.

»Da!«, sagte sie plötzlich, beugte sich zu ihm herüber und deutete zum Fenster hinaus. »Sehen Sie es?«

Zuerst sah Thomas nichts als eine Reihe Bäume, die in einiger Entfernung hoch und fest in die blaugraue Luft ragten, aber dahinter, über den höchsten Wipfeln, schob sich etwas zweifelsfrei von Menschenhand Geschaffenes ins Blickfeld: die obere Hälfte einer riesigen silbernen Kugel. Während das Auto dahinraste und die Perspektive sich veränderte, tauchten noch drei weitere auf unterschiedliche Höhe gebaute und durch glänzende Stahlröhren miteinander verbundene Kugeln auf. In ihrer Gesamtheit war die Konstruktion noch nicht zu erkennen, aber schon jetzt hatte Thomas den Eindruck von etwas Gewaltigem, Majestätischem, etwas Grandiosem und Überirdischem, von den Schöpfern eines Science-Fiction-Films in epischen Ausmaßen erdacht und durch ein Wunder menschlicher Genialität und Ingenieurskunst in die reale Welt gehoben.

»Das Atomium«, sagte Anneke stolz. »Vom Expo-Gelände aus hat man einen besseren Blick.«

Sie beugte sich vor und wechselte mit dem Fahrer ein paar Worte auf Französisch.

»Ich habe ihn gebeten, Sie nicht direkt zum englischen Pavillon zu bringen«, erklärte sie (auch wenn Thomas es ganz gut verstanden hatte). »Ich denke, wir sollten zuerst eine kleine Rundfahrt machen.«

Bald darauf hielt der Wagen vor einem großen Eingangstor, um das herum Dutzende Fahnenmasten standen, an denen noch keine Fahnen gehisst waren. Ein halb fertiges Schild ließ ahnen, dass es sich um die Porte des Nations handelte. Das Auto wurde von einem aufgeregten Sicherheitsmann durchgewunken, der den Fahrer gut zu kennen schien. Jetzt befanden sie sich im eigentlichen Ausstellungspark, rollten mit bedächtigen zehn Stundenkilometern einen breiten, von Bäumen gesäumten Boulevard entlang, der sich Avenue des Nations nannte.

Die Vorsicht war angebracht, denn auf der Straße gab es kaum ein Durchkommen; überall wurde emsig gearbeitet. Zuerst war Thomas völlig verwirrt von dem Anblick, der sich ihm bot: ein heilloses Durcheinander von Lastwagen, Gerüsten, Kränen, Stahlträgern, gestapelten Ziegeln, Betonplatten und hölzernen Planken, hin und her getragen von Arbeitern, die sich Taschentücher zu Kopfbedeckungen geknotet hatten. Noch nie hatte Thomas so viele Bauarbeiten auf so engem Raum gesehen. Anweisungen, Rüffel, Warn- und Anfeuerungsrufe schallten in allen erdenklichen Sprachen durcheinander. Thomas benötigte einen Moment der Anpassung an die Hektik und das Getümmel, um überhaupt Einzelheiten wahrnehmen zu können. Das erste Gebäude, das seine Aufmerksamkeit auf sich zog, stand links von ihnen, es sprang einem förmlich ins Auge: ein spektakuläres Diorama aus Stahl, Glas und Beton mit mehr als hundert Metern Durchmesser, dessen Eingang man über eine breite, einladende, von Fahnenmasten gesäumte Promenade erreichte. Ausmaß, Ambition und Entwurf ließen Thomas an eine moderne Version des römischen Kolosseums denken.

»Der amerikanische Pavillon«, erklärte Anneke. »Und der sowjetische gleich nebenan. Was man übrigens«, fügte sie mit blitzenden Augen hinzu, »als eine kleine Kostprobe belgischen Humors begreifen darf.«

Der sowjetische Pavillon bildete einen eindrucksvollen Kontrast dazu. Was die Ausmaße anging, machte auch er keine Kompromisse, aber die heroische Schlichtheit der Bauform schien einen leisen Tadel an Amerikas Anmaßung und Vulgarität formulieren zu wollen. Es war ein gewaltiger Quader aus Stahl und Glas, der sich scheinbar endlos in den Himmel ausbreitete, als sie mit dem Auto langsam daran vorüberrollten und Thomas den Hals zum Fenster hinausreckte und mit staunend geöffnetem Mund hinaufschaute. Die Wände des Palastes waren aus Wellglas, das für Leichtigkeit und Offenheit sorgte und über die Dimensionen hinwegtäuschte: eine stillschweigende Mahnung an die Menschen im Westen, die davon überzeugt waren, dass ein Konzept wie Transparenz in der UdSSR völlig unbekannt sein musste.

Danach bogen sie nach links ab in eine schmalere Straße, vorbei an einem Bau, den Thomas, wenngleich er nicht so imposant war, schöner fand als die beiden, die sie davor gesehen hatten: weit weniger anmaßend, und geschmeidiger in seinen Rundungen, mit klaren, selbstbewussten Konturen. Anneke war derselben Meinung.

»Der ist bis jetzt mein Lieblingspavillon«, sagte sie. »Der tschechoslowakische. Ich freue mich schon sehr darauf, ihn von innen zu sehen.«

Sie bogen noch einmal nach links ab und fuhren die Avenue de l'Atomium hinauf. Und diesmal, als er das gefeierte Bauwerk – das immer größer zu werden schien, je näher sie ihm kamen – in all seiner geheimnisvoll schimmernden Pracht sah, schwoll Thomas vor Ehrfurcht, aber auch Begeisterung das Herz in der Brust, und er begriff zum ersten Mal, was für ein großartiges Abenteuer ihm da bevorstand. Am Sonntag in Tooting hatte er seiner Frau und seiner Mutter noch Sherry serviert, als Ouvertüre zu einem quälend langen Familienessen, bei dem kein Wort von Bedeutung gefallen, nichts von Interesse passiert war. Und schon da hatte er das Gefühl gehabt, dass die selbstgefällige Stille dieses tödlichen Vororts, diese lähmende Gleichgültigkeit gegenüber den Ereignissen in der übrigen Welt, ihn in den Wahnsinn zu treiben begann. Und jetzt, nur vier Tage später, war er wie durch ein Wunder mitten hinein ins Epizentrum dieser Ereignisse katapultiert worden. An diesem Ort würden in den kommenden sechs Monaten all die Nationen zusammentreffen, deren komplexe Beziehungen zueinander, deren Konflikte und Allianzen, deren angespannte, verwickelte Geschichten die Entwicklung der Menschheit geprägt hatten und weiterhin prägen würden. Und in seiner Mitte ragte diese kapriziös funkelnde Verrücktheit empor: ein gigantisches Gitter miteinander verbundener Kugeln, unzerstörbar, jede einzelne ein Symbol dieser winzig kleinen, rätselhaften Einheit, deren Spaltung dem Menschen eben erst gelungen war – mit Konsequenzen, die Furcht einflößten und zugleich Wunder verhießen: des Atoms. Allein der Anblick ließ sein Herz schneller klopfen.

»Gefällt es Ihnen?«, fragte Anneke, während sie mit dem Auto eine Runde um das Bauwerk drehten. »Gefällt es Ihnen, Mr Foley?«

»Ich bin begeistert«, sagte Thomas und beugte sich wieder zum Fenster hinaus. »Es ist fantastisch, herrlich, absolut göttlich.«

In dem Moment, in dem er sie aussprach, klangen seine Worte ihm fremd. Wann hatte er sich zuletzt so schwärmerisch ausgedrückt? Womöglich war es gar nicht der Ort, der ihn auf diese Höhen der Begeisterung trieb, vielleicht nicht einmal das Atomium – vielleicht war es Anneke selbst.

Schnell räumte er diesen alarmierenden Gedanken beiseite. Das Auto fuhr vorüber an den futuristischen Pavillons Frankreichs, Brasiliens, Finnlands und Jugoslawiens, dann am italienischen Pavillon, der sich dem Trend widersetzte und versuchte, die Atmosphäre eines Bergdorfes entstehen zu lassen. Sie durchquerten die skandinavische Sektion, fuhren an den Pavillons der Türkei und Israels vorbei und hatten wenige Minuten später auch Südamerika und den Fernen

Osten hinter sich gebracht. Thomas fühlte sich schwummrig, fast ein bisschen seekrank. Die kontrastierenden Architekturen begannen ineinander zu verschwimmen.

»Und was ist das für einer?«, fragte er, als sie am nächsten modernen Bauwerk vorüberfuhren, diesmal einer halbkreisförmigen Konstruktion aus metallisch glänzenden Klinkern, die man über eine durch einen Glastunnel geführte Rolltreppe erreichte.

»Ah! Für uns Belgier ist das ein sehr wichtiger Teil der Ausstellung«, erklärte Anneke. »Diese Sektion ist Belgisch-Kongo und Ruanda-Urundi gewidmete. Auf der Rückseite kommt man in einen tropischen Garten mit einem richtigen Eingeborenendorf. Alles absolut authentisch, mit kleinen Hütten und Grasdächern! Für die Zeit der Ausstellung werden sogar ein paar echte Eingeborene dort einquartiert. Ich kann's gar nicht erwarten. Ich habe noch nie einen leibhaftigen Neger gesehen. Auf Fotos sehen sie immer so exotisch und lustig aus.«

Thomas erwiderte nichts darauf, aber bei der Sache hatte er ein mulmiges Gefühl. In London sah man heutzutage viele dunkle Gesichter, und er kannte Leute, die darüber nicht besonders froh waren (er erinnerte sich an eine hitzige Diskussion in der Kantine mit Mr Tracepurcel). Nicht ohne einen gewissen Stolz konnte er von sich sagen, dass er keinerlei Ressentiments gegen Andersfarbige hegte. Wenn Anneke die Wahrheit berichtete, dann schlug dieser Teil der Ausstellung einen groben Misston an.

Noch ehe ihm eine passende Replik eingefallen war, bog das Auto um eine Ecke, und was Thomas jetzt sah, erkannte er auf den ersten Blick: James Gardners englischen Pavillon, der – er musste es zugeben – in der Realität noch versponnerer, origineller und beeindruckender aussah als auf Fotografien. Seine dreieckigen Segmente wirkten mindestens so modern und dynamisch wie die Architektur der umstehenden Pavillons, und gleichzeitig fühlte man sich an eine Kathedrale oder eine Reihe von Kirchtürmen erinnert. Sosehr all die anderen Bauten ihn verwirrt hatten, spürte Thomas jetzt, als das Auto vor dem Pavillon ausrollte, eine ganz besondere Wärme in sich aufglimmen: die Wärme des Nachhausekommens.

Anneke öffnete ihm die Wagentür, aber statt ihn zum Haupteingang des Pavillons zu führen (wo Handwerker auf hohen Leitern balancierten, um Glasscheiben an ihre Plätze zu bugsieren), bogen sie mit eingezogenen Köpfen um eine Ecke und gingen durch einen kleinen Birkenhain zur Mitte des britischen Geländes. Hier standen um einen kleinen künstlichen See herum weitere Gebäude, und in einer Ecke, scheinbar unvereinbar mit diesem chaotisch heterogenen Miniaturuniversum, durch das er gerade gefahren worden war, bot sich Thomas ein gleichermaßen vertrauter und fremdartiger Anblick: die mit Schindeln verschalte Vorderfront eines Wirtshauses, dessen Name in Großbuchstaben quer über das obere Stockwerk geschrieben stand: THE BRITANNIA.

»Mr Foley?«, hörte er eine Stimme in kultiviertem Englisch sagen und bekam Gesellschaft von einem jungen Mann in einem weißen Leinenanzug, der die Stufen zum Pub heruntergekommen war und ihn mit festem, energischem Händedruck begrüßte. »Mein Name ist Carter. Tut mir sehr leid, dass ich Sie nicht vom Flughafen abholen konnte.«

»Keine Sorge«, sagte Thomas, »man hat sich rührend um mich gekümmert.«

Anneke lächelte dankbar und sagte zu Mr Carter: »Es freut mich sehr, Sie kennenzulernen.« Und dann wieder zu Thomas: »Ich muss jetzt gehen. Ein Auto holt Sie um vier Uhr beim British Council ab und bringt Sie zurück zum Flughafen. Natürlich mit einer Hostess, die Ihnen bei den Formalitäten hilft.«

»Werden Sie das sein?«, fragte Thomas, und es war ihm egal, wie unverblümt die Frage klang.

Anneke wandte den Blick ab, bemühte sich um ein ernstes Gesicht und sagte: »Ich will's versuchen.«

Beinahe sehnsüchtig blickten Thomas und auch Mr Carter ihrer durch die Bäume davongehenden Gestalt nach. Carter pfiff anerkennend durch die Zähne.

»Hübsches Püppchen«, sagte er. »Und wenn mich nicht alles täuscht, haben Sie gehörig Eindruck auf sie gemacht.«

»Glauben Sie?«, sagte Thomas. »Ich meine... nicht dass das meine Absicht gewesen wäre.«

»Natürlich nicht. Aber das hier ist gefährliches Gelände, kann ich Ihnen sagen. Spüren Sie es nicht? Die seltsamsten Dinge können einem hier zustoßen, wenn man keinen klaren Kopf behält.« Ehe Thomas fragen konnte, was er damit meinte, lachte Mr Carter und klopfte ihm auf den Rücken. »Und jetzt kommen Sie. Ich will Ihnen zeigen, was das Britannia seinen Gästen alles zu bieten hat. Sie sehen so aus, als könnten sie ein Pint British Best vertragen.«

EIN
SONDERBARER
VOGEL

Ganz ohne Gäste wirkte das Britannia auf Thomas viel größer als erwartet. Vor allem aber schien es ihm – zu seiner unendlichen Erleichterung – tatsächlich mehr oder weniger fertiggestellt. Ein paar Wanddekorationen fehlten noch, ein Installateurstrio legte letzte Hand an die Bedienungselemente hinter der Bar, aber am Zustand nahezu vollständiger Betriebsbereitschaft konnte kein Zweifel bestehen. Nachdem er in den letzten Monaten so viele Pläne, Zeichnungen und Fotografien der Innenräume in Augenschein genommen hatte, fügte es den erfreulichen Überraschungen des heutigen Tages eine weitere hinzu, den Laden endlich in natura zu sehen.

Der erste Eindruck war positiv. Sehr positiv. Eine unmittelbare Empfindung von Licht und Raum. Weißer Verputz und eine Verschalung aus Kiefernholz kleideten drei der vier Wände des ebenerdigen Salons, die vierte war eine unverputzte Ziegelmauer. Die Bodenplatten bildeten ein schwarzgrünes Schachbrettmuster. Eine lange, aus hellen und dunklen Hölzern gezimmerte Theke mit roter Oberfläche, vor der die Barhocker aufgereiht standen, nahm den größten Teil der Seitenwand ein. Entlang der anderen Wände saß man auf den vertrauten Bänken an runden Glastischen, vor denen gelbe und schwarze Stühle standen. Ein paar maritime Stiche hingen an den Wänden, in gläsernen Kästen waren Schiffsmodelle ausgestellt, und das größere Modell eines Britannia-Airliners schien wie im Steigflug über seinem Standfuß zu schweben.

Mr Carter strahlte. »Fantastisch, finden Sie nicht? In den nächsten sechs Monaten kriegt mich hier so leicht keiner raus. Ein kleines Stück Heimat im trostlosen Brüssel.«

Er führte Thomas nach oben. Das Britannia war zweistöckig, und die obere Etage bestand aus einem großen Empfangsraum für private Gesellschaften sowie einer kleineren Bar, dem Clubraum für die Aussteller. Die Räume waren mit schwarzem und orangerotem Teppichboden ausgelegt, als Sitzgelegenheiten dienten fest verschraubte Hocker und schwarze Ledersessel. Weil es drinnen nicht viel zu sehen gab, nahm Mr Carter Thomas mit hinaus auf das überstehende Vordeck mit seinen Deckplanken, Handläufen, Rettungsringen und der überdachten Veranda. Von hier oben überblickte man die untere Terrasse, auf der bald das dichte Gedränge der Besucher herrschen würde, die zwischen James Gardners Regierungspavillon und dem Pavillon der Industrie hin und her flanierten oder an den Tischen unter leuchtendbunten Sonnenschirmen saßen. Dahinter, zwischen den Bäumen, lag der künstliche See, an dessen Ende so stolz wie sinnlos ein langer stählerner Mast in den Himmel ragte.

Mr Carter lehnte sich über das Geländer, schaute hinaus auf den See. Thomas verharrte noch einen Moment in Betrachtung der geschreinerten Stützpfeiler, bevor er neben ihn trat.

»Das wird ein Rummel werden, was?«, sagte Carter, den Blick zwischen den Bäumen hindurch zum anderen Seeufer gerichtet, wo noch mehr Lieferwagen und Lkws vorwärts und rückwärts durch die Avenue des Trembles rollten. »Kann mich nicht erinnern, so etwas schon mal gesehen zu haben.« Er drehte sich zu Thomas um. »Zigarette?«

»Das ist mal ein Angebot, mein Lieber.« Sie holten sich beide am selben Streichholz Feuer. »Wo einem heutzutage jeder erzählen will, wie ungesund es ist.«

»Ach, das erzählen sie einem über alles Mögliche. Kleinkarierte Spielverderber, wenn Sie mich fragen. Also…« Nach einem tiefen Lungenzug taxierte er Thomas noch etwas eingehender als zuvor. »Das ZIB schickt Sie, damit Sie ein Auge auf den Laden hier haben, richtig?«

»So ungefähr«, antwortete Thomas. »Nicht dass mir das nötig erscheinen würde. Eine kolossale Verschwendung an Zeit und Geld, fürchte ich.«

»Urteilen Sie nicht vorschnell«, sagte Mr Carter. »Haben Sie unseren erlauchten Gastgeber schon kennengelernt?«

»Mr Rossiter, den Wirt? Noch nicht. Ich hatte gehofft, heute seine Bekanntschaft zu machen.«

»Na dann. Er ist unten im Keller. Das ist unsere erste Station.«

»Gibt es etwas, das ich über ihn wissen müsste?«

»Machen Sie sich lieber selbst einen Eindruck. Und? Wie kommt es, dass Sie für das Kommando ausgewählt wurden? Sechs Monate Belgien. Haben Sie im Büro Lose gezogen und den kurzen Strohhalm erwischt?«

»So schlimm wird es ja wohl nicht sein, oder?«

Mr Carter dachte einen Moment darüber nach. »Es gibt sicher Schlimmeres. In meinen fast zehn Jahren beim Council hatte ich ein paar richtig brenzlige Posten. Amman. Bergen. Die verrücktesten Gegenden. Das Schlimmste, was man den Belgiern nachsagen kann, ist ein Hang zur Verschrobenheit.«

»Verschrobenheit?«

»Absurdes Theater ist hier die Normalität, mein Lieber. Die haben es quasi erfunden. Und die nächsten sechs Monate wird es hier noch surrealer als sonst zugehen.«

»Ach ja, Anneke – die Hostess – hat so etwas gesagt. Sie haben den amerikanischen Pavillon direkt neben den russischen gestellt. Ein belgischer Witz, meinte sie dazu.«

»Hmm«, sagte Mr Carter und drückte seine Zigarette am Verandageländer aus. »Ich bin mal gespannt auf die Pointe.

Eins ist jedenfalls sicher – in beiden Pavillons wird es von Spionen nur so wimmeln. So, kommen Sie, ich stelle Sie dem Geschwaderkommandanten vor.«

Mit dieser kryptischen Bemerkung ging er Thomas voran ins Erdgeschoss und weiter zu einer offen stehenden Falltür in einer Nische hinter der Bar. Von dort führte eine Holztreppe in einen geräumigen, hell erleuchteten Keller. Die beiden Männer polterten die Stufen hinunter und standen vor Stahlgestellen in langen Reihen, die auf die Ankunft der Bierfässer warteten. Vor dem einen war ein konfuses Streitgespräch im Gange. Ein großer, dunkelhaariger Mann, dessen kurzärmeliges weißes Flanellhemd vor Schweiß triefte, protestierte auf Französisch; ihm gegenüber, mit dem Rücken zu Thomas, stand ein stämmigerer, kleinerer Mann, die Hände in die Hüften gestemmt. Der Nacken wuchs rot und böse aus seinem steifen weißen Kragen.

Thomas kannte sich in der Materie gut genug aus, um dem Streit folgen zu können. Der hochgewachsene, Französisch sprechende Mann war von der Firma, die die Gestelle geliefert hatte, und der andere Mann schimpfte über den automatischen Kippmechanismus, der mit diesen zusammen montiert worden war. Seiner Meinung nach ruckelte der Mechanismus zu stark und war geeignet, das Bier in den Fässern zum Schwappen zu bringen. Und wenn das passierte, würde trübes Bier durch die Leitungen hinauf in die Bar gesogen. Warum man die Fässer nicht einfach mit hölzernen Keilen kippte, wollte er wissen. Der Französisch sprechende Mann hielt das für eine hoffnungslos rückständige Methode. Der andere Mann schien die Antwort nicht richtig verstanden zu haben. Schließlich gab der Frankofone es auf, seinen Standpunkt erklären zu wollen. Unverständliches murmelnd stieg er die Treppe hinauf und machte noch eine zornige, wegwerfende Handbewegung, bevor er vollends verschwand.

Erst jetzt schien der Wirt des Britannia seine beiden Besucher zu bemerken.

»Guten Tag, die Herren«, sagte er voller Argwohn. »Ähm... *bon soir, mes amis. Comment...* was kann ich für Sie tun, wollte ich sagen.«

»Carter«, stellte Mr Carter sich mit höflichem Lächeln vor und streckte die Hand aus. »Vom British Council. Wir hatten gestern schon das Vergnügen.«

»Ach, ja! Ich erinnere mich«, behauptete der Wirt – eindeutig nicht ganz wahrheitsgemäß.

»Und das ist Mr Foley«, sagte Mr Carter. »Ich hatte Ihnen von ihm erzählt. Er arbeitet auch hier.«

»Na prima!«, sagte der Wirt und schüttelte Thomas die Hand. »Rossiter mein Name, Terence Rossiter. Aha!« Er nahm Thomas' Krawatte zwischen Daumen und Zeigefinger und zog sie zur näheren Inspektion zu sich her. «Das kennen wir doch. Radley College, richtig? Oder Marlborough? Jetzt sagen Sie wenigstens, dass es eine Schulkrawatte ist, damit ich mich nicht völlig zum Trottel gemacht habe.«

»Es ist eine Schulkrawatte, ja. Leatherhead Grammar.«

»Ah, mein Fehler. Ein Staatlicher, was? Tja, eigentlich logisch, welcher Radleyaner würde schon in einem Pub arbeiten? Kommen Sie mit rauf, meine Herren, mal sehen, mit was wir Ihren Brand löschen können.«

Sie setzten sich an einen der Glastische im Erdgeschosslokal, und Mr Rossiter ging drei Pint Helles holen – leider kein Fassbier, sagte er entschuldigend. Whitbread hatte extra für die Expo ein neues Bier kreiert, ein starkes, dunkles Bitter, das natürlich den Namen Britannia trug, aber die Anlieferung der ersten Fässer ließ auf sich warten.

»Es wird frühestens eine Woche vor der Eröffnung da sein«, erklärte Mr Rossiter. »Ich hatte gehofft, das Problem mit dem Kippmechanismus bis dahin in den Griff zu bekommen, aber ich habe ehrlich gesagt keinen Schimmer, was der Franzmann mir verklickern wollte. Es vereinfacht die Dinge nicht gerade, wenn man sich mit einem Haufen Ausländer rumschlagen muss.«

»Ich glaube«, sagte Thomas vorsichtig, »er wollte Ihnen zu verstehen geben, dass er Ihren Vorschlag mit den Keilen ein bisschen altmodisch fand.«

»Altmodisch, ja? Immerhin waren sie gut genug für das Duke's Head in Abingdon, das nach dem Krieg elf Jahre lang mein Reich war, ohne dass sich jemals jemand beschwert hätte, besten Dank.«

Er nahm einen tiefen Zug aus seinem Glas, ein Vorgang, der ihm eine Menge Schaum auf den fuchsroten Schnauzbart schaufelte. Thomas konnte nicht umhin, diesen eindrucksvoll gehegten Bartschmuck zu bewundern: Er entsprang als perfekte Horizontale und hatte es bereits auf eine Länge von gut fünf Zentimetern pro Hälfte gebracht. Seine äußersten Enden standen frei, ohne jeden Kontakt mit Mr Rossiters Gesicht. Das Gesicht selbst war rötlich, durchzogen von zahllosen Spinnennetzen aus geplatzten Äderchen. Dazu eine violette Nase. Das verleitete zu dem Schluss, Mr Rossiters Berufung zum Gastwirt könnte ihren tieferen Sinn in seinem Wunsch nach einer ständigen Nähe zu hochprozentigen Getränken haben.

»Tatsache ist«, fuhr Mr Rossiter fort, »dass diese Belgier von Tuten und Blasen keine Ahnung haben, wenn Sie mich fragen – weder bei Bier noch bei sonst was. Ich weiß, wovon ich rede. In El Alamein wäre mir beinahe ein Bein weggeschossen worden, und danach saß ich für zwei Jahre in so einer Art Klinik in der Nähe von Tonbridge. Da lagen ein paar Monate auch zwei Belgier, und ich kann Ihnen sagen, das waren die seltsamsten, verrücktesten Käuze, die mir je untergekommen sind. Total übergeschnappte Zeitgenossen, alle beide.«

»Eins der Ziele dieser Ausstellung ist es, wenn ich das richtig sehe«, sagte Mr Carter, »die unterschiedlichen Völker dieser Erde hier für eine Zeit Seite an Seite zu präsentieren, um ihre Verschiedenheiten und auch ihre Gemeinsamkeiten besser verstehen zu lernen und so vielleicht zu einem besseren Verständnis –«

»Ach, gehn Sie mir weg mit solchem Pipifax«, sagte Mr Rossiter. »Mit Verlaub, aber ich rede gern Klartext, wie Sie sicher bemerkt haben. In der Theorie mag das schön und gut sein, was Sie da vorschlagen – aber glauben Sie mir, so läuft der Hase nicht. In einem halben Jahr packen wir alle unsere Siebensachen und verstehen uns keinen Deut besser als vorher. Andrerseits, wenn die Verantwortlichen ihre Milliönchen partout in diesen verrückten Rummel hier stecken wollen – meinen Segen haben sie. Solange die Kasse stimmt, dürfen sie auf meine Unterstützung zählen.«

Mr Carter warf einen betretenen Blick in Thomas' Richtung.

»Sie wissen ja sicher, in welcher Eigenschaft Mr Foley hier ist.«

»Er kann hinter der Bar anfangen. Bis jetzt ist meine einzige Mitarbeiterin meine Nichte Ruthie. Ich hab der Brauerei zigmal gesagt, dass wir unterbesetzt sind, und nehme erfreut zur Kenntnis, dass sie endlich reagieren.«

»Ich fürchte, Sie haben da etwas falsch verstanden«, sagte Mr Carter. »Mr Foley ist kein Barkeeper. Er arbeitet für das ZIB.«

»Was für 'n Ding?«

»Das Zentrale Informationsbüro.«

Mr Rossiter schaute von einem zum anderen.

»Das versteh ich nicht.«

»Tatsache ist« – Thomas bemühte sich um einen möglichst neutralen Tonfall –, »dass dieses wunderschöne Pub – neben der eigenständigen Bedeutung, die es natürlich auch hat – gewissermaßen ein Bestandteil des britischen Beitrags zu dieser Weltausstellung ist. Und deshalb hielten meine Vorgesetzten es für angebracht – soviel ich weiß, ist Ihnen das in einem Brief auch mitgeteilt worden –, dass jemand vom ZIB hier für die Dauer der Zeit anwesend ist, um… um…«

»Mich zu beaufsichtigen, vermute ich mal«, beendete Mr Rossiter gleichmütig den Satz.

»So würde ich das nicht ausdrücken«, sagte Thomas und hörte selbst, wie lahm das klang.

»Sie sind also gar nicht zum Helfen hier? Sie stecken nur überall die Nase rein und klopfen mir auf die Finger?«

»Mein Vater war Wirt«, sagte Thomas. »Ich kenne mich also ganz gut aus in dem Metier und fasse gerne mit an, wann immer Not am Mann ist.«

Mr Rossiter wirkte weder überzeugt noch zufriedengestellt. Widerwillig zeigte er seinen Gästen, nachdem sie noch ein paar Schlückchen von ihrem Bier getrunken hatten, den Rest seines Wirkungsbereichs, insbesondere die Küche, in der Mr Daintry, der Restaurantmanager des Britannia, seine Speisekarte »traditioneller englischer Gerichte« abzuarbeiten gedachte (Thomas fing Mr Carters Blick ein, als dieser Ausdruck fiel, und sah ihn das Zeichen des Kreuzes machen). Danach machte der Wirt dringende Arbeiten geltend und verschwand wieder in seinem Keller, zweifellos um über die Sturheit der Belgier in puncto Gestelle, Holzkeile und Kippmechanismen nachzudenken.

»Sonderbarer Vogel«, sagte Thomas, als sie das Pub verließen und auf die Grenze des britischen Geländes zumarschierten.

»Ich hatte Sie gewarnt. Aber ich glaube, er kriegt das hin. Nur auf seinen Durst sollten Sie etwas achtgeben. Nicht dass er jeden Morgen verkatert ist und nicht vor neun aus dem Bett findet. Und denken Sie dran – hier gelten keine britischen Schankgesetze. Er hat zwölf Stunden am Stück Zugang zu dem Zeug.«

Der Rest des Tages verging rasch. Mr Carter nahm Thomas mit in die Büros des British Council im Zentrum Brüssels, wo sie in der Kantine zu Mittag aßen. Sie diskutierten Pläne für die Eröffnungsfeier des Britannia, die am zweiten Tag der Expo steigen sollte.

Der Wagen, der ihn zurück zum Flughafen bringen sollte, fuhr ohne Hostess vor, also durfte Thomas nicht damit rechnen, Anneke an diesem Tag noch einmal wiederzusehen. Aber als sie eine Dreiviertelstunde vor dem Start der Maschine ankamen, wartete sie vor der Abflughalle auf ihn. Keine Spur mehr von der professionellen Sprödigkeit, mit der sie ihn am Morgen begrüßt hatte. Während sie hölzerne Abschiedsformeln austauschten, wippte sie beinahe wie ein kleines Mädchen auf und ab, die Hände hinter dem Rücken verschränkt, den Blick manchmal gesenkt, als wagte sie nicht, ihm zu oft in die Augen zu schauen. Er sah, dass sie grüne Augen hatte, hellgrün mit einem Hauch Bernstein, und ihr Lächeln war offen, strahlend und makellos. Das einzige nicht Perfekte an ihr war die Kleidung, in die man sie gesteckt hatte. Etwas unbeholfen spielte er darauf an, bevor sie sich trennten.

»Ich hoffe doch, wir laufen uns hin und wieder über den Weg auf der Expo«, sagte Anneke.

»Ja«, antwortete Thomas. »Ja, ich würde Sie sehr gerne wiedersehen.« Und weil ihm das nicht zu reichen schien, fügte er hinzu: »Vielleicht auch mal ohne Ihre Uniform.«

Anneke schoss das Blut in die Wangen.

»Ich wollte sagen…«, stammelte Thomas. »Ich wollte sagen, dass ich Sie gerne mal in Ihren normalen Kleidern sehen würde.«

»Ja.« Anneke versuchte sich an einem Lachen, aber ihr Gesicht glühte immer noch. »Ich weiß, was Sie sagen wollten.«

Es folgte ein langes, abschließendes Schweigen, bevor sie sagte: »Sie verpassen noch Ihren Flug«, und dann ein langer und inniger Händedruck, bis Thomas sich losriss und davoneilte. Einmal drehte er sich noch zu ihr um. Sie winkte.

CALLOWAY'S HÜHNERAUGEN-PFLASTER

Vielleicht war es ein Fehler, dass Thomas seiner Begeisterung über den bevorstehenden Aufbruch nach Brüssel in den folgenden Wochen allzu freien Lauf ließ. Da durfte er sich nicht wundern, dass Sylvia begann, es ihm übel zu nehmen; die anfangs heiter resignierende Duldung der bevorstehenden Trennung verwandelte sich in eine schmallippigere, melancholischere Gemütslage.

Am Samstagmorgen des Wochenendes vor seiner Abreise trieben ihn Baby Gills heftige Schreikrämpfe aus dem Haus und die Straße entlang zu Jackson's Apotheke, wo er Nachschub an einem Kolikmittel besorgen wollte, für das die Kleine ein unstillbares Verlangen entwickelt zu haben schien. Die Schlange vor dem Tresen war ziemlich lang, und gerade hatte er sich innerlich auf eine zehnminütige Wartezeit eingestellt, da entdeckte er direkt vor sich seinen Nachbarn Norman Sparks, was seine Laune nicht gerade verbesserte. Mr Sparks, ein Junggeselle, der zusammen mit seiner Schwester im Nachbarhaus lebte, war in Thomas' Augen eine Nervensäge allererster Güte. Kurz nach ihrem Einzug waren Thomas und Sylvia bei den Sparks' zum Abendessen eingeladen gewesen: ein Experiment, das keine Neuauflage erfahren hatte, so zäh und mühselig war dieser Abend verlaufen. Mr Sparks' Schwester Judith war eine kränkliche Frau um die dreißig, die kaum einmal mit jemandem (einschließlich ihres Bruders) ein Wort sprach und sich kurz nach neun, noch vor dem Dessert, zur

Nachtruhe zurückgezogen hatte. Sie war noch nicht richtig zur Tür hinaus, als ihr Bruder sich schon bemüßigt fühlte, seinen Gästen in plastischer Ausführlichkeit und bis ins intimste Detail die diversen Gebrechen seiner Schwester zu schildern, die sie – wie er ihnen vertraulich mitteilte – für den größten Teil des Tages an ihr Bett fesselten. Die taktlose, geschwätzige Art und Weise, mit der er das Thema behandelte, hatte Thomas in seiner Abneigung gegen den neuen Bekannten bestätigt, einer Abneigung, die durch die anzüglichen Blicke, die Sparks im Verlauf des Abendessens ein ums andere Mal seiner Frau zuwarf, bereits erste Nahrung bekommen hatte. Trotzdem war er seither darauf bedacht gewesen, dem Nachbarn gegenüber die Fassade der Höflichkeit zu wahren. Thomas war seinem Wesen nach kein konfrontativer Mensch. Er murmelte ein zivilisiertes »Morgen, Sparks«, wenn sie sich auf der Straße begegneten, und ließ sich bei schönem Wetter auch zu der einen oder anderen belanglosen Plauderei über den Gartenzaun herab. Was keinesfalls bedeutete, dass er die lüsternen Blicke auf Sylvia während des Abendessens vergessen hatte.

»Morgen, Sparks«, sagte er auch jetzt zu ihm. »Wie geht's Ihrer bedauernswerten Schwester?«

»Ach, nicht besser, nicht schlechter«, erwiderte Mr Sparks mit gewohnter Aufdringlichkeit. »Wund gelegene Stellen – das ist jetzt das Neueste. Große, rote Stellen. Übers ganze Hinterteil. Seit zwei Wochen schmiere ich ihr täglich Salbe drauf.«

Thomas sah ihn an. »Ist das wahr«, sagte er so emotionslos wie möglich. Er war sich darüber im Klaren, dass jeder Kunde im Laden Ohrenzeuge dieses Dialogs wurde, und hielt einen geschmeidigen Themenwechsel für angezeigt. »Na, immerhin sehen Sie selbst ganz wohlauf aus. Alles im Lot an der Gesundheitsfront, hoffe ich.«

»Nicht so vorschnell«, sagte Mr Sparks und schüttelte mit kleinlautem Lächeln den Kopf. »Hühneraugen. Quälen mich erbarmungslos. Liegt an meinen Füßen, müssen Sie wissen. Ich hab so komische Füße.«

Thomas senkte den Blick auf die Füße seines Nachbarn, ohne irgendwelche Abnormitäten an ihnen ausmachen zu können.

»Sie verwundern mich«, sagte er.

»Ich habe eine Dreiviertelgröße«, erklärte Mr Sparks. »Der Achteinhalber ist zu klein, der Neuner zu groß für mich. Kann man nichts machen. Bin eben ein Unikum.« In seiner Bemerkung schwang durchaus ein Unterton heimlichen Stolzes mit.

Thomas zeigte Verständnis: »Oje, entweder sie scheuern, oder sie zwicken, vermute ich.«

»Entweder sie scheuern, oder sie zwicken, Sie sagen es. Gefangen zwischen Skylla und Charybdis.«

»Lassen Sie sich doch ein Paar anpassen«, schlug Thomas vor – worauf Mr Sparks laut auflachte.

»Seh ich aus wie Krösus, mein Lieber? Kann ich mir nicht leisten. Ausgeschlossen. Ich kriege mich und Judy mal so gerade eben über die Runden. Nein, die kleinen Freunde da drüben« – er deutete auf ein Regal hinter dem Tresen, auf dem sich Schachteln mit der Aufschrift *Calloway's Hühneraugenpflaster* stapelten – »sind meine einzige Rettung.« Dann war Sparks auch schon an der Reihe und sagte mit dem jämmerlichen Versuch eines koketten Lächelns für das Mädchen, das den Samstagvormittagsdienst hatte: »Ein Päckchen Calloway's Auslese bitte, mein Kind. Und noch eine Tube von der vermaledeiten Salbe für die unteren Regionen der armen Miss Sparks, wenn Sie so nett sein wollen.«

Zu Thomas' Ärger wartete Sparks vor der Apotheke auf ihn, zweifellos in der Absicht, sich ihm auf dem Heimweg anzuschließen. Eine Fortsetzung des Gesprächs war unvermeidlich – immerhin vermochte Thomas es behutsam von den körperlichen Beschwerden fort und hin zum weit weniger unangenehmen Thema Fußball zu lenken. Aber als sie sich seiner Gartenpforte näherten, kündigte sich neues Ungemach an: Sylvia stand im Vorgarten und harkte frische Erde auf ihr winziges Blumenbeet, in das sie ein paar Zwiebeln setzen wollte. Sie richtete sich auf, als sie die beiden sah, stützte eine Hand in den schmerzenden Rücken und sagte: »Einen schönen guten Morgen, Mr Sparks. Vor zwei Minuten hab ich Wasser aufgesetzt. Wie wär's mit einem Tässchen Tee?«

Mit finsterer Miene stapfte Thomas seiner Frau und seinem Nachbarn nach ins Haus. Er wusste genau, was hier lief: Seine bevorstehende Abreise lag Sylvia schwer auf der Seele, und sie strafte ihn – vielleicht unbewusst – mit dieser völlig unnötigen Aufmerksamkeit für Mr Sparks. »Sie mögen ihn sicher stark und süß, oder, Mr Sparks?«, sagte sie, als sie mit der Kanne ins Wohnzimmer kam und sich viel zu tief vor ihm herunterbeugte, um ihm die Tasse vollzuschenken. Sylvia hatte nach der Geburt ihre Figur sehr schnell zurückgewonnen und sogar verbessert: Ihre Brüste waren durch das Stillen noch voller und runder geworden, eine Tatsache, die Mr Sparks kaum entgangen sein durfte, da er sich ihr leicht, aber umso entschlossener entgegenneigte, zweifellos, um eine Nase voll von ihrem Duft zu nehmen, wobei die Nasenspitze beinahe den Ausschnitt ihres Kleids streifte. »Milch und zwei Stück Zucker bitte, Mrs Foley«, sagte er mit heiserer Stimme, schaute hoch und hielt den Blick ihrer haselnussbraunen Augen dabei eine Idee zu lange fest. Thomas sah ihm mit fassungsloser Empörung zu.

»Wenn Sie meine ehrliche Meinung hören wollen, Foley«, sagte Mr Sparks, nachdem Sylvia zurück in die Küche gegangen war, um ein paar Scheiben Walnusskuchen abzuschneiden, »können Sie nicht ganz bei Trost sein.«

»Und weshalb?«, fragte Thomas und wusste, dass er es gar nicht wissen wollte.

»Die kleine Frau so ganz allein zurückzulassen und abzudampfen – und auch noch nach Belgien, ausgerechnet. Ich an Ihrer Stelle würde sie keine zehn Minuten allein lassen.«

Thomas rührte seinen Tee um und verbarg seinen Ärger. »Ich verstehe nicht ganz, worauf Sie hinauswollen, mein Freund«, sagte er.

»Na ja, sechs Monate sind eine verflucht lange Zeit«, sagte Mr Sparks. »Haben Sie gar keine Angst, dass Sie ihr fehlen könnten?«

»Wie aufmerksam von Ihnen, sich darüber Gedanken zu machen«, sagte Sylvia, die mit dem Kuchen zurück ins Zimmer kam. »Aber ich fürchte, dieser Aspekt der Geschichte bereitet Thomas noch das geringste Kopfzerbrechen.«

»Na, das ist aber nicht sehr galant.«

»Ich komme ja an den Wochenenden«, sagte Thomas. »An manchen wenigstens.«

»Und es gibt ja auch noch so segensreiche Einrichtungen wie Briefkästen und Münzfernsprecher.«

»Genau. Dann führen wir eben eine leidenschaftliche Korrespondenz.«

»Aber es gibt immer noch Dinge«, gab Mr Sparks zu bedenken, »bei... bei denen der Mann im Haus nicht zu ersetzen ist. Und Sie dürfen sich darauf verlassen, Mrs Foley, dass ich Ihnen jederzeit zur Verfügung stehe, egal um welches Bedürfnis es sich handelt. Kurz an meiner Tür geklingelt, und ich komme gelaufen.«

»Aber, Mr Sparks, wie darf ich denn das verstehen?«, fragte Sylvia mit belustigtem Lächeln.

Mr Sparks errötete bis zu den Haarwurzeln. »Oh – ich meinte nur«, murmelte er, »wenn mal eine Glühbirne durchgebrannt ist oder ein Regal aufgestellt werden muss, solche Dinge...«

»Ich verstehe«, erwiderte Sylvia und gestattete sich noch ein Restlächeln, als sie die Teetasse schon zum Mund führte. »Das ist wirklich sehr nett von Ihnen. Was meinst du, Liebling? Ist das nicht ein nettes Angebot von Mr Sparks?«

Thomas schoss einen eisigen Blick auf sie ab und antwortete nach einer kurzen Pause: »Sparks hat mir erzählt, dass ihn seit Neuestem Hühneraugen piesacken. Machen ihm schwer zu schaffen, die Biester. Er hat den ganzen Rückweg gehumpelt wie nichts Gutes.«

Diese Bemerkung mochte den Zweck gehabt haben, die Sympathie zu dämpfen, die sich von Minute zu Minute stärker zwischen Sylvia und Mr Sparks aufbaute, aber der Schuss ging nach hinten los. Sylvia sah den Nachbarn mit aufrichtigem Mitgefühl im Blick an und sagte: »Das ist ja fürchterlich. Hühneraugen können eine entsetzliche Plage sein. Meine Mutter hat jahrelang darunter gelitten. Und ihre Mutter auch. Es geht bei uns durch die Familie.«

»Benutzt Ihre Mutter auch diese hier?«, fragte Mr Sparks und brachte ein Päckchen Hühneraugenpflaster zum Vorschein. »Man klebt sie auf die befallene Stelle, verstehen Sie, und in der Mitte haben sie ein Loch, damit...«

Thomas hatte genug gehört. Mit verächtlichem Schnaufen biss er ein großes Stück von seinem Kuchen ab und enteilte schnurstracks zum Telefon, das sich im Flur gemeldet hatte. Bei seiner Rückkehr durfte er feststellen, dass Mr Sparks den medizinischen Anschauungsunterricht beendet und die Kampagne des selbstlosen Helfers grüner Witwen wieder hochgefahren hatte.

»Fühlen Sie sich hier nicht ziemlich eingeschränkt?«, fragte er sie gerade. »Also, wenn ich Sie irgendwo hinfahren soll, zum Bahnhof oder so – jederzeit...«

»Wie, Ihre Klapperkiste läuft noch, Sparks?«, sagte Thomas (der sich selber kein Auto leisten konnte). »Ich dachte, die hätte schon vor Ewigkeiten den Geist aufgegeben.«

»Wer war am Telefon?«, fragte Sylvia.

»Niemand. Nur ein Knacken am anderen Ende.«

»Ach. Das ist mir heute auch schon passiert, als du einkaufen warst.«

»Tatsächlich?«

»Ja. Und gestern zweimal.«

Für Mr Sparks wurde es Zeit zu gehen und sich den wund gelegenen Körperzonen seiner Schwester zu widmen. Thomas ließ es sich nicht nehmen, ihn an die Gartentür zu bringen, um sicher sein zu können, dass er das Grundstück auch wirklich verließ. Als er zurück in den Flur kam, stand Sylvia am Telefon, den Hörer am Ohr.

»Unausstehlicher Dummkopf«, brummelte Thomas durchaus nicht nur in seinen Bart. Und dann, zu Sylvia: »Alles in Ordnung?«

»Ja. Das mit dem Telefon beunruhigt mich ein bisschen.«

»Ist das Freizeichen da?«

»Scheint so.«

»Dann ist doch alles in Ordnung.«

»Mir sind nur diese seltsamen Geräusche aufgefallen. Seit der Techniker hier war.«

Thomas blieb auf dem Weg in die Küche stehen und drehte sich um.

»Techniker? Was für ein Techniker?«

»Ein Mann von der Postdirektion war am Donnerstagmorgen hier und hat sich eine halbe Stunde lang an den Leitungen zu schaffen gemacht.«

»Tatsächlich? Warum hast du mir das nicht erzählt?«

Sylvia ging nicht auf seine Frage ein, aber sie wussten beide die Antwort: weil sie die ganze Woche über kaum ein Wort miteinander geredet hatten.

»Und der stand einfach so vor der Tür?«, fragte Thomas. »Ohne Vorwarnung?«

»Nein. Die zwei Herren hatten mir sein Kommen angekündigt.«

»Was für zwei Herren?«

»Die zwei Herren, die am Tag davor hier waren.«

Langsam begann Thomas zu ahnen, was passiert sein musste.

»Verstehe«, sagte er finster. »Und ich vermute, die kamen auch von der Postdirektion.«

»Ja. Warum? Wegen so etwas bindet einem doch keiner einen Bären auf, oder?«

Sylvia folgte Thomas in die Küche, wo sie sich zusammen an den Tisch setzten. Sie erzählte ihm die ganze Geschichte des Besuchs der beiden netten Herren von der Postdirektion am Mittwochnachmittag. Sie waren gegen drei gekommen, berichtete sie, und hatten ihr erklärt, sie müssten einer Reihe von Beschwerden über falsche Verbindungen, Gesprächsunterbrechungen und andere Störungen des Telefonverkehrs in dieser Gegend nachgehen.

»Und nur darüber habt ihr gesprochen?«, wollte Thomas wissen. »Nur übers Telefonieren?«

»Ja, natürlich«, sagte Sylvia. »Ich habe ihnen gesagt, wir hätten keine besonderen Probleme gehabt, mir wäre nichts aufgefallen, aber sie wollten trotzdem am nächsten Tag einen Techniker vorbeischicken, nur zur Sicherheit, damit er ein paar... routinemäßige Wartungsarbeiten durchführt. Und dann haben sie mich noch gebeten, ein Formular auszufüllen...«

»Ein Formular?«

»Ja.«

»Was für ein Formular, Name, Adresse, so etwas?«

»Ja. Und dann noch ein paar andere Fragen, ob ich... weiß auch nicht, merkwürdige Fragen, ob wir Mitglied in irgendwelchen politischen Parteien sind, wo wir in den Ferien hinfahren, solche Dinge.«

Thomas seufzte und bemerkte trocken: »Die Informationen benötigten sie für die Wartung unseres Telefons?«

»Ja, ich fand das auch etwas seltsam.« Sie schaute hinauf zu ihm, ergeben, vertrauensvoll: »Meinst du, da könnte etwas... faul sein an der Sache?«

Thomas stand auf. »Nein, das glaube ich nicht«, antwortete er. »Wahrscheinlich wollen sie nur sicher sein, dass bei uns alles für die neuen Ferngespräche bereit ist.«

Die Erleichterung, die Sylvias Gesicht aufhellte, rührte ihn. Manchmal machte ihre Naivität ihn wahnsinnig, aber sie sprach auch seine sentimentale Seite an oder gab ihm wenigstens das Gefühl, mächtig und unersetzlich zu sein, ein – zugegebenermaßen – angenehmer Gedanke. Und sogar sein wachsender Verdacht, dass während seiner Abwesenheit jemand ein waches Auge auf das Kommen und Gehen in ihrem Haus haben würde, hatte etwas überraschend Tröstliches.

Der Rest des Wochenendes verging relativ ruhig. Am Abend gingen sie – ausgerechnet auf Vorschlag von Thomas' Mutter – ins Kino. »Es ist für lange Zeit euer letzter gemeinsamer Samstagabend«, hatte sie zu ihrem Sohn gesagt. »Denk dir verdammt noch mal etwas Besonderes aus. Du bist deiner Frau einen vergnügten Abend schuldig.« Zuerst erschrak Sylvia bei dem Gedanken, Gill einen ganzen Abend lang allein zu lassen, aber Thomas' Mutter konnte sie beruhigen und versprach ihr, gut auf das Baby aufzupassen. »Mir macht das Spaß«, sagte sie. »Das ist viel netter, als immer allein zu Hause zu hocken. Und wozu habt ihr ein Gästezimmer, wenn nie jemand drin schläft?« Thomas und Sylvia waren mit der U-Bahn zum Leicester Square gefahren und hatten für Thomas' bevorstehende Begegnung mit den Küchen Europas schon mal bei einem Italiener geprobt und Lasagne und Chianti bestellt. Danach hatten sie eine Auseinandersetzung über die Filmauswahl geführt. Thomas hätte den italienischen Themenabend gerne mit *Die Nächte der Cabiria* abgerundet, der im Continental lief – ein Vorschlag, gegen den Sylvia schwerwiegende Einwände geltend machte, nachdem sie erfuhr, dass der Film nicht jugendfrei und die Hauptfigur eine Prostituierte war. Sie wäre lieber in *Glut unter der Asche* gegangen, den Mrs Hamilton aus dem Postamt schon viermal gesehen und von dem sie in höchsten Tönen geschwärmt hatte: »Wie die leben da drüben...«, hatte sie seufzend zu Sylvia gesagt, die sich von ihr eine Postanweisung auszahlen ließ. »Wie die Leute leben da drüben in Amerika. Die riesigen Autos, die endlos weiten Straßen. Und was für schöne Häuser, alles in Farbe, und lauter gut aussehende Männer. Einer der Schauspieler spielt einen Schullehrer, einen guten Menschen mit ganz festen Prinzipien, und trotzdem stellt man sich vor, wie er einen in die Arme nimmt in diesem elegant geschnitten Anzug mit den breiten Schultern und...« Ihr Blick war verträumt abgedriftet, bevor sie den Stempel auf Sylvias Postanweisung geknallt und ihr zwei Shillings und ein Sixpencestück ausgezahlt hatte. Thomas lauschte, über sein Tiramisu gebeugt, der Wiedergabe dieses Gesprächs und ließ sich nicht überzeugen. Vor vielen Jahren hatte er, ohne dass es ihm aufgefallen wäre, von irgendwoher die Überzeugung gewonnen und tief in sich eingegraben, dass Amerika ein banales, gewöhnliches, unzivilisiertes Land war. Die Verlockungen des Bildes, das es der Welt von sich verkaufen wollte, konnte er durchaus verstehen – diese kühnen, aufdringlichen Illusionen in Technicolor und VistaVision –, aber er war dagegen immun. Etwas in ihm wehrte sich gegen den Gedanken, sich einen Film anzusehen, in dem dieser Lebensentwurf gefeiert wurde, und sei es unter dem (mit Sicherheit geheuchelten) Deckmantel eines grellen Melodrams, das vorgab, seine Risse und Verwerfungen aufzuzeigen. Also einigten sie sich auf einen Kompromiss und schauten sich *Flüsternde Schatten* an, einen britischen Film mit Richard Todd und Anne Baxter in den Hauptrollen. Er war in Schwarz-Weiß gedreht, und obwohl der Großteil der Handlung in einer spanischen Villa spielte, fühlte Thomas sich bei vielen Außenaufnahmen an Hertfordshire erinnert. Am Ende nahm die Handlung eine Wendung, die den ganzen Film auf den Kopf stellte, so hatten sie wenigstens etwas zu besprechen, als sie sich auf dem Heimweg in der U-Bahn ihre Zigaretten anzündeten. Es war ein ordentlicher, ganz ansehnlicher kleiner Film gewesen, aber er hatte sie beide nicht ganz zufriedenstellen können, und so war dieser Abschiedsabend mit einer leisen Enttäuschung zu Ende gegangen.

Thomas' Mutter fuhr am nächsten Morgen zurück nach Leatherhead, und für den Rest des Tages hatten Mann und Frau nach Kräften die Fassade häuslicher Normalität aufrechterhalten. Sylvia verbrachte den Großteil des Nachmittags mit dem Bügeln von Thomas' Hemden, Unterhemden und Unterhosen, ihr Ehemann rückte den Lehnsessel in kameradschaftliche Nähe zum Bügelbrett, um die Sonntagszeitung zu lesen, die in ausführlichen Artikeln über Herrn Chruschtschows Forderung an Amerika berichtete, auf die geplanten nuklearen Raketentests im Pazifik zu verzichten. Seine Versuche, Sylvia für dieses Thema zu interessieren, blieben erfolglos. Sie wirkte melancholisch, abwesend und vergaß sogar, Butter auf den Toast zu schmieren, bevor sie ihn mit Ölsardinen belegte. Sie war nicht bereit, über etwas anderes zu reden als den Sumach im Garten, dessen Zweige auch Mitte April noch kahl waren. »Mal angenommen, er bekommt gar keine Blätter mehr?«, sagte sie unerwartet. »Angenommen, so geht es allen Bäumen, im Garten, in den Parks, überall. Keiner wird mehr grün. Wenn es auf einmal überhaupt keine Blätter mehr gibt?« Thomas wusste nicht, ob es sich dabei lediglich um einen willkürlichen, irgendwie morbiden Gedankengang handelte, oder ob diese Beobachtungen womöglich mit den nuklearen Raketentests in Verbindung standen, die er ja selbst zur Sprache gebracht hatte. Er erfuhr es auch nicht. Er wusste nur, und daran konnte es keinen Zweifel geben, dass Sylvia tief verletzt war, und keiner von ihnen den Mut fand, etwas daran zu ändern.

MOTEL
EXPO

Beim Landeanflug auf Melsbroek am nächsten Nachmittag schwebte die Maschine über die nordwestlichen Brüsseler Stadtteile ein. Thomas reckte den Hals zum Fenster und spähte durch Girlanden von Zigarettenrauch hinaus, um womöglich einen Blick auf das Expo-Gelände zu erhaschen, aber er saß auf der falschen Seite: Meilenweit nichts als Bauernland, durch lange, schnurgerade Hecken und Kanäle in unregelmäßige geometrische Muster abgeteilt; er sah das eine oder andere aufgeräumte, nichtssagende Dorf. Dann tauchte am Rand eines dieser Dörfer etwas Erstaunliches, Unerklärliches auf, eine Ansammlung provisorischer Bauten: lange, niedrige Gebäude, in Viererreihen gruppiert und parzelliert durch ein Gitter rechtwinklig zueinander verlaufender Straßen. Es waren wohl an die vierzig Reihen, erbaut auf einem weitläufigen, flachen, offenbar eigens für diesen Zweck planierten Stück Erde. Thomas kam der Gedanke an ein Kriegsgefangenenlager, aber dafür waren die Gebäude zu neu, und er wusste nicht einmal, ob es so etwas in Belgien überhaupt gegeben hatte. In wenigen Sekunden war die Maschine über das Areal hinweggeschwebt, und er sah es nicht mehr.

Nachdem er seine zum Bersten vollgepackten Koffer an sich genommen hatte, wurde er in der Ankunftshalle von einer der belgischen Hostessen begrüßt – nicht Anneke diesmal –, die nur den Auftrag hatte, ihn zum Taxistand zu begleiten und dem Fahrer zu sagen, wo er ihn hinbringen sollte. Es ging langsamer voran als erwartet, der Fahrer schimpfte auf Französisch über den Verkehr, der auf diesen Strecken seit Wochen zunehme, und jetzt, drei Tage vor Eröffnung der Weltausstellung, sei es gar nicht mehr zum Aushalten. Thomas murmelte Zustimmendes, wenn es ihm passend vorkam, machte aber keinen Versuch, das Gespräch wiederzubeleben, als es sich totgelaufen hatte. In dem braunen Umschlag auf seinem Schoß steckten hektografierte Hinweise zu seiner Unterbringung. Ihnen hatte er entnommen, dass er sich Kabine 491 eines gewissen Motel Expo mit einem englischen Landsmann namens A.J. Buttress teilen musste. Welcher Art die Unterkunft war, ließ sich aus diesen Angaben nicht entnehmen, aber das Wort »Kabine« hatte einen eher nüchternen Klang, und die Nummer 491 ließ ahnen, dass diese Kabine, wie immer sie beschaffen sein mochte, eine unter vielen war.

Nach etwa zwanzig Minuten Fahrt sah Thomas zu seiner Linken wieder die glänzenden Kugeln des Atomiums über die Baumwipfel hinausragen, silberne Vollmonde vor den Grautönen eines wechselhaften Nachmittagshimmels. Seine Lebensgeister begannen sich zu regen. Morgen würde er wieder unter ihnen stehen, und allein diese Gewissheit versetzte ihn in prickelnde Erregung. Auf vielschichtige wie undurchsichtige Weise stand dieses Bauwerk für alles, was diese Ausstellung – und damit das kommende halbe Jahr seines Lebens – symbolisierte: Fortschritt, Geschichte, Moderne und das Erlebnis, ein Rädchen in der Maschinerie zu sein, die all diese Dinge antrieb. Aber wie ließ sich ein solches Gefühl mit dem Leben vereinbaren, das er gerade für eine begrenzte Zeit hinter sich und in dem er Sylvia allein zurückgelassen hatte? Es waren zwei Dinge, die ihm zutiefst unvereinbar schienen.

Zehn Minuten später bog sein Taxi von der Hauptstraße ab und rollte langsam durch eine Ortschaft namens Wemmel, die aus ein paar Dutzend ordentlicher roter Backsteinhäuser bestand, die meisten umgeben von großzügigen Grundstücken, auf denen Ziegen, Schafe und Hühner weideten oder sich auf andere Art zufrieden die Zeit vertrieben, sichtlich unbeeindruckt von den großen Ereignissen, die um sie herum ihren Lauf zu nehmen begannen. Am Ende des Dorfes bog das Taxi nach links ab und hielt nach weniger als einer Minute Fahrt über eine kurvenreiche, von Pappeln gesäumte Nebenstraße vor einem weitläufigen Areal provisorischer Bauten, die Thomas auf den ersten Blick wiedererkannte, obwohl er sie vorhin nur von oben gesehen hatte. Jetzt bekam sein Eindruck eines Kriegsgefangenenlagers ein ganz anderes Gewicht. Offensichtlich handelte es sich um sein Domizil bis Oktober.

Gleich hinter der Schranke, die sich vor ihnen öffnete, stand ein einsames Holzhäuschen mit einem schmalen Empfangstresen. Dahinter saß ein ernst dreinblickender grauhaariger Mann, der leise Ähnlichkeit mit dem jungen Josef Stalin hatte.

»Willkommen im Motel Expo Wemmel, Mr Foley. Wie Sie sehen, müssen noch ein paar letzte Arbeiten erledigt werden, aber ich denke, Sie werden alles zu Ihrer Zufriedenheit vorfinden. Das Frühstück wird zwischen sieben und neun Uhr morgens in der Kantine serviert. Ein Wäscheservice steht zur Verfügung, außerdem gibt es eine Kapelle, in der sonntags Gottesdienste auf Englisch und in anderen Sprachen abgehalten werden. Das Tor schließt um Mitternacht, danach müssen Sie läuten, um eingelassen zu werden. Übernachtungsgäste haben keinen Zutritt. Hier ist Ihr Schlüssel.«

Thomas' Kabine war ganz am Ende des Geländes. Er marschierte mit seinen schweren Koffern los, duckte sich mit eingezogenem Kopf an Handwerkertrupps vorbei, die letzte Handgriffe an die Einrichtungen des Motels legten: Dachbalken den finalen hellblauen Anstrich verpassten oder auf hohen Leitern balancierten und bunte Verkleidungen vor die Dachgesimse nagelten, um die groben Porenbetonsteinkonstruktionen etwas heiterer zu gestalten. Um ein Haar hätte ein Arbeiter ihm eine bis zum Rand mit feuchter, rötlicher Erde gefüllte Schubkarre über den großen Zeh geschoben. Ein anderer malte mit feinem Pinsel Zahlen an die letzten noch unnummerierten Türen: Bei Nummer 412 war er angekommen, also musste Thomas einfach nur weiterzählen, um seine Kabine zu finden.

Drinnen traf ihn ein unmittelbarer Eindruck überwältigender Stille. Er setzte sich auf das Bett auf der Fensterseite – auf dem anderen war bereits ein Koffer abgestellt – und sah sich im Zimmer um. Ein Kleiderschrank, ein Tisch, eine winzige Nasszelle mit Toilette, Waschbecken und Dusche. Das Oberlicht im Dach schüttete blasses Sonnenlicht über den Linoleumfußboden. Weder Wolldecken noch Laken auf dem Bett – nur eines dieser seltsamen kontinentalen Federbetten. *Plumeau* hießen die Dinger, oder? Das Geklopfe der Handwerker klang jetzt sehr fern und verstärkte nur den Eindruck der Stille. Offensichtlich befand sich keine Menschenseele in den angrenzenden Zimmern. Alles war still, absolut still.

Thomas legte sich flach auf sein Bett, strich sich die Hand übers Haar und atmete durch. Die Reise lag hinter ihm, der Augenblick der Ankunft ebenfalls. Was nun?

Er würde die Koffer auspacken, sich mit dem Taxi zum Ausstellungsgelände bringen lassen und vielleicht dem Britannia einen Besuch abstatten: sich einen Platz zum Essen suchen und jemanden, der ihm dabei Gesellschaft leistete. Es war halb fünf. Halb vier in London. Was mochte Sylvia fürs Abendessen geplant haben? Wahrscheinlich würde sie allein in der Küche essen.

Es war die richtige Entscheidung gewesen, hierherzukommen. Davon war er überzeugt. Auch wenn er sich keine Illusionen darüber machte, wie schwer es für Sylvia war. Wenigstens hatte sie Baby Gill zur Gesellschaft. Er würde ihr in ein, zwei Tagen einen Brief schreiben, vielleicht früher.

»Tut mir leid, mein Freund, ich wollte Ihren Schönheitsschlaf nicht stören.«

Thomas rührte sich behäbig und steif auf seinem Bett, geweckt von einem Geklapper aus dem Badezimmer. Draußen war es beinahe schon dunkel. Er stützte sich auf einen Ellbogen und blinzelte hinüber zur Badezimmertür. Dort stand in einem Pullover mit V-Ausschnitt, eine Pfeife zwischen die Zähne geklemmt, ein freundlich aussehender Mann ungefähr seines Alters. Der Mann lächelte zu ihm herein.

»Anstrengende Reise, was?«, sagte er.

Thomas setzte sich auf, plötzlich hellwach.

»Tut mir furchtbar leid«, sagte er. »Wollte mich nur ein bisschen lang machen und muss wohl...«

»Buttress«, sagte der Mann und streckte ihm die Hand entgegen.

»Foley«, sagte Thomas.

Sie schüttelten sich die Hände.

»Sagen Sie ruhig Tony«, sagte der Mann. »Wie's aussieht, werden wir uns hier ziemlich nah kommen.«

»Wohl wahr. Na dann, ich bin Thomas.«

»Stört es Sie, wenn ich rauche?«

»Aber woher, mein Freund. Könnte selbst einen Glimmstängel vertragen.«

»Das lob ich mir.«

Tony entzündete seine Pfeife, Thomas steckte sich eine Zigarette an, und binnen weniger Augenblicke füllte gemütlicher Tabaksqualm das Zimmer.

»Und?«, sagte Thomas und sog nachdenklich an seiner Zigarette. »Was sagen Sie zu dem Laden hier? Nicht gerade das Ritz oder?«

»Nein, erinnert mich eher an Colditz, wenn ich ehrlich bin.«

»Genau das hab ich auch gedacht, als ich es aus der Luft gesehen habe.«

»Ruhiger Flug?«

»Einigermaßen. Und Ihrer?«

»Hätte schlimmer sein können.« Tony klappte seinen Koffer auf und nahm ein paar Kleidungsstücke heraus. »Welche Rolle spielen Sie bei diesem Expo-Zirkus, wenn ich das fragen darf?«

»Zu Hause in London arbeite ich beim Zentralen Informationsbüro. Ich soll hier ein Auge auf das Pub haben. Sie wissen schon, das Britannia.«

»Ha! Ein halbes Jahr lang Pints zapfen, was? Sie haben das große Los gezogen, mein Freund.«

»Hab ich mir auch gedacht. Und Sie?«

»Ich hab's nicht ganz so gemütlich, fürchte ich«, sagte Tony, der inzwischen an den Kleiderschrank getreten war. »Wie wär's, wenn ich die linke Hälfte nehme und Sie die rechte? Muss ja nicht sein, dass Ihre Socken zwischen meine Slips kullern.«

»Hat was für sich.«

»Und unsere Hemden hängen wir harmonisch-einvernehmlich in die Mitte.«

»Keine Einwände.«

»Na wunderbar. Ich sehe schon, wir zwei werden einigermaßen schmerzfrei miteinander auskommen.« Tony steckte inzwischen den Kopf in den Kleiderschrank, um Socken, Unterwäsche, Krawatten, Manschettenknöpfe und andere Accessoires auf die verschiedenen Regale zu verteilen. Seine Stimme klang gedämpft und undeutlich. »Ich bin von der Royal Institution herübergeschickt worden«, sagte er. »Ich weiß, es klingt bombastisch, aber ich bin wissenschaftlicher Berater für den britischen Pavillon, ob Sie's glauben oder nicht.«

»Glaube ich gerne«, sagte Thomas, »aber ich habe keine Ahnung, was es bedeutet.«

»Da stehen eine Menge hoch entwickelte Apparaturen drin«, erklärte Tony, kam wieder aus dem Kleiderschrank hervor und sah sich um, ob es noch etwas zu verstauen gab. »Und der größte Edelstein in der Krone ist die ZETA-Maschine.«

Plötzlich war Thomas ganz Ohr. Er erinnerte sich an den Nebel der Geheimhaltung, die sich über das Konferenzzimmer gelegt hatte, als Sir John das Thema anschnitt. Um nicht gar zu neugierig zu erscheinen, antwortete er eher beiläufig: »Richtig. Darüber habe ich vor ein paar Monaten was in der Zeitung gelesen.«

»Im Januar gab es einen mächtigen Rummel um die Sache.«

»Was kann die denn?«

»Tja, was kann die? Im Grunde ist sie ein riesengroßer Ofen. Mit dem man Temperaturen von etwa hundert Millionen Grad Celsius erreichen will.«

Thomas pfiff leise durch die Zähne. »Autsch, ganz schön heiß.«

»Ja. Aber bis jetzt haben sie es erst auf circa drei Millionen gebracht.«

»Gut, reicht immer noch, um einen Yorkshire-Pudding in Ruß zu verwandeln.«

»Wohl wahr. Aber der Zweck dahinter ist ernsterer Natur. Bei solchen Temperaturen fangen Neutronen an zu bersten. Mit anderen Worten: Kernfusion – für die Wissenschaftler so etwas wie der Heilige Gral. Sämtliche Energieprobleme der Menschheit wären mit einem Schlag gelöst.«

»Und? Wird es so weit kommen? Ist so etwas zu schaffen?«

»Manche Leute wähnen sich schon am Ziel. Der ehrenwerte Sir John Cockcroft, der Leiter des Teams, hat der Presse anvertraut, er sei zu neunzig Prozent sicher, dass sie es geschafft haben. Deshalb der große Trubel im Januar. Natürlich arbeiten Amis und Sowjets an derselben Sache, aber sie hinken offenbar weit hinterher, deshalb ist die Arbeitsweise der Vorrichtung schrecklich geheim. Im Pavillon steht nur eine Replik. Auch bei der muss natürlich alles picobello funktionieren, die Lämpchen müssen rechtzeitig aufleuchten und ausgehen und was nicht noch alles, damit Otto Normalverbraucher auch ordentlich Bauklötze staunen kann. Ist doch lustig, oder? Sie kümmern sich um die Attrappe eines Pubs, und ich mich um die Attrappe einer Maschine. Wir sind beide als Illusionskünstler unterwegs.« Er kicherte leise, und während Thomas noch über diese Bemerkung nachdachte, wühlte Tony in seiner Jackentasche und brachte einen kleinen weißen, ziemlich verknitterten Umschlag zum Vorschein. »Hier«, sagte er, »den gebe ich Ihnen lieber gleich, bevor ich es vergesse. Hat mir der alte Joe Stalin da draußen an der Rezeption zugesteckt. Scheint sich um eine Art Einladung zu handeln.«

GEHÖREN DIE BRITEN
DENN NICHT
ZU EUROPA?

Die Einladung trug den Briefkopf der britischen Botschaft in Brüssel und lautete:

Lieber Folly,
dem Generalbevollmächtigten ist es eine große Freude, Sie
am Dienstag, dem 15. April, auf einen kleinen Abendempfang
in das Restaurant des Atomiums einzuladen, um mit uns die
bevorstehende Eröffnung des Regierungspavillons für die Öffent-
lichkeit zu feiern. Aperitif 18.45 Uhr, Abendessen 19.30 Uhr.
Kleidung: Straßenanzug.
Ihr
Mr S. Hebblethwaite
Erster Sekretär
Um Antwort wird gebeten.

An dieses Ereignis sollte sich Thomas noch Jahre später als einen der großen Momente seines Lebens erinnern. Kurz nach Sonnenuntergang hatte er den Ausstellungspark durch die Porte des Attractions betreten und seinen neu ausgestellten Delegiertenpass dem Sicherheitsbeamten vorgezeigt (der ihn kein zweites Mal darum bitten würde). Vorbei am stillen, noch nicht eröffneten Vergnügungspark war er zur Place de Belgique gekommen und nach rechts abgebogen, in eine Allee, auf der ebenfalls noch alles ruhig war: Die Gondeln der Seilbahn hingen leer und bewegungslos über ihm, vom gleißenden Licht zahlreicher futuristischer Laternen entlang der

Fußwege in geheimnisvolle Plastiken verwandelt. Jetzt ragte das Atomium in ganzer Größe vor ihm auf, und bei seinem Anblick verschlug es Thomas für einen Moment den Atem: Jede der in Aluminium gekleideten Kugeln war mit einem Netzwerk silberner Lichterketten geschmückt, ein zugleich festlicher, majestätischer und beinahe surrealer Effekt, wie Weihnachtsdekoration auf einem Planeten einer entlegenen Galaxie. Als er den Blick noch ein ganzes Stück höher zur obersten Kugel hob, erkannte Thomas an den wärmeren, gelberen Lichtern das Restaurant, den Ort, zu dem er jetzt immer ungeduldigeren Schrittes unterwegs war.

Ein livrierter Portier begrüßte ihn im Empfangsbereich zu ebener Erde und wies ihm den Weg zu den Fahrstühlen, deren Kabinen gläserne Decken hatten, um dem Fahrgast ein Gefühl für die Geschwindigkeit zu geben, mit der man ihn durch die zentrale Säule der Konstruktion schoss. Und es ging rasend schnell, gerade hatte das Pochen in seinen Ohren begonnen, da kam der Lift mit leisem Zischen schon wieder zu einem sanften Halt. Die Türen glitten auseinander, und er trat hinaus ins Restaurant.

Ein Angestellter der britischen Botschaft wartete vor dem Lift mit einer hektografierten Liste der geladenen Gäste.

»Ah. Guten Abend, Mr, äh …« Er blickte auf das Blatt Papier. »Mr Folly, richtig?«

»Foley.«

»Tatsächlich? Sind Sie sicher?«

»Ziemlich sicher.«

»Na gut. In Ordnung.« Er strich Thomas' Namen von der Liste. »Ich bin Simon Hebblethwaite, Sir Johns Erster Sekretär. Hat man Sie Sir John schon vorgestellt?«

»Nicht persönlich. Wir … haben gemeinsam an einer Sitzung in London teilgenommen.«

»Aha. Egal, jedenfalls danken wir Ihnen, dass Sie Ihre Teilnahme so kurzfristig möglich machen konnten. Jemand vom Industriepavillon musste im letzten Moment absagen, und ein leerer Platz an einem der Tische macht keinen guten Eindruck.«

»Verstehe. Ja, das wäre ein etwas unglücklicher Anblick gewesen.«

»Dann darf ich Sie bitten, sich einen Drink zu nehmen. Ein paar Flaschen Schampus stehen noch da. Ich an Ihrer Stelle würde gleich mal ein paar Gläschen sicherstellen, bevor er alle ist und wir auf das französische Standardgesöff zurückgreifen müssen.«

Thomas versorgte sich bei einer der Kellnerinnen mit einem Glas Champagner und musste schnell feststellen, dass es schwierig werden könnte, mit einer der Gruppen ins Gespräch zu kommen, die sich bereits überall im Saal gebildet hatten, also ging er zu einem der riesigen Glasfenster. Erst einmal störte es ihn wenig, dass er nur als Ersatzmann zu diesem Abendessen geladen war und sich kein Mensch hier im Saal für ihn interessierte. Er hätte stundenlang an diesem Fenster stehen, Champagner schlürfen und auf die vielfarbigen Lichter dieser unglaublichen nagelneuen Metropole herunterschauen mögen: so lebendig, modern, flirrend vor Leben und Verheißung. Er hatte das Gefühl, vom luftigsten und erhabensten Aussichtspunkt, den menschlicher Erfindergeist sich nur erdenken konnte, einen Blick in die Zukunft zu werfen. Er kam sich vor wie der König des Universums.

Für das Abendessen nahm er den für ihn reservierten Platz an einem Tisch für vier Personen ein. Offenbar war das ganze Restaurant für diesen Anlass gebucht worden, und obwohl Thomas' Tisch – wie alle anderen – an einem Fenster stand und Ausblick auf das Ausstellungsgelände bot, war er so weit entfernt von Sir John Balfour und den anderen VIPs wie überhaupt nur möglich. Umso erstaunter war er, als Tischnachbarn James Gardner zu haben, den Architekten des britischen Pavillons, was Thomas wie eine besondere und etwas bedrohliche Ehre erlebte. Außerdem saßen an ihrem Tisch noch ein gewisser Roger Braintree, der sich als Sekretär des Wirtschaftsberaters an der britischen Botschaft in Brüssel vorstellte, und eine Belgierin namens Ilke: Ilke Scheers, die einen (nicht näher bezeichneten) Posten in einem Komitee bekleidete, das den Pavillons der verschiedenen Nationen bei ihren musikalischen Beiträgen beratend zur Seite stand.

»Nun, meine Damen und Herren«, sagte Mr Gardner zu den drei anderen und erhob sein Glas. »Trinken wir auf die Expo 58. Menschenskind, wir haben's geschafft! Hier sitzen wir, pünktlich auf die Minute, bis Donnerstag müssen nur noch ein paar Nägel eingeschlagen werden. Nichts Geringeres als ein Wunder, wenn Sie mich fragen. Dafür dürfen wir uns schon mal auf die Schulter klopfen.«

»Auf die Expo 58«, wiederholte Thomas.

»Und auf Großbritannien«, fügte Miss Scheers höflich hinzu, »dessen Beitrag, davon bin ich überzeugt, zu den großartigsten zählen wird.«

Das Mahl nahm seinen Anfang. Der erste Gang bestand aus Garnelen mit Zwiebeln und etwas Flüssigem gräulicher Färbung, das sich genauerer Bestimmung widersetzte. Thomas schmeckte es ziemlich gut. Roger Braintree verspeiste seine Portion rasch, entschlossen, mit finsterer Konzentration im Blick. Er schien es mehr als unwillkommene Unterbrechung und weniger als Eröffnung des Tischgesprächs zu empfinden, als Miss Scheers sich an ihn wandte und sagte: »Werden Sie auch an der Eröffnungsfeier am Donnerstag teilnehmen, Mr Braintree?«

»Nicht wenn es sich irgendwie vermeiden lässt«, antwortete er mit vollem Mund.

Miss Scheers zuckte leicht zusammen wie bei einem Insektenstich.

»Sie wollen nicht dabei sein bei diesem historischen Ereignis? Von dem Sie noch Ihren Enkelkindern erzählen könnten?«

» Sie etwa?«

»Unbedingt. Eine Gelegenheit, unseren König zu sehen. Seine Rede zu hören.« Mr Braintree knurrte Unverständliches und spießte zielsicher die nächste Garnele auf. »Ich dachte, Sie als Brite müssten doch etwas übrighaben für Glanz und Gloria.«

»Davon haben wir zu Hause mehr als genug.«

»Aber *das hier*, Mr Braintree... Das ist doch etwas Einzigartiges, mit nichts anderem vergleichbar. So viele Nationen, die vor ein paar Jahren noch Krieg gegeneinander geführt haben, kommen hier zusammen, Amerika und die Sowjetunion Seite an Seite. Man tauscht Gedanken aus, bekennt sich zu einer gemeinsamen Vision von der Zukunft...«

Roger Braintree antwortete nicht sofort. Erst nachdem er sich den Mund ein paar Mal mit der Serviette abgetupft hatte, erwiderte er: »Sie haben einen ausgesprochen europäischen Blick auf die Dinge, Gnädigste.«

»Gehören die Briten denn nicht zu Europa?«

»Doch, aber wir haben es gerne etwas... handfester als unsere kontinentalen Verbündeten. Wenn Sie so nett wären, mir das Brot zu reichen.«

Mittlerweile hatte Thomas vorsichtig ein Gespräch mit Mr Gardner begonnen. Der Architekt, der am ZIB einen Ruf wie Donnerhall besaß, gab sich zugänglicher, als Thomas erwartet hatte. Thomas hatte den berühmten Mann instinktiv mit »Sir« angeredet und war von Gardner mit freundlicher Bestimmtheit aufgefordert worden, auf derartige Förmlichkeiten zu verzichten.

»Wir sind hier nicht in Whitehall«, sagte er und schenkte sich bereits zum dritten oder vierten Mal das Weinglas voll. Er prostete Thomas noch einmal zu, diesmal ohne Trinkspruch, und fragte: »Und? Geht es mit Ihrem Pub voran?«

»Na ja, es ist nicht direkt *mein* Pub...«

»Ach, kommen Sie, keine britische Bescheidenheit.«

»Es sieht jedenfalls schon ganz gut aus. Wir haben es fast geschafft. Ein paar Dinge sind noch nicht geliefert. Einer der Anker der HMS *Victory* müsste längst da sein, aber da hängt es irgendwo.«

»Eine Nachbildung, vermute ich?«

»Ja, sicher. Wir haben sie in Wolverhampton anfertigen lassen. Eine etwas komplizierte Angelegenheit, um ehrlich zu sein, aber Sie kennen die Direktive – so viel Historisches wie möglich ins Schaufenster.«

»Tja. Nichts geht uns Briten über unsere imperiale Vergangenheit. Trotzdem – Hut ab für eure frische Präsentation. Von einem altenglischen Landhaus mit Muff unterm Strohdach ist nichts mehr zu spüren. Sicher habt ihr manche Schlacht dafür schlagen müssen. Ich kann ein Lied davon singen. Aber man sieht ja, gegen was wir hier antreten müssen.« Er bewegte die Hand in Richtung des Fensters mit seinem Ausblick über die hell erleuchtete Allee zur Porte Benelux. »Die Belgier haben alle Register gezogen. Das alles hier ist so was von up to date, wie ich es noch nirgendwo gesehen habe. Kein Wunder, dass es Braintree nicht gefällt.« (Mr Braintree hatte den Tisch inzwischen verlassen, um einer Verabredung nachzukommen, und kurz darauf hatte auch Miss Scheers sich entschuldigt und war an einen anderen Tisch gewechselt.) »Lieber Himmel, Sie haben ja mit eigenen Ohren gehört, wie dieses arme belgische Vögelchen sich abgemüht hat, wenigstens das Mindestmaß an Begeisterung aus ihm herauszukitzeln, das der Anstand geboten hätte. Aber so ist das leider. Wie oft bin ich gegen Leute wie ihn angerannt. Diese verfluchte britische Abneigung gegen alles, was modern ist und nach Fantasie statt nach verstaubten alten Hüten riecht. Ich meine – nichts für ungut –, aber was denken Sie, warum man mich hier mit Ihnen zusammengesteckt hat, möglichst weit weg vom wackeren Sir John und seiner alles andere als amüsanten Entourage? Ich bin ja nur der Architekt des Pavillons. Und das macht mich für die zu einer Art Sonderling. Einem Spinner. Glauben Sie mir«, fuhr er fort, sich für sein Thema erwärmend, »wir hinken grob gerechnet dreißig Jahre hinter den Belgiern her. Nehmen wir nur den Ort, an dem wir hier sitzen. Vielleicht etwas prätentiös, und trotzdem etwas Schönes und Wunderbares, finden Sie nicht? Der Designer, Sie werden's kaum glauben, ist in Großbritannien geboren, in Wimbledon, ausgerechnet. Aber er hätte sich nie und nimmer so etwas ausdenken können, wenn er dort geblieben wäre. Die Briten wollen einfach nicht an den Fortschritt glauben. Und deshalb wissen die Roger Braintrees dieser Welt nichts mit mir anzufangen. Diese Leute sind sich für kein Lippenbekenntnis zu schade, aber wenn es ernst wird, misstrauen sie dem Wort – und dem Gedanken. Weil er ein System bedroht, das ihnen während der vergangenen Jahrhunderte gute Dienste geleistet hat. Im Gegensatz zu ihm gehe ich am Donnerstagvormittag zu der Eröffnungsfeier. Natürlich mit dem leisen Lächeln englischer Ironie um die Lippen, weil wir ja alle schon so genau wissen, was der König sagen wird: Dass die Menschheit am Scheideweg steht, wird er uns verraten, und dass der eine Weg zum Frieden, der andere in die Vernichtung führt. Was sollte er auch sonst sagen? Aber darauf kommt es nicht an. Es kommt darauf an, dass wir hier sind – und dass wir in vielen Jahren sagen können: Wir sind dabei gewesen.« Mr Gardner wurde von einer Kellnerin unterbrochen, die mit einer Käseplatte an den Tisch trat. Er nahm sich ein paar Scheiben mit dem Messer, legte sie Thomas vorsichtig auf den Teller und seufzte. »Was gäbe ich für einen schönen, scharfen Cheddar und etwas Wensleydale«, sagte er. »Haben Sie das holländische Zeug schon mal probiert? Schmeckt wie Kerzenwachs.«

WIR HANDELN
MIT INFORMATIONEN

Am Donnerstagmorgen, dem 17. April 1958, eröffnete König Baudouin Albert Charles Léopold Axel Marie Gustave von Belgien die Brüsseler Weltausstellung. Der König wurde in Begleitung des Ministerpräsidenten und einiger Mitglieder seiner Familie durch die Porte Royale auf das Gelände und dann weiter die Avenue de la Dynastie entlanggefahren. Der Weg der königlichen Prozession war von jubelnden Menschen gesäumt – unter ihnen Thomas Foley und Tony Buttress –, und zur Feier des Anlasses zauberten Kunstflieger den Buchstaben »B« in den belgischen Nationalfarben auf den Himmel, wobei Sylvia – was dieses letzte Detail anging – auf das Wort des Fernsehkommentators vertrauen musste, denn sie wohnte dem Ereignis zu Hause vor einem Schwarz-Weiß-Gerät bei. Aber auch so war sie fasziniert von der Möglichkeit, dieses Weltereignis am Vormittag original im Fernsehen miterleben zu dürfen (ITV hatte sein Programm eigens zu diesem Anlass ein paar Stunden früher als gewohnt begonnen) und suchte die Menschenmenge während der ganzen Übertragung eifrig – wenngleich mit wachsender Hoffnungslosigkeit – nach ihrem Mann ab; schaukelte Baby Gill dabei auf dem Schoß und versuchte mit endlosen Wiederholungen einer einzigen Frage ihr Interesse zu wecken (oder sie zum Wahnsinn zu treiben): »Wo ist Daddy? Wo ist Daddy?«, während das ahnungslose Kind wie gebannt auf den flimmernden Bildschirm starrte, fasziniert vom bewegten Spiel abstrakter, farbloser Konturen. Für die zweite Hälfte der Übertragung bekamen sie Gesellschaft von Norman Sparks, der sich den Vormittag von der Arbeit freigenommen hatte, um das Ereignis nicht zu verpassen. Er entschuldigte sich für die Störung, aber bei seinem Fernsehgerät falle ständig das Bild durch, und ob es Mrs Foley etwas ausmache, wenn er den Rest der Veranstaltung auf ihrem Gerät verfolge? Mrs Foley machte es nicht das Geringste aus. Sie setzte ihrem Nachbarn Baby Gill auf den Schoß, während sie den Teekessel aufstellen ging, und er lallte und gurrte so selbstverständlich und ungezwungen mit ihr herum, als würde er so etwas jeden Tag tun. Das Baby reagierte mit entzücktem Glucksen.

Nachdem der König die ganze Avenue abgefahren hatte, entstieg er dem Cabriolet und betrat das Große Auditorium, um dort kurz nach zehn Uhr seine Eröffnungsrede zu halten. In der Rede gab er seiner Überzeugung Ausdruck, die Menschheit stehe an einem Scheideweg und müsse sich zwischen zwei Wegen entscheiden, von denen der eine zum Frieden, der andere in die Zerstörung führe. Im Kern lautete seine Empfehlung an die Menschheit, ersteren einzuschlagen. Im Nachhinein war man sich allenthalben einig, dass es eine schöne, kluge, denkwürdige Rede gewesen sei. Ein Mitschnitt davon würde jeder auf der Expo 58 zum Einsatz gekommenen Hostess später als 45-rpm-Schallplatte zur Verfügung gestellt werden.

Noch bevor die Menge sich nach dem Ende der Rede aufzulösen begann, hatte Thomas sich davongestohlen, schubste und drängelte sich nach Kräften durch das dichte Gewühl menschlicher Leiber, um zum Britannia zu kommen. Für den fünfhundert Meter langen Weg benötigte er eine gute halbe Stunde.

Terence Rossiter stand bereits hinter der Theke und polierte für die Eröffnung am Mittag Gläser. Eine hochgewachsene, sehnige Frau von etwa fünfundzwanzig Jahren mit platinblond gefärbten Haaren und leisem Lebensüberdruss im Blick ging ihm dabei zur Hand. Thomas äußerte seine Vermutung, dass es sich um die Nichte handelte, von der Mr Rossiter bei seinem ersten Besuch vor ein paar Wochen gesprochen hatte.

»Weit gefehlt«, erwiderte der Wirt. »Ruthie saß schon auf gepackten Koffern, aber im letzten Augenblick kam ihr ein besseres Angebot ins Haus geflattert. Vorige Woche erst, aus heiterem Himmel. Als Sekretärin, bei gutem Gehalt, genau das, wonach sie gesucht hatte. Das durfte sie natürlich nicht ablehnen. Für mich ein Schlag ins Kontor, aber ich musste mich nicht lange ärgern. Miss Knott hatte von der freien Stelle Wind bekommen, bevor sie ausgeschrieben war, und sich gleich vorgestellt. Ich konnte ja gar nicht Nein sagen. Wer entscheidet sich schon so kurzfristig, ein paar Tage vor Dienstantritt, für ein halbes Jahr Belgien? Und sie scheint sogar was auf dem Kasten zu haben.« Er drehte sich um, um sie vom anderen Ende der Theke herbeizurufen. »Shirley! Kommen Sie mal her und stellen sich unserem Herrn und Meister vor.«

Die Blondine stöckelte auf offensichtlich zu hohen Absätzen heran und gab Thomas die Hand.

»Das ist Mr Foley. Er arbeitet für das Zentrale Informationsbüro und soll ein Auge darauf haben, dass wir uns bei unserer Arbeit keine landesverräterischen oder unpatriotischen Eskapaden erlauben.«

»Sehr erfreut«, sagte Shirley und sah Thomas lange und nicht übermäßig freundlich an.

»Ganz meinerseits«, antwortete Thomas.

Shirley erwiderte nichts, drehte sich um und stelzte (nach einem letzten Blick über die Schulter) zurück an ihre Arbeit.

»Und? Hat Seine Majestät fertig doziert?«, fragte Mr Rossiter.

»Ja. Sie waren bei seiner Ankunft nicht dabei?«

»Meine Ergebenheit gehört der Königin von England«, antwortete Mr Rossiter, »nicht dem König von Belgien.«

Nachdem er dieser Haltung Ausdruck gegeben hatte, nahm er seine Politurarbeiten wieder auf. Thomas wollte ihn schon fragen, ob es etwas für ihn zu tun gab, als er auf einen kleinen Stoß Karten auf einem Regal hinter der Theke aufmerksam wurde. Es handelte sich um Einladungen für die Eröffnungsfeier am morgigen Abend, von ihm selbst noch in London entworfen, formuliert und in die Druckerei gegeben. Danach waren sie zur Verteilung an das British Council in Brüssel verschickt worden, deshalb wunderte er sich, dass ein Stoß hier gelandet war.

»Wie sind Sie an die gekommen, wenn ich Sie das fragen darf, Mr Rossiter?«

Der Wirt warf einen Blick auf die Karten und sagte: »Mr Carter hat uns letzte Woche ein paar Dutzend gebracht, damit wir sie an Interessenten weitergeben. Ein paar hab ich ans Personal verteilt, aber selber habe ich mir keine genommen.«

»Aha«, sagte Thomas. »Sehr gut.« Er fächerte die Karten mit dem Daumen auf und zog zwei heraus. »Ich nehme mir mal zwei, wo ich schon mal hier bin ... man kann nie wissen.«

Eine legte er für Tony Buttress zurück, die andere steckte er in einen Umschlag, schrieb Annekes Namen drauf und gab sie in der Hall d'Accueil ab, wo man Nachrichten für die Hostessen und andere Mitglieder des Expo-Personals hinterlassen konnte. Auf die Karte schrieb er: »Ich würde mich sehr freuen, wenn Sie am Freitag Zeit hätten. Herzliche Grüße, Thomas Foley.« Nach der Ablieferung befürchtete er, die Formulierung könnte zu direkt klingen. Sie hatten sich schließlich nur einmal gesehen.

Die Party war ein Erfolg. Ein solch großer Erfolg, dass Shirley und das übrige Personal des Pubs abends um zehn schon erschöpft wirkten. Thomas stand mit Mr Carter an der Bar und wartete geduldig auf Bedienung. Überall um sie herum hörte man Gäste mit lauten Stimmen reden, ein verwirrendes Potpourri aus fremden Sprachen. Als Shirley endlich Zeit gefunden hatte, ihnen zwei Pints Britannia Bitter zu zapfen, musste sie feststellen, dass das Fass so gut wie leer war, und rief Mr Rossiter, damit er ihr half, auf ein frisches umzuschalten. Allein dieser Vorgang dauerte eine gute Weile, nicht zuletzt, weil der Wirt schon seit Stunden den eigenen Erfrischungen zusprach. Für alle Welt sichtbar, schaute er inzwischen mit ziemlich glasigen Augen in die Welt.

»O Boy«, sagte eine Stimme links von Thomas, »dauert in England alles so lange?«

»Es ist ja ziemlich viel los hier, viel mehr, als irgendjemand erwarten konnte«, erwiderte Thomas kühl.

»Ach, ist das so? Tja, aber ich habe nun mal *ziemlich* großen Durst, und es geht mir *ziemlich* auf den Keks, von der schlecht erzogenen Blondine ständig ignoriert zu werden.«

Thomas wandte den Kopf, um einen Blick auf den Sprecher zu werfen. Mit einer einzigen Bemerkung, so schien es, hatte der Mann alle seine Vorurteile über Amerikaner bestätigt. Er war noch jung, Ende zwanzig, höchstens dreißig, trug die Haare zur Bürste geschoren und eine Hornbrille auf der Nase. Als besonders arrogant empfand Thomas die Art, wie er Shirley mit seinem Bündel belgischer Francs zuwinkte. Seine Anzugjacke hatte gepolsterte Schultern, der Hemdkragen war gestärkt, die Krawatte schmal.

»Dürfte ich mal Ihre Einladung sehen?«, fragte Thomas.

Der Amerikaner wandte den Kopf. »Wie bitte?«

»Die Party platzt vor allem deshalb aus allen Nähten, an der Bar geht es vor allem deshalb so hektisch zu, weil sich hier zu viele Menschen tummeln, die nicht auf der Gästeliste stehen.«

»Tatsächlich?« Der Amerikaner wandte sich wieder ab und versuchte, Shirley mit einem lauten Pfiff auf sich aufmerksam zu machen.

»Ich vermute«, sagte Thomas, »Sie gehören zum amerikanischen Pavillon.«

»Sie vermuten richtig.«

»Darf ich fragen, in welcher Funktion?«

»Warum werfen Sie nicht einfach einen Blick auf meine Karte?« Der Amerikaner langte in die Hosentasche. »Moment, vielleicht besser gleich… auf das hier – weil, was sagt man dazu? Sollte das etwa eine Einladung zu dieser Party sein? Und siehe da, sogar mein Name steht drauf. Edward Longman, Forschungsingenieur, US-Pavillon.«

Kurz und provokant hielt er Thomas die Karte zur Begutachtung unter die Nase. Thomas war gebührend beschämt.

»Hören Sie, alter Junge, es tut mir wahnsinnig leid, ich…«

»Alt? Gerade mal siebenundzwanzig, mein Freund. Aber sicher Mitte dreißig, bis ich in diesem Laden endlich was zu trinken gekriegt habe.«

Shirley stellte zwei Pints Bitter vor Thomas und Mr Carter auf den Tresen.

»Bedienen Sie diesen Herrn bitte als nächsten«, sagte Thomas und reichte ihr eine Zwanzig-Francs-Note. »Und danach machen Sie eine Viertelstunde Pause.«

»Unmöglich«, sagte sie. »Es ist zu viel los.«

»Das ist egal. Sie sehen erschöpft aus.«

»Aber Mr Rossiter…«

»Mr Rossiter wird sich damit abfinden. Kommen Sie zu uns rüber. Wir sitzen an dem Tisch in der Ecke.«

»Na gut. Und vielen Dank auch, Mr Foley«, sagte Shirley und pflückte ihm mit dankbarem Lächeln den Geldschein aus der Hand.

Thomas blieb noch ein paar Minuten an der Bar stehen, plauderte mit Mr Carter und bemühte sich, Edward Longman ins Gespräch zu ziehen, bis er irgendwann merkte, dass er sich mit jeder seiner Ouvertüren einsilbige Abfuhren einhandelte. Er verabschiedete sich von seinem Kollegen vom British Council und ging zurück zu Tony Buttress an den Ecktisch. Shirley saß bereits dort. Sie trank Bitter Lemon, und Tony – inzwischen beim dritten Pint – lachte etwas albern und blickte ihr mit leicht benebelter Ausgelassenheit in die Augen.

»Hallo, Thomas, alter Knabe«, rief er. »Hast du mal 'n Glimmstängel?«

Thomas zog ein Päckchen Player's Navy Cut aus der Tasche und bot der Runde an.

»Was ist so lustig?«, fragte er Tony.

»Sie hat mir gerade ihren Namen verraten«, erklärte er. Shirley erwiderte seinen Blick mit müder Resignation, als hätte sie den Witz schon tausendmal gehört. »Hat einen Moment gedauert, bis der Groschen gefallen ist.«

»Groschen?«

»Du hast es noch nicht geschnallt, oder? Shirley. Shirley Knott. *Surely not.* Capito?«

»Ah.« Thomas lächelte. »Da hab ich wohl auf der Leitung gestanden.«

»Werden Sie öfter damit aufgezogen?«, wollte Tony von ihr wissen.

»Oh, nein. Nein, wo denken Sie hin – da ist noch kein Mensch draufgekommen.«

Tony kapierte den Sarkasmus mit Verzögerung. »He, das war nicht böse gemeint. Ich fand es einfach nur ... lustig.«

Shirley beugte sich zu ihm herüber, und Thomas' beobachtete verblüfft, wie sie in Sekundenschnelle von sarkastischer Schärfe auf Koketterie umschalten konnte.

»Ist ja nicht so schlimm, Schnucki. Einer, der so schöne Augen hat, darf bei mir alles.« Tony wich leicht errötend zurück. «Was machen Sie hier? Auf der Expo, meine ich.«

»Ich gehöre zum britischen Pavillon. In einer technischen Eigenschaft.«

»Eine technische Eigenschaft? Und das bedeutet?«, fragte Shirley, und Thomas dachte, wenn sie Interesse vortäuscht, tut sie das sehr überzeugend. Ehe Tony Gelegenheit erhielt, sie ausführlicher aufzuklären, unterbrach eine autoritäre und zugleich musikalische Stimme das Gespräch.

»Mr Foley, vermute ich. Mr Thomas Foley?«

Thomas und seine Tischgenossen schauten auf. Vor ihnen stand ein sehr großer, dunkelhaariger Mann mit schlankem, athletischem Körperbau. Er trug einen hellgrauen Anzug, in einer Hand hielt er ein Halbliterglas Bier, in der anderen ein Päckchen Smith's Salt 'n' Shake Chips. Als er auf sie herunterlächelte, entblößte er eine Reihe strahlend weißer Zähne. Selbst Thomas musste einräumen, dass dieser Mann gut, fast schon bedrohlich gut aussah.

Er erhob sich und reichte ihm unsicher die Hand.

»Richtig«, sagte er. »Ich bin Thomas Foley. Mit wem habe ich ... die Ehre?«

»Mein Name ist Chersky. Andrej Chersky. Aber ich bin nicht so vermessen anzunehmen, dass Sie schon von mir gehört haben könnten. Bitte schön – meine Karte.«

Thomas warf einen Blick auf die Karte. Sie war auf Russisch – bis auf eine Bestätigung der Identität seines Gegenübers war ihr nicht viel zu entnehmen.

»Darf ich mich für ein paar Augenblicke zu Ihnen setzen?«, fragte Mr Chersky.

»Aber gern.«

Er hatte eben Platz genommen, als Mr Rossiter an den Tisch gestürzt kam.

»Was hat Sie denn geritten?«, schnauzte er Shirley an.

»Mr Foley hat gesagt –«

»Ist mir schnurz, was Mr Foley sagt. Sehen Sie nicht, was hier los ist? Zurück hinter die Bar, aber hoppla.«

Mit wütendem Schnauben erhob sich Shirley. Sie streckte Tony Buttress die Hand entgegen.

»Sehr nett, Sie kennengelernt zu haben«, sagte sie. »Sie schauen hoffentlich wieder rein?«

»Was denken Sie?«

Sie verabschiedete sich kurz von Thomas und von Mr Chersky, dem sie mit raschem, abschätzenden Blick in die Augen sah. Tony blickte ihr fast ein bisschen wehmutsvoll nach, als sie sich durch das Gewühl der Gäste einen Weg zurück zur Theke suchte.

»Eine sehr... attraktive junge Dame«, sagte Mr Chersky zu niemand Bestimmtem und trank den ersten Schluck Bier. Dann sagte er zu Thomas: »Ich muss mich entschuldigen, dass ich mich Ihnen so aufdränge, aber ich wollte heute Abend unbedingt mit Ihnen sprechen.«

»Tatsächlich?«, sagte Thomas, etwas verblüfft.

»Ich will es Ihnen erklären. Ich bin Journalist und Redakteur in einer Person und werde die nächsten sechs Monate hier in Brüssel verbringen, als Angehöriger des russischen Pavillons, wo es meine Aufgabe ist, jede Woche ein Magazin zur Unterhaltung und Information unserer Besucher herauszugeben. Den Namen können Sie sich sicher denken. *Sputnik*.« Er lächelte. »Ich weiß. Kein besonders origineller Name. Aber manchmal ist die naheliegende Lösung auch die beste.«

Er hörte auf zu sprechen, um einen Blick auf den Zellophanbeutel mit den Kartoffelchips zu werfen. Der Name schien ihn zu faszinieren, und er las ihn langsam und mit leiser Verwunderung vor. »Salt 'n' Shake...«, betonte er. »Dieses 'n'... was bedeutet das? Ich dachte, mein Englisch sei ziemlich gut, aber...«

»Das ist eine Kurzform für ›and‹«, erklärte ihm Thomas.

»Und warum druckt man nicht ›and‹?«, fragte Mr Chersky.

»Um Tinte zu sparen?«

»Nein, einfach nur, um... na, ja, ich weiß nicht – um von einer Sache weniger förmlich zu sprechen, im Plauderton sozusagen.«

»Ich verstehe. Eine Art Vortäuschung also.« Mr Chersky riss die Packung auf, nahm einen Chip heraus, den er ebenfalls mit einer gewissen Ratlosigkeit betrachtete. »Und die kann man richtig essen, oder?«

»Das ist letzten Endes ihre Bestimmung«, sagte Tony.

Jetzt erst fiel Thomas ein, dass die beiden Männer einander noch nicht vorgestellt waren, ein Versäumnis, dem er sogleich abhalf. Danach knabberte Mr Chersky vorsichtig an dem Chip und bot den Beutel in der Runde an.

»Schmeckt eigenartig«, sagte er. »Und so etwas essen die Briten gerne? Fast kein Geschmack und noch weniger Nährwert, wie ich vermute.«

»Sie sind eben als Snack gedacht«, sagte Thomas.

»Und Sie haben noch gar kein Salz draufgestreut«, fügte Tony hinzu.

»Salz?«

»Ja, bei der Sorte müsste eigentlich ein kleines blaues Tütchen mit Salz dabeiliegen.«

Mr Chersky durchwühlte den Beutel und fand das Salztütchen ganz unten am Boden. Hilfe suchend sah er die anderen an, riss es vorsichtig auf, sah das Salz und schüttete es über dem restlichen Inhalt aus.

»Faszinierend«, sagte er. »Aber wie hätte ich weniger von den Briten erwarten können? Ein erfindungsreiches Volk. Dieser geniale Geist hat euch den Erdball erobern lassen.« Er nahm das aufgerissene Tütchen und verstaute es vorsichtig in seiner Brieftasche. »Um es meinen Kollegen zu zeigen«, erklärte er. »Und dann schicke ich es meinem Neffen nach Hause.«

»Erzählen Sie uns mehr über Ihr Magazin«, forderte Thomas ihn auf.

»Gerne. Werfen Sie doch mal einen Blick auf unsere erste Ausgabe.«

Er zog einen einzelnen gefalteten Bogen Papier aus der Brusttasche seines Jacketts, klappte ihn sorgfältig auseinander und legte ihn vor sie auf den Tisch. Der *Sputnik* bestand nur aus vier Seiten, aber auf jeder Seite waren in kleinen, gedrängt gesetzten Lettern mehrere Artikel abgedruckt. Den meisten Platz nahmen natürlich Artikel zur Feier der jüngsten Erfolge in der Satellitenforschung ein, aber es fanden sich auch Berichte über andere wissenschaftliche Innovationen, Fortschritte in der Bergbautechnologie, sogar ein kurzer Essay über das zeitgenössische sowjetische Kino.

»Sie publizieren auf Englisch?«, fragte Thomas.

»Ja, natürlich. Und auf Französisch, Holländisch, Deutsch und Russisch. In unserer Brüsseler Botschaft haben wir ein Team erfahrener Übersetzer sitzen. Bitte...« Er schob Thomas das Magazin hin. »Tun Sie mir den Gefallen und behalten es.«

»Wirklich? Das ist nett von Ihnen.«

»Als Gegenleistung«, sagte Mr Chersky mit seinem bezauberndsten Lächeln, »würde ich mich sehr über ein paar professionelle Ratschläge von Ihnen freuen. Wie ich gehört habe, arbeiten Sie für das Zentrale Informationsbüro in London, eine Organisation, für die wir in der Sowjetunion große Bewunderung hegen. Von der Art Propaganda, die Sie unter die Leute bringen, können wir im Moment nur träumen. So... elegant und nuanciert. Wir können sehr viel davon lernen.«

»Moment mal«, sagte Thomas, »was wir beim ZIB machen, kann man beim besten Willen nicht *Propaganda* nennen.«

»Nein? Und wie würden Sie es nennen?«

»Na, wie es der Name bereits sagt: Wir handeln mit Informationen.«

»Ach, wenn das so einfach wäre. Bei Ihren Publikationen oder auf Ausstellungen wählen Sie bestimmte Informationen aus und halten andere zurück. Und die veröffentlichten Informationen bereiten Sie auf eine ganz bestimmte Weise auf. Das sind politische Entscheidungen. So machen wir es alle. Und das ist auch der Grund, warum wir hier in Brüssel sind. Um uns dem Rest der Welt zu verkaufen.«

»Oh, da bin ich anderer Meinung. Ganz entschieden anderer Meinung.«

»Na schön. Dann bleiben mir sechs Monate, um Sie von meiner Sicht der Dinge zu überzeugen. Wären Sie unter Umständen bereit, mir in der Zwischenzeit ein bisschen zu helfen?«

»Wie denn?«

»Mir ist klar«, sagte Mr Chersky, »dass Sie während Ihrer Zeit auf der Expo eine Menge zu tun haben. Und es übersteigt bei Weitem meine Möglichkeiten, Ihnen die Hilfe, die Sie mir unter Umständen leisten, auf irgendeine materielle Art zu vergüten. Trotzdem habe ich die ehrliche Hoffnung, dass Sie hin und wieder bereit sein könnten, einen Blick in unser bescheidenes Blättchen zu werfen und mir ein paar Gedanken anzuvertrauen, wie es zu verbessern wäre. Sollten wir uns zu diesem Zweck zu gelegentlichen freundschaftlichen Begegnungen zusammenfinden können, wäre ich Ihnen unendlich dankbar.«

»Tja«, sagte Thomas – zutiefst geschmeichelt, auch wenn er es sich nicht anmerken lassen wollte –, »wer könnte zu freundschaftlichen Begegnungen schon Nein sagen.«

»Ist das wahr?« Mr Chersky zauberte wieder sein strahlendes Lächeln hervor. »Und wie wäre es ... wenn wir dieses wunderbare Lokal zu unserem Treffpunkt machen?«

»Ja, warum nicht? Ausgezeichnete Idee. Absolut.«

»Mr Foley, Sie erweisen mir eine große Ehre.«

»Es ist mir eine Freude. Wozu sind wir hier, wenn nicht, um genau diese Art von Austausch zu pflegen.«

»Sie haben recht«, sagte Mr Chersky. »Und sollte ich vorhin eine etwas zynischere Interpretation zum Ausdruck gebracht haben, möchte ich sie wenigstens teilweise zurücknehmen. Heute ist nicht der Abend für Zynismus! Die kommenden sechs Monate sind nicht die Zeit für Zynismus! Ich will sogar so weit gehen und sagen: 1958 ist nicht das Jahr für Zynismus!«

»Bravo!«, rief Thomas.

»Auf das Jahr 1958!«, sagte Tony und hob sein Glas.

»1958!«, riefen alle aus einer Kehle und tranken einen tiefen Schluck.

Thomas spürte eine Hand auf seiner Schulter und schaute hoch. Sie gehörte Anneke. Er sprang beinahe auf und drehte sich zu ihr um. Da ihm keine passende Begrüßung einfiel, schüttelte er ihr kräftig die Hand.

»Wie wunder-wunder-wunderbar, Sie wiederzusehen«, sagte er, wobei er sich der neugierigen Blicke Tonys und Mr Cherskys durchaus bewusst war. Anneke trug ihre Hostessenuniform, die ziemlich feucht zu sein schien, und in ihrem mattblonden Haar schimmerten Regentropfen. »Aber... du liebe Zeit... Sie sind ja ganz nass.«

»Ich weiß«, sagte sie, »es hat angefangen zu regnen. Haben Sie das nicht bemerkt?«

»Nein. Aber bitte, setzten Sie sich doch zu uns.«

»Das ist nett von Ihnen«, sagte sie. »Und vielen Dank auch für die Einladung, die Sie mir geschickt haben. Leider kann ich nicht bleiben.«

»Wirklich nicht?«

»Ich bin erst seit einer halben Stunde mit der Arbeit fertig. In zehn Minuten holt mein Vater mich an der Porte de L'Esplanade ab, und dann fahren wir heim. Aber ich habe mich wenigstens noch bei Ihnen bedanken wollen.«

In einem Anflug von Verwegenheit fasste Thomas sie vorsichtig am Arm. »Darf ich mit Ihnen gehen, wenigstens ein Stück?«

»Das wäre nett. Sehr gern.«

Zusammen verließen sie das Lokal. Es tat gut, das vielsprachige Geplapper im Britannia hinter sich zu lassen.

»Ist Ihre Eröffnungsparty ein Erfolg?«, fragte Anneke.

»Ja, ich glaube schon. Jedenfalls mangelt es nicht an Gästen.«

»Viele Menschen hier reden über den britischen Pavillon und Ihr Pub.«

»Wirklich? Das hört man gern.«

Der Regen wurde immer heftiger. Sie stellten sich für einen Moment unter einen der großen Bäume, die den künstlichen Teich säumten.

»Ich hätte einen Vorschlag«, sagte Anneke, »weil ich heute Abend nicht lange bleiben konnte. Am Montagabend habe ich frei, und ich bin mit meiner Freundin Clara auf der Expo verabredet. Wir wollen den Parc des Attractions besuchen. Hätten Sie nicht Lust, sich uns anzuschließen?«

»Und ob ich Lust habe«, sagte Thomas. »Vielen Dank. Das wäre wunderbar.«

»Vielleicht haben Sie einen Freund, jemanden, den Sie mitbringen können?«

»Natürlich. Ich frage Tony, meinen Zimmergenossen.«

»Gut.«

Ihr Lächeln löste einen verwirrenden Mischmasch verschiedenster Gefühle in ihm aus. Er hatte Anneke vor Wochen zuletzt gesehen, und heute Abend erschien sie ihm noch hübscher, als er sie in Erinnerung hatte, trotz der grässlichen Uniform. Gleichzeitig schoss ihm der Gedanke durch den Kopf, dass er nicht länger zögern durfte, ihr von seiner Frau und seinem kleinen Kind in London zu erzählen.

»Ich hab mich so gefreut, dass Sie mich zu der Party eingeladen haben«, sagte Anneke. »Ich fürchtete schon, Sie hätten mich vielleicht vergessen. Immerhin dürften Sie inzwischen vielen Hostessen begegnet sein.«

Wenn sie die Unterhaltung in diesem Stil fortsetzten, konnten sie in gefährliches Fahrwasser geraten, befürchtete Thomas.

»Verfluchter Regen«, versuchte er abzulenken. »Ich glaube, Sie sollten Ihren Vater nicht warten lassen. Wenn wir bloß einen Regenschirm hätten...«

Plötzlich streckte sich ihnen aus der Dunkelheit eine Hand entgegen, die das ersehnte Objekt hielt.

»Daran soll's nicht liegen, alter Freund.«

Zwei bekannte Gestalten traten aus dem Schatten zwischen den Bäumen hervor.

»Nehmen Sie so lange unseren.«

»Wir sind jederzeit gerne zu Diensten.«

Mr Radford und Mr Wayne. Thomas starrte sie entgeistert an. Wie lange die wohl schon im Gestrüpp herumschlichen? Folgten sie ihm, seit er das Pub verlassen hatte? Oder schon länger?

»'n Abend, Mr Foley«, sagte Mr Wayne und streckte die Hand aus. «Haben wir uns schon gedacht, dass wir uns bald mal über den Weg laufen.«

»Hoffentlich kommen wir nicht ungelegen.«

»Wir platzen nicht gern in zärtliche Momente.«

»Mein Name ist Radford«, sagte Mr Radford und schüttelte Anneke die Hand.

»Wayne.«

»Anneke«, antwortete sie und blickte verwirrt vom einen zum anderen. »Anneke Hoskens.«

»Wenn wir Sie zu Ihrem Treffpunkt begleiten dürfen«, sagte Mr Wayne. »Was für eine garstige Nacht.«

»Eine junge Dame kann sich den Tod holen in solch einer Nacht«, sagte Mr Radford.

»Hier, haken Sie sich bei mir ein und kommen unter meinen Schirm.«

»Und ich trotte mit Mr Foley hinterher. Das bisschen Regen schreckt uns nicht, oder?«

»Ähm ... nein. Nein, ich denke nicht.«

»Aber woher. Wir Briten sind nicht aus Zucker.«

Mr Wayne stürmte in kompromisslosem Tempo voran, Anneke am Arm mit sich ziehend, und vermutlich unterhielt er sie mit irgendwelchen Belanglosigkeiten, die ihm gerade in den Sinn kamen. Mr Radford dagegen hatte wie üblich auf Verhörmodus geschaltet.

»Gute Party, Foley?«

»Bin ganz zufrieden.«

»Irgendwelche Überraschungen? Ungebetene Gäste oder so etwas?«

»Einige, ja.«

»Der russische Kollege zum Beispiel?«

Thomas sah ihn misstrauisch an. »Woher wissen Sie das?«

»Hat Ihnen ein paar Begegnungen vorgeschlagen, richtig?«

»Richtig. Gibt es da ein Problem?«

»Gott bewahre, nein. Ein freier und offener Austausch zwischen den verschiedenen Nationen... deshalb sind Sie doch hier, oder?«

»Ich glaube, ja.« Etwas besänftigt fügte Thomas hinzu: »Schön zu wissen, dass Sie das auch so sehen. Sie haben ja gehört, was der König gestern gesagt hat. Solange wir nicht anfangen, einander zu vertrauen, werden wir keine wirklichen Fortschritte machen.«

»Vertrauen?«, sagte Mr Radford. «Wer hat irgendetwas von Vertrauen gesagt? Unterstehen Sie sich, ihm zu vertrauen.«

»Warum?«

»Weil wir noch nichts über ihn wissen. Abgesehen von der Tatsache, dass er die Freiheit hat, so mir nichts, dir nichts in Ihr Pub spaziert zu kommen, während die Mehrzahl der Sowjets um diese Nachtzeit in ihrem Hotel kaserniert sind – was ihn zunächst einmal verdächtig macht. Meine Güte, Mr Foley, ich habe nicht gesagt, dass Sie ihm vertrauen sollen. Wie kommen Sie auf den Gedanken?«

»Ich dachte nur –«

»Treffen Sie sich mit ihm, sooft Sie wollen. Je öfter, desto besser. Aber halten Sie Augen und Ohren offen, und sollte ihm etwas rausrutschen, das, na ja... von Interesse sein könnte – lassen Sie es uns wissen.«

»Wie komme ich in Kontakt mit Ihnen?«

»Ach, keine Sorge, wir sind immer in der Nähe. So, und jetzt gehen Sie und geben Ihrem belgischen Schmetterling einen lieben Gutenachtkuss. Ganz reizendes Mädel, übrigens. Ausgezeichnete Wahl. Und machen Sie sich keine Gedanken über das verlassene Frauchen zu Hause. Sehr unwahrscheinlich, dass sie Wind davon bekommt. Ausgesprochen unwahrscheinlich. Hier sind Sie auf gesichertem Terrain.«

Diesem Versprechen ließ er ein schauderhaftes Augenzwinkern folgen, tippte sich an die Krempe seines Schlapphuts und stahl sich davon.

KANN JA
LIEBEN,
WEN ICH WILL

Am Montagabend beschlossen Thomas und Tony zu Fuß von ihrem Motel zum Expo-Gelände zu gehen. Das war in einer halben Stunde zu schaffen, und ein herrlicher Sonnenuntergang begleitete sie auf ihrem Weg.

Ihre Schritte führten sie direkt auf das Atomium zu, dessen Lichter aus der einfallenden Dämmerung funkelten und glitzerten. Thomas verspürte eine innere Erregung: zum einen pure Freude beim Anblick dieses bizarren, prahlerischen Monuments, von dem er nicht genug bekommen konnte, zum anderen aber auch nervöse Vorahnungen bei dem Gedanken an das, was die nächsten Stunden bringen mochten.

»Übrigens, was Miss Hoskens angeht«, sagte Tony nicht zum ersten Mal an diesem Tag, »spielst du meiner Meinung nach ziemlich mit dem Feuer.»

»Wie oft muss ich dir noch sagen, ich spiele mit gar nichts.«

»Und? Welcher Art sind deine Absichten?«

»Sie ist ein reizendes Mädchen, das ist alles, und wem schadet es, wenn ich eine ernsthafte, aufrichtige Freundschaft mit ihr habe, solange ich hier in Brüssel bin?«

»Ha! Freundschaft? Sorry, alter Junge, aber mir ist nicht entgangen, wie sie dich am Freitagabend angesehen hat, und in ihren lumineszierenden belgischen Augen lag mehr als nur Freundschaft.«

Thomas entdeckte immer neue Seiten an seinem neuen Freund. Wo er wohl das Wort »lumineszierend« herhatte?

»Sogar dem Russen ist das aufgefallen«, fuhr Tony fort, »und der scheint mir nun wirklich kein Experte in Herzensangelegenheiten zu sein. Ich sage dir, du tust dem Mädchen weh, wenn du nicht aufpasst. Von deiner Frau gar nicht zu reden. Ehen sind schon wegen weniger in die Brüche gegangen.«

»Mit Verlaub, aber was weißt du schon über die Pflichten des Ehelebens. Und die Freuden.«

»Nichts, zum Glück. Ich bin frei und ungebunden und beabsichtige es zu bleiben. Deshalb darf ich reinsten Gewissens in diesen Abend gehen. Wenn diese Freundin auch nur halb so hübsch ist wie Anneke, hält mich nichts. Ich weiß nicht, ob es dir aufgefallen ist, aber ich habe mich schwer in Schale geworfen. Ausgehhemd. Schickste Krawatte. Ein, zwei Spritzer Eau de Cologne hinter die Ohren und die Beißerchen gründlich mit der gestreiften Zahnpasta mit dem neuen Zauberwirkstoff poliert. Wer sollte mir da noch widerstehen?«

Thomas lächelte, obwohl er nur mit halbem Ohr hingehört hatte. Tonys Bemerkung über Mr Chersky hatte ihm das Gespräch vom Freitagabend in Erinnerung gerufen, besonders Mr Radfords Bitte, bei seinem neuen russischen Bekannten Augen und Ohren offen zu halten und alles Verdächtige zu melden. War es das, was die beiden seltsamen, stets wachsamen, allgegenwärtigen Engländer beunruhigt hatte? Vielleicht hatte Chersky tatsächlich diesen – wie es ihm jetzt schien – wenig plausiblen Bedarf an redaktionellem Beistand als ausgesprochen dreisten Vorwand benutzt, um sich nicht mit Thomas, sondern mit Tony bekannt zu machen – dem Mann, der hier im britischen Pavillon die wertvollen wissenschaftlichen Ausstellungsstücke beaufsichtigte, deren Funktionsweise ein streng gehütetes Geheimnis war. Bei diesem Gedanken überfiel Thomas das jähe Schwindelgefühl absoluter Unsicherheit: Als stünde er wieder an dem Fenster in der höchsten Kugel des Atomiums, diesmal allerdings nicht mit dem Blick auf die zahlreichen Pavillons und Attraktionen der Expo 58, sondern auf eine halluzinogene, sich ständig wandelnde Welt zweifelhafter Loyalitäten und verborgener Motive. Allein das scheinbar harmlose Gespräch über die Kampagne für nukleare Abrüstung, das er mit Tony am Wochenende geführt hatte – Thomas hatte wenn nicht schockiert, so doch einigermaßen verwundert zur Kenntnis nehmen müssen, dass Tony an einem der Aldermaston-Ostermärsche teilgenommen hatte. Natürlich machte ihn das noch nicht zum Kommunisten oder etwas Ähnlichem. Aber Thomas konnte sich durchaus vorstellen, dass es genau solche Dinge waren, die Leute wie Mr Wayne und Mr Radford nervös machten. Es trug zu seinem Gefühl bei, immer tiefer in eine Welt hineingezogen zu werden, die er nicht verstand. Und ähnlich verhielt es sich mit Anneke. Objektiv betrachtet war es sicher nicht richtig, ganz selbstverständlich seine freie Zeit mit ihr zu verbringen. Er war ein verheirateter Mann und nahm sein Ehegelöbnis sehr ernst. Aber genau deshalb sah er eigentlich kein großes Problem in der Geschichte. Er wusste, wann er aufhören, wo er die Grenze ziehen musste. Sie würden beide die Kraft finden, auf die Bremse zu treten, wenn die Dinge außer Kontrolle zu geraten drohten.

Als Thomas und Tony den Treffpunkt am Eingang zum Parc des Attractions erreichten, war es zu spät für Bedenken. Und auch seinen Schwindelgefühlen brachten die folgenden zwei Stunden alles andere als Erleichterung. Zusammen mit Anneke und ihrer Freundin Clara fuhren sie den *montagne russe* und die Berg-und-Talbahn. Sie drehten eine Runde auf dem Riesenrad, ließen sich von Modellraumschiffen im Kreis herumwirbeln und rumpelten sich, kichernd wie Vierzehnjährige, in Autoscootern gegenseitig aus der Bahn. Diese Art Schwindel erlebte Thomas zum ersten Mal. Die Jahre fielen von ihm ab, und bald hatte er alles vergessen: den britischen Pavillon, das Britannia, sein Büro in der Baker Street, sein

Haus in Tooting, Sylvia, seine Mutter, Baby Gill... Berauscht von der Gegenwart der beiden Mädchen, der Kopf im Adrenalintaumel der wilden Fahrten, fühlte er sich auf wundersame Weise in eine Art ewig währende Gegenwart versetzt, in der alles, was er gerade tat, weder Konsequenzen hatte noch je ein Ende finden würde.

Sie waren durstig und hatten Hunger. »Gehen wir ins Oberbayern!«, schlug Clara vor. Die beiden Engländer hatten keine Ahnung, wovon sie sprach, aber vertrauensvoll folgten sie den beiden Belgierinnen.

Das Lokal, das Clara vorgeschlagen hatte, war der gigantische Nachbau einer bayrischen Bierhalle mit Tanzboden. Von einem Türsteher in traditioneller Tracht hereingebeten, betraten sie einen Festsaal von den Ausmaßen einer mittleren Fabrikhalle. Er war gerappelt voll mit Menschen, und es herrschte ohrenbetäubender Lärm. Durch dichte Schwaden von Tabaksqualm war nur noch nebelhaft zu erkennen, dass nahezu jeder Quadratmeter des Saals mit langen Biertischen vollgestellt war, abgesehen von einem Podium in der Größe eines Boxrings vor einer der Saalwände, auf dem ein in Lederhosen gekleidetes Orchester ein monotones Stück Volksmusik herauswummerte.

Clara und Anneke entschuldigten sich und verschwanden Richtung Damentoilette, während die beiden Männer sich durch das Gedränge kämpften und an einem der Tische tatsächlich noch vier freie Plätze ergatterten.

»Meine Güte«, sagte Tony, als sie sicher auf ihren Plätzen saßen. »Welch ein Hexenkessel.«

Eine Bedienung erschien, und sie bestellten vier Bier, die zügig angeliefert wurden, in Krügen, die mindestens einen Liter fassten.

»Na, dann Prost, alter Junge«, sagte Thomas. »Auf einen Abend, den wir wohl nicht so bald vergessen werden.«

»Du sagst es.«

»Wie weit bist du bei Clara?«

»Na ja, um ehrlich zu sein... ist sie nicht so ganz mein Typ.«

Thomas nickte einfühlsam. »Ja, das war nicht zu übersehen. Sie macht aber einen sehr netten Eindruck.«

»Oh, versteh mich nicht falsch. Sie ist wahnsinnig nett.«

»Sehr sympathisch.«

»Unglaublich sympathisch. Es ist nur... verstehst du?«

»Ja. Ich weiß schon, was du meinst.« Er suchte nach einem taktvollen Ausdruck. »Ein stämmig gebautes Mädchen.«

»Genau. Robust. Ein Mädchen, das auf gut einem Bauernhof oder so was zu gebrauchen wäre.«

»Was macht sie hier eigentlich?«

»Sie wohnt in derselben Stadt wie Anneke und hatte sich auch als Hostess beworben, und weil sie nicht genommen wurde, arbeitet sie jetzt in diesem pseudohistorischen Bauerndorf, das sie hier aufgebaut haben. ›La Belgique Joyeuse‹.«

»Ach ja – ›Fröhliches Belgien‹. Hab davon gehört. Das ›Fröhliche Belgien‹ sehen und sterben, heißt es.«

»Ja, und Clara arbeitet in einem der Läden. Die Arme muss sich jeden Tag in die Kluft einer Bäckerin aus dem achtzehnten Jahrhundert werfen. Heute hat sie einen auf den Deckel gekriegt, weil sie ihre Armbanduhr trug.«

»Und was willst du jetzt machen? Die ist doch total verschossen in dich.«

»Keine Ahnung. Ich muss improvisieren. Und jetzt kein Wort mehr – da kommen sie.«

Die beiden jungen Frauen hätten gegensätzlicher nicht sein können, als sie jetzt an den Tisch traten. Anneke trug ein hellblaues Sommerkleid mit kurzen Ärmeln, das ihre schlanken Arme und Fesseln zeigte. Befreit von dem albernen Hütchen, durfte ihr Haar in einer wuscheligen Kaskade auf die Schultern fallen. Ihre Augen strahlten, und ihr Teint leuchtete trotz der Sommersprossen sonnengebräunt und gesund. Dagegen strahlte Claras rötliches Gesicht nur schlichte Gutmütigkeit aus, der knielange Rock war zu kurz für die stämmigen Beine, aber ihre übersprudelnde Laune half einem, über derlei Mängel hinwegzusehen. Thomas mochte sie. Aber ihm hatte sie während der vergangenen zwei Stunden auch nicht ständig am Arm gehangen.

Clara erwies sich als kenntnisreiche Führerin durch das Unterhaltungsprogramm. Weil sie im deutschsprachigen Teil Belgiens aufgewachsen war, kannte sie die meisten Lieder, die das Orchester zum Besten gab. Wie Anneke sprach sie ihrem Teller Bratwurst mit Sauerkraut von Herzen zu. Ein bisschen musste Thomas sich wundern über die Begeisterung der Belgier für die Kultur eines Landes, das vor nicht einmal fünfzehn Jahren als Besatzungsmacht noch viele Grausamkeiten an ihrem Volk begangen hatte, aber er behielt seine Verwunderung für sich. Es war nicht der rechte Moment für solche Diskussionen.

Das Orchester hatte mit einem besonders penetranten, eingängigen Stück begonnen. Wer nicht gerade mit Essen beschäftigt war, fiel klatschend in den Rhythmus der Musik ein. Clara beugte sich über den Tisch und sagte – besser gesagt, schrie –, das Lied heiße »Ein Prosit der Gemütlichkeit« und sei ein traditionelles bayrisches Trinklied. Sie und Anneke fielen in das rhythmische Klatschen des Saals zu der Musik ein. Die Musik wurde lauter und immer lauter, das Tempo immer höher, während der Refrain sich unaufhörlich wiederholte. Viele der Gäste sangen aus voller Kehle mit, und plötzlich stiegen nur wenige Meter von Thomas entfernt zwei junge Frauen auf den Tisch und tanzten dort weiter, verspritzten Essensreste und zogen durchaus nicht nur verstohlene Blicke auf sich. Die Gäste lachten und johlten und stampften mit den Füßen. Überall sprangen die Leute jetzt auf und tanzten, und das Gebrüll wurde immer frenetischer:

Ein Prosit, ein Prosit
Der Gemütlichkeit.
Ein Prosit, ein Pro-ho-sit
Der Gemütlichkeit.
OANS, ZWOA, DREI, G'SUFFA!

Anneke und Clara sprangen auf und streckten den beiden Männern auffordernd die Hände entgegen. Tony schüttelte mit breitem Grinsen den Kopf, während Thomas das Gesicht eilig hinter dem gewaltigen Bierkrug versteckte, um einen tiefen Zug zu nehmen. Die beiden Frauen zuckten die Achseln und tanzten einfach miteinander.

»So etwas nennt man Massenhysterie!«, rief Tony und sah fassungslos um sich. »War es nicht ein ähnliches Phänomen, das Hitler an die Macht gebracht hat?«

»Psst! Bitte keine Politik heute Abend.«

Als schließlich gar keine Steigerung der Lautstärke und des Tempos der Musik mehr möglich war, setzte ein krachender Schlussakkord dem Schauspiel ein willkommenes Ende. In einem Orkan aus Jubelrufen, Händeklatschen und Gelächter sanken Anneke und Clara schwitzend und mit hochroten Gesichtern zurück auf ihre Plätze und stürzten sich geradezu auf ihre Bierkrüge.

»Auf die Gemütlichkeit!«, rief Clara und hob der Reihe nach auf jeden ihren Krug.

»Auf das, was wir lieben«, fügte Anneke hinzu.

Sie tranken alle einen langen Schluck, bevor sie sich zurücklehnten und breit, zufrieden und leicht angeheitert lächelten.

Das Orchester begann das nächste Stück zu spielen, und auf einer Balustrade hoch über den Köpfen der Zecher war wie aus dem Nichts ein Chor von etwa zwanzig Männern und Frauen aufgetaucht – alle in traditioneller Bauerntracht – und führte die Melodie in einen dreistimmigen Kanon über. Clara seufzte entzückt.

»Oh – ›Horch, was kommt von draußen rein‹! Das mag ich sehr gerne.«

Tatsächlich sorgte das Lied für eine gewisse Entspannung nach der wahnwitzigen Monotonie der vorausgegangenen Nummer. Thomas hätte es beim besten Willen nicht als anspruchsvoll bezeichnet, aber die Melodie war von einer anheimelnden Geschmeidigkeit, die ihm gefiel. Das Klatschen des Publikums klang jetzt weit weniger roboterhaft als zuvor.

»Bayern muss ja ein besonders fröhliches Land sein«, stellte er fest. »Kein Lied, das nicht nach guter Laune klingt.«

»Ja, aber der Text ist ziemlich traurig«, erklärte Clara. »Es geht um eine liebende Frau. In manchen Versionen ist es ein Mann, aber ich stelle mir lieber eine Frau vor – und heute heiratet ihr Liebster eine andere, und sie klagt uns ihr Unglück darüber. Aber sie ist voller Trotz. Sie will ihre Gefühle für den Mann nicht aufgeben.«

Und bei der nächsten Strophe sang Clara mit:

> *Lass sie reden, schweig fein still,*
> *Hollahi, hollaho.*
> *Kann ja lieben, wen ich will,*
> *Hollahiaho.*

»›Kann ja lieben, wen ich will‹«, sagte sie. Bisher hatte Clara ihre Worte an alle gerichtet, aber jetzt sah sie Tony direkt in die Augen und wiederholte: »Kann ja lieben, wen ich will.« Sie stand auf, nahm ihn bei der Hand und zog ihn von seinem Stuhl hoch. »Kommen Sie, wir tanzen. Sie haben doch bestimmt Lust zu tanzen.«

Tony folgte ihr wie ein Schaf zur Schlachtbank, einen hilflos flehenden Blick zurück auf Thomas werfend.

Jetzt erhob sich auch Anneke und streckte beide Arme aus. »Und, Thomas, tanzen Sie?«

»Äußerst selten«, antwortete Thomas und hätte um ein Haar hinzugefügt: »Zum letzten Mal auf meiner Hochzeit«, aber die Worte erstarben ihm auf den Lippen. Stattdessen ließ er sich von Anneke sanft auf einen freien Platz zwischen den Tischen ziehen. Er nahm sie an einer Hand und legte ihr den anderen Arm um die Hüfte. Durch die dünne Baumwolle ihres Kleids meinte er die Rundung ihres Hinterns zu spüren, was ihm unschicklich erschien, also schob er die Hand hinauf ans Ende ihres Rückgrats, und weil er sich dabei mindestens genauso ungehörig vorkam, hob er die Hand schließlich so weit ab von ihrem Rücken, dass von einer Berührung kaum noch die Rede sein konnte. Clara schmiegte sich beim Tanzen ganz eng an Tony, ihr Kopf lehnte an seiner Schulter, und ein Lächeln stiller Glückseligkeit lag auf ihrem Gesicht.

»Es ist ein richtig schöner Abend«, sagte Anneke.

»Ja, das stimmt«, sagte Thomas, doch ehe sich daraus ein Gespräch entwickelte, unterbrach ihn eine wohlbekannte Stimme in schrillem Cockney-Akzent: »Halloo, Mr Foley! So was! Sie hier zu treffen.«

Shirley Knott, die Bardame des Britannia. Und ihr Tanzpartner war kein anderer als der ungehobelte amerikanische Gast vom Freitagabend, Mr Longman.

»Hallo!«, rief Thomas den beiden zu. Er konnte es sich nicht verkneifen, extra für Mr Longman hinzuzufügen: »Na – dann sind Sie ja doch noch bedient worden.«

Mr Longman grinste. »Englische Gastlichkeit. Man muss sich erst dran gewöhnen, aber jetzt bin ich ein echter Fan.« Er kniff Shirley fest in die Hüfte und schaute ihr dabei sanft in die Augen.

Thomas hatte das Gefühl, dass in dieser riesigen Bierhalle kaum noch jemand nüchtern war und der ganze Saal nur so vibrierte vor internationalen oder gar interkontinentalen Romanzen im Stadium des Erblühens. Er war einigermaßen erleichtert, als die Musik eine Pause machte und jeder an seinen Platz zurückkehren durfte. Er winkte Shirley und Mr Longman zu und setzte sich Anneke gegenüber, die ihn anlächelte, bevor sie sich etwas Puder auf die Wangen tupfte und das Ergebnis in einem kleinen Spiegel überprüfte.

Tony erschien an seiner Seite und beugte sich zu ihm herunter.

»Hör mal, alter Junge, ich verzieh mich.«

»Wie bitte?«

»Clara ist mal für kleine Mädchen, meine Chance, die Fliege zu machen.«

»Bist du verrückt? Du brichst ihr das Herz.«

»Ich weiß, die feine Art ist das nicht, aber du hilfst mir da raus, ja? Die Frau ist eine veritable Männerfresserin.«

»Und was sage ich ihr?«

»Was weiß ich... Sag, ich hätte eine dringende Nachricht bekommen, die ZETA-Maschine sei drauf und dran, in die Luft zu fliegen. Bitte... wenn du einfach versuchst, die Angelegenheit mit ihr in Ordnung zu bringen, okay?«

Thomas schwante bereits, dass sein Freund Unmögliches verlangte, und so war es dann auch. Das mit dem gebrochenen Herzen war keine Übertreibung gewesen, denn als sie ein paar Minuten später durch die sich lichtende Menge zu dem Treffpunkt gingen, an dem Annekes Vater wartete, um die beiden jungen Frauen nach Hause zu fahren, glitzerten Tränen auf Claras jetzt sehr blassen Wangen. Er schaute Anneke an, der sie ebenfalls nicht entgangen waren. Es war ein kleinlautes Trio, das sich an der Porte des Attractions voneinander verabschiedete. Nur Annekes Gutenachtkuss war alles andere als kleinlaut. Auch wenn sie ihn züchtig auf die Wange platzierte, ließ seine unmissverständliche Zärtlichkeit ihm das Herz höherschlagen. Und als sie schon mit ihrer Freundin davonging, drehte sie sich um und warf ihm noch eine Kusshand zu.

Sie waren fort. Ein paar Augenblicke lang stand Thomas da, die Hände tief in die Hosentaschen vergraben, und ließ im auffrischenden Wind Hotdogschachteln und leere Zigarettenpäckchen an sich vorübertrudeln. Dann seufzte er und blies die Backen auf.

Er war jetzt seit über einer Woche auf der Expo und hatte noch keine Zeile an Sylvia geschrieben. Höchste Zeit, diesen Zustand zu beenden, beschloss er.

DAS MÄDCHEN
AUS WISCONSIN

22. April 1958

Liebstes Sylvielein,
 bitte entschuldige, dass ich Dir nicht schon längst geschrieben habe. Letzte Woche mussten wir ja die Erfahrung machen, dass die Telefonverbindungen zwischen Brüssel und London ein Glücksspiel sind – und ein kostspieliges obendrein. So schön es war, Deine Stimme zu hören, sollten wir uns fürs Erste auf das Briefeschreiben beschränken.
 Vielleicht freut es Dich zu hören, dass ich mich gut eingelebt habe, und die da oben geben mir im Augenblick jede Menge zu tun. Die Unterbringung ist sehr spartanisch. Das Motel Expo ist eine scheußliche Ansammlung von Betonbaracken mitten auf einem staubigen Acker, ungefähr drei bis vier Kilometer vom Heysel-Gelände entfernt. Es wird in militärischem Stil geführt – um Mitternacht gehen die Lichter aus und die Schranken runter, Ausnahmen werden nicht gemacht. Tony B. und ich haben bereits über die Gründung eines Fluchtkomitees nachgedacht.
 Tony B. ist Tony Buttress, mein Zimmergenosse, wie bereits am Telefon erwähnt. Mit ihm hab ich das große Los gezogen – wirklich ein netter Kerl. Er ist eine Art Berater für den britischen Pavillon und kennt sich mit furchtbar vielen Dingen aus. Allerdings scheint die Nuklearwissenschaft sein Hauptgebiet zu sein. Wir verbringen viel Zeit zusammen. Gestern Abend waren wir im Parc des Attractions – Autoscooter, Riesenrad, nachgebaute bayerische Bierhalle, das volle Pro-

gramm. Ein Riesenspaß, aber ich muss gestehen, dass ich heute ganz schön erledigt bin. Ein Kopf wie ein nasser Wattebausch. Auch ich werde offenbar älter.

Mein Aufgabenbereich im Britannia ist nach wie vor etwas zweideutig. Mit dem Tagesgeschäft des Pubs sollte ich eigentlich nichts zu tun haben, aber leider lässt der Wirt, Mr Rossiter, mir gar keine Wahl. Während der frühen Öffnungsstunden ist er noch mehr oder weniger zuverlässig, aber je älter der Tag wird, desto mehr süffelt er in sich hinein. Und das ist noch eine Beschönigung – das Wort »süffeln« wird seinem Fassungsvermögen in keiner Weise gerecht. Man kann sich darauf verlassen, dass er gegen fünf oder sechs Uhr am Abend sternhagelvoll ist. Zum Glück ist seine erste Bardame eine sehr vernünftige und tüchtige Person. Sie erfreut sich des Namens Shirley Knott. (Denk einen Moment nach, dann verstehst Du das Wortspiel.)

Die eigentliche Ausstellung kommt langsam richtig auf Touren. Die sonderbarsten Gruppen und Organisationen machen ihre Aufwartung. Diese Woche ist ein internationaler Optikerkongress zu Gast. Ein paar von denen waren gestern zum Mittagessen im Britannia. Einer war so kurzsichtig, dass er mit der Stirn gegen unser Modellflugzeug gerannt ist und auf Gehirnerschütterung untersucht werden musste.

Schreib bald, meine Liebste
Thomas XXX.

2. Mai 1958

Mein lieber Thomas,

wie schön, endlich von Dir zu hören! Ich dachte schon, Du hättest unsere Adresse vergessen oder die belgische Post wäre in den Streik getreten. Aber jetzt verstehe ich, dass Du schrecklich viel zu tun hattest. Es ist ja klar, dass Deine Tage gerade zu Beginn der Ausstellung mit Arbeit vollgepackt sind.

Mit großer Freude höre ich, dass Du schon dabei bist, neue Freunde kennenzulernen. Ich weiß ja, wie sehr Du Dich für das Thema der Nuklearwissenschaft interessierst, und so wirst Du wohl viele interessante Gespräche mit Mr Buttress führen können, für die ich Dir leider nicht zur Verfügung stehe. Wenn ich daran denke, wie still und eintönig das Leben hier verläuft, verstehe ich auch, warum Du so versessen auf die Arbeit in Brüssel warst. Trotzdem wäre es schön für mich gewesen, mit Dir kommen zu können.

Auch wenn Du Baby Gill in deinem Brief mit keinem Wort erwähnst, denke ich, dass Du an Nachrichten über sie interessiert bist. Es gibt sogar eine ganz große Neuigkeit: Sie hat zu krabbeln angefangen! Du wirst dich erinnern (oder auch nicht), dass sie kurz vor deiner Abreise schon richtig gut aufrecht sitzen konnte. Deshalb hatte ich sie am Samstagmorgen bei mir in der Küche, während ich Tee kochte, um ihn Mr Sparks in den Garten zu bringen, und ließ sie ohne drüber nachzudenken auf dem Boden sitzen. Ich brachte Mr Sparks seinen Tee, blieb noch einen Moment draußen, um ein paar Worte mit ihm zu wechseln, und als ich mich umdrehte – war sie auf einmal da! Sie war mir bis in den Garten nachgekrabbelt, den halben Gartenweg hoch! Ein richtiges Wunderkind!

Jetzt fragst Du Dich vielleicht, was Mr Sparks um die Zeit bei uns im Garten zu suchen hatte. Ja, er ist wirklich sehr hilfsbereit, seit Du nicht mehr da bist. Angefangen hat es mit der Übertragung eurer Eröffnungsfeier letzten Donnerstag. Natürlich hab ich mich hingesetzt, um mir die ganze Veranstaltung anzusehen, und nach einer Weile kam Mr Sparks dazu, weil er ein Problem mit seinem Fernsehempfang hatte. Wir haben beide nach Dir Ausschau gehalten, konnten Dich aber nirgends in der Menge entdecken. Ich nehme doch an, dass Du dort warst? Danach bat mich Mr Sparks, einen Blick auf unseren Garten werfen zu dürfen, und kaum waren wir draußen, konnte ich ihm ansehen, dass ihm ein paar Dinge auffielen. Kleine Arbeiten, meine ich, die vor Deiner Abreise liegen geblieben sind – der halb ausgehobene Goldfischteich zum Beispiel. Und dann hat er mich auf die netteste Weise gefragt, ob Du womöglich etwas dagegen haben könntest, wenn er ein, zwei dieser Arbeiten für mich erledigt. Fragen konnte ich Dich nicht, und Deine Antwort hab ich mir ja denken können. Also ist er am Sonntagmorgen mit Spaten und anderem Werkzeug angerückt und hat den Teich in null Komma nix auf eine beachtliche Tiefe gebracht. Für solch einen schmächtigen Mann hat er erstaunliche Kräfte! Am Sonntag hat er den Teich voll Wasser laufen lassen, und nächstes Wochenende will er mit mir nach East Sheen ins Aquarium fahren, um ein paar Fische und auch Wasserlilien und anderes Grünzeug zu kaufen. Es wird Dir sicher gefallen, alles so schön zu sehen, wenn du zurückkommst.

So, jetzt ist Baby Gill aufgewacht. Ich höre sie weinen. Bitte schreib mir bald, mein Schatz, und mach Dir keine Sorgen um mich, ich komme gut zurecht und hab mich noch keine Sekunde einsam gefühlt.

Deine Dich liebende
Sylvia X.

19. Mai 1958

Liebes Sylvielein,

vielen Dank für Deinen Brief, der mich doch sehr beruhigt hat. Was haben wir für ein Glück mit unserem hilfsbereiten Nachbarn. Ich will hoffen, dass Du ihn nicht etwa ausnutzt, mein Engel, und ihn am Ende noch animierst, Dir gar zu oft mit seinen kleinen Aufmerksamkeiten unter die Arme zu greifen. Schließlich wäre es nicht recht, seine arme Schwester zu lange seiner sorgenden Zuwendung zu berauben. Aber ich bin sicher, dass niemand die Situation besser einschätzen kann als Du.

Ich fürchte, ich habe mir mit meiner Antwort wieder viel zu lange Zeit gelassen. Es tut mir so leid, aber seit zwei Wochen rennen wir uns hier die Hacken wund. Du kannst Dir wohl vorstellen, dass bei uns besonders viel los ist, wenn unsere Landsleute in großer Zahl in die Ausstellung strömen, und das war in den letzten Tagen besonders oft der Fall. Letzte Woche war der britische Pavillon Ziel einer Delegation der Handelskammer Bristol. Und als hätte das noch nicht gereicht, gab ein paar Tage später das Londoner Symphonieorchester im Großen Auditorium ein Konzert mit britischer Musik, und nach der Vorstellung ist das ganze verflixte Orchester natürlich vollzählig im Britannia angetreten! Wir mussten uns alle ganz schön krumm machen, um den ganzen Verein – einschließlich Pauken und Triangeln – mit Speis und Trank zu versorgen. Und weil Mr Rossiter im Bierkeller schon in gesegnetem Schlaf lag, hieß es, alle Mann an Deck. Ich kann Dir sagen. Sogar Anneke ist eingesprungen und hat geholfen.

Ich glaube, von Anneke hatte ich noch nicht erzählt, oder? Anneke ist mein Schutzengel – zumindest in meinen Gedanken. Sie ist die Hostess, die mich am Flughafen abgeholte, als ich zu meinem allerersten Besuch hier war, und seitdem laufen wir uns immer wieder über den Weg. Sie war zufällig im Pub, um mit ihrer Freundin Clara ein Glas zu trinken, und ich fand es furchtbar nett von den beiden, dass sie ausgeholfen haben.

Tatsächlich steckt aber noch ein bisschen mehr dahinter. Clara hat nämlich eine geradezu beängstigende Zuneigung zu Tony gefasst, deshalb streicht sie ständig im britischen Pavillon herum, um ihm zu begegnen, während er sich die allergrößte Mühe gibt, ihr aus dem Weg zu gehen. Das arme Mädchen tut mir ein bisschen leid, nicht zuletzt deshalb, weil ihr Job bei der Ausstellung – sie muss in einer Art Freiluftmuseum, das sie hier unter dem Namen »Fröhliches Belgien« errichtet haben, in Klamotten aus der guten alten Zeit die Brotverkäuferin geben – längst nicht so schön und angesehen ist wie Annekes.

Aber ich sollte jetzt mal aufhören, mich über die beiden auszulassen, nicht zuletzt, weil ich Dir noch gar nicht von meinem neuen russischen Freund erzählt habe, Mr Chersky. Ein Zeitungsredakteur aus Moskau, der sich allen Ernstes einbildet, Dein Herzallerliebster würde vor journalistischem Fachwissen nur so strotzen. Kannst Du Dir das vorstellen? Gut, aber das ist eine lange Geschichte, die ich mir besser für meinen nächsten Brief aufspare.

Auf jeden Fall hoffe ich, dass ich Dir einen Eindruck davon geben konnte, wie aufregend – aber auch anstrengend – das alles hier für mich ist. Ich muss gestehen, dass es mir hier richtig gut geht (einmal abgesehen von der Sehnsucht nach Dir, mein Schatz).

Gestern war schon wieder eine Delegation zu Besuch, diesmal vom Weltkongress für die Prävention von Betriebsunfällen. Einer der Herren stürzte beim Gang zur Toilette die Treppe ins Untergeschoss hinab und musste mit einer Oberschenkelfraktur ins Krankenhaus gebracht werden.

Gib auf gut Dich acht, mein Engel.
Dein treuer
Thomas XXX.

26. Mai 1958

Mein lieber Thomas,

welch eine Freude, wieder von Dir zu hören, und in einem Brief voller aufregender Neuigkeiten. Toll, dem Londoner Symphonieorchester die Drinks servieren zu dürfen! Über die belgischen Hostessen und ihre Rolle auf der Expo habe ich eine Menge in der Zeitung gelesen. Scheinen ja durch die Bank ausgesprochen hübsche Mädel zu sein. Reicht das Englisch dieser Anneke aus, oder hast Du wegen ihr etwa schon Belgisch gelernt? Das muss doch furchtbar verwirrend sein, wenn jeder eine andere Sprache spricht? Es ist zweifellos sehr zuvorkommend von ihr, Dir so viel von ihrer Zeit zu opfern. Du und Tony B. und Anneke und ihre Freundin bildet wohl schon ein richtig trauliches Quartett. Gut zu wissen, dass es Dir an Gesellschaft nicht mangelt.

Ich für meinen Teil habe nicht annähernd so viel Geselligkeit in meinem Leben hier. Immerhin durfte ich letzte Woche einen kleinen Ausflug machen, aber das war eher anstrengend als unterhaltsam. Ich hatte Mr Sparks gegenüber mein schlechtes Gewissen wegen Cousine Beatrix erwähnt, die ich nach ihrem schweren Unfall immer noch nicht besucht hatte. Du weißt ja, dass sie noch im Royal Free Hospital in Hampstead liegt, und eigentlich ist das mit öffentlichen Verkehrsmitteln ganz gut zu erreichen, aber ich scheue mich davor, mit Baby Gill Bus oder U-Bahn zu fahren. Du weißt ja, manchmal hat man das Gefühl, unser Kinderwagen wiegt so viel wie ein kleines Auto! Aber dann kam Norman als mein Retter – ich kann mich gar nicht genug über seine Freundlichkeit wundern. Wir haben ausgerechnet, dass Hin- und Rückfahrt in drei Stunden zu schaffen sind, wenn ich die Northern Line nehme, und er hat sich tapfer bereit erklärt, am Sonntagnachmittag solange auf Gill aufzupassen. Das war doch wirklich nett von ihm. Da traf es sich gut, dass Norman in letzter Zeit öfter mal im Haus war (erst letzten Dienstag hat er das schiefe Bücherbrett im Wohnzimmer gerichtet, das Dir schon so lange ein Dorn im Auge war), und Gill großes Zutrauen zu ihm gefasst hat. Ich vermute, in diesem Alter ist es für sie einfach nur wichtig, dass ein Mann im Haus ist, ob das ihr leiblicher Vater ist oder jemand anderer, spielt eine untergeordnete Rolle. Und ich dachte, wenn ich sie nach dem Mittagessen lange genug stille, dann schläft sie vielleicht den Nachmittag mehr oder weniger durch, und Norman hat nicht viel Mühe. Und das hat auch funktioniert.

Trotzdem war der Nachmittag alles andere als angenehm. Die arme Beatrix ist in einem erbärmlichen Zustand. Ihr Hals steckt in so einer schrecklichen Stützkrause, und den Kopf kann sie überhaupt nicht bewegen. Ich dachte, sie würde sich wenigstens freuen, mich zu sehen – ich hatte ihr eine Riesentüte Weintrauben und ein paar Illustrierte mitgebracht –, aber wie Du weißt, hatte sie schon immer ein etwas unberechenbares Temperament, und ihr gegenwärtiger Zustand scheint sie in eine besonders düstere Gemütslage versetzt zu haben. Viel länger als eine halbe Stunde bin ich nicht geblieben. Dafür war es umso erfreulicher, wieder nach Hause zu kommen. Gill war gerade wach geworden und spielte fröhlich mit Norman. Wir haben dann noch eine Tasse Tee zusammen getrunken und uns nett unterhalten.

Ich muss jetzt aufhören, mein Lieber. Bitte lass nicht wieder so viel Zeit vergehen bis zu Deinem nächsten Brief.

Deine Dich liebende
Sylvia X.

7. Juni 1958

Liebe Sylvie,

vielen Dank für Deinen letzten Brief, so betrüblich die Neuigkeiten über Beatrix auch waren. Solltest du sie noch mal besuchen, richte ihr bitte meine besten Wünsche aus. Feiner Zug von Sparks, für die Zeit deines Besuchs auf die Kleine aufzupassen. Ein solches Händchen für Babys hätte ich ihm ehrlich gesagt nicht zugetraut, aber wenn ich drüber nachdenke, so etwas seltsam Feminines hat er ja an sich, und dann passt es doch wieder.

Die große Neuigkeit hier... Das heißt, eigentlich sind es zwei große Neuigkeiten. Zum einen hatten wir vor ein paar Tagen Besuch von einer veritablen VIP. Natürlich geben sich alle möglichen Berühmtheiten auf der Expo die Klinke in die Hand. Vor einer Woche hat hier eine richtige Filmgala à la Cannes stattgefunden. Offenbar konnte man auf manchen Teilen des Geländes kaum einen Schritt tun, ohne Yves Montand oder Gina Lollobrigida über den Haufen zu laufen, aber leider hat keiner von denen den Weg in unser gutes altes Britannia gefunden. Dafür wurden wir von niemand anderem als... Mr Heathcoat-Amory beehrt! Jawohl, vom Herrn Schatzkanzler höchstpersönlich, keinem Geringerem als der Nummer zwei in der Regierung Ihrer Majestät. Ich würde Dir gerne berichten, dass er der personifizierte Charme war, uns jede Befangenheit genommen und mit der lässigen Großmut behandelt hat, die das Markenzeichen jedes wohlerzogenen Engländers sein sollte. Stattdessen hat er sich benommen wie ein Fisch auf dem Trockenen, und verflucht unfreundlich war er obendrein. Ich weiß ja nicht, was einem auf den Spielfeldern Etons so alles beigebracht wird, aber in einem nachgebildeten englischen Pub einen Teller Fisch und Chips und einen Pint Bitter zu verzehren und dabei ein halbwegs freundliches Gesicht zu machen gehört offenbar nicht dazu. Tony meinte, er sei wahrscheinlich enttäuscht gewesen, dass weder Beluga-Kaviar noch gegrillter Schwan auf der Speisekarte stand (oder was am High Table in Oxford sonst noch so alles kredenzt wird).

Tony hat allerdings wesentlich mehr mit Mr H-A zu tun bekommen als ich, weil ihm die Aufgabe zugefallen war, den Herrn durch die verschiedenen wissenschaftlichen Exponate im Pavillon zu führen, und Tonys Eindruck war, gelinde gesagt, alles andere als positiv. Ich weiß nicht, ob ich es bereits erwähnt habe, aber mein lieber Zimmergenosse Mr B. ist auf seine liebenswürdige Weise ein kleiner Radikalinski. So sympathisiert er zum Beispiel mit den Kernkraftgegnern vom CND, und auf das Thema Suez spricht man ihn besser gar nicht erst an. Er ist kein glühender Verehrer Mr Macmillans und seiner Minister, das ist mal sicher, und nachdem Heathcoat-Amory und sein Gefolge wieder verschwunden waren, hat er kein Blatt mehr vor den Mund genommen. Anneke, die zufällig bei uns saß, war schwer geschockt – sie hatte nicht gewusst, dass wir phlegmatischen Briten zu solcher Unverblümtheit überhaupt fähig sein können. Natürlich ist Tony viel zu gut erzogen, um solche Äußerungen im Angesicht unserer Gäste zu tun. Schließlich stehen wir hier alle für das Beste Großbritanniens, und niemand möchte einen Eklat provozieren.

Auch die andere Neuigkeit, von der ich sprach, betrifft Tony. Nachdem er wochenlang nach Kräften damit beschäftigt war, der unglückseligen Clara den Laufpass zu geben, ist er, was Frauen angeht, jetzt mitten ins Schlaraffenland gefallen. Er hat mit Emily angebandelt, dem Mädchen aus Wisconsin. Keiner weiß so recht, woher sie kam, als sie eines Tages im Britannia auftauchte – hereinplatzte wie eine Bombe! Nach eigenem Bekunden ist sie Schauspielerin von Beruf. Und weil Broadway-Rollen nun einmal knapp sind, hat man sie hierhergeschickt, damit sie in einer der vielen eindrucksvollen Haushaltsinstallationen im amerikanischen Pavillon die junge Hausfrau von nebenan gibt. Es ist ihre Aufgabe, den Ausstellungsgästen – vor allem der staunenden Besucherschaft aus dem Ostblock – die vielen zeitsparenden Haushaltsgeräte vorzuführen, die im Land der Freien bereits zum Alltag gehören. Offenbar sind Staubsauger ihre Spezialität, und sie verbringt ihre Tage in der Attrappe eines amerikanischen Wohnzimmers und hoovert Berge von Staub weg, die eine Kollegin kurz zuvor zu ebendiesem Zweck im Raum verteilt hat. Jedenfalls kam sie kürzlich in unser bescheidenes Wirtshaus spaziert und hat sogleich eine tiefe Zuneigung zu Tony B. gefasst. Seitdem läuft er mit einem Dauergrinsen herum wie Mr Schneekönig höchstpersönlich: Sollte ich es noch nicht erwähnt haben – die junge Emily sieht umwerfend aus und ist obendrein, obwohl sie aus dem hintersten Kaff in Wisconsin stammt, beeindruckend kultiviert, sprachgewandt und unabhängig. An Selbstbewusstsein mangelt es den Amis wahrlich nicht, das muss der Neid ihnen lassen.

Na ja – und während all dessen geht die Expo munter weiter, mit dem üblichen Trubel. Das Bolschoi-Ballett kommt demnächst in die Stadt, und gestern war eine große Delegation einer unter dem eindrucksvollen Titel »5. Europäischer Kongress für Fluorisation und Kariesprävention« firmierenden Veranstaltung im Britannia zu Besuch. Unglücklicherweise brach einem der Mitglieder beim Genuss unserer Schweinefleischpastete, einer Spezialität unseres Restaurants, eine Krone heraus, und seine Kollegen mussten zu einer improvisierten Extraktion schreiten.

In Liebe Dein
Thomas X.

PS: Eben fällt mir noch ein – eigentlich hatte ich Dir versprochen, Dir in diesem Brief alles über den rätselhaften Mr Chersky zu berichten, oder? Na gut, ich spar es mir für den nächsten Brief auf.

28. Juni 1958

Lieber Thomas,

vielen Dank für Deinen letzten Brief. Du glaubst gar nicht, wie viel Spaß es mir macht, in meinem eintönigen kleinen Alltagsleben mit diesen aufregenden kleinen Bulletins aus

Deinem Leben versorgt zu werden. Für mich sind das Nachrichten aus einer anderen Welt, einer Welt, die so unendlich viel interessanter ist als meine – zu meinem großen Leidwesen. Ich wüsste von den letzten Wochen wirklich nichts zu berichten, was Dich nicht zu Tode langweilen müsste, vergleicht man es mit Deiner Schilderung des Besuchs unseres Schatzkanzlers.

Und Du verbringst Deine Tage, wie es scheint, nicht nur auf Du und Du mit den Berühmten und Schönen – allem Anschein nach muss Brüssel ja auch ein idealer Nährboden für amouröse Verwicklungen sein! Dein neuer Freund Tony ist wohl ein wahrer Adonis – er scheint die Frauen ja anzuziehen wie verdorbenes Fleisch die Fliegen. Sicher bildet ihr zusammen mit Emily und Anneke ein spektakuläres Quartett, wenn ihr die Lichter der Nacht einsammeln geht.

Meine Zerstreuungen hier zu Hause sind leider nicht annähernd so glamourös. Kinderwagen, Windeln, Lätzchen und Kolikmittel setzen meiner Welt recht enge Grenzen. Meine einzige Abwechslung diese Woche war eine Fahrt ins Kino, und selbst auf die hätte ich verzichten müssen, wenn Norman nicht einmal mehr so freundlich gewesen wäre. Bei einer unserer Plaudereien letzte Woche hatte ich erwähnt, wie gerne ich den Film *Glut unter der Asche* sehen würde. (Du erinnerst Dich, der Film, in den ich am Wochenende vor Deiner Abreise gern mit dir gegangen wäre, aber Du hast damals einen anderen ausgesucht.) Nun, ich dachte schon, es würde ein Wunschtraum bleiben, aber vorgestern Abend – ich wollte gerade mein Abendessen aufstellen – stand Norman auf einmal mit einer mir unbekannten jungen Frau vor der Haustür. Er stellte sie mir als Susan vor, eine der Sekretärinnen aus seinem Büro, und sagte, sie wäre gerne bereit, auf das Baby aufzupassen, damit er mit mir ins Kino gehen konnte! Ich war völlig perplex, wie Du Dir vorstellen kannst. Ich wollte schon protestieren, aber er bestand darauf, es sei alles vorbereitet und ich hätte mir diese kleine Freude verdient, und ehe ich mich versah, rannte ich nach oben, stieg in mein bestes Kleid und legte etwas Rouge auf! Norman und ich nahmen die U-Bahn zum Oxford Circus und schafften es noch in die erste Abendvorstellung im Prince-Edward. Es war ein Film mit Überlänge, und wir kamen erst nach neun wieder aus dem Kino, aber er wollte es sich partout nicht nehmen lassen, mich noch zum Essen einzuladen. Wir gingen in Jimmy's Restaurant in der Frith Street, ein etwas heruntergekommenes, dunkles Kellerlokal. Auf der Speisekarte standen auch ein paar griechische Gerichte wie Moussaka, und Norman ermunterte mich, mutig zu sein und mir etwas davon auszusuchen, aber ich hatte wohl nicht den Nerv und bestellte Lammkoteletts mit Kartoffelpüree. Ich muss sagen, dass es mir gut geschmeckt hat. Dazu haben wir zusammen eine Flasche Rotwein getrunken! Ich muss ziemlich angeheitert gewesen sein, als wir das Lokal verließen. Deshalb weiß ich auch nicht mehr viel über den Film oder unsere anschließende Unterhaltung, ich erinnere mich nur, dass die Sprache mehrmals auf Normans Hühneraugen kam. Ein brillanter Gesellschafter ist er nicht – in einer Diskussion über Atomenergie mit Dir und Deinen neuen Freunden würde er sich schwerlich behaupten können –, aber er hat ein gutes Herz und ist sehr nett. Und das zählt ja auch etwas – jedenfalls in meinen Augen.

Tja, das ist jetzt kein besonders langer Brief geworden, aber wie eingangs erwähnt, habe ich wenig Interessantes zu berichten. Und jetzt wird es höchste Zeit, das Baby zu stillen, also mache ich jetzt Schluss.

Liebe Grüße von
Sylvia.

2. Juli 1958

Liebstes Sylvielein,

seit langer Zeit kein Wort von Dir, deshalb kann ich nur hoffen, dass zu Hause alles in Ordnung ist. Neulich hab ich es mal wieder telefonisch versucht, aber die Verbindung hat nach wie vor ihre Launen, mehr als ein lautes Knistern an Deinem Ende hab ich nicht bekommen. Was mag da wohl los sein...?

Da ich also von Dir keine Neuigkeiten erhalten habe, erzähle ich Dir jetzt (wie versprochen) von Chersky.

Andrej (so nenne ich ihn inzwischen) ist ein Gentleman aus Moskau, der seit vielen Jahren sein Geld als Herausgeber von Zeitschriften mit kulturellen und literarischen Themen verdient. Sie haben ihn für ein halbes Jahr auf die Expo geschickt, damit er hier eine Wochenzeitschrift namens *Sputnik* produziert. Er tut mir ehrlich leid, denn er sitzt zwischen den Stühlen: Zweifellos wollen seine Bosse ein undifferenziertes Propagandablatt von ihm, während Andrej der Sinn eigentlich nach etwas Anspruchsvollerem steht. Das macht seine Tätigkeit hier zu einem komplizierten Balanceakt.

Er war so nett, mich um Hilfe zu bitten. Ich glaube nicht, dass er meinen Namen als solchen kannte, aber es hat sich wohl herumgesprochen, dass jemand vom ZIB für die Dauer der Ausstellung auf dem Gelände ist, denn am Abend der Eröffnungsparty tauchte er im Britannia auf und sprach mich an. Seitdem haben wir uns einige Male getroffen, immer bei uns im Pub. Zuerst war ich erstaunt, dass er diesen Treffpunkt bevorzugt, aber inzwischen weiß ich, dass Andrej ein leidenschaftlicher Anhänger alles Britischen ist. Er verfügt über enzyklopädische Kenntnisse zu den Geschichten von Sherlock Holmes, scheint das Streckennetz der Londoner U-Bahn auswendig gelernt zu haben und hat ausgerechnet für Smith's Salt 'n' Shake Chips, von denen Mr Rossiter immer einen Vorrat bereithält, eine wahre Leidenschaft entwickelt. Er sammelt die kleinen Salztütchen, um sie seinen Nichten und Neffen mitzubringen, wenn er nach Moskau zurückkehrt. Das gehört zu den wunderbaren Dingen bei dieser Ausstellung – man lernt die verschiedenen (manchmal ausgesprochen schrulligen) Aspekte der eigenen Kultur, von denen Angehörige anderer Nationen sich angezogen fühlen, oft ganz neu kennen. Im Gegenzug hat Andrej uns zur Vorstellung des Bolschoi-Balletts im Monnaie-Theater in der Stadt eingeladen und uns danach noch zu einer privaten Party mitgenommen. Wirklich eine noble Geste, hält man die manchmal doch ziemlich läppischen Ratschläge dagegen, die er von mir bekommen hat. Zweck der Übung ist es, das propagandistische Element in seinem Blatt etwas zu entschärfen, es ein bisschen weniger eindeutig zu machen und mit etwas Humor zu mischen. Eine bewährte Taktik in solchen Zusammenhängen.

Einen Zankapfel allerdings gibt es mit Andrej. Er beharrt darauf, dass es von großem Interesse für die Leser des *Sputnik* sei, etwas über die ZETA-Maschine im britischen Pavillon zu erfahren, und bei seinem letzten Besuch im Britannia hat er alles versucht, um aus Tony ein paar Informationen darüber herauszukitzeln. Tony – der (meiner bescheidenen Meinung nach) in politischen Dingen ziemlich naiv ist – findet gar nichts dabei, und ich habe versucht, ihn vom Gegenteil zu überzeugen. Langsam beginne ich mich zu fragen, ob Tony, Emily und Andrej nicht allzu kollegial miteinander umgehen. Hatte ich erwähnt, dass unser Moskauer Freund ein ausgesprochen gut aussehender Zeitgenosse ist? Manchmal erwische ich Emily dabei, wie sie erst den einen, dann den anderen mit versonnenem Blick betrachtet, und es ist schwer zu sagen, wen von beiden sie mehr anhimmelt.

Um einmal radikal das Thema zu wechseln: Letzte Woche hat hier wieder ein Kongress stattgefunden, diesmal die zweite Jahrestagung der Belgischen Gesellschaft für Urologie.

Ein Teil der Delegierten schaute am Freitagnachmittag zu uns herein, um das Bier zu testen. Zum Glück kam es im Verlauf des Besuchs zu keinerlei Zwischenfällen.
Alles Liebe
Thomas XXX.

PS: Ich habe den Umschlag noch einmal aufgerissen, um Dich wissen zu lassen, dass Dein letzter Brief endlich angekommen ist. Also keinerlei Nachlassen der Aufmerksamkeiten Mr Sparks', wie ich hier lesen darf. Ein Kinobummel mit anschließendem Abendessen! Da trifft es sich doch gut, dass ich keiner von der eifersüchtigen Sorte bin.

KÜNSTLICHE
STIMULANZIEN

Manche Leute fordern Aufmerksamkeit, dachte Thomas, während andere mit dem Hintergrund verschmelzen und unsichtbar werden, ganz egal wie viele interessante Dinge sie zu erzählen hätten oder auch nicht. Der Gedanke erschien ihm in dem Augenblick wie eine eigene Beobachtung, in jedem Fall aber wie etwas Neues, und die Person, die ihn ausgelöst hatte, saß keine zwei Meter von ihm entfernt am selben Glastisch, hob ein Wodkaglas an die Lippen und ließ den Blick gelassen zwischen Tony Buttress und Andrej Chersky hin und her wandern, während Letzterer versuchte, Ersteren von den vielen Vorteilen sowjetischer Ferienlager für Kinder zu überzeugen – Emily, das Mädchen aus Wisconsin.

Es herrschte Hochbetrieb in der Bar. Obwohl Andrej ihm vorher versichert hatte, dass es keine Kleidervorschrift gab und niemand sich daran stören würde, wenn er im Straßenanzug erschien, fühlte Thomas sich etwas beklommen inmitten so vieler eindrucksvoller Gestalten im Smoking. Der Raum war erfüllt von After-Show-Gesprächen; viele, wenn auch bei Weitem nicht alle, auf Russisch. Trotzdem hörte Thomas dem Gespräch seiner Freunde nur mit halbem Ohr zu. Sein Blick wurde immer wieder von Emily angezogen, und das nicht nur, weil sie fantastisch aussah – natürlich war das auch ein Grund (warum auch nicht?) –, aber noch mehr lag das an einer seltsamen Qualität, für die er den richtigen Ausdruck noch nicht gefunden hatte; wahrscheinlich käme Charisma ihm ziemlich nahe, oder Ausstrahlung. Vielleicht strahlte sie – in nuklearphysikalischen Termini, in denen er dieser Tage so häufig dachte – eine Art Energie ab. Eine Energie, die sich in ihren Augen, ihrem herzlichen Lächeln Ausdruck verschaffte, weniger in ihren reizvoll kantigen Zügen oder der schlanken, aber maskulinen Figur.

Jetzt wandte sie den Kopf und sah ihn an, fröhlich lachend über eine Episode des kampfeslustigen Geplänkels, das Tony und Andrej sich lieferten. Thomas lachte etwas lahm und halbherzig mit, verärgert über sich selbst, weil er dem Gespräch nicht gefolgt war. Er fühlte sich ausgeschlossen, an den Rand gedrängt, ein Gefühl, das sich inzwischen – wie ihm gerade klar wurde – immer häufiger bei ihm einstellte, wenn er mit den dreien zusammen war.

»Kommen Sie, Thomas, unterstützen Sie mich«, sagte sie. »Mr Chersky will uns weismachen, diese herrlichen Ferienlager an der Ostsee seien Paradiese der Freude und des unschuldigen Vergnügens, und kein Mensch hätte dabei auch nur den leisesten Hintergedanken in puncto politische Indoktrination. Und wenn Sie mich fragen, führt Ihr Freund Tony ein *sehr* schwaches Argument dagegen ins Feld.«

»Ich sage ja nur«, bekräftigte Tony nach einer Pause, die deutlich gemacht hatte, dass Thomas sich nicht einmischen wollte, »dass Andrej nicht ganz unrecht hat. Immerhin fahren auch amerikanische Kinder Jahr für Jahr in Sommerlager.«

»Ja«, sagte Emily, »um dort zu lernen, unabhängig zu sein und sich in freier Wildbahn zu vergnügen.«

»Und sich all die anderen amerikanischen Werte einbimsen zu lassen«, sagte Andrej. »Hisst man dort etwa nicht jeden Abend die Flagge und lässt patriotische Lieder singen? Und ob man das tut. Ich sage euch, in den wesentlichen Dingen unterscheidet sich der Westen nicht im Geringsten vom Osten.«

»Da hat er recht«, wiederholte Tony und trank sein viertes Glas Wodka leer. »Propaganda gibt es auf beiden Seiten. Und mir scheint Artek etwas Wunderbares zu sein. Ich würde für mein Leben gern einmal dort hinfahren.«

»Darling, ich fange an zu denken, dass Sie tief im Herzen ein Kommunist sind«, sagte Emily und kitzelte ihn spielerisch unterm Kinn. Thomas fragte sich, ob das Kosewort irgendeine Bedeutung hatte, oder ob Emily zu den Frauen gehörte, die alle Männer »Darling« nannten. Immerhin war sie Schauspielerin.

»Ich habe mir vorgenommen«, sagte Andrej, »Sie alle zum Kommunismus zu bekehren. Meine Lockmittel sind das Ballett und der Wodka.« Zur Illustration seiner Worte schloss er in eine ausladende Handbewegung die Bar des Monnaie-Theaters ein und hielt die Dreiviertelliterflasche Wodka in die Höhe.

Tony und Emily lachten. Nach ein paar Sekunden lachte Thomas mit, immer noch halbherzig. Er bekam langsam das Gefühl, dass die beiden anderen allzu bereit waren, Andrejs unermüdliche Ergüsse prosowjetischer Agitation, die nach Thomas' Überzeugung sein heiliger Ernst waren, als harmlos-charmante Spinnerei durchgehen zu lassen. Aber als Andrej sein Glas wie die der anderen bis zum Rand füllte, erhob er keinen Einspruch. Kein Zweifel, der Mann war ein Verführer. Und außerdem: Was konnte man nach einem russischen Ballettabend Besseres tun als Wodka trinken? Er nahm sich vor, ganz entspannt den Augenblick zu genießen.

»Mr Chersky, enthält das Zeug viel Alkohol?«, fragte Emily durchaus nicht in aller Unschuld. »Er schmeckt nämlich so, als wäre da außer Alkohol nichts anderes drin.«

»Miss Parker, befürchten Sie, dass ich Sie betrunken machen will?«, erwiderte der Russe mit erstauntem Blick. »Hören Sie. Wir sind doch alle Freunde. Wir können vollstes Vertrauen zueinander haben. *Budem sdarowje!*« Die drei Männer leerten ihre Gläser in einem Zug. Emily nippte vorsichtig, wie vorher auch schon, und zuckte zusammen, als die bittere Flüssigkeit auf den Gaumen traf.

»Ich dachte immer, ihr Russen sagt *na sdorowje* wenn ihr jemandem zuprostet«, sagte sie.

»Ein weitverbreiteter Mythos«, erklärte Andrej. »Das sagen wir nur zu Ausländern, die es in ihrer Ahnungslosigkeit zu uns sagen, weil wir zu höflich sind, sie zu korrigieren. Aber kein Russe würde es zu einem anderen Russen sagen. Wir haben ein ausgeklügeltes System von Trinksprüchen. Trinksprüche für die verschiedensten Gelegenheiten. Trinksprüche, die in einer bestimmten Reihenfolge ausgebracht werden müssen. Trinksprüche zum Beginn eines Festes und andere, die einen Schlussstrich darunter ziehen. Also los, hoch die Gläser! Ich zeige es euch.« Er fügte ein paar Worte auf Russisch hinzu – einen besonders klangvollen, blumigen, musikalischen Satz, der Emily veranlasste, ihn mit Skepsis und Bewunderung im Blick anzuschauen und ihr Glas in einem Zug zu leeren.

»Das ist eine sehr schöne Sprache«, räumte sie ein. »Jedenfalls aus Ihrem Mund. Was haben Sie gerade gesagt?«

»Das war ein relativ neuer Trinkspruch«, räumte Alexej ein, »aus einer jüngeren Epoche der russischen Geschichte. Frei übersetzt bedeutet er so viel wie: ›Auf dass du alle Arbeiten innerhalb des Plansolls erledigst.‹«

Wieder hielt Emilys Blick sich einen Moment zu lange an seinem fest. »Wie poetisch«, sagte sie mit einem leisen Zittern in den Mundwinkeln. Schnell war sie wieder bei sich und stand auf. »Ich muss mal schnell für kleine Mädchen«, sagte sie und verschwand in Richtung der Toiletten.

Die Männer blickten ihr in stiller Bewunderung nach.

»Ihre Begleiterin ist reizend«, sagte Mr Chersky zu Tony. »Ganz reizend.«

»Danke, ich bin ganz Ihrer Meinung.«

»Wenn die Herren einverstanden sind, bestelle ich noch eine Flasche. Tschaikowskys Musik hat mich heute Abend in eine andere Welt versetzt, und ich nehme doch an, dass wir alle noch eine Zeit lang dort verweilen wollen – wenn es denn sein muss mit Hilfe künstlicher Stimulanzien.«

Andrej ging nicht an die Bar, sondern zu einem der Kellner und flüsterte ihm etwas ins Ohr. Anscheinend fragte er nach einer speziellen Flasche, die von einem speziellen Ort geholt werden musste. Während er damit beschäftigt war, sah Tony, dass Thomas auf seine Armbanduhr schaute.

»Was ist, alter Knabe?«

»Ach, nichts. Ich dachte gerade, dass Anneke eigentlich schon hier sein könnte. Sie hatte versprochen vorbeizuschauen.«

Bei der Erwähnung des Namens legte Tony die Stirn in Falten. Thomas war darüber verwundert.

»Weshalb der böse Blick? Ich dachte, du magst sie.«

»O ja, sehr sogar. Aber ich mag es gar nicht, wie du dich ihr gegenüber verhältst.«

Thomas seufzte. »Das hatten wir doch schon alles.«

»Ja, das hatten wir schon. Aber du hast mir immer noch nicht plausibel erklären können, was du mit ihr vorhast.«

»Da gibt es nichts zu erklären.«

»Hast du es ihr schon erzählt?«

»Was erzählt?«

»Dass du eine Frau hast. Eine Familie.«

Thomas zögerte, dann sagte er mit wenig Überzeugung: »Warum sollte ich?«

Tony schüttelte erbittert den Kopf. »Thomas, ich möchte dich nicht für einen Schuft halten müssen, weil ich dich mag. Aber ich komme dieser Auffassung immer näher. Entweder du bist ein Schuft oder total durch den Wind. Und naiv. Dieses Mädchen ist von Tag zu Tag verliebter in dich, und früher oder später will sie mehr als den keuschen Wangenkuss am Ende des Abends.«

Thomas dachte darüber nach, aber etwas Besseres als »Kannst du nicht endlich mal aufhören damit?« fiel ihm nicht ein.

»Du bist gereizt«, sagte Tony, erschrocken über den aggressiven Ton seines Freundes.

Emily kehrte zurück und verscheuchte das Stimmungstief mit einem spontanen Themenwechsel.

»Darling«, sagte sie zu Tony, »finden Sie nicht, dass es an der Zeit ist, mit Mr Chersky über Angelas Kleider zu reden?« Erklärend für Thomas fügte sie hinzu: »Eine befreundete Kollegin von mir in New York, Angela Thornbury, arbeitet an einer *fantastischen* Kollektion von Abendkleidern, aber ein kräftiger Schuss Publicity würde ihr sicher nicht schaden. Und da dachte ich, dass Mr Chersky vielleicht ganz nützlich sein könnte.«

»Das verstehe ich nicht ganz«, sagte Thomas.

»Na, er ist schließlich Redakteur, oder nicht? Und er sucht nach Geschichten für seinen *Sputnik*.«

»Aber er sucht doch nur nach Geschichten über die Sowjetunion.«

»Das wäre aber sehr engstirnig gedacht. Bei dieser Ausstellung geht es schließlich um kulturellen Austausch. Wie wäre es mit einem Artikel, der die Arbeiten von New Yorker und Moskauer Modedesignern gegenüberstellt? Ich würde so etwas gerne lesen, Sie etwa nicht?«

»Er würde tendenziös drüber schreiben – die Kleider Ihrer Freundin kämen nicht gut weg.«

»Ich werde ihn jedenfalls darauf ansprechen.«

Und das tat sie, aber Andrejs Antwort fiel eher höflich zurückhaltend aus.

»Sehen Sie, in mancher Hinsicht ist das vielleicht keine schlechte Idee«, sagte er. »In bestimmten Lebensbereichen Osten und Westen gegenüberzustellen. Es ließe sich auch auf andere Themen ausweiten. Technologie, zum Beispiel.«

Beim Klang dieses Worts richtete Thomas einen argwöhnischen Blick auf ihn.

»Wie ich Ihnen bereits erzählt habe«, fuhr Andrej fort, jetzt direkt an Tony gewandt, »haben wir schon einen Artikel über sowjetische Fortschritte bei der Kernfusion in Arbeit. Es wäre sehr interessant, unsere Entdeckungen mit denen der Briten zu vergleichen.«

»Tja, wer sollte etwas dagegen haben«, sagte Tony. »Wie Sie wissen, betreibt unser Land seine Projekte mit einem Höchstmaß an Transparenz. Das gehört zu unserer Kultur. Jeder, der will, darf in unserem Pavillon einen Blick auf die ZETA-Maschine werfen.«

Andrej lachte. »Auf eine *Attrappe* der Maschine, ja. Ein bildschönes Ausstellungsstück, aber für einen Wissenschaftler von sehr begrenztem Wert.«

»Na klar. Macht ihr es bei eurem Sputnik vielleicht anders?«

»Natürlich nicht. Niemand will zu viel preisgeben. Warum auch? Das wäre ja dumm. Wie immer verhalten Osten und Westen sich absolut identisch. Nur dass ihr euch den Heiligenschein aufsetzt und so tut, als wäre im Westen alles anders.«

»Aber bei uns ist alles anders.«

»Beweisen Sie es mir.«

»Wie?«

»Indem Sie unseren Lesern ein paar der Geheimnisse der ZETA-Maschine erklären.«

Tony sah ihn wachsam an. Etwas in Andrejs Ton hatte ihn aus dem Konzept gebracht.

»Ich hätte nicht übel Lust dazu«, sagte er. »Und wenn nur, um Ihnen zu beweisen, dass Sie auf dem Holzweg sind.«

»Hör mal, altes Haus«, sagte Thomas und legte ihm mahnend die Hand auf den Arm, »das sind jetzt aber ziemlich törichte Gedanken.«

Er hätte noch mehr dazu gesagt, wenn Anneke nicht erschienen wäre. Er stand auf, um sie zu begrüßen, und es entstand ein langer Augenblick der Verlegenheit, bis er einen Kuss auf ihre Wange zielte, während sie ihm – falls er es sich nicht einbildete, beeinflusst von Tony – den Mund bot. Als Resultat landete der Kuss irgendwo dazwischen.

»Tut mir leid, dass ich so spät bin«, sagte Anneke, errötend vor Freude, ihn zu sehen. »Heute war der schlimmste Tag…«

Und dann erzählte sie in aller Ausführlichkeit von einem holländischen Ehepaar, das im Gewimmel der Ausstellung seine sechsjährige Tochter aus den Augen verloren hatte, weshalb sie und ein paar andere Hostessen zwei Stunden lang nach der Kleinen suchen mussten, um sie dann – ausgerechnet – im Pavillon Belgisch-Kongos zu finden, wo sie vor einer Lehmhütte saß und wie gebannt auf einen der halb nackten Eingeborenen starrte, der vor seiner Hütte stand und einigermaßen fassungslos in die ungewohnte Kälte eines nordeuropäischen Sommerabends blickte. Thomas begleitete jede Etappe des Berichts mit lächelndem Kopfnicken, obgleich es ihn wesentlich mehr interessierte, was Tony und Andrej miteinander zu besprechen hatten, denn der Russe wollte nicht vom Thema der ZETA-Maschine lassen, und Tony schien ihn sogar noch zu ermutigen, die Sache weiterzuverfolgen, während Emily – mit zunehmender Besorgnis im Blick – vom einen zum anderen schaute, und je länger Thomas ihnen mit halbem Ohr, vorbei an Annekes unbedarftem, nicht enden wollendem Monolog, zuhörte, desto weniger gefiel ihm, was er zu hören bekam, besonders als Tony offenbarte, dass es schon immer sein Wunsch gewesen sei, mal nach Moskau zu reisen, und Andrej ihm versicherte, seine Tür stehe ihm immer offen, was Emily zu dem Resümee veranlasste, es sei etwas Wunderbares, zwei Menschen aus gegensätzlichen Gesellschaftssystemen so freundschaftlich vereint zu sehen – das zeige doch, dass internationale Politik nichts weiter als ein großes Papperlapapp sei, und der Meinung war auch Tony; es bestätige ihn nur in seiner Überzeugung, dass der nukleare Rüstungswettlauf nichts weiter als eine grandiose Zeitverschwendung sei und die Sowjetunion keinerlei aggressive Absichten gegenüber dem Westen hege, und überhaupt, was sei denn so großartig am westlichen Lebensentwurf, der doch nur auf Materialismus und Ungleichheit basiere, und wenn der Kommunismus auch nicht vollkommen sein mochte, so sei er doch bei Weitem nicht die Verirrung, zu der viele Menschen ihn machen wollten, und Andrej rief, Jawohl, endlich einer aus dem Westen, der es begriffen hat, und packte Tony bei den Schultern und erklärte ihn zu einem von ihnen, und dann tranken alle drei noch mehr Wodka und schenkten auch Thomas das Glas noch mal voll, aber der merkte erst ein paar Gläser später, wie stark das Zeug war, verflucht stark, viel stärker als das, was sie vorher getrunken hatten, und er bekam eine verschwommene Ahnung davon, dass er die Kontrolle über das verlor, was um ihn herum geschah, auch wenn ihm immerhin noch auffiel, dass Emily ihren Arm um Tonys Hüfte gelegt hatte, oder vielmehr – und das war nun doch verwunderlich – um Andrejs Hüfte, aber gleich darauf spürte er die tröstliche Berührung von Sylvias Hand auf seiner eigenen Hüfte, nur dass es sich – was nicht weniger verwunderlich war – um Annekes Hand handelte, denn Sylvia war Hunderte Kilometer weit weg in London, aber das spielte ja ohnehin keine Rolle, wo sich der Abend doch so fröhlich entwickelte und er von lauter netten Menschen umgeben war, und gerade eben war noch einer dazugekommen, der nette Mr Carter vom British Council hatte sich zu ihnen gesetzt und etwas zu ihm gesagt, das er nicht mehr genau verstanden hatte, denn dass Mr Carter sich hingesetzt hatte, war das Letzte, an das Thomas sich erinnerte, danach erinnerte er sich an nichts mehr, an gar nichts, bis er am nächsten Morgen in einem fremden Hotelzimmer erwachte, mit den schlimmsten Kopfschmerzen, die er je erlebt hatte, einem brennenden Durst nach kaltem Wasser und einem Geschmack im Mund, der auf der Stelle Brechreiz auslöste.

WILKINS

Unter Einsatz aller ihm verfügbaren Willenskraft stützte Thomas seinen schmerzenden Körper auf einen Ellbogen und sah sich mit verschleiertem Blick im Zimmer um.

Die unter leichtem Mottenfraß leidenden Vorhänge waren noch zugezogen, und seine Augen benötigten ein paar Sekunden, um sich an den Dämmer zu gewöhnen. Schon bald wurden Umrisse sichtbar und bestätigten ihm, dass er nicht die leiseste Ahnung hatte, wo er sich befand. Eine Woge der Angst durchlief ihn. Er setzte sich mit einem Ruck auf. Die jähe Bewegung löste hämmernden Kopfschmerz aus. Sich durch das Halbdunkel tastend, fand er den Schalter der Nachttischlampe und drückte drauf.

Das Zimmer war schlicht möbliert, alles andere als luxuriös. Aus dem Badezimmer hörte Thomas das Geräusch eines tropfenden Wasserhahns. Er war vollständig bekleidet. Nachdem er die Beine über die Bettkante geschwungen hatte, erhob er sich, diesmal wesentlich behutsamer, weil jede Bewegung heftigere Schmerzen auslöste. Er ging hinüber zum Fenster – eine Sache von zwei, drei Schritten – und zog die Vorhänge auf. Der Ausblick half ihm nicht wesentlich weiter. Er sah in einen grauen, verregneten Hinterhof, der nur wenige Meter Abstand zwischen ihm und einer Backsteinmauer zu schaffen vermochte. Das trübe Tageslicht ließ keine präzisen Rückschlüsse auf die Tageszeit zu. Er sah auf die Uhr. Es war Viertel vor drei.

Nachdem er ein, zwei Minuten lang den Kopf unter das kalte Wasser gehalten und sich anschließend überzeugt hatte, dass seine Brieftasche im Jackett steckte (das im Kleiderschrank hing), vergewisserte sich Thomas mit einem Rundblick durch das Zimmer, dass keine seiner Habseligkeiten auf irgendeiner Ablage liegen geblieben war, öffnete leise die Zimmertür und trat hinaus in einen schmalen, mit schütterem Teppichboden ausgelegten Flur. Er steckte den Schlüssel in die Hosentasche und zog die Tür hinter sich zu. Nirgends war ein Geräusch zu hören. Auf dem Flur zog kein Zimmermädchen einen Staubsauger hinter sich her oder huschte mit frischen Laken unterm Arm – im Vorbeieilen ein fröhliches »Bonjour« rufend – von Tür zu Tür. Solch eine tiefe Stille hatte er selten erlebt.

Da nirgends ein Lift zu finden war, stieg er die Treppe hinab, bis er auf einen schäbigen kleinen Vorraum mit einem Empfangstresen stieß, hinter dem niemand saß. Thomas drückte auf den Klingelknopf. Nach kurzer Zeit kam ein schlaksiger, hoch aufgeschossener Bursche mit fahlem Gesicht aus einem Hinterzimmer. Er kaute an einem Sandwich.

»*Oui?*«

»*Bonjour, monsieur*«, sagte Thomas und ärgerte sich über seine Beflissenheit. Gerade wollte er einen etwas herrischeren Ton anschlagen, als ihm klar wurde, dass er gar nicht wusste, was er fragen wollte. »Ähm, *je voudrais… le* Checkout?«, brachte er in mühsam angehobenem Frageton hervor.

»Zimmernummer«, sagte der Portier.

Thomas musste auf den Schlüssel schauen. »Drei-eins-zwo.«

Der Mann nahm den Schlüssel und blätterte sich durch einen Karteikasten auf seinem Tresen. Dann schaute er Thomas an und sagte: »Nichts zu bezahlen.« Er wollte schon in sein Hinterzimmer verschwinden, als sich Thomas – der seinerseits schon zum Ausgang unterwegs war – noch einmal umdrehte und fragte: »Heißt das – meine Rechnung ist schon bezahlt worden?«

»Ja.«

»Von... von wem? Wenn ich das fragen darf.«

Der Mann seufzte, dann blätterte er wieder in seiner Kartei. »Monsieur Wilkins.«

»Wilkins?«

»Wilkins.«

Thomas und der Portier sahen sich ein paar Sekunden lang schweigend an. Thomas hätte ihm jede Menge Fragen stellen wollen, aber er hatte das starke Gefühl, dass es Zeitverschwendung gewesen wäre.

»Hatten Sie einen angenehmen Aufenthalt?«, fragte der Portier.

»Ja. Doch, es war... sehr komfortabel.«

»*Bien.*«

Der Mann biss von seinem Sandwich ab, dann zog er sich zurück. Thomas drehte sich um und ging hinaus auf die Straße.

Im Lauf der letzten Wochen war er kaum einmal in der Brüsseler Innenstadt gewesen, in der er jetzt gelandet zu sein schien. Die Umgebung war ihm vollkommen fremd. Nach nicht einmal hundert Metern kam er an einen breiten Boulevard mit Boutiquen und Cafés, auf dem sich starker Verkehr auf je zwei Spuren in beide Richtungen bewegte. Das Tageslicht war alles andere als grell – tatsächlich fand die Sonne kaum einmal eine Lücke in einer dichten Wand aschgrauer Wolken –, aber es reichte allemal aus, Thomas zusammenzucken und die Augen zukneifen zu lassen. In einiger Entfernung entdeckte er etwas, das wie ein Taxistand aussah, und eilte darauf zu. Er gab dem Taxifahrer den Auftrag, ihn zum Motel Expo in Wemmel zu bringen.

Die Taxifahrt schien Kopfweh und Übelkeit noch verschlimmert zu haben. Es kostete ihn Mühe, sich aus dem Auto zu stemmen und die Scheine für das Fahrgeld zusammenzuzählen. Nachdem das Auto wieder weggefahren war, stahl er sich an einem gelangweilt und gleichgültig in seinem

Empfangshäuschen sitzenden Josef Stalin vorbei und trottete den ausgetretenen Pfad zu seinem derzeitigen Domizil entlang. Zwischen den Baracken blieb er zweimal stehen und lehnte sich an eine der Porenbetonsteinwände, um zu Kräften zu kommen und das Schwindelgefühl vergehen zu lassen. Erst nach mehreren Anläufen gelang es ihm, den Schlüssel ins Schloss seiner Tür zu stecken und umzudrehen.

Thomas hatte sich von der Rückkehr in seine Schlafkabine erhofft, einem Zustand der Normalität etwas näherzukommen. Aber kaum hatte er den Raum betreten, machte er eine Entdeckung, die noch viel beunruhigender war als alles, was er an diesem beunruhigenden Tag schon erlebt hatte.

Als er ins Badezimmer ging, um sich kaltes Wasser über den Kopf laufen zu lassen, fiel ihm ein erstes Anzeichen dafür auf, dass etwas nicht stimmte. Tonys Zahnbürste war nicht mehr da. Und es fehlten auch seine Zahnpasta (die neue mit den Spezialstreifen), Rasierhobel und Rasierschaum – ja der ganze Kulturbeutel. Thomas stürzte zurück ins Zimmer, riss die Schranktür auf und musste feststellen, dass Tonys Hälfte des Kleiderschranks leer war. Hemden, Krawatten, Jacketts, Unterwäsche – alles weg. Er sah unterm Bett nach, unter das Tony seine Koffer geschoben hatte. Auch sie waren nicht mehr da.

Thomas setzte sich auf sein Bett und fuhr sich mit einer Hand nervös durch die Frisur. Er merkte, dass er zitterte und viel zu schwer atmete. Etwas Seltsames ging hier vor, etwas, das ihm nicht gefiel. Ganz und gar nicht.

Von draußen klopfte jemand, die Tür, die Thomas nur angelehnt hatte, flog auf, und vor ihm stand die vorerst letzte der Überraschungen des heutigen Tages.

»Anneke!«, rief er. »Was machen Sie denn hier?«

»Der Mann an der Schranke hat mir Ihre Zimmernummer gegeben«, antwortete sie. »Ich wollte vor meiner Arbeit mal kurz nach Ihnen schauen.«

»Wozu?«

»Um zu sehen, ob alles in Ordnung ist. Ich habe mir Sorgen gemacht.«

Sie tat ein, zwei Schritte ins Zimmer hinein. Thomas wurde klar, dass es keine Sitzgelegenheit für sie gab. Verlegen räumte er den Haufen schmutziger Wäsche vom einzigen Stuhl im Zimmer, einem schlichten, höchst unbequemen Sitzmöbel, auf dem es sich niemand gemütlich machen und das man keinem Gast anbieten konnte.

»Hier, bitte«, sagte er und deutete auf das Bett. Anneke setzte sich, still in sich hineinlächelnd, während er sich etwas betreten auf dem Stuhl niederließ.

»Also«, sagte sie und sah sich um, noch immer mit demselben Lächeln; offensichtlich machte die Neuheit der Situation ihr Spaß. »Jetzt verstehe ich, warum Sie und Tony sich so schnell so gut kennengelernt haben. Es ist sehr... intim. Und wenn jetzt einer von Ihnen seine amouröse Eroberung mit hierherbringen will?«

»Aber das ist ja genau der Punkt«, sagte Thomas. »Ich meine... der Punkt ist, dass es eben nicht so ist. Weil nämlich Tony allem Anschein nach gar nicht mehr da ist. Alle seine Sachen sind weg.«

»Weg?«

»Verschwunden. *Disparu.*«

Anneke dachte nach. »Vielleicht ist er zur Arbeit gegangen.«

»Mit seiner Zahnbürste? Und sämtlichen Klamotten? Und zwei Koffern?«

»Das ist allerdings seltsam«, musste sie mit nachdenklicher Miene einräumen.

»Sagen Sie – was ist eigentlich letzte Nacht genau passiert?«

»Ihnen? Oder Tony?«

»Uns beiden. Das heißt, mir... vor allem.«

»Na ja...« Sie beugte sich vor uns sah ihm in die Augen – ein Blick voller Sorge, und voller Zuneigung, der ihm durch Mark und Bein ging, auch wenn er sich dessen gar nicht gleich bewusst wurde, und er erst eine ganze Weile später darüber nachdachte. »Ich glaube... also, meinem Eindruck nach... waren Sie ziemlich betrunken.«

»Zweifellos. Ich meine, habe ich irgendetwas Schreckliches angestellt? Zur Balalaika auf dem Tisch getanzt oder so?«

»Überhaupt nicht. Eingeschlafen sind Sie. Auf meinem Schoß. Und das war irgendwie... richtig nett. Alle fanden das, nicht nur ich.«

»Alle?«

»Ja. Tony, und Miss Parker, und Mr Chersky, und Mr Carter.«

»Carter? Der war auch da?«

»Ja. Wissen Sie nicht mehr, wie er sich zu uns gesetzt hat? Er hat sich als Erster Sorgen gemacht, als Sie nicht mehr wach zu kriegen waren.«

Anneke erzählte, dass Mr Chersky und Mr Carter Thomas schließlich mit vereinten Kräften hinaus auf die Straße getragen und geschleift hatten. Mr Carter hatte ein Taxi gerufen und Thomas weggebracht – vermutlich in das Hotel –, während Mr Chersky kurz darauf an ihren Tisch zurückgekehrt war.

»Danach«, sagte sie, »bin ich plötzlich sehr müde geworden. Und weil Sie nicht mehr da waren, mochte ich auch nicht länger bleiben. Ich musste die Nacht in dem Heim in Laeken verbringen. Tony und Miss Parker und Mr Chersky haben mich dahin begleitet. Sie waren sehr laut und sehr lustig und haben die ganze Zeit gesungen. Kinderlieder aus dem Lager der Jungen Pioniere in Artek, hat Mr Chersky gesagt. Und nachdem sie mich an die Tür gebracht und sich von mir verabschiedet hatten, hat Tony zu Mr Chersky gesagt: ›Kommen Sie, jetzt sehen wir uns die Entwürfe an.‹ Und dann sind sie wieder losgezogen in die Nacht. Die drei.«

Thomas starrte sie entgeistert an.

»Entwürfe? Was für Entwürfe?«

»Keine Ahnung. Ich dachte, Sie wüssten es.«

Thomas strich sich wieder durchs Haar. Ob es wirklich so schlimm war, wie es sich anhörte?

»Einen Moment!«, sagte er. »Von Entwürfen war ja früher am Abend schon die Rede gewesen. Emilys Freundin ist Modedesignerin. Sie wollten Andrej dazu überreden, ein paar ihrer Entwürfe in seiner Zeitschrift zu bringen.«

»Ach, wirklich?«, sagte Anneke. »Solange ich dabei war, war eigentlich immer nur von diesem Ding die Rede, dieser Maschine, an der Tony mitgearbeitet hat.«

Thomas dachte darüber nach. Es stimmte. Er versuchte sich die Einzelheiten des Gesprächs gestern Abend ins Gedächtnis zu rufen, aber es verschwamm alles ineinander. Warum hatte er sich von Andrej mit solch einem Zeug abfüllen lassen? Er hätte wissen müssen, wann Schluss ist. Er hatte immer noch Kopfschmerzen und konnte keinen klaren Gedanken fassen. Was er jetzt brauchte, war Kaffee, ein starker Kaffee.

Anneke sah ihn immer noch an, ihr Blick floss beinahe über von Zuneigung. Einen Moment lang schauten sie sich in die Augen. Die Sonne musste eine Lücke in den Wolken gefunden haben, denn ein paar flüchtige Sekunden lang erstrahlten ihr Gesicht und ihr Haar in einem hellen Schein, der durch das Oberlicht in seine Schlafkabine fiel. Wie schön sie aussah. Thomas hätte sie gern in die Arme genommen und geküsst.

»Wir sollten jetzt gehen«, sagte er.

»Ja. Bei der Arbeit warten sie auf mich.«

»Ich schaue im britischen Pavillon vorbei und ziehe ein paar Erkundigungen ein. Es muss eine vernünftige Erklärung für das alles geben.«

Aber Thomas' Zuversicht erwies sich als verfrüht. Die Entdeckung, die er im britischen Pavillon machen musste, war noch viel beunruhigender: Eins der Ausstellungsstücke war nicht mehr da.

»Entschuldigen Sie«, fragte er einen der Assistenten des Kurators und vermochte ein Zittern in der Stimme kaum zu verbergen, »aber ... wo ist sie? Die ZETA-Maschine?«

»Heute Morgen abgeholt worden«, antwortete der Mann.

»Abgeholt. Auf wessen Veranlassung?«

»Auf Veranlassung von Mr Buttress, Sir. Er kam herein und beaufsichtigte die Arbeiten persönlich. Er und ein paar von den Jungs haben sie in ihre Einzelteile zerlegt und in einen Lieferwagen geladen.«

»Und dann? Wo ist sie hingebracht worden?«

»Da bin ich überfragt, Sir. Die Lücke springt ganz schön ins Auge, oder? Sie muss schleunigst wieder geschlossen werden. Angeblich soll in ein, zwei Tagen einer von diesen neuen Großrechnern hier eintreffen.«

Thomas, dem von den Konsequenzen all dieser Neuigkeiten der Kopf schwirrte, dankte dem Assistenten und eilte hinaus, um den künstlichen See herum ins Britannia. Mit einem ausgesprochen knappen Kopfnicken für Mr Rossiter schob er sich zwischen den dicht gedrängt stehenden Gästen hindurch und zwängte sich hinter die Bar. Er bat Shirley, ihm, sobald sie einen freien Augenblick fand, einen extrastarken Kaffee zu machen, und ging direkt weiter zum Telefon.

»Kann ich bitte Mr Carter sprechen«, sagte er, nachdem er sich in die Diensträume des British Council in Brüssel durchgewählt hatte. »Ich bin Thomas Foley. Sagen Sie ihm, es sei dringend.«

Kurz darauf erklang Mr Carters beruhigend aufgeräumte Stimme am anderen Ende.

»'n Abend Foley. Sie weilen also noch unter uns Lebenden?«

»Mehr oder weniger. Dafür muss ich mich ja wohl bei Ihnen bedanken.«

»Aber woher denn, mein Freund! Das gehört dazu. Nächstes Mal vielleicht etwas mehr Zurückhaltung beim Kartoffelsaft. Das ist ein mörderisches Zeug. Wie war das Hotel? Tut mir leid, dass wir Sie nicht in Luxus betten konnten. Das mit der Rechnung ist in Ordnung gegangen?«

»Ja. War alles bezahlt. Von einem gewissen Wilkins – wer immer das ist.« Mr Carter reagierte nicht darauf. Seinem Schweigen war nicht zu entnehmen, ob der Name Wilkins ihm etwas sagte. »Jedenfalls bin ich Ihnen zu ewigem Dank verpflichtet, wie Sie das hingekriegt haben. Aber das ist nicht der eigentliche Grund meines Anrufs. Hören Sie, Carter, hier sind heute ein paar sonderbare Dinge passiert.« Er schaute sich um, aber außer Shirley, die mit dem Kaffee neben ihm stand, schien niemand zuzuhören. »Tony – Tony Buttress – ist weg. Verschwunden. Hat seine Sachen gepackt und ist fort, ohne eine Nachricht zu hinterlassen. Und was noch schlimmer ist...« Thomas senkte die Stimme in ein noch tieferes Register. »*Auch die Maschine ist verschwunden.*«

Wieder ein ausgedehntes Schweigen am anderen Ende.

»Ich weiß nicht, ob ich Sie richtig verstanden habe, mein Freund.«

»Die Maschine. Die ZETA-Maschine.«

»Aber wie kann die verschwunden sein?«

»Offenbar ist Tony heute Morgen höchstpersönlich da hineinspaziert und hat sie zusammenpacken lassen. Ungefähr acht Stunden nachdem Sie und ich mit eigenen Ohren hören mussten, wie er Mr Chersky vorschwärmte, wie gut es den internationalen Beziehungen täte, wenn auch die Russen sich mit der Maschine auskennen würden.«

Erneutes Schweigen an Mr Carters Ende. Thomas meinte den Schock zu spüren, den diese Offenbarungen ihm versetzt hatten.

»In Ordnung«, kam Carters Stimme. »Situation verstanden. Ich glaube, wir bewegen uns auf vermintem Gelände, Foley.

Ich muss mir hier im Hause ein paar Instruktionen holen, mir einen Überblick verschaffen. Wenn ich mich umgehört habe, rufe ich Sie zurück. Ich oder jemand anderer. Wo sind Sie? Im Pub?«

»Ja.«

»Bleiben Sie dort. Damit man Sie erreichen kann. In ein, zwei Stunden hören Sie von mir.«

»Verstanden. Aber was ich eigentlich sagen...«

Thomas starrte auf den Hörer. Mr Carter hatte bereits aufgelegt, die Leitung war tot.

Den Rest des Nachmittags verbrachte er damit, die maritimen Drucke im Ausstellerclub auf der ersten Etage umzuhängen. Als er damit fertig war, polierte er Gläser, dann machte er eine Bestandsaufnahme der Flaschen mit den hochprozentigen Getränken auf dem Regal über der Bar, eine Aufgabe, die Mr Rossiter seit geraumer Zeit vernachlässigt zu haben schien. Er war noch oben, als er durch das Stimmengewirr unten im Gastraum Shirleys Stimme nach ihm rufen hörte.

»Mr Foley! Telefon!«

Als Thomas sich meldete, antwortete eine ihm unbekannte Stimme in neutralem englischem Akzent.

»Foley?«

»Am Apparat.«

»Gut. Hören Sie mir jetzt ganz genau zu. Wir möchten, dass Sie heute Abend in den Josaphat-Park kommen. Um halb zehn.«

»Moment mal, wen meinen Sie mit ›wir‹? Mit wem spreche ich?«

»Suchen Sie sich eine Bank in der nordwestlichen Ecke des Parks. Nehmen Sie eine Zeitung mit, *De Standaard*, die Sie auf Seite siebenundzwanzig aufschlagen. Haben Sie das verstanden?«

»Ja, *das* habe ich verstanden, aber was ich nicht verstehe, ist, wer –«

Anscheinend hatten die Menschen sich an diesem Tag verabredet, grußlos aufzulegen. Wieder starrte er auf einen stummen Hörer. Shirley lachte und bot ihm noch einen Kaffee an.

Abends um neun war es noch hell. Aber es war frisch draußen, und in dem Park waren kaum Menschen unterwegs. In den ersten Minuten hatte Thomas nur eine ältere Dame zur Gesellschaft, die ihren beiden Zwergpudeln Gehorsam beizubringen versuchte. Zumindest erschien sie ihm wie eine ältere Dame. Aber an diesem Tag waren ihm schon so viele surreale und unerklärliche Dinge passiert, dass es ihn nicht weiter erstaunt hätte, wenn die Dame mit den Pudeln sich vor seinen Augen als der perfekt verkleidete geheimnisvolle Anrufer von vorhin entpuppt hätte – Tarnung in höchster Vollendung. Als der Mann dann wirklich auf den Plan trat, hätte er unverwechselbarer nicht sein können. Er trug den unvermeidlichen Trenchcoat mit Filzhut und war selbst in der einsetzenden Dämmerung schon von Weitem zu erkennen. Thomas beugte sich auf seiner Bank weit nach vorn und hielt die Zeitung in einem Winkel, der ihre Lektüre unmöglich, die Titelseite dafür umso sichtbarer für den sich nähernden Fremden machte. Offenbar genau die richtige Strategie, denn der Mann nahm neben ihm Platz und musterte ein paar Sekunden lang angelegentlich die Zeitung, dann Thomas, noch einmal die Zeitung und wieder Thomas, seiner Sache offenbar nicht ganz sicher. Schließlich räusperte er sich und sagte:

»Mr Foley?«

Thomas nickte. »Wer sonst? Arbeiten Sie immer das ganze Programm ab? Oder sehen Sie hier im Park noch jemanden mit dem *Standaard?*«

»Sie haben Seite dreiundzwanzig aufgeschlagen. Ihr Auftrag lautete, Seite siebenundzwanzig aufzuschlagen.«

»Die Ausgabe hat nur vierundzwanzig Seiten.«

»Tatsächlich? Das hätte ich berücksichtigen müssen. Mist!« Einen Augenblick lang schien ihn sein Versäumnis ernsthaft zu beunruhigen, dann sprang er zackig auf. »Folgen Sie mir bitte.«

Er stürmte raschen Schrittes voran. Thomas musste sich sputen, um den Anschluss nicht zu verlieren.

»Okay, aber vielleicht sagen Sie mir, wohin wir gehen. Was zum Teufel soll das alles?«

»Sie werden es erfahren.«

»Wann?«

»Rechtzeitig.«

»Dann verraten Sie mir wenigstens Ihren Namen.«

»Ich heiße Wilkins.«

Sie hatten den Rand des Parks erreicht. Wilkins blickte nach rechts und nach links, das Augenmerk offenbar auf eine Reihe am Straßenrand geparkter Autos gerichtet. Er zögerte kurz, bis nach ein paar Sekunden bei einem der Autos die Scheinwerfer mehrmals ein- und ausgeschaltet wurden.

»Aha! Wer sagt's denn?«

Er führte Thomas zu dem Wagen, einem grünen VW-Käfer. Der Fahrer beugte sich herüber und öffnete ihnen die Beifahrertür.

»Warum in aller Welt rücken Sie in dieser Seifendose hier an?«, fragte Wilkins den Fahrer und warf eine verächtliche Handbewegung gegen das Auto. »Ging es nicht ein paar Nummern größer?« Der Fahrer sagte nichts. Wilkins seufzte entnervt. »Kommen Sie«, sagte er zu Thomas, »wir müssen uns da irgendwie reinquetschen.«

Leichter gesagt als getan. Wilkins war ein Brocken von einem Mann, und Thomas war auch kein Fliegengewicht. Der erste Versuch – Thomas stieg zuerst ein, Wilkins kletterte ihm nach – wurde erfolglos abgebrochen: Wilkins' Leib verkeilte sich heillos zwischen Beifahrersitz und Türrahmen und konnte sich erst nach energischen, von einer Serie wütender Knurrlaute begleiteten Anstrengungen wieder befreien. Als es ihnen schließlich gelungen war, sich auf der Rückbank niederzulassen, kauerten sie so dicht aufeinander, dass sie kaum atmen, geschweige denn sich bewegen konnten.

»Wird es eine längere Fahrt?«, fragte Thomas. »In dem Fall würde ich gern den Mantel ausziehen.«

Auch diese Aktion bereitete nicht unbeträchtliche Schwierigkeiten. Er war noch lange nicht fertig, als er Wilkins schon mindestens einen Ellbogenstoß auf das Jochbein verpasst hatte, was nicht zur Verbesserung der Chemie zwischen den beiden Männern beitrug.

»Um Himmels willen, Mann«, stöhnte Wilkins, »warum behalten Sie den verfluchten Mantel nicht an und Schluss?«

»Bin gleich so weit«, sagte Thomas und zerrte am noch verbliebenen Ärmel. »Und es würde mir offen gesagt leichter fallen, wenn Sie mir nicht ständig mit diesem ... Ding da in Ihrer Manteltasche in der Seite herumstochern würden. Was ist das überhaupt?«

»Mein Schießeisen natürlich.«

Thomas hielt beim Zusammenfalten des Mantels auf seinem Schoß inne und starrte Wilkins entgeistert an. »Schießeisen? Was reden Sie da? Sie richten eine Schusswaffe gegen mich?«

»Was haben Sie denn gedacht?«

»Und weshalb?«

»Verdammt, Mann, Sie scheinen den Ernst der Lage immer noch nicht begriffen zu haben. Und jetzt legen Sie sich das Ding hier um und halten die Luft an.«

Er reichte Thomas einen Streifen schwarzen Stoff.

»Was ist das?«

»Na, was wohl? Eine Augenbinde ist das. Halten Sie still, damit ich die Enden verknoten kann.«

»Was zum ...?«

Der Gedanke an die auf ihn gerichtete Schusswaffe beschleunigte bei Thomas die Einsicht, dass Protest oder gar Widerstand zwecklos war. Er wartete lammfromm, bis der Stoffstreifen fest am Hinterkopf verknotet war.

»So«, sagte Wilkins nachdrücklich. »Das sollte reichen. Wie viele Finger halte ich hoch?«

»Drei«, sagte Thomas.

»Verflucht, woher wissen Sie das? Sehen Sie was durch den Stoff?«

»Nein. Ich habe geraten.«

»Sie sollen nicht raten, Himmelarsch! Ich muss sicher sein, dass Sie nicht sehen, wohin wir fahren. Das hier ist keine Quizsendung. Wie viele Finger halte ich hoch?«

»Woher soll ich das wissen? Ich seh ja nichts.«

»Umso besser. Es waren vier. Aber egal. Und jetzt halten Sie die Luft an. Wir sitzen uns hier noch eine ganze Weile auf der Pelle, und mir ist nicht nach Plaudern zumute.«

Der Fahrer startete den Motor, und endlich tuckerte das Auto hinaus auf eine ruhige, nächtliche Straße im Mittsommer.

RICHTIG
SCHÖN DICK
IN DER TINTE

Es war eine sehr unbequeme und lange Fahrt (eine Stunden und fünfzehn Minuten, schätzte Thomas). Nach etwa zwanzig Minuten konnte er hören, dass sie den Lärm des Stadtverkehrs hinter sich ließen und aufs Land hinausfuhren, auch wenn sie immer noch auf breiten, schnurgeraden Straßen unterwegs zu sein schienen. Mehrere Richtungswechsel in wenig systematischer Folge sollten ihn wohl verwirren. Erst während der letzten Viertelstunde fuhr das Auto langsamer, und die Straßen schienen enger und weniger gut befahrbar zu werden. Thomas und Wilkins hätte es in so mancher scharfen Kurve wohl hin und her geworfen, wäre der Platz dafür vorhanden gewesen.

Endlich, nach mehreren Minuten leichter, aber stetiger Bergauffahrt, hielt das Auto kurz bei laufendem Motor, um dann nach einer scharfen Rechtskurve einen holprigen Feldweg mit vielen Löchern und Furchen entlangzurumpeln, der etwa achthundert Meter lang gewesen sein dürfte. Noch eine Linkskurve, und das Auto blieb stehen. Als der Motor abgestellt war, bewahrheitete sich Thomas' Vermutung: Sie befanden sich tief in ländlicher Umgebung. Ringsum herrschte Totenstille, die durch den einsamen Ruf einer Eule ganz in der Nähe nur noch spürbarer wurde.

»So«, sagte Wilkins. »Nichts wie raus aus diesem elenden Gefährt.«

Das Aussteigen erwies sich als ein ebenso mühseliger, die Laune strapazierender Vorgang wie das Einsteigen, für Thomas umso mehr, weil er noch die Augenbinde trug. Von den Einengungen des winzigen Automobils befreit, blieb er ein, zwei Augenblicke in der frischen Luft stehen, spürte losen Kies unter den Schuhsohlen, bis Wilkins ihm den Lauf des Schießeisens wieder zwischen die Rippen stieß.

»Na los«, sagte sein Entführer. »Hier entlang, und keine Sperenzchen, wenn ich bitten darf.«

Sie gingen fünfzehn oder zwanzig Meter über Kies, bevor jemand – vermutlich Wilkins – mit einem eisernen Türklopfer laut gegen eine schwere Holztür schlug. Die Tür tat sich auf, und sie traten ein. Es wurde kein Wort gesprochen.

Sie gingen einen Flur entlang, der dem Klang der Schritte nach zu urteilen mit Steinplatten ausgelegt war. Beinahe wäre Thomas über eine flache Stufe gestolpert. Es war ein ziemlich langer Flur, und Thomas stellte sich ein großes Haus vor – wenn es überhaupt ein Haus war. Als sich am Ende des Flurs wieder eine Tür öffnete, stieß man ihn hindurch.

»Wer sagt's denn«, sagte Wilkins. »Geschafft. Trautes Heim, Glück allein.«

Er löste den Knoten der Binde, und Thomas blinzelte in das strahlende Licht einer Deckenlampe. Immer noch blinzelnd, sah er sich um. Er befand sich in einem kleinen Schlafzimmer im Erdgeschoss, schlicht, aber gemütlich mit schweren, dunklen Möbelstücken eingerichtet. Das Fenster war mit Läden verschlossen. An den in schmutzigem Senfgelb gestrichenen Wänden hingen Reproduktionen (oder gar Originale) flämischer Landschaften. Außer einem Einzelbett standen noch ein Schreibtisch und ein Ohrensessel im Zimmer. Der Gesamteindruck war doch wesentlich einladender als Thomas' Schlafkabine im Motel Expo.

»Na schön«, sagte er und drehte sich zu Wilkins um. »Bis hierhin bin ich sehr geduldig gewesen. Wenn Sie jetzt *bitte* so freundlich wären, mir Sinn und Zweck dieses absurden Theaters zu erklären.«

»Sehen Sie mal, da hat jemand einen Kakao für Sie hingestellt«, sagte Wilkins und wies mit dem Kopf auf einen Becher auf dem Nachttisch. »Ich an Ihrer Stelle würde ihn trinken. Vielleicht schlafen Sie dann besser.«

»Wollen Sie damit ernsthaft andeuten, dass –«

»Gute Nacht, alter Junge. Wünsche angenehme Träume. Morgen früh sieht jemand nach Ihnen. Ich könnte mir denken, dass Sie dann mehr erfahren.«

Und ehe Thomas ihm wegen weiterer Erklärungen zusetzen konnte, war er verschwunden – nicht ohne die Tür hinter sich abgeschlossen zu haben. Thomas packte den Türknopf und ruckelte mit aller Kraft, aber es nutzte nichts. Und auch die Fensterläden waren fest verriegelt.

Mutlos ließ er sich auf seinem neuen Bett nieder und nahm den Kakaobecher vom Nachttisch. Außer einer Tüte Smith's Salt'n'Shake Chips im Britannia hatte er den ganzen Tag noch nichts gegessen, und langsam machte sich stechender Hunger bemerkbar. Er schnüffelte vorsichtig an dem Kakao, nippte ein-, zweimal. Er war lauwarm, der Becher ließ sich problemlos in zwei, drei Zügen leer trinken. Das Schlafmittel, das er enthielt, dürfte nicht von schlechten Eltern gewesen sein, denn er erwachte erst spät am nächsten Morgen.

Weder das Geklapper des Schlüssels im Schloss noch das Öffnen der Tür weckte ihn, sondern die plötzliche Invasion des Lichts – eines heiteren Morgenlichts –, als jemand die Fensterläden entriegelte und aufstieß. Er setzte sich im Bett auf und sah, dass eine alte Frau bei ihm im Zimmer war. Sie machte sich überall zu schaffen, staubte ab, leerte den Papierkorb, rückte Möbel zurecht. Dann nahm sie den leeren Kakaobecher zur Hand und sah ihn mürrisch an.

»*Waarom blijf je zo lang in bed liggen?*«, murmelte sie. »*Ik heb werk te doen. Ik moet deze kamer schoonmaken en klaar maken. Er komt nog iemand vanavond is me gezegd.*«

Thomas kletterte aus dem Bett, rieb sich die Augen. Er hatte die zweite Nacht in denselben Klamotten hinter sich und fühlte sich schmutzig und übernächtigt. Der Kopfschmerz hämmerte schlimmer denn je.

»Wo bin ich?«, fragte er.

»*Naar buiten! Nu! Ontbijt!*«, sagte die alte Frau.

Thomas ging hinüber zum Fenster. Wenigstens der Ausblick war eine angenehme Überraschung. Vor seinem Schlafzimmer sah er eine hölzerne Veranda und eine ausgedehnte Grasfläche dahinter. Auf einer Länge von vielleicht hundert Metern war das Gras zu einem Rasen geschnitten, dahinter wuchs es wild und war gesprenkelt mit Wiesenblumen in allen nur vorstellbaren Farben. In Abständen waren moderne Plastiken auf den Rasen gesetzt, eine Reihe uralter Eichen im Hintergrund hob sich stolz vor einem klaren blauen Sommerhimmel ab. Links davon sah er offene Getreidefelder, rechts eine Koppel, auf der drei kastanienbraune Pferde und ein Pony zufrieden an Heuballen zupften.

»*Kom mee!*«, sagte die Alte, die ungeduldig gestikulierend in der offenen Tür stand. »*Naar buiten! Volg me!*«

Thomas drehte sich um und folgte ihr den langen Flur entlang, der letzte Nacht unsichtbar für ihn geblieben war. An seinen Wänden standen Bücherregale, dazwischen hingen weitere Bilder in dunklen Eichenholzrahmen. Der Gesamteindruck war eher düster, aber das änderte sich sogleich: Nachdem die Alte ihn nach rechts durch ein helles, luftiges Wohnzimmer gelotst hatte, traten sie hinaus auf eine Terrasse und direkt hinein in den blendenden Glanz der Morgensonne. Ein großer runder, für das Frühstück gedeckter Tisch stand schon bereit: weißes Tischtuch, weißes Geschirr, silbernes Besteck. Und an dem Tisch saßen – ganz offensichtlich in Erwartung seines Erscheinens – zwei bekannte Gestalten, deren Gegenwart ihm augenblicklich wie von nervtötender Unvermeidlichkeit erschien.

»Aha! Morgen, Foley!«, rief Mr Radford.
»Schön, Sie wiederzusehen«, sagte Mr Wayne.
»Setzen Sie sich doch.«
»Pflanzen Sie sich zu uns.«
»Der Kaffee ist fertig.«
»Ihr Wachmacher.«
»Gar nicht mal übel.«
»Sofern man den kontinentalen Muckefuck mag.«

Thomas setzte sich, ohne ein Wort zu sagen. Angesichts der Umstände seiner Verbringung in dieses Haus erschienen Wiedersehensfloskeln ihm unangebracht. Er gestattete Mr Radford, ihm Kaffee einzuschenken, und trank gierig ein paar Schlucke. Dann folgte ausgedehntes Schweigen. Mr Wayne strich sich zuerst Butter, dann Erdbeermarmelade auf seinen Toast, während Mr Radford die Schale seines Frühstückseis pedantisch mit der Rückseite seines Teelöffels zertrümmerte.

»Ein wunderbarer Morgen«, bemerkte schließlich Mr Wayne.

»Ganz herrlich«, fand auch Mr Radford.

»Wären Sie so gut, mir den Zucker zu reichen, mein Lieber?«

»Mit Vergnügen. Noch etwas Milch?«

»Sehr aufmerksam. Vielen Dank.«

Unterdessen versorgte Thomas sich mit einem Ei und einer Scheibe Toast. Er dachte nicht daran, das Gespräch zu eröffnen, womöglich noch mit der Frage, warum er hier war. Ein paar Minuten lang beschäftigten die drei Engländer sich mit ihrem Frühstück und bewunderten die Landschaft.

»Wirklich, Foley, ausgesprochen noble Geste von Ihnen, die lange Fahrt hier heraus zu uns auf sich zu nehmen«, brach Mr Wayne schließlich das Schweigen.

»Ich wusste gar nicht«, sagte Thomas, »dass ich in dieser Angelegenheit eine Wahl gehabt hätte.«

»Alter Freund«, sagte Mr Radford, »wie sollen wir das bitte verstehen?«

»Wir waren der Meinung, Wilkins hätte Sie hergefahren.«

»In ein Auto gepackt hat er mich, unter vorgehaltener Waffe.«

»Waffe?«

Beide kicherten vergnügt.

»Einer Kanone! Du lieber Gott!«

»Der arme Wilkins.«

»Der Mann hat Nerven.«

»Ein schlechter Witz.«

»Lebt in einer Fantasiewelt, der Tropf.«

»Liest viel zu viele von diesen Büchern. Sie wissen, welche ich meine.«

»Ja, ich weiß, wie heißt noch mal der Autor?«

»Fleming. Haben Sie den schon mal gelesen, Foley?«

»Nein, tut mir leid.«

»Hat verheerenden Einfluss, wissen Sie …«

»… auf die Jungs, die in unserer Abteilung Außendienst machen.«

»Natürlich alles pure Erfindung. Poltert fröhlich durch die Weltgeschichte, der Mann …«

»… legt haufenweise Leute um …«

»… und pennt jede Nacht mit 'ner anderen.«

Dieses Detail erschien den beiden offenbar besonders fragwürdig.

»Ich meine, mit Verlaub, Radford, aber wann waren Sie das letzte Mal so frei?«

»Wen umzulegen?«

»Nein – mit 'ner anderen zu pennen.«

»Na ja, kommt drauf an, wie Sie das meinen. Anders als wer?«

»Na, anders als die Letzte, würde ich mal sagen.«

»Puh, wenn ich das jetzt wüsste.«

»Und überhaupt?«

»Eher nicht, alter Junge.«

»Na also. Entbehrt jedes realen Hintergrunds.«

»Tja, Foley, sollte man Ihnen Ungelegenheiten gemacht haben, nichts für ungut.

»Ungelegenheiten?«, sagte Thomas. »Aber woher. Ich kann mir nichts Herrlicheres vorstellen, als stundenlang mit verbundenen Augen durch die Gegend kutschiert zu werden.«

»Mit verbundenen Augen?«

»Das ist nicht Ihr Ernst«, sagte Mr Radford. »Wilkins hat dem Fahrer die Augen verbunden?«

»Natürlich nicht.«

»Na, Gott sei Dank.«

»Was zu weit geht, geht zu weit.«

»Sicherheit im Straßenverkehr und, und, und.«

Inzwischen fühlte Thomas sich gekräftigt genug, um zu fragen: »Wo genau sind wir hier überhaupt?«

»Tja, eigentlich dürfen wir Ihnen das gar nicht verraten, alter Knabe.«

»Dann hätten wir uns die Augenbinde ja sparen können?«

»Und was ist das hier für ein Haus?«

Mr Radford und Mr Wayne tauschten einen Blick, nickten und erhoben sich.

»Kommen Sie, wir machen einen Rundgang.«

Sie gingen durch die Verandatür zurück ins Haus, bogen nach rechts in den düsteren Flur ab, um dort direkt über eine schmale Holztreppe hinauf ins obere Stockwerk zu steigen, das den Eindruck eines weiten, über die gesamte Länge des Hauses reichenden Dachbodens machte. Auf beiden Seiten eines breiten Mittelgangs gingen Türen ab. Ein paar von ihnen standen offen, und Thomas sah dahinter kleine Zimmer, die mit elektronischem Gerät aller Art vollgestellt waren: Tonbandgeräten, Mikrofonen, riesigen Funkgeräten, sogar Großrechnern. Schließlich kamen sie zu einem größeren Raum, der ebenfalls mit all diesen Apparaten und noch anderen ausgerüstet war, und in dem drei Personen – zwei

Frauen und ein Mann – mit Kopfhörern vor Funkgeräten saßen und fleißig niederschrieben, was immer sie hörten. Sie hoben kurz die Köpfe, als Thomas, Mr Radford und Mr Wayne das Zimmer betraten, ohne sich weiter bei ihrer Tätigkeit stören zu lassen.

»So, da wären wir«, sagte Mr Wayne. »Willkommen im Nervenzentrum.«

»Dem Herzen der Operation, sozusagen«, ergänzte Mr Radford.

»Beeindruckend, was?«

Hinter ihm stand plötzlich ein Mann in dunklem Anzug.

»Alles in Ordnung, meine Herren?«, fragte er.

»Ja, ja, absolut.«

»Wir wollen unserem Freund nur kurz zeigen, was Sie hier treiben.«

»Gut. Und wenn er alles gesehen hat, was er sehen soll...«

Der Ton war höflich, aber von unmissverständlicher Bestimmtheit. Die drei waren entlassen. Mr Wayne und Mr Radford drehten sich um und trotteten hinaus. So eingeschüchtert hatte Thomas, der ihnen die Treppe hinunter ins Erdgeschoss folgte, sie noch nicht gesehen.

»Wer war das?«, fragte er, als sie wieder auf der Veranda waren.

»Das«, sagte Mr Radford, »war der Mann, von dem wir unsere Befehle bekommen«, sagte Mr Radford. Er klang missvergnügt.

»Ist Ihnen was an ihm aufgefallen?«, fragte Mr Wayne.

»Amerikaner, richtig?«

»Richtig«, sagten sie im Chor, während sie über den gepflegten Rasen in Richtung der wilderen Bereiche des Gartens schlenderten.

Nach ein paar Schritten blieb Thomas stehen und drehte sich zum Haus um. Er sah es zum ersten Mal in seiner Ganzheit. Aus dieser Perspektive – eingebettet zwischen Bäumen, mit den efeuumrankten Stützpfeilern der Veranda, dem Schwarm Tauben, der sich auf einem Ende des Dachfirsts niedergelassen hatte – sah es fast aus wie eine Illustration aus einem Kinderbuch. (So zumindest könnte er es Sylvia eines Tages schildern – sollte er sich je dazu befugt fühlen.) Dazu das warme Rot der Backsteine und das Reetdach mit den vier Erkern der Schlafzimmerfenster, die verträumt auf den Garten hinunterschauten – es fiel nicht leicht, diesen fröhlich-märchenhaften Eindruck, den das Haus machte, mit der Art Arbeit in Einklang zu bringen, die in seinem Inneren verrichtet wurde.

Mr Radford und Mr Wayne setzten sich auf eine der Holzbänke am Rand der ersten Eichengruppe und boten Thomas den Platz in ihrer Mitte an. Mr Radford nahm drei Zigaretten heraus und verteilte sie. Mr Wayne zückte eine Streichholzschachtel.

»Schönes Haus, nicht wahr?«, sagte Mr Wayne.

»Ein Jammer, dass es für solche Zwecke herhalten muss«, sagte Mr Radford. »Das ist irgendwie nicht in Ordnung.«

»Tja«, sagte sein Kollege, »aber so sind die Zeiten nun mal.«

»Absolut.« Mr Radford seufzte eingedenk dieser Einsicht und wandte sich an Thomas. »Also, Foley, wie lautet Ihre Einschätzung der Geschichte?«

»Meine Einschätzung?«

»Der jüngsten Entwicklung der Sachlage. Was, meinen Sie, ist in den letzten zwei Tagen vor sich gegangen?«

»Uns würde Ihre Beurteilung der Situation interessieren.«

Thomas schaute vom einen zum anderen. Sie schienen ernsthaft an seiner Meinung interessiert zu sein. »Na gut«, antwortete er, »ich sage Ihnen, was ich denke.« Er holte tief Luft, bevor er weiterredete: »Tony – Mr Buttress – hat im britischen Pavillon gearbeitet, als technischer Berater für den Nachbau der ZETA-Maschine und anderer Ausstellungsstücke.

Im Zuge dessen hat er sich immer mehr mit Mr Chersky vom Magazin *Sputnik* angefreundet. Ich stelle mir vor, dass Sie Wind von den Gesprächen der beiden gekriegt und angefangen haben, sich Sorgen zu machen. Tony ist – auf seine bescheidene britische Art – ein kleiner Radikaler. Unterstützt den CND, wählt Labour und so weiter. Und jetzt scheinen seine sozialistischen Instinkte auf einmal die Oberhand bekommen zu haben, und es ist Mr Chersky gelungen, ihn auf die andere Seite zu ziehen. Er hat die Entwürfe und im Zweifel sogar die Maschine selbst den Russen übergeben, und womöglich sitzt er in diesem Augenblick in ihrer Botschaft und erzählt ihnen haarklein, was er weiß.« Thomas musste kurz Atem holen. Er schaute die beiden fragend an. »Und? Liege ich so weit richtig?«

Mr Radford sah seinen Kollegen an. »Was meinen Sie, Wayne?«

»Als Versuch gar nicht mal so schlecht, würde ich sagen. Ich gebe zwei von zehn Punkten für eifriges Bemühen.«

»Plus einen Extrapunkt für blühende Fantasie, was meinen Sie?«

»Warum nicht? Kulanz hat noch keinem geschadet.«

»Wie?«, fragte Thomas. »Liege ich etwa dermaßen daneben?«

»Ganz gewaltig daneben, fürchte ich.«

»Danebener geht kaum.«

Thomas seufzte ungeduldig. »Und was ist tatsächlich passiert? Könnten Sie mir bitte erklären, warum Sie mich hier herausgeschleppt haben?«

»Tja« – Mr Wayne unterbrach sich kurz, um einen Brocken Zigarettenasche in das hochgeschossene Gras zu seinen Füßen zu schnippen –, »lassen Sie uns vielleicht mit Ihrem Freund Tony beginnen. Mr Buttress und seine berühmte Maschine. Also, wo fängt man am besten an? Er wird Ihnen sicher erzählt haben – oder Sie haben es in der Zeitung gelesen –, dass der Leiter des britischen ZETA-Programms, Sir John Cockcroft, vor ein paar Monaten einen großen Durchbruch verkündet hat. Ich bin kein Wissenschaftler und kenne die Details nicht – vielleicht kann Mr Radford Ihnen das besser erklären.«

»Wohl kaum, mein Lieber«, sagte Mr Radford und schüttelte traurig den Kopf. »Ich habe keinen blassen Schimmer.«

»Na ja – offenbar – ich weiß es nicht – aber seinerzeit im Januar hat Sir John wohl behauptet, er und sein Team hätten diese Dingsda beobachtet – wie heißen die noch mal? – Neutronenexplosionen, und zwar in einer Häufigkeit, wie sie nur bei thermonuklearen Reaktionen passieren. Ist das halbwegs korrekt ausgedrückt?«

»Fragen Sie mich was Leichteres. In Physik war ich schon immer eine kugelrunde Null.«

»Gut, das ist jedenfalls mein Verständnis von der Sache. Kernfusion. In der Presse bekannt gegeben im Januar, und nach allgemeinem Dafürhalten die prächtigste Feder am Hut der britischen Wissenschaften seit anno Blumenkohl. Ein dreifach Hoch dem wackeren Sir John. Und ein Ätschbätsch für die Russen, wenn wir schon mal dabei sind. Und Ihre Leute in der Baker Street beschließen, eine Replik der Maschine bauen und im britischen Pavillon ausstellen zu lassen. Das Kronjuwel britischer Forschungsarbeit, so in die Richtung. Das alles unter einem gewissen Grad der Geheimhaltung – damit sichergestellt ist, dass sich niemand öffentlich über die Feinheiten der Funktionsweise des Geräts auslässt. So weit alles verstanden?«

Thomas nickte.

»Gut. Und jetzt sind wir hier in Brüssel, amüsieren uns auf der Ausstellung und ziehen alle an einem Strang, um dem Rest der Welt Großbritannien so gut wie möglich zu verkaufen, während Sir John und sein Team von Superhirnen zu Hause am Ball bleiben, an ihrer geliebten Maschine herumfummeln, weitere Tests durchführen. Und Anfang dieser Woche – raten Sie? Der nächste Durchbruch. Nur kein ganz so erfreulicher diesmal. Sie haben noch etwas über ihre ZETA-Maschine herausgefunden, eine Kleinigkeit, mit der niemand gerechnet hatte.«

»Nämlich?«, sagte Thomas.

»Dass sie leider nicht funktioniert.«

Mr Wayne ließ den Worten Zeit zu wirken und zündete sich noch eine Zigarette an. Weder Thomas noch Mr Radford fühlte sich zu einem Kommentar berufen.

»Offenbar war der Optimismus im Januar ein bisschen verfrüht, und die Neutronenexplosionen oder was immer es war beruhten nur auf einer Kette von Zufällen – ein stinknormaler Nebeneffekt des Experiments. Dumm gelaufen. Aber jetzt stand diese nutzlose Maschine im britischen Pavillon in Brüssel im Rampenlicht, und Ihr Kumpel Mr Buttress stand daneben und erklärte Gott und der Welt, was für eine fantastische Erfindung sie war, und dass sie auf Jahrtausende hinaus alle Energieprobleme der Menschheit lösen würde. Das konnten sich unsere Jungs zu Hause natürlich nicht lange mit ansehen. Gestern Morgen erhielt Ihr Freund einen dringenden Anruf aus Whitehall mit dem Befehl, das ganze Ding zusammenzupacken und schleunigst nach Hause zu befördern. Und genau das hat er getan.«

»Das heißt, er ist fort? Zurück in London? Und kommt nicht mehr wieder?«

»Ich fürchte, nein«, sagte Mr Wayne. »Aber Sie müssen auch die positive Seite sehen. Sie haben Ihr Schlafgemach jetzt ganz für sich alleine.«

»Noch die dunkelste Wolke hat ihren Silberrand«, meinte auch Mr Radford.

Thomas sagte für eine ganze Weile kein Wort. Er war so durcheinander, dass es ihm schwerfiel, auch nur die simpelste Frage zu formulieren.

»Also... ich verstehe nicht... wenn das alles nichts mit Tony oder Mr Chersky zu tun hat... was hat es dann mit mir zu tun?«

»Und ob es etwas mit Mr Chersky zu tun hat«, sagte Mr Radford. »Mit Mr Chersky und Miss Parker.«

»Emily?«, sagte Thomas wie vor den Kopf geschlagen.

»Aber ja.«

»Das Mädchen aus Wisconsin.«

Mr Radford beugte sich zu ihm hinüber. »Was wissen Sie über sie?«

»Was haben Sie für einen Eindruck?«

»Was halten Sie von ihr?«

»Wie schätzen Sie sie ein?«

Thomas blies die Backen auf. »Ich weiß nicht... Hübsches Mädchen, unbedingt. Hochattraktiv. Aber abgesehen davon hab ich mir noch nicht viele Gedanken über sie gemacht.«

»Dann wird es höchste Zeit.«

»Höchste Zeit, dass Sie sich ein paar Gedanken mehr über sie machen, und ein paar weniger über Anneke Hoskens.«

Thomas sah zwischen den beiden hin und her, völlig überfordert.

»Emily Parker«, erklärte Mr Wayne langsam und mit großem Nachdruck, »ist Mr Cherskys Geliebte.«

»Woher wollen Sie das denn wissen?«

»Aber, ich bitte Sie, haben Sie nicht eben gerade das ganze Spielzeug gesehen, das wir da oben stehen haben? Wir wissen alles, was auf der Ausstellung vor sich geht.«

»Aber sie ist Tonys Freundin. Jedenfalls war sie es diese ganzen Wochen.«

»Das denken Sie vielleicht. Und vielleicht denkt es sogar Tony. Aber wir wissen es besser. Sie hat sich heimlich mit Chersky getroffen. Viel öfter als mit Mr Buttress.«

»Also gut«, sagte Thomas, der langsam begriff. »Und weiter? Eine junge Amerikanerin verguckt sich in einen gut aussehenden russischen Journalisten. Sie haben eine ... kleine Liebelei in Brüssel. Und? Was ist dabei?«

»Andrej Chersky ist kein Journalist«, sagte Mr Radford. »Er ist ein hochrangiger Offizier des KGB.«

»Und Emily Parker«, fuhr Mr Wayne fort, noch ehe Thomas Zeit hatte, diese neue Information zu verdauen, »ist keine gewöhnliche junge Amerikanerin. Ihr Vater, Professor Frederick Parker, ist einer der bedeutendsten internationalen Wissenschaftler auf dem Gebiet der Nuklearforschung.«

»Genauer gesagt der Nuklear*waffen*forschung.«

Nach einem Augenblick erhob sich Thomas. Er verließ die Bank, trat in den Schatten der Eichen. Mr Wayne und Mr Radford beobachteten ihn tatenlos, schweigend. Ein, zwei Minuten lang ging er zwischen den Bäumen hin und her, bis er seine Zigarette fertig geraucht und den Stummel ausgetreten hatte. Als er zu ihnen zurückkam, schwang leise Rebellion in seiner Stimme mit.

»Selbst wenn es so wäre, wie Sie sagen, verstehe ich nicht, was das mit uns zu tun hätte.«

»Uns?«, sagte Mr Wayne.

»Uns. Den Briten. Das ist doch eine Angelegenheit zwischen Amerikanern und Russen. Sollten wir uns da nicht besser raushalten?«

Mr Wayne und Mr Radford sahen sich an und fingen an zu lachen.

»Mein lieber Freund, so einfach ist das nicht.«

»So läuft der Hase nicht mehr.«

»Heute sitzen wir alle im selben Boot.«

»Man muss sich nur entscheiden, auf welcher Seite man rudert.«

»Sehen Sie mal da rüber.« Mr Radford stand auf und deutete auf das idyllische Haus am Wald. »Sie haben gesehen, was dort passiert. Was meinen Sie, wer das alles bezahlt? Was meinen Sie, wessen Ausrüstung wir da benutzen? Wir kriegen das nicht umsonst, verstehen Sie? Man erwartet Gegenleistungen von uns.«

»Gefälligkeiten.«

»Eine Hand wäscht die andere.«

»Geben und Nehmen et cetera.«

»Na gut«, sagte Thomas nach ein paar Sekunden des Nachdenkens. »Aber warum ich? Was habe ich damit zu tun?«

Jetzt war es an Mr Wayne, erst einmal aufzustehen und ein bisschen auf und ab zu gehen.

»Miss Parker«, erklärte er, »ist eine sehr gefühlsgesteuerte Person. Das wird Ihnen nicht entgangen sein. Hochromantisch, könnte man sagen. Exaltiert.«

»Schauspielerin eben«, warf Mr Radford ein.

»Sie kommt nach Brüssel, offenbar wild entschlossen, hier eine Liebesaffäre mit einem Europäer anzufangen. Als erster war Ihr Freund Tony an der Reihe. Als sie das Interesse an ihm verlor, rückte Chersky in ihr Blickfeld. Die Sache ist... na ja, wir sind der Meinung, dass man sie relativ leicht umleiten kann.«

»Umleiten?«

»Ja. Sie braucht nur jemanden, der ihr hilft, sich den Russen aus dem Kopf zu schlagen. Ein neues Objekt für ihre Zuneigung.«

»Einen gut aussehenden Mann, vorzugsweise – einen wie Sie.«

»Ich?«, sagte Thomas. »Gut aussehend?«

»Na, hören Sie, keine falsche Bescheidenheit.«

»Machen Sie sich nicht kleiner, als Sie sind.«

»Sie haben etwas von einem Gary Cooper.«

»Mit einem Touch Dirk Bogarde, würde ich sagen.«

»Sie verstehen, worauf wir hinauswollen?«

»Welches Ziel wir ansteuern?«

Ja, Thomas verstand jetzt, worauf sie hinauswollten. Er wusste nicht, ob er entsetzt sein oder sich geschmeichelt fühlen sollte. Im Augenblick war es von beidem etwas.

»Sie schlagen also vor«, sagte er zögernd, »dass ich... dass ich... sozusagen... versuchen sollte, Miss Parker von Mr Chersky wegzulocken?«

»Mit einem Wort: Ja.«

»Eine Art Notintervention.«

»Notintervention? Ist das nicht eine Spur zu dramatisch? Ich meine, Sie hätten sich die viele Mühe sicher nicht gemacht, wenn es Ihnen nicht wichtig wäre, aber...«

Mr Wayne griff nach seinem Arm. »Hören Sie, alter Junge, wir klopfen hier nicht nur Sprüche. Wir müssen etwas unternehmen.«

»Nach unseren Informationen«, sagte Mr Radford, »ist das dumme Mädel drauf und dran, ihrem sowjetischen Schatz nach Moskau zu folgen. Er muss nur noch schön Bitte, Bitte machen.«

»Im Ernst?«

»Im Ernst.« Aus Mr Waynes Schnauben zu schließen quittierte er die missliche Lage hauptsächlich mit resigniertem Ärger. »Und wo wir dann sitzen würden, muss ich Ihnen ja wohl nicht sagen. So richtig schön dick in der Tinte!«

IM SEPAREE

Bei SMERSCH handelt es sich um die offizielle Mordorganisation der sowjetischen Regierung. Sie operiert sowohl im In- als auch im Ausland und beschäftigte im Jahr 1955 etwa vierzigtausend Männer und Frauen. SMERSCH ist die Kurzform von »Smert Schpionam«, was Tod den Spionen bedeutet. Der Name wird nur von ihren Mitarbeitern und sowjetischen Funktionären gebraucht. Kein normales Bevölkerungsmitglied wäre so dumm, das Wort auszusprechen. Das Hauptquartier von SMERSCH ist ein sehr großes und hässliches Gebäude auf der Sretenka Ulitsa. Es ist die Hausnummer 13 auf dieser langen trübseligen Straße.

Thomas las diese Sätze zwei Tage später, auf dem Bett in seiner Kabine im Motel Expo sitzend, wo er noch eine halbe Stunde totschlagen musste, ehe es Zeit für seine Essensverabredung mit Anneke war. Gestern hatte er sich in einem englischen Buchladen in der Sint-Katelijnestraat in der Brüsseler Innenstadt eine gebundene Ausgabe von *Liebesgrüße aus Moskau* gekauft.

Die Passage las sich, gelinde gesagt, besorgniserregend. Ging es in der Sowjetunion tatsächlich so gnadenlos zu? Er konnte sich kaum vorstellen, dass ein geistreicher, einnehmender und gastfreundlicher Mann wie Mr Chersky mit solchen Dingen zu tun haben sollte, und war versucht, die Romane von Ian Fleming – die in Großbritannien zu immer größerer Beliebtheit gelangten – als pure Hirngespinste abzutun. Andererseits schrieb der Mann allem Anschein nach mit großem Sachverstand. Hatte er nicht sogar selbst für die militärische Abwehr gearbeitet? Thomas meinte das in irgendeinem Artikel über ihn gelesen zu haben. Offenbar führte er eine große persönliche Erfahrung auf dem Gebiet ins Feld. Man durfte also davon ausgehen, dass der Mann wusste, worüber er schrieb.

Thomas hatte fürs Erste genug gelesen. Es hatte ohnehin keinen Sinn, zu sehr über das nachzudenken, worauf er sich eingelassen hatte; schließlich hatte er Mr Wayne und Mr Radford zugesagt, ihnen bei ihrem komplizierten Vorhaben zu helfen, und jetzt gab es kein Zurück mehr. Warum er sich hatte überreden lassen, war ihm selbst nicht so ganz klar. Keine geringe Rolle dürfte der Appell an seine Eitelkeit gespielt haben; immerhin war es ziemlich schmeichelhaft, als Köder für eine Liebesfalle eingesetzt zu werden. Wenn sie mit aller Gewalt den unwiderstehlichen romantischen Helden in ihm sehen wollten – was sollte er da groß widersprechen? Aber eine Triebfeder mochte auch ein nicht vermuteter Überrest patriotischer Gesinnung gewesen sein: Thomas war sich dieser Tage doch mehr als nur bewusst, dass ihm heldische Gefühle die Brust schwellen ließen bei dem Gedanken, dass man ihn gerufen hatte, gegen das Böse anzutreten, seine Pflicht für Königin und Vaterland zu tun. Dazu kam (auch wenn er es sich niemals eingestanden hätte), dass ein paar Stunden, vielleicht auch Tage (oder gar Nächte) in Gesellschaft von Miss Parker eine alles andere als unangenehme Perspektive waren.

Er legte das Buch mit dem Gesicht nach unten auf die Bettdecke und hing weiter seinen Gedanken nach, den Blick durch das Oberlicht auf die träge dahinziehenden Sommerwolken gerichtet. Alles in allem handelte es sich um eine ziemlich heikle Angelegenheit. Zunächst einmal musste er Anneke gegenüber die richtigen Worte finden, wenn er ihr von der Aufgabe erzählte, die ihn erwartete.

Mr Radford und Mr Wayne hatten in dieser Hinsicht überraschend viel Takt bewiesen und ein großes Einfühlungsvermögen in seine Situation gezeigt. Er müsse ihr die Sache korrekt und in aller Ausführlichkeit erklären, hatten sie ihm geraten. Sie sei ein reizendes Mädchen: naiv, arglos und absolut vertrauenswürdig. Selbstredend sei ihre Person einer gründlichen Überprüfung unterzogen worden, aber Familie und Herkunft hätten keinerlei Anlass zur Besorgnis gegeben. Angesichts der Freundschaft (so zurückhaltend drückten sie sich aus), die sich zwischen Thomas und Miss Hoskens im Lauf der letzten Wochen entwickelt habe, stünde ihm ohnehin nur ein ehrenhafter Weg offen: ihr über Mr Chersky, Miss Parker und die wichtige Aufgabe, die er übernommen habe, reinen Wein einzuschenken, damit sie verstand, warum er in den nächsten Tagen viel Zeit mit der Amerikanerin verbringen würde. Das war kein leichtes Spiel, so viel war klar, aber sie hatten ihn beschworen, ihr offen alle Fragen zu beantworten, nichts vor ihr zu verbergen. Mit anderen Worten: sich wie ein Gentleman zu verhalten. Sie schlugen vor, das Gespräch im Rahmen eines Abendessens zu führen, und hatten auf seinen Namen bereits einen Tisch im Praha bestellt, dem Restaurant im tschechischen Pavillon, das nach allgemeiner Auffassung das beste auf dem ganzen Expo-Gelände war und an dem auch Anneke schon ausdrücklich Interesse bekundet hatte.

So viel zu Miss Hoskens. Bei der anderen Angelegenheit, die Thomas zur Sprache gebracht hatte, dem Problem Sylvia, zeigten Mr Wayne und Mr Radford sich weit weniger einfühlsam. Zu Anfang mussten sie ihn missverstanden haben. Unter gar keinen Umständen, beschworen sie ihn, durfte er Miss Parker gegenüber erwähnen, dass er Frau und Kind in London hatte. Das wäre ein schwerwiegender Fehler. Und sollte sie über Mr Buttress bereits davon erfahren haben, musste Thomas sich eben eine möglichst überzeugende Geschichte ausdenken, um eventuelle Bedenken Miss Parkers zu zerstreuen. Erzählen Sie ihr, Sie würden getrennt leben, rieten sie ihm,

Ihre Ehe sei seit geraumer Zeit zerrüttet. Sie sehen sich so gut wie nie, und es besteht nicht die leiseste Aussicht auf Versöhnung. Thomas hatte sich ihre Vorschläge angehört und ihnen versprochen, sich daran zu halten, um ihnen dann zu erklären, dass ihm im Zusammenhang mit Sylvia eigentlich ein ganz anderes Problem am Herzen gelegen habe: Er sei immerhin ein verheirateter Mann und wisse nicht, ob er – selbst im Dienste einer so wichtigen Mission – bereit sei, seine Frau physisch mit einer anderen zu betrügen.

Mr Wayne und Mr Radford wechselten betretene Blicke. Dieses Problem lag, so schien es, weit außerhalb ihrer Kompetenz.

»Also, wissen Sie, das ist ganz allein Ihre Sache.«
»Dabei können wir Ihnen gar nicht helfen.«
»Da kommen wir in tiefes Fahrwasser.«
»Unheimlich tiefes. Gefährliche Strömungen.«
»Lassen Sie uns nur kurz sagen...«
»Die Freuden des Ehelebens...«
»...die Sie ja so sehr zu schätzen wissen...«
»...haben Sie bis dato auch nicht davon abgehalten...«
»...haben Ihnen bei Ihrem Umgang...«
»...oder sollte man vielleicht besser sagen, Ihren Beziehungen...«
»...zu Miss Hoskens...«
»...auch nicht so sonderlich schwer auf der Seele gelegen.«
»Bitte, Sie dürfen das nicht falsch verstehen...«
»...sich nicht angegriffen fühlen...«
»...aber uns scheint...«
»...dass Sie schon mal fünf gerade sein lassen...«
»...sich eine ziemlich flexible Interpretation zu eigen machen...«
»...was die Regeln von Anstand und Sitte betrifft.«
»Und dazu kommt...«
»...nach allem, was wir wissen...«

»... jedenfalls lässt es sich nicht völlig ausschließen...«
»... dass Ihre liebe kleine Frau in Tooting...«
»... ohne jetzt tratschen oder sonst welche Nachrede führen...«
»... oder gar Misstrauen säen zu wollen, Gott bewahre...«
»... unter Umständen...«
»... sollten unsere Informationen korrekt sein...«
»... mit dem Herrn von nebenan...«
»... in der Zeit Ihrer Abwesenheit...«
»... ziemlich... in des Wortes weitester Bedeutung selbstverständlich...«
»... intim geworden ist.«

Mr Radford und Mr Wayne hatten sich diese Sicht der Dinge mit der Miene größten Unbehagens von der Seele geredet und Thomas danach mehrere Minuten Zeit zum Nachdenken gelassen. Nach deren Ablauf war dem Widerstreit seiner Gefühle in dieser Angelegenheit keinerlei Abhilfe geschaffen. Und auch jetzt sah er noch keinen Ausweg aus dem moralischen Labyrinth, in das die absurden Ereignisse der letzten Tage ihn gelockt zu haben schienen.

Er nahm das Buch wieder zur Hand. Wie hätte sich James Bond wohl in solch einer Lage verhalten? Noch war der Meisterspion nicht in Erscheinung getreten, die einleitenden Kapitel beschäftigten sich ausschließlich mit dem furchtgebietenden Terrorapparat des Sowjetstaats. Aber nach allem, was Thomas bis jetzt wusste, schienen ihm die Unterschiede zwischen ihm und Flemings Helden viel zu groß für einen sinnvollen Vergleich. Es war zum Beispiel nur sehr schwer vorstellbar, dass ein Bond sich jemals die Fesseln eines Ehelebens in Tooting angelegt hätte, mit kleinem Töchterchen, Bürojob, unbezahlten Rechnungen bis über beide Ohren, häuslichen Pflichten, Windeln und Kolikmitteln...

Er seufzte und erhob sich vom Bett. In wenigen Tagen würde er übers Wochenende nach London fliegen, sein erster

Heimatbesuch seit Beginn der Ausstellung. Er spürte bereits jetzt, dass es kein leichter Besuch werden würde. Kein Wunder also, dass er mit einer Art nervöser Vorfreude an das heutige Abendessen mit Anneke dachte, und an seine erste Verabredung mit Emily Parker, die für übermorgen Abend anberaumt war.

Die letzten zwei Tage auf der Expo 58 waren zu den Tagen der Tschechoslowakei erklärt worden: In den Kinos liefen tschechische Filme, in den Konzerthallen wurde tschechische Musik aufgeführt, und die Tischbestellungen im ohnehin gut besuchten Restaurant Praha waren auf Rekordzahlen geklettert. Als der Portier Thomas und Anneke um neun an diesem Abend einließ, empfing sie unangenehm lautes Stimmengewirr, und an keinem der schätzungsweise dreißig bis vierzig Tische schien auch nur ein Platz frei zu sein.

Allerdings befanden sie sich noch in dem weniger exklusiven der beiden Hauptbereiche, dem Restaurant Pilsen. Ein Kellner eskortierte sie eiligen Schrittes zwischen vollbesetzten Tischen hindurch zu einer Tür in der Rückwand. Sollte etwa im De-luxe-Restaurant ein Tisch für sie bestellt worden sein? Dann hätten Radford und Wayne aber so richtig auf den Putz gehauen, dachte Thomas. Doch auch diese Vermutung griff zu kurz: Anneke und er wurden untertänigst in ein privates Separee gebeten, in dem nur ein Tisch stand, auf dem eine riesige, von Blumen überquellende Silbervase stand und der mit einer Vielzahl silberner Bestecke in den unterschiedlichsten Größen gedeckt war, die kühne Schlüsse hinsichtlich der Dauer des Menüs zuließen.

»Sir – Madame«, sagte der Kellner und führte sie an ihre Plätze. Danach reichte er jedem von ihnen eine schneeweiße Speisekarte aus steifem Karton mit Goldschrift und verließ diskret den Raum, sodass sie in einer Intimität zurückblieben, von der sie nicht zu träumen gewagt hätten.

Anneke sah ihn schüchtern an, aus großen, staunenden Augen, und ihre ersten Worte waren: »Können Sie sich das denn leisten?«

Vielleicht wäre es der ideale Moment gewesen, ihr zu sagen, dass die Rechnung von einer weitgehend anonymen Unterabteilung des britischen Verwaltungsapparats bezahlt wurde, und die Brücke zu dem wesentlich heikleren Thema, das er an diesem Abend ansprechen musste, wäre gebaut. Und um ein Haar hätte er es auch getan. Aber eben nur um ein Haar. Stattdessen lächelte er abgeklärt – man konnte beinahe sagen süffisant – und murmelte: »Doch, sicher.«

Keiner von beiden hatte je an einer solchen Tafel gesessen. Sie sahen sich außerstande, etwas von der Speisekarte zu wählen, nicht einmal anhand der englischen Übersetzungen, und baten schließlich den Oberkellner, die Wahl für sie zu treffen. Die Gänge kamen in rascher Folge und beängstigend großen Portionen, aber jedes Geschmackserlebnis war so neu und ungewöhnlich, so köstlich, dass sie besser vorankamen, als sie für möglich gehalten hätten. Es gab Tartar Kolkovna, rohes Rindfleisch, serviert auf Knoblauchtoast, *hovězí polévka*, klare Rindsbouillon, herrlich pikante Pfannkuchen *(bramboráky)*, in Rotwein gedünstete Lammschlegel mit Rosmarinkartoffeln, ein Beef Stroganoff, Schokoladensoufflé, Apfelstrudel und zum Abschluss noch einmal Pfannkuchen, diesmal mit Sahnejoghurt und Heidelbeeren. Sie hatten das Mahl mit einer Flasche perlenden böhmischen Sekts begonnen, danach war ein traumhaft süßer Gewürztraminer serviert worden, schließlich noch ein pflaumig-reifer Pinot noir aus Mähren. Zum Schluss tranken sie Weinbrand aus riesengroßen Schwenkern, die – wie der Kellner ihnen erklärte – von der berühmten Glasbläserei Moser eigens zu ihrem einhundertsten Firmenjubiläum entworfen worden waren. Der Designer, sagte er, habe die Menschheit in sechs Typen eingeteilt und für jeden einen eigenen Schwenker entworfen. Der von Thomas nannte sich Langes Gesicht, Anneke trank aus der Schlanken Dame. Der Weinbrand wärmte sie beide mit seiner tiefen, wohltuenden flüssigen Flamme.

Auch das Gespräch, das ihr Mahl begleitete, lief flüssig, wenn auch vorwiegend in einer Richtung. Thomas war als Frauenunterhalter nicht sehr erfahren. Bei einem auswärtigen Abendessen mit Sylvia, zum Beispiel, kam es immer wieder zu längeren Perioden betretenen Schweigens, weil die Eheleute jedes Thema rasch abhandelten und sich dann mühsam ein neues suchen mussten. Und in seiner Arbeitsstelle war es eine ungeschriebene, aber dafür umso verbindlichere Regel, dass Thomas sich in der Kantine zu seinen männlichen Kollegen an den Tisch setzte und nicht an den der Sekretärinnen. Es war eine ganz neue Erfahrung für ihn, ein so offenherziges, vertrauensvolles Gegenüber zu haben wie an diesem Abend Anneke: Sie erzählte ihm Geschichten aus ihrem Familienleben, von den Eskapaden ihres älteren Bruder, dem überbeschützenden Vater, erklärte ihm, dass ihre besondere Begabung für fremde Sprachen sich praktisch vom ersten Schultag an gezeigt habe, dass sie schon als Kleinkind zu Hause den in Leder gebundenen Atlas studiert habe und diese Reiselust und Neugier auf fremde Länder sie seitdem nicht mehr verlassen habe, auch wenn sie bis heute nicht weiter südlich als nach Paris und nicht weiter nördlich als nach Amsterdam gekommen sei. Thomas warf nur gelegentlich ein paar Bemerkungen allgemeinerer Art ein: Es sei doch interessant, stellte er zur Diskussion, wie wenige Engländer trotz der allgemein anerkannten Qualität britischer Internate und Gymnasien in der Lage waren, sich in den Ferien in einem fremden Land zu verständigen. Aber er musste in solchen Momenten schnell feststellen, dass Anneke an Erörterungen dessen, was er als das große Ganze bezeichnet hätte, nicht sonderlich interessiert war. Sie führte das Gespräch lieber von einem subjektiven, sehr persönlichen Standpunkt aus, und deshalb blieb ihm über weite Strecken nichts als die Rolle des Zuhörers, aus der er sich manchmal forttragen ließ von Gedanken darüber, wie er am besten auf das sensible Thema Emily und seine seltsame neue Mission zu sprechen kam.

Noch immer gefangen in ihrem Fernweh, fragte ihn Anneke irgendwann: »Jetzt haben Sie den Pavillon von Belgisch-Kongo gar nicht gesehen, oder?«

»Nein, noch nicht. Den habe ich mir für einen der nächsten Tage vorgenommen.«

»Aber dazu ist es zu spät«, sagte sie. »Sie sind nach Hause gefahren.«

»Wer ist nach Hause gefahren?«

»Die Eingeborenen aus Afrika. Haben Sie denn nicht davon gehört?«

»Was ist denn geschehen?«

»Also, in der Zeitung stand, sie hätten sich über die Art und Weise beschwert, wie sie von manchen Besuchern behandelt wurden. Den ganzen Tag saßen sie in ihren Strohhütten und sind ihren ... einheimischen Handwerksarbeiten nachgegangen, und anscheinend haben ihnen manche Leute schlimme Sachen zugerufen und sie sogar« – hier musste sie kichern – »mit Bananen und solchem Zeug zu füttern versucht. Sie müssen sich vorgekommen sein wie Tiere im Zoo. Jetzt sind fast alle nach Hause gefahren, und die Hütten stehen leer.« Anneke runzelte die Stirn. »Ich dachte gleich, dass das irgendwie nicht ganz richtig ist, als ich das erste Mal dort war. Es war ... nicht gerade freundlich, sie da hinzusetzen und arbeiten zu lassen, während die vielen Europäer ihnen dabei zuschauen.«

»Ja«, sagte Thomas. »Das hab ich auch gedacht, als ich davon hörte. Wobei – so sehr unterscheidet sich das, was Emily im amerikanischen Pavillon macht, vielleicht auch nicht davon.«

»Vielleicht nicht«, sagte Anneke nachdenklich. »Aber es ist doch nicht ganz dasselbe...«

»Apropos Emily...« Thomas ergriff die Gelegenheit zu einem eleganten Themenwechsel. »Ich muss Ihnen etwas erzählen.«

»Ach?«

»Ja. Donnerstagabend gehe ich mit ihr in ein Konzert. Morgen fangen doch die nationalen Tage der Schweizer an, und ihr Orchester spielt Donnerstag im Großen Auditorium. Ich habe zwei Karten dafür ergattert.«

»Oh«, sagte Anneke. Sie wich etwas zurück, offenbar überrascht. »Und da nehmen Sie Miss Parker mit?«

»Ja.«

Jetzt gab es kein Zurück mehr. Er holte tief Luft und erläuterte ihr in allen Einzelheiten – wie ihm von Mr Radford und Mr Wayne aufgetragen – die knifflige Aufgabe, vor die er gestellt worden war. Er erklärte ihr, dass Emily, obwohl sie vielleicht nicht so wirkte, eine äußerst naive, politisch unbedarfte Person sei. Er erklärte ihr, dass der amerikanische Geheimdienst ihre Freundschaft mit Mr Chersky überwachte und zu dem beunruhigenden Schluss gekommen sei, dass sie drauf und dran war, seinem Charme zu erliegen und mit ihm nach Moskau zu gehen, weshalb man die britischen Kollegen gebeten habe, der aufblühenden Romanze ein möglichst schnelles Ende zu machen, und so habe man ihn, Thomas, als Lockvogel auserkoren. Er beteuerte, dass ihm – soweit er das beurteilen könne – gar keine andere Wahl blieb, als in dieser verzwickten Lage auszuhelfen.

Welche Reaktion hatte er von Anneke erwartet? Tief in seinem Innersten hatte er wohl den großäugigen, vertrauensvollen, bewundernden Blick erwartet, mit dem die mädchenhaft junge sowjetische Agentin Tatiana Romanova auf den Seiten von *Liebesgrüße aus Moskau* James Bond fortwährend anhimmelte. Insgeheim war er davon überzeugt gewesen, dass sie von seiner selbstlosen und bescheidenen Heldenhaftigkeit beeindruckt sein würde. Aber das schien seltsamerweise nicht der Fall zu sein. Nein, im Verlauf seiner Ausführungen wurde sie immer niedergeschlagener.

»Ausgesucht hätte ich mir das natürlich nicht«, betonte er und dachte dann, dass es vielleicht half, wenn er die Sache verharmloste, ins Lächerliche zog. »Der ganze Zirkus kommt mir ehrlich gesagt reichlich absurd vor. Aber das sind eben die Spielchen, an denen diese Leute ihren Spaß haben, insofern... Jedenfalls sitze ich jetzt mit im Boot.«

»Absurd kommt mir das alles gar nicht vor«, sagte Anneke. »Es klingt für mich ziemlich gefährlich.«

»Ach, ich weiß nicht. Ich kann die Geschichte nicht ganz ernst nehmen. Ich meine, Sie haben Mr Radford und Mr Wayne doch auch kennengelernt, oder?«

»Ja.«

»Und sind die beiden Ihnen etwa nicht seltsam vorgekommen? Mit ihren Trenchcoats und diesen Hüten? Wie aus einem schlechten Roman entsprungen. Und das Zeug, was die reden...«

»Was reden sie denn?«

»Na ja, zum Beispiel sagen sie jedes Mal, wenn sie ihren Sermon aufgesagt und mich mal wieder gedeckelt haben, ›Dieses Gespräch hat natürlich nie stattgefunden‹. Ich hätte nie gedacht, dass jemand diese Worte allen Ernstes in den Mund nimmt. Das ist doch... Schmierentheater, finden Sie nicht?«

Anneke nickte ohne große Überzeugung, und während der nächsten Minuten war sie äußerst schweigsam. Bald darauf tat sie kund, dass in dem Gästehaus, in dem sie die Nacht verbringen würde, um Mitternacht die Tür verschlossen wurde, und sie würde sich beeilen müssen, um nicht ausgesperrt zu werden. Sie dankte Thomas sehr für den schönen Abend, an den sie sich noch sehr lange erinnern würde, und äußerte die Hoffnung, dass sie sich noch mal über den Weg laufen würden – jedenfalls bevor die Expo ihre Pforten schloss.

Danach entschuldigte sie sich und verschwand für eine Weile auf der Damentoilette. Thomas erfuhr vom Oberkellner, dass die Rechnung bereits beglichen war, und als Anneke zurückkam, begleitete er sie noch bis zur Porte des Attractions. Es war ein schwüler Sommerabend, und immer noch strömten viele Menschen ins »Belgique Joyeuse« und den Parc des Attractions. Thomas und Anneke verabschiedeten sich vor dem Tor mit einem raschen, sachlichen Kuss auf die Wange.

Er stand da und sah ihrer davongehenden Gestalt nach, bis die Dunkelheit sie verschluckt hatte. Dann seufzte er und kratzte sich am Hinterkopf. Ja, das war jetzt unangenehm gewesen. Sehr unangenehm. Anscheinend hatte Tony recht gehabt, und das Mädchen war doch verliebter in ihn, als er geglaubt hatte. Aber einen Trost gab es immerhin: Er hatte sie nicht getäuscht. Er hatte ihr die Wahrheit gesagt.

SO
IST DAS MIT
DEM GLÜCK

Am Donnerstagabend, dem 31. Juli 1958, wartete Thomas vor dem Großen Auditorium am nordwestlichen Ende des Expo-Geländes auf Emily. In seiner Jackentasche steckten die beiden Eintrittskarten – erster Rang, erste Reihe –, die er von Mr Radford und Mr Wayne bekommen hatte.

Emily erschien mit kleiner Verspätung um vier Minuten nach sieben. Sie trug ein hellgraues Cape, das durch einen Knopf unterhalb des Halses geschlossen war, über einem Abendkleid aus schwarzem Samt. Ihre ganz eigene, kantige Schönheit verschlug Thomas für einen Augenblick den Atem. Aber er erholte sich rechtzeitig, um ihre Hand nehmen und zum Hauch eines Kusses an die Lippen führen zu können.

»Miss Parker«, sagte er.

»Mr Foley«, antwortete sie. »Wie ich mich freue, Sie zu sehen.«

»Die Freude ist ganz auf meiner Seite. Darf ich Sie auf ein Glas Champagner in die Bar einladen?«

»Ich könnte mir nichts Schöneres vorstellen.«

Die Bar war wie alles auf der Expo voller Menschen. Aber Thomas hatte das Glück, einen der letzten freien Tische an einem großen Panoramafenster mit Blick auf die Place de Belgique zu erobern. Er ließ Emily ein paar Minuten allein dort sitzen, bevor er mit zwei Gläsern Champagner zurückkam. Sie nahm ihm ein Glas aus der ausgestreckten Hand, aber bevor sie es an die Lippen setzte, schaute sie ein paar Sekunden lang auf die Oberfläche der blassen, perlenden Flüssigkeit.

Ihre Augen funkelten, und ihre Wangen kräuselten sich zu einem Lächeln.

»Ich bin verrückt nach Champagner«, sagte sie. »Für mein Leben gern sehe ich die kleinen Perlen im Glas tanzen.«

»Deshalb machen sie die Schalen so breit«, sagte Thomas mit weltgewandter Kennermiene und wurde sich sogleich bewusst, dass er eine halb vergessene Information hervorholte, die er nicht einmal richtig verstanden hatte. »Damit... damit sich nicht alle Bläschen gleichzeitig verflüchtigen...«

»Ach ja?«, sagte Emily. »Wie interessant.«

Thomas hob sein Glas. »Cheers«, sagte er und mahnte sich im Stillen, beim nächsten Mal etwas vorsichtiger zu sein, wenn er sie beeindrucken wollte.

»Cheers«, antwortete Emily, und sie stießen miteinander an.

»Sie glauben gar nicht, wie dankbar ich Ihnen für die Einladung heute Abend bin«, fuhr sie fort. »Das ist unheimlich nett von Ihnen.«

»Na ja, ich fürchte, Sie waren eigentlich Tonys Verabredung. Ich habe die Karten von ihm bekommen, und da war es doch das Mindeste, dafür zu sorgen, dass Ihnen das Konzert nicht entgeht.«

»Sehr freundlich. Wirklich sehr freundlich von Ihnen. Es war schon ein kleiner Schock zu hören, dass Tony so Knall auf Fall abgereist ist. Wahrscheinlich ist das naiv von mir, aber ich finde, er hätte sich wenigstens verabschieden können. Wir haben uns schließlich ganz schön oft getroffen und uns auch gut verstanden.«

»Ich bin sicher, er schreibt Ihnen. Man kann über Tony sagen, was man will, aber er ist ein Gentleman.«

»Das war eigentlich auch mein Eindruck. Nun denn...« Vielleicht, um sich von diesem Gedankengang abzulenken, studierte sie das Programm des Konzerts, das im Foyer ausgelegen hatte. »Wen oder was hören wir heute Abend?

L'Orchestre de la Suisse Romande. Musikalische Leitung Ernest Ansermet. Wissen Sie mehr?«

»Die scheinen einen ziemlich guten Ruf zu haben. Besonders, was zeitgenössische Musik angeht.«

»Ach ja? Also mir läuft es bei dem Wort kalt den Rücken runter. Die meisten modernen Komponisten scheinen vergessen zu haben, wie man eine Melodie schreibt – falls sie es je gewusst haben. Mal sehen, mit was sie uns beglücken wollen.« Sie senkte den Blick auf das Programmblatt. »Hmm ... Beethovens Fünfte. Na, ich denke, die können wir vertragen. Debussys *La Mer* ... Auch nicht beunruhigend – gegen Seekrankheit hab ich allerdings nichts dabei. Und was ist das hier für einer? *Arthur Honegger* ...«

Thomas zuckte die Achseln. »Nie gehört.«

»›Arthur Honegger‹«, las Emily laut vor, »›wird allgemein als einer der wichtigsten Schweizer Komponisten des zwanzigsten Jahrhunderts angesehen.‹ Klingt ein bisschen nach einem Verriss durch die Blume. ›Sein beeindruckender Zyklus von fünf Symphonien ist eine musikalische Schilderung der unmenschlichsten und grausamsten Jahre der jüngeren Menschheitsgeschichte, ein Schrei aus den Abgründen der Hoffnungslosigkeit, die ihren Höhepunkt in ...‹ Großer Gott, so einer ist das. Reibt uns den ganzen Jammer noch mal unter die Nase, statt uns dabei zu helfen, ihn zu vergessen.«

»Vielleicht sollten wir uns vor voreiligen Urteilen hüten ...«

»Sicher, aber schlägt Ihnen das Zeug etwa nicht auf den Magen? Mir jedenfalls. Wozu soll ein Künstler gut sein, wenn nicht ... um uns zu erbauen? Vielleicht ist das ein etwas beschränkter Blick auf die Dinge, aber für mich ist ein Künstler jemand, der die Welt schöner macht und nicht hässlicher. Musik, die sich anhört wie ein Boxkampf zwischen zwei Schrottautos, Skulpturen, die aussehen, als wäre jemandem ein Batzen Ton aus der Hand gefallen, oder Porträts, von denen man Kopfschmerzen kriegt, zwei Augen auf der einen Seite des Gesichts, drei Nasen auf der anderen...« Sie fasste sich wieder, trank einen Schluck Champagner. »Tut mir leid. Vielleicht mögen Sie keine vorlauten Frauen. Aber ich trage das Herz nun mal auf der Zunge. Das müssen Sie von mir wissen, wenn wir... wenn Sie mich vielleicht ein bisschen besser kennenlernen wollen.« Bevor Thomas ihr darauf antworten konnte, kündigte ein Klingelzeichen den bevorstehenden Beginn des Konzerts an. Sie tranken eilig ihre Gläser leer und erhoben sich.

»Also, auf in die Schlacht«, sagte Emily und hakte sich freundschaftlich bei Thomas unter. »Hören wir uns an, was Mr Honegger uns an den Kopf zu werfen beliebt.«

Honeggers Tongedicht *Pastorale d'Été* aus dem Jahr 1920 war der erste Programmpunkt. Als der gefeierte Monsieur Ansermet den Taktstock hob, sah Emily mit Misstrauen und eisigem Missfallen zu ihm hinauf, aber kaum vernahm sie die ersten Takte der Musik, schmolz ihr Widerwille wie Schnee unter der Sonne.

Es begann mit einer sanft schaukelnden Figur, gespielt – oder besser hingeflüstert – von den Celli. Gleich darauf entfaltete das Horn darüber das Hauptthema. Auf seine langen, langsamen, gemessenen Phrasen antworteten hohe, behutsam dissonante Violinakkorde. Während die Oboe die Melodie aufnahm, warf eine Flöte schwebende Rufe wie Vogelgezwitscher dazwischen, bis sich die ganze Palette der Streicher, Blech- und Holzbläser zu einem komplexen, saumlosen Ganzen zusammenfand, das auch ohne den programmatischen Titel die dunstige Zeitlosigkeit eines Sommernachmittags zu evozieren vermochte. Das Hauptthema kehrte zurück und wurde noch inständiger und verführerischer, als es von den ersten Violinen aufgenommen wurde, bis ein übermütiges Zwischenspiel die verträumte Stimmung aufhellte, eine muntere, spontan eingängige Melodie – sicher eine Volksweise –, vorgetragen von der Soloklarinette, und ein paar Minuten lang herrschte ein Ton leichtfüßiger Fröhlichkeit vor. Nach einem moderaten Crescendo wurde das Zwischenspiel weggewischt von der Wiederkehr des Hauptthemas, das einem inzwischen wie ein guter Freund erschien: noch einmal das Steigen und Fallen, Steigen und Fallen, ein weicher, sich scheinbar endlos erneuernder Dialog zwischen den verschiedenen Sektionen des Orchesters, bis es zwischen den sterbenden Schwüngen hauchzart bespannter Violinenbögen, den letzten zwielichtigen Vogelrufen der Flöten und Klarinetten ins Nichts zurücksank. Es war die vollkommene musikalische Destillation einer Zeit, einer Stimmung, oder, wie Emily es später am Abend ausdrückte, als sie und Thomas dicht beieinander auf der Fußgängerbrücke standen, die den See im Parc d'Osseghem überspannte, der unter ihnen pechschwarz im gelben Mondlicht schimmerte: »Das war die Art Musik, bei der einem alle Sommer der Kindheit wieder einfallen, finden Sie nicht? Ich habe mich zwanzig Jahre oder mehr Jahre zurückversetzt gefühlt, als wir jedes Jahr in ein Haus am Ufer des Tomahawk Lake gefahren sind, das Freunden meiner Eltern gehörte. Es war immer eine wundervolle Zeit... Unglaublich, wie er... diesen Ort in mir *erweckt* hat, dabei wird er doch seine eigenen Sommer in der Schweiz im Sinn gehabt haben. Er hätte kein schöneres Bild davon malen können, finde ich. Waren Sie schon mal in der Schweiz?«

»Ja, auch in einem Sommer. Vor vier Jahren. In der Nähe von Basel. An diese Zeit hab ich während der Musik natürlich auch denken müssen.«

»Doch, für diese Komposition ziehe ich den Hut vor Mr Honegger. Ich hätte mich nicht so vorlaut über ihn äußern dürfen. Es war eins der wunderbarsten Stücke, die ich je gehört habe. Es macht mir richtig Lust, aufs Land zu fahren, mich mit einer Flasche Wein und einem Picknickkorb in die Sonne zu legen, die Wolken über den Himmel ziehen zu sehen und zusammen mit einem netten Menschen den ganzen Nachmittag lang über Gott und die Welt zu plaudern...«

Thomas brauchte ein, zwei Augenblicke Zeit, ehe er den Mut aufbrachte zu sagen: »Na, wer sollte uns eigentlich daran hindern?«

Emily sah ihn erwartungsvoll an. »Das heißt...?«

»Land gibt es genug um uns herum. Und es ist Hochsommer. Fahren wir einfach irgendwohin, wenn Sie das nächste Mal freihaben, nehmen uns was zu Essen und zu Trinken mit und... machen uns einen herrlichen Tag.«

Ihre Augen strahlten vor Begeisterung über diese Aussicht. »Meinen Sie, wir könnten das wirklich machen? Das wäre fantastisch. Ein Riesenspaß! So schön das hier alles ist, mit der Zeit schafft es einen. Es wäre toll, mal rauszukommen. Haben Sie ein Auto?«

»Nein«, musste Thomas zugeben. »Aber da lässt sich sicher etwas... arrangieren.«

Sie klatschte in die Hände. »Oh, ich kann's kaum erwarten.« Als Thomas sich gerade darüber freuen wollte, sie in so glückselige Stimmung versetzt zu haben, kam der Tiefschlag: »Wir machen eine richtige Party daraus. Nehmen die ganze Truppe mit.«

»Die Truppe?«

»Na ja, die vom Ballettabend. Vielleicht hätte Mr Chersky Lust. Und die hübsche kleine Belgierin, mit der Sie so dick befreundet sind. Ich habe ihren Namen vergessen.«

»Anneke?«

»Anneke. Und alle, die sonst noch mitwollen. Je mehr, desto lustiger! Finden Sie nicht?«

»Na ja... sicher. Je mehr, desto lustiger, das ist wahr.«

Er hatte gesagt, was in solch einer Situation erwartet wurde, aber der Mangel an Überzeugung war seinem Tonfall garantiert anzuhören gewesen. Emily antwortete nicht gleich. Erst nach ein paar Sekunden betretenen Schweigens antwortete sie: »Hören Sie, Mr Foley, ich weiß ja, dass es nicht gerade ein Picknick für zwei ist, was ich Ihnen vorschlage, aber ... Sie sollen sich auf keinen Fall für mich verantwortlich fühlen, jetzt, wo Ihr Freund Tony mich gewissermaßen im Regen stehen lassen hat. Sie haben Ihre Pflicht mehr als getan, und dafür bin ich Ihnen sehr, sehr dankbar. Es war ein wunderschöner Abend, an den ich noch sehr lange denken werde.«

»Für mich ist das alles andere als eine Pflicht. Alles andere.«

»Gut, dann lassen Sie es mich so sagen: Sie dürfen Ihre Mission als erfüllt betrachten.«

Eine Formulierung, die in Thomas' Ohren sehr seltsam klang. Viel zu kaltschnäuzig. Aber er wischte den Gedanken schnell beiseite, schob es auf die amerikanische Ausdrucksweise. Man konnte schließlich nicht behaupten, dass Amerikaner und Briten dieselbe Sprache sprachen.

»So, es ist spät geworden«, sagte Emily. »Ich brauche meinen Schönheitsschlaf. Belgiens Hausfrauen kommen morgen früh wieder in Scharen geströmt, um von meinem virtuosen Umgang mit dem Hoover zu profitieren, und da kann ich nicht wie ein Schreckgespenst auftauchen. Dann wäre ich den Job los.«

»Ich verstehe ehrlich gesagt nicht, wie Sie das aushalten«, sagte Thomas, als sie am See entlang in Richtung Porte du Parc gingen. »Tagaus, tagein dieselbe Sache erklären, immer dieselben Fragen anhören müssen. Macht Sie das nicht wahnsinnig?«

»Ach, immer noch besser als zweites Hausmädchen in einem Broadway-Kracher, mit exakt zwei Sätzen pro Aufführung: ›Der Tee ist gleich fertig‹ und ›Das Paket hab ich auf der Veranda gefunden, Madam‹, und das an sechs Abenden die Woche, plus zwei Matineen mittwochs und samstags, über eine Spielzeit von vier Monaten. Natürlich bin ich hier weg wie der Blitz, wenn sie mir eine solche Rolle wieder anbieten.«

»Ist das wahrscheinlich?«

»Na ja, keiner von uns weiß genau, wie lange er hier ist, oder? Was ist mit Ihnen? Bleiben Sie für die gesamte Dauer der Expo in Brüssel?«

»Ich glaube schon. Dabei läuft im Britannia im Moment alles wie geschmiert. Der Laden passt sozusagen selbst auf sich auf. In den letzten Wochen gab es für mich so gut wie nichts zu tun.«

»Na also.« Sie drehte sich um und sah ihn direkt an. »Wir alle müssen unsere Zeit hier genießen, solange wir können. Weil jeden Moment alles vorbei sein kann, und keiner von uns weiß, warum oder wann.« Sie hob sich auf die Zehenspitzen und gab ihm einen Kuss auf die Wange. »So ist das mit dem Glück.«

STADTANGER

Thomas stand neben dem dunklen Eichentisch in seinem Esszimmer, eine Tasse süßen, milchigen Kaffees in der Hand, und blickte hinaus in den Garten. Es war ein unwirkliches Gefühl, wieder zu Hause zu sein. Die Erinnerungen an die letzten Tage waren noch so lebendig, dass sie ihm die beschauliche Vorstadtnormalität Tootings wie einen Tagtraum erscheinen ließen. Die feuchtfröhliche Nacht mit dem Bolschoi-Ballett, die Landpartie mit verbundenen Augen, Mr Radfords und Mr Waynes unglaubliche Enthüllungen, seine Abende mit Anneke im Restaurant Praha und mit Emily im Großen Auditorium: Wie konnten solche fantastischen Abenteuer im selben Universum existieren wie dieses ordentlich gejätete Gemüsebeet, der ausgediente Luftschutzkeller, die spektakuläre Geschmacklosigkeit des Goldfischteichs, den inzwischen (Mr Sparks sei Dank) ein dickbäuchiger Putto aus falscher Bronze zierte, der aus einer Urne Wasser schüttete?

Es war Samstagvormittag, elf Uhr, und Sparks hatte bereits seinen Besuch absolviert, um herumzuschnüffeln und sich nach seinem Befinden zu erkundigen.

»Morgen, Foley«, hatte er gerufen, war ins Wohnzimmer gekommen, wo Thomas die Zeitung las, und hatte sich unaufgefordert ins Sofa plumpsen lassen. »Und? Wie ist Belgien Ihnen denn so bekommen?«

»Ausgesprochen gut, danke der Nachfrage«, antwortete Thomas, ohne die Zeitung sinken zu lassen.

»Hin und wieder stand was drin über die Expo«, fuhr Sparks fort. »Scheint ja ordentlich was geboten zu sein da drüben. Royals und Leinwandgrößen geben sich die Klinke in die Hand. Manchmal zeige ich die Ausschnitte bei der Arbeit rum und sage: ›Mein Nachbar ist da drüben mitten im Getümmel.‹ Ein kleiner Abglanz vom Ruhm. Schadet ja niemandem.«

»Ja«, sagte Thomas trocken und desinteressiert und blätterte die nächsten Seiten um. Die Nachrichten, die er da las – nichts als Parteipolitik, Arbeitskämpfe und Kleinkriminalität –, erschienen ihm unendlich trivial. Lebte er tatsächlich in diesem Land?

»Hier war es natürlich ziemlich ruhig in letzter Zeit. Ihnen muss es ja wie die tiefste Provinz vorkommen, verglichen mit Brüssel. Wann fliegen Sie wieder rüber? Morgen Abend, oder?«

»Montag früh.«

»Tatsächlich? Na ja, Sylvia wird es zu schätzen wissen, Sie noch eine Nacht länger zu haben.«

»Hören Sie, Sparks«, sagte Thomas, legte endlich die Zeitung beiseite und beugte sich mit einem entschlossenen Ruck nach vorn, »ich bin Ihnen dankbar für die Aufmerksamkeiten, mit denen Sie meine Frau in letzter Zeit bedacht haben. Damit haben Sie ihr sicher sehr geholfen. Aber Sie müssen sich weder um ihr noch um mein Wohlergehen irgendwelche Sorgen machen. Erst heute Morgen hat sie mir versichert, dass sie sehr gut alleine zurechtkommt. Also kümmern Sie sich bitte wieder um Ihre eigenen Angelegenheiten – zum Beispiel um Ihre Schwester, die Ihrer Zuwendung zweifellos dringender bedarf als Sylvia.«

Als er jetzt an dieses Gespräch zurückdachte, fragte er sich, weshalb er so grob geworden war. Eigentlich war Mr Sparks gar kein so übler Kerl, und war es nicht die pure Heuchelei, sich um Sylvias Umgang hier zu Hause zu kümmern, während er selbst (wie unschuldig auch immer) jede Menge Zeit in Gesellschaft anderer Frauen verbrachte? Wenn er doch nur mit ihr über seine belgischen Abenteuer reden, ihr erzählen könnte, welch seltsame Wendung die Dinge in den letzten Tagen genommen hatten, und welche delikate Rolle man ihm in dieser Geschichte zugeteilt hatte. Aber die ganze Angelegenheit unterlag nun einmal strengster Geheimhaltung, und das – die Unmöglichkeit, mit Sylvia diese wichtigen Dinge zu besprechen, die ihm keine Ruhe ließen – war zweifellos der Grund für die betretene Distanz zwischen ihnen, die Kälte und Sprachlosigkeit seit dem Augenblick, in dem er zur Tür hereingekommen war.

»Hast du irgendwelche Pläne für heute?«, fragte Sylvia. Sie war unhörbar hinter ihm ins Esszimmer getreten und stand jetzt neben ihm.

»Eigentlich nicht.« Er bemühte sich um ein Lächeln. »Vielleicht hast du ein paar Arbeiten für mich, wenn ich schon mal hier bin?«

»Nicht nötig«, antwortete sie. »Deine Zeit gehört dir.«

Der Tag zog sich dahin, feierlich, endlos. Thomas' Mutter traf gegen fünf ein. Sie trug ihre Reisetasche bei sich, und zu seiner Überraschung eine kleine, vom Alter ramponierte, an den Kanten abgestoßene lederne Aktentasche. Nachdem er ihr die Reisetasche nach oben getragen hatte, bat Thomas sie ins Wohnzimmer. Ein Glas Sherry lehnte sie ab (nach ihrem Dafürhalten war fünf Uhr zu früh dafür) und sah ihm missbilligend dabei zu, wie er sein Glas in zwei Schlucken hinunterstürzte.

Der Gedanke an ein schweigend eingenommenes Abendessen war Thomas so unerträglich, dass er das Radio aus der Küche holte, es auf die Kommode stellte und ein Orchesterkonzert im Light Programme einschaltete. Gill war inzwischen aufgewacht. Sylvia setzte sie in ihrem Kinderstuhl gegenüber von Mrs Foley an den Tisch. Dann teilte sie Rindfleisch-Nieren-Pastete, Kartoffelbrei und Stangenbohnen für die Erwachsenen aus. Thomas schenkte sich ein Glas Rotwein

ein, die Frauen tranken lieber Wasser. Während sie zu Abend aßen und der Musik lauschten, fütterte Sylvia der Kleinen mit dem Teelöffel mundgerechte Portionen Kartoffelbrei und Bratensoße.

Nach dem Essen zog Sylvia die Vorhänge im Wohnzimmer zu, um die Abendsonne auszusperren, während sie alle auf der BBC *Television Music Hall* anschauten. Es gab Zeiten, da hatte Thomas sich von den Mätzchen eines Richard Hearne als Mr Pastry zu dem einen oder anderen milden Lächeln hinreißen lassen, aber die Toleranz brachte er heute Abend nicht auf. Nachdem er eine Weile Jack Billings (»Das wirbelnde Tanzbein«) und Claudio Venturelli (»Italiens Gesangsstar«) zugeschaut hatte, ertrug er diesen dümmlichen Frohsinn nicht länger und verließ wortlos das Wohnzimmer. Er stand eine Weile im Garten, rauchte zwei Zigaretten, schnippte böswillig Asche in die Urne, die der Putto am Rand des Goldfischteichs in seinen pummeligen Händchen hielt. Dann ging er zurück in den Flur, nahm den Telefonhörer ab und wählte eine Nummer, die er auf einem zusammengefalteten Papierfetzen bei sich trug.

»Ealing vier-neun-neun-drei«, meldete sich eine vertraute Stimme.

»Tony?«

»Ja.«

»Hier ist Thomas. Thomas Foley!«

»Thomas! Donnerwetter, wenn du aus Brüssel anrufst, ist das aber eine verflucht klare Verbindung.«

»Ich wollte, es wäre so, altes Haus. Aber ich bin in Tooting.«

»Tooting? Was zum Henker tust du in Tooting.«

»Heimaturlaub übers Wochenende. Wollte mal sehen, wie Sylvia und das Baby zurechtkommen.«

»Da hat die Gefängnisdirektion des Motel Expo sich deiner also erbarmt, was?«

»So ungefähr. Aber hör mal, was war denn mit dir? Wieso warst du auf einmal weg?«

»Hab den Marschbefehl erhalten. Von dem ZETA-Fiasko hast du gehört, oder? Sie konnten die Replik gar nicht schnell genug nach Hause schaffen.«

»Und du kommst gar nicht wieder?«

»Nein. Mein Vertrag wurde aufgelöst. Zwei Tage später saß ich wieder an meinem Schreibtisch in der Royal Institution und hab Papiere hin und her geschoben. Aber jetzt sag doch mal, wie es Emily geht. Hast du sie gesehen?«

»Ja. Vorgestern Abend erst. Hab sie sogar ins Konzert ausgeführt.«

»Allen Ernstes? Na, du lässt nichts anbrennen. Ein bisschen Schonzeit hättest du ihr schon lassen können.«

»Nein, nein, so ist das nicht. Wenn du mich fragst, ist sie ziemlich traurig, dass du nicht mehr da bist.«

»Ach, sie ist doch ein liebes Mädchen. Aber die Sache hatte keine Zukunft. Ich verspüre keinerlei Lust, in die Staaten umzusiedeln. Und außerdem ist hier in der Royal Institution während meiner Abwesenheit eine neue Sekretärin eingestellt worden, ein supersteiler Zahn! Heute Abend geh ich mit ihr ins Kino.«

»Echt wahr? Na, du lässt aber selbst auch nichts anbrennen.«

»Ach, du kennst mich – die Königin ist tot, es lebe die Königin.«

»Schade. Ich hätte dich gern auf ein Pint eingeladen, aber du hast ja wohl alle Hände voll zu tun.«

»Hoffentlich auch noch, wenn das Kino aus ist. Schade, es wäre nett gewesen, aber heute – leider nicht.«

»Na gut. Lass von dir hören, okay?«

»Na klar, verlass dich drauf, alter Knabe.«

Nachdem er den Hörer aufgelegt hatte, blieb Thomas in nachdenklichem Schweigen am Telefontischchen sitzen, bis er gewahr wurde, dass jemand im Dunkel des Flurs hinter ihm stand. Er drehte sich um. Es war seine Mutter. Sie hatte sich die alte Aktentasche unter den Arm geklemmt.

»Ich würde gern etwas mit dir besprechen«, sagte sie.

»Sicher. Gefällt dir das Programm nicht?«

Ohne zu antworten, ging sie ihm voraus ins Esszimmer. Sie setzten sich einander gegenüber an den Tisch.

»Deine Frau ist nicht glücklich«, sagte Mrs Foley geradeheraus.

Thomas war so verdutzt, dass ihm die Worte fehlten.

»Sie fühlt sich einsam ohne dich, und dann kommst du für so kurze Zeit nach Hause und behandelst sie schlecht. Streite es nicht ab.« (Er hatte zu Widerworten angesetzt.) »Was ist los? Warum bist du so zu ihr?«

»Ich weiß nicht ... Es ist nichts weiter, es fällt mir bloß schwer, mich einzugewöhnen. Auf der Expo ist alles so anders, so unheimlich viel ... *großartiger* als hier.«

»Läufst du in Brüssel mit anderen Frauen herum?«

»Nein. Eigentlich nicht.«

»Eigentlich?« Sie berührte seine Hand. »Tommy, du warst immer ein guter Junge. Alle haben dich gern. Werde nicht wie dein Vater.«

»Keine Angst, Mutter. Hast du mich hier reingebracht, um mir das zu sagen?«

»Nein, ich will dir etwas zeigen.« Umständlich öffnete sie unter Thomas' neugierigen Blicken die Verschlüsse der Aktentasche. Die Tasche war aus weichem, hellbraunem Leder, aber die Jahre hatten ihr sichtlich zugesetzt. Sie war überall verkratzt und gesprenkelt von dunklen Flecken. Allem Anschein nach war sie sehr alt, umso mehr wunderte es ihn, dass er sie noch nie gesehen hatte.

»Ist das deine?«, fragte er seine Mutter.

»Natürlich ist das meine«, sagte sie. »In der Tasche hab ich meine Bücher in die Schule getragen, als ich ein kleines

Mädchen war. Ich hab sie dir noch nie gezeigt. Bis zu ihrem Tod hatte Grandma sie in Verwahrung, und seitdem lag sie in meinem Kleiderschrank.«

Sie klappte den Deckel auf und brachte den spärlichen Inhalt zum Vorschein: einen schmalen Stoß Papiere, Bilder und Postkarten. Thomas nahm eine der Postkarten zur Hand. Sie zeigte ein eindrucksvolles, kathedralenartiges Gebäude in spätgotischer Bauweise mit filigranen Konsolen und Standbildern in überdachten Nischen. Ganz offensichtlich handelte es sich um ein nachträglich koloriertes Schwarz-Weiß-Foto. Die Rückseite der Postkarte war unbeschrieben, trug lediglich eine gedruckte Bildlegende: LEUVEN, STADHUIS.

»Das ist das berühmte Rathaus«, sagte Mrs Foley. »Keine Ahnung, wie wir zu der Postkarte gekommen sind. Nur diese wenigen Dinge hat meine Mutter in der Nacht unserer Flucht aus dem Haus mitnehmen können. Hier.« Sie reichte ihm ein winzig kleines, unscharfes Schwarz-Weiß-Foto mit knitteriger Oberfläche. »Das war unser Haus. In dem Haus bin ich groß geworden.«

Thomas betrachtete das Foto eingehend. Es waren nicht mehr viele Einzelheiten zu erkennen. Er sah ein Bauernhaus und ein paar andere landwirtschaftliche Gebäude, sauber und ordentlich um einen zentralen Hof gruppiert. Das Haupthaus war offenbar mit Stroh gedeckt. Hinter den Gebäuden erkannte man eine Baumreihe, und über allem hingen tiefe dunkle Wolken, die sich drohend über den steil aufragenden Dächern zu ballen schienen: Das Foto war aus der Froschperspektive aufgenommen. Am linken Rand sah man einen Weidenzaun, darüber die Köpfe zweier Kühe.

»Es sieht ... ganz anders aus, als ich es mir vorgestellt habe«, sagte er. »So sauber und ordentlich. Wohlhabend.«

»Was denkst du?«, sagte Mrs Foley. »Mein Vater war ein erfolgreicher Mann. Er hat eine Menge Geld mit dem Hof verdient. Er hat hart gearbeitet und vielen Leuten in der Gegend

Arbeit gegeben. Du kannst es nicht sehen«, fuhr sie fort und deutete auf das Foto, »aber hinter diesen Bäumen war ein Fluss. Die Dijle. In der Gegend war sie noch kein richtiger Fluss, mehr ein Bach, aber als Kinder sind wir dort immer zum Spielen hingegangen. Moment, ich zeig's dir.«

Sie faltete ein anderes Blatt Papier auseinander. Es war eine alte Landkarte, die Farben so verblasst, die Falze und Knicke seit so langer Zeit unberührt, dass man kaum noch etwas erkennen konnte. Mrs Foleys Finger fuhr auf dem Papier einen Pfad entlang, der dem Verlauf eines blassblauen Bandes folgte, das sich durch die Mitte der Karte schlängelte.

»Hier«, sagte sie. »Das ist Wijgmaal. Damals war es nur ein kleines Dorf. Vielleicht ist es heute viel größer, ich weiß es nicht. Dort bin ich zur Schule gegangen. Und... hier war eine kleine Brücke, von der man damals auf den Trampelpfad hinuntersteigen konnte, der am Fluss entlangführte. Das war jeden Tag mein Schulweg, morgens hin, nachmittags zurück nach Hause. Auf dem Heimweg musste man etwa zehn Minuten dem Pfad folgen, bis man rechts die Bäume auftauchen sah – die mächtigen hohen Ahornbäume da auf dem Foto, siehst du sie? Gleich hinter diesen Bäumen war eine wunderschöne Wiese, im Sommer übersät mit Butterblumen – den großen, ich glaube, man nennt sie Wiesenbutterblumen. Ein ganzes Feld in leuchtendem Gelb. Noch ein paar Schritte durch diese Wiese, und man stand vor der Rückseite des Bauernhofs.« Ihr Zeigefinger blieb an der Stelle stehen, an der jemand mit Bleistift ein Kreuz eingezeichnet hatte. »Genau hier... hier haben wir gewohnt. Ich bin 1914 zusammen mit meiner Mutter – deiner Grandma – nach London gekommen. Es muss Ende September gewesen sein, als wir hier endlich in Sicherheit waren. Meinen Vater und meine beiden Brüder hatten wir in Wijgmaal zurückgelassen. Monatelang hatten wir keine Nachricht von ihnen. Jeden Tag hat Grandma uns versprochen, dass Papa bald wieder bei uns ist, und dass er

Marc und Stefan mitbringt und wir dann alle wieder zusammen sind. Aber ich hab gewartet, und gewartet, und nichts geschah. Bis eines Tages Papas Bruder Paul kam und uns alles erzählte. Mama schickte mich auf die Straße zum Spielen – wir wohnten damals im East End, in Shadwell –, und an dem Nachmittag hat sie von Onkel Paul die ganze Geschichte erfahren, aber sie hat mir nicht alles erzählt. Damals noch nicht. Ich war ja erst zehn. Aber dass ich meinen Vater und meine Brüder nicht wiedersehen würde, das hat sie erzählt. Anscheinend waren die Deutschen viel näher gewesen, als wir dachten, als Mama und ich uns auf die Flucht machten. Sie töteten Papa, und sie töteten Stefan. Marc konnte fliehen, aber später im Krieg ist auch er umgekommen. Sie haben den Hof geplündert und alles mitgenommen, was man essen oder trinken konnte oder was sonst irgendwelchen Wert hatte. Anschließend haben sie alles niedergebrannt. Onkel Paul hat erzählt, dass kein Stein mehr auf dem anderen stand.«

Mrs Foley verstummte. Thomas dachte über das nach, was sie ihm erzählt hatte, aber wenn er sich vorzustellen versuchte, wie sein Großvater und seine Onkel von deutschen Soldaten niedergeschossen worden waren, oder wie im Hintergrund die Flammen aus dem strohgedeckten Dach emporschossen, formten sich keine lebendigen Bilder in seinem Kopf. Stattdessen wurde er mit einer Erinnerung konfrontiert, einer Erinnerung aus seiner eigenen Kindheit, etwas, an das er seit vielen Jahren nicht mehr gedacht hatte: die kleine Wohnung im Osten Londons, auf der zweiten oder dritten Etage über einem Fleischerladen, in der seine Großmutter gewohnt und wo er sie mit seiner Mutter manchmal besucht hatte, als er fünf oder sechs Jahre alt war. Danach erinnerte er sich noch an einen Besuch, einen einzigen, in einer Art Krankenhaus oder Pflegeheim, in dem sie gelegen und viel jünger ausgesehen hatte als alle anderen Patienten. Sie hatte stark nach einem Parfüm mit Veilchenaroma gerochen, und als sie sich vorgebeugt hatte, um ihn zu küssen, musste er das Gesicht abwenden, um die Berührung mit einem riesigen, hervorstehenden Leberfleck auf ihrer linken Backe zu vermeiden.

Die Tür zum Esszimmer öffnete sich, und Sylvia kam herein.

»Braucht ihr nicht mehr Licht?«, fragte sie und schaltete die Deckenlampe ein. »Ihr seht ja gar nicht, was ihr tut.« Sie trat an den Tisch und schaute interessiert auf die Karte, die dort ausgebreitet lag. »Was ist das? Wollt ihr auf Schatzsuche gehen?«

»Mutter hat mir gezeigt, wo der Bauernhof ihrer Eltern war«, sagte Thomas. »Hier – so hat er ausgesehen.« Er reichte seiner Frau das kleine Viereck der verschwommenen Schwarzweiß-Fotografie.

»Tommy soll da hinfahren, während er in Belgien ist«, verkündete Mrs Foley jetzt mit der für sie typischen Schroffheit und Bestimmtheit.

»Ach wirklich?«, sagte Thomas. »Ich dachte, du wärst ausdrücklich dagegen.«

»Ich weiß. Aber ich habe darüber nachgedacht und meine Meinung geändert.«

Thomas nickte langsam. »Na gut. Warum kommst du nicht einfach mit?«

»Nein, das möchte ich nicht. Aber es würde mir etwas bedeuten zu wissen, dass du dort gewesen bist, auf demselben Boden, auf dem unser Bauernhof stand. Ich hätte gern ein Foto, auf dem man dich dort sieht. Aufgenommen in der gelben Wiese – falls es die dort noch gibt.« Ihr Blick hatte jetzt etwas Flehendes, das er gar nicht kannte. »Willst du das für mich tun?«

»Natürlich tue ich das für dich.«

»Eine wunderbare Idee«, sagte Sylvia. »Möchte jemand Kaffee?«

Während Sylvia in der Küche war, das Wasser aufsetzte, sammelte Mrs Foley die Landkarte und die Papiere vom Tisch ein, und während sie sie wieder in ihre alte Schulaktentasche schob, sagte sie zu ihrem Sohn: »Und vergiss nicht, was ich dir gesagt habe.«

»Bestimmt nicht. Du sollst dein Foto haben.«

»Das meine ich nicht. Großmama und ich haben meinen Vater nie wiedergesehen. Ich bin ohne ihn aufgewachsen. Sie ist ohne ihn alt geworden. Und das hat uns das Leben sehr viel schwieriger gemacht. Sorge dafür, dass deine Frau und deine Tochter nicht auch so etwas durchmachen müssen.«

Und mit diesen Worten zog sie die Schnalle der Aktentasche fest und reichte sie ihm in einer beinahe feierlichen Geste über den Tisch.

Der Morgen des 3. August 1958, ein Sonntag, begann mit strahlendem Sonnenschein. Es war der erste richtig warme Sommertag in London. Thomas und Sylvia fanden es zu heiß für einen Lammbraten, also legten sie die Keule für den Abend beiseite und machten grünen Salat mit Schinken und Gurken, den sie mit Mrs Foley im Garten zu sich nahmen, während Baby Gill zufrieden in der Sandkiste spielte, die Mr Sparks vor ein paar Wochen fertig gebaut hatte. Mr Sparks und seine Schwester Judith saßen auch draußen in ihrem Garten bei einem schlichten Lunch aus Broten mit kaltem Braten. Judith unter freiem Himmel war ein seltener Anblick, auch wenn sie ihre Beine unter einer dicken Wolldecke versteckt hatte. Der wohltätige Einfluss des guten Wetters ging so weit, dass Thomas seine gestrige Feindseligkeit gegen den Nachbarn vergessen hatte und sogar ein paar freundliche Worte über den Gartenzaun mit ihm wechselte, während Sylvia sich besorgt nach Judiths Gesundheit erkundigte. Danach wurde es Zeit, Mrs Foley zur Bushaltestelle zu bringen.

Nachdem sie Thomas' Mutter in den Bus nach Leatherhead gesetzt hatten, gingen sie weiter zum Tootinger Stadtanger. Thomas schob den Kinderwagen, und nach einer Weile hakte Sylvia sich bei ihm unter. Sylvia befürchtete, dass Gill trotz hochgezogenem Verdeck in der Nachmittagshitze knatschig werden könnte, aber anscheinend gab es an diesem sonnigen Tag wirklich nichts, das ihnen die Laune verderben wollte. Das Baby benahm sich vorbildlich. Sie kauften sich an einem Wagen, der auf dem Anger aufgestellt war, zwei Tüten Eis und setzten sich auf den Rasen, um sie zu essen und den meist jüngeren Leute nachzuschauen, die mit Handtüchern und Badeklamotten unterm Arm in aufgeregt kichernden Gruppen oder selbstverloren zu zweit in Richtung Lido zogen.

Wenn doch nur jeder Sonntag, jeder Tag in London so sein könnte, dachte Thomas. Für eine halbe Stunde oder länger legten er und Sylvia sich nebeneinander ins Gras, hielten sich an der Hand und schlossen die Augen vor der Sonne, die ununterbrochen und wohltuend aus einem blassblauen Himmel auf sie herunterschien. Brüssel war weiter weg denn je, und Thomas stellte erschrocken fest, dass er nicht die geringste Lust verspürte, morgen früh wieder nach Belgien zu fliegen. Die Expo und alles, was dort passiert war, erschien ihm plötzlich fern und unwirklich, und er wollte an seinem Leben hier zu Hause festhalten, seinem Leben mit Sylvia und Gill.

Nachts lag er wach neben Sylvia im Bett und legte vorsichtig eine Hand auf ihre Hüfte, bevor er mit zögernden, beinahe ehrfürchtigen Bewegungen langsam das Nachthemd an der unteren Hälfte ihres Körpers entlang nach oben zu schieben begann. In der Nacht zuvor war er mit einem ähnlichen Manöver gescheitert; Sylvia hatte sich brüsk auf die andere Seite gedreht. Heute Nacht wehrte sie sich nicht, auch wenn sie keine ausdrückliche Geste des Einverständnisses machte. Als das Nachthemd über die Hüfte gerollt war, schob Thomas ihr seine Hand sanft zwischen die Beine und spürte die warme, erwartungsvolle Feuchtigkeit. Sie wandte sich ihm zu, und sie küssten sich. Eilig, aber ohne sie durch allzu begierige Ungeduld abzuschrecken, wand er sich aus Pyjamahose und -jacke heraus. Er ließ beides auf den Fußboden neben seinem Bett fallen und schaltete die Nachttischlampe an.

»Was machst du?«, fragte sie.

»Können wir das Licht nicht anlassen? Ich möchte dich sehen.«

»Bitte«, sagte Sylvia. »Lieber nicht.«

Thomas lächelte und küsste sie auf die Stirn.

»So sittsam«, flüsterte er. »So gut erzogen.«

Er schaltete das Licht aus, und Sylvia riss sich, als hätten seine Zärtlichkeiten sie zu ungeahnter Leidenschaft erregt, das Nachthemd über den Kopf und schlang sich um ihn, klammerte sich mit Armen und Beinen in einer beinahe verzweifelten Umarmung an ihm fest. Er drang rasch in sie ein, und ihr Liebesakt, begleitet von langen, wilden, gierigen Küssen, war schnell wieder vorbei. Thomas war nach weniger als einer Minute auf seinem Höhepunkt, Sylvia brauchte nicht viel länger. Aber auch als sie fertig waren, klammerte sie sich immer noch an ihn, und sie lagen fest umschlungen, bis sie langsam in den Schlaf hinüberglitt. Erst als Thomas ihre Atemzüge langsamer und regelmäßiger werden und schließlich in das vertraute und beruhigende leise Schnarchen übergehen hörte, wagte er es, seine Schulter vorsichtig vom Gewicht ihres Kopfes zu befreien und seinen Arm aus der Position zu lösen, in der er süß gefangen unterhalb ihres Halses gelegen hatte.

Leise gestört von der Bewegung, murmelte Sylvia Unverständliches durch ihren schläfrigen Atem, um rasch in einen noch tieferen und ruhigeren Schlaf zu sinken. Thomas erging es nicht so gut. Er lag ein paar Minuten wach, und bald machte er sich mit erschöpftem Fatalismus klar, dass er möglicherweise ein paar schlaflose Stunden vor sich hatte. Jede

Stellung, in die er sich wälzte, war unbequem. Flüchtige Bilder der vielen seltsamen Erlebnisse der vergangenen Tage wirbelten ihm durch den Kopf, und schwer lastete auf ihm das Bewusstsein, morgen früh nach Brüssel abreisen zu müssen. Er drehte sich um, legte sich auf den Bauch, aber das war auch nicht bequemer. Und als wäre seine Lage noch nicht kompliziert genug, gab es auch am Fußende des Bettes noch etwas, das ihn ärgerte. Mit dem großen Zeh spürte er ein kleines, nicht identifizierbares Etwas, eine Art Röllchen aus weichem, schwammigem Material. Er hatte nicht die leiseste Ahnung, was das sein könnte. Nachdem er ein, zwei Minuten lang vergeblich versucht hatte, es mit der Zehenspitze zuerst nach links, dann nach rechts zu schieben, langte er schließlich nach unten und zog es mit der Hand hervor. Doch selbst der Tastsinn seiner Fingerspitzen verriet ihm nicht, um was es sich handelte. Was in aller Welt konnte das sein?

Er war jetzt hellwach, und eine nagende Neugier trieb ihn, sich aus dem Bett zu schwingen, in Pyjamahose und Hausschuhe zu schlüpfen und das rätselhafte Objekt ins Badezimmer zu tragen. Dort angekommen, gähnte er erst einmal herzhaft, aber nachdem er das Deckenlicht angedreht hatte, packte ihn das nackte Entsetzen.

VIEL ZU VIELE STATISTIKEN!

»*Alles* in Ordnung, Mr Foley?«, fragte Shirley. »Sie sehen aus, als wären Sie einem Geist begegnet.«

Sie stellte ein Pint Britannia vor ihm auf den Tisch, und Thomas wandte den Blick von dem Fenster, zu dem hinaus er geistesabwesend gestarrt hatte, und dankte ihr mit einem Kopfnicken.

»Irgendwie sehen Sie seltsam aus, seit Sie aus London zurück sind«, fügte sie hinzu.

»Tatsächlich? Ach, es ist nichts. Ich muss wohl im Flugzeug einen Bazillus oder so was aufgeschnappt haben.«

»Na, seien Sie vorsichtig – mit einer Sommergrippe ist nicht zu spaßen.«

Er trank den ersten Schluck Bier, als sie schon wieder in Richtung Bar unterwegs war, und dachte, dass ihre Bemerkung, so wenig originell sie sein mochte, womöglich einen Keim Wahrheit in sich trug. Hatte er Geister gesehen? Gab es in dieser Umgebung überhaupt noch etwas Wirkliches? Das Britannia war eine Attrappe: ein falsches Pub, das eine falsche Vorstellung von England in eine falsche Umgebung projizierte, in die auch jedes andere Land die falschen Bilder seiner nationalen Identität projizierte. »La Belgique Joyeuse«, na klar! Eine Attrappe! Genau wie das Oberbayern! Er befand sich in einer aus Attrappen zusammengesetzten Welt. Und je länger er darüber nachdachte, umso geisterhafter und ungewisser erschien ihm alles um ihn herum. Die Leute, die an der Bar oder den Tischen darauf warteten, bedient zu werden: Waren die echt oder nachgemacht? War hier überhaupt jemand der, der zu sein er vorgab? Vor ein paar Tagen hatte er Mr Chersky, auf dessen Ankunft er wartete, für einen freundlichen jungen Moskauer Autoren und Journalisten gehalten, der seinen redaktionellen Rat benötigte; jetzt musste er wohl oder übel glauben, dass der Mann ein hochrangiger Offizier des KGB war. Was war Wahrheit und was Lüge? Vielleicht war Shirley in Wirklichkeit ein Geist. Und wenn er genau darüber nachdachte, spielte ja auch Emily nur eine Rolle: Sie war eine Schauspielerin, die sich den Besuchern des amerikanischen Pavillons zuliebe als gewöhnliche Hausfrau ausgab. Vielleicht war jeder einzelne Mensch, der an diesem Dienstag zur Mittagszeit hier im Britannia saß, ein Schauspieler, von Mr Radford und Mr Wayne als Protagonisten eines ausgeklügelten, wahnsinnigen Masterplans engagiert, der ihn verunsichern und verwirren sollte.

Es gab nur eine einzige wirkliche Gewissheit: Er hatte in der Nacht zum Montag am Fußende seines Ehebetts ein gebrauchtes Hühneraugenpflaster der Marke Calloway's gefunden. Also hatte Norman Sparks in diesem Bett gelegen, vielleicht nur ein, zwei Tage vor ihm. Im Augenblick war das die einzige verlässliche Wahrheit in seinem Leben, und alles andere mochten Hirngespinste sein, seiner blühenden Fantasie oder des britischen Geheimdienstes oder von ihm aus auch der des Barons Moens de Fernig entsprungen. Kein Wunder, dass Shirley fand, dass er seltsam aussah. Er hatte langsam das Gefühl, den Verstand zu verlieren. Kurz vor einem Nervenzusammenbruch oder etwas Ähnlichem zu stehen.

Er schaute hinüber zu Shirley. Sie redete schon wieder mit diesem Amerikaner, Ed Longman. Inzwischen wie Pech und Schwefel die beiden. Schön zu sehen, dass wenigstens eine dieser Expo-Romanzen relativ unkompliziert ihren Lauf zu nehmen scheint, dachte er. Es hätte ihn mal interessiert, wie viele der Liebesgeschichten, die während dieser

Ausstellung hier ihren Anfang nahmen, den Haltbarkeitstest bestehen würden; wie viele der sich in dieser unnatürlichen, berauschenden Atmosphäre anbahnenden Paarungen zu etwas Substanziellem – Ehen, womöglich Kindern – führten. Immerhin schienen Shirley und Longman sich ziemlich nahegekommen zu sein. Er drückte ihr gerade etwas in die Hand und sah ihr dabei tief in die Augen. Als sie bemerkte, dass Thomas ihnen zuschaute, zwinkerte sie zu ihm herüber.

Thomas seufzte und trank noch einen Schluck Bier, bevor er einen Blick auf seine Uhr warf. Chersky verspätete sich. Es war ihm alles andere als lieb, mit seinen Gedanken hier allein gelassen zu sein. Je mehr er über den Verrat seiner Frau nachdachte, desto bedrückter fühlte er sich, und desto weniger wusste er, was er tun sollte. Er hatte Sylvia versprochen, sie zu wecken, wenn er am Montagmorgen das Haus verließ, und es dann doch bleiben lassen. Unfähig, mit ihr zu sprechen, sie anzusehen oder nur in ihrer Nähe zu sein, hatte er den Rest der Nacht im Gästezimmer verbracht und sich um sechs nach einem letzten Blick auf die schlafende Gill aus dem Haus geschlichen. Seit seiner Ankunft in Brüssel hatte er Sylvia noch nicht angerufen und sich schon gar nicht an den Brief gesetzt, den er ihr – so viel war ihm klar – irgendwann würde schreiben müssen. Tatsächlich hatte er, abgesehen von einem Anruf bei Emily im amerikanischen Pavillon etwas früher am Morgen, nichts weiter gemacht, als in einem Dusel aus Dumpfheit und Ratlosigkeit zuerst in seinem Zimmer, später in verschiedenen Bars und Cafés auf dem Expo-Gelände herumzusitzen.

»Mein lieber Mr Foley«, hörte er eine bekannte Stimme sagen, »ich bin untröstlich, dass ich Sie habe warten lassen.«

Mr Chersky machte einen leicht derangierten und atemlosen Eindruck. Er trug seine Aktentasche bei sich, vollgestopft mit den üblichen Stößen Papier. Die druckfrische Ausgabe des *Sputnik* hatte Thomas bereits aufgeschlagen vor sich auf dem Tisch liegen. Er stand auf, gab Mr Chersky die Hand und hoffte, dass das frisch gesäte Misstrauen ihm nicht vom Gesicht abzulesen war.

»Nehmen Sie Platz«, sagte er. »Darf ich Ihnen etwas zu trinken kommen lassen?«

»Ich glaube, Miss Knott hat mich hereinkommen sehen. Sie wird mir das Gewohnte bringen, ohne dass ich darum bitten muss. Soviel ich weiß, ist es das Markenzeichen eines guten englischen Pubs, seine Stammkundschaft zu kennen.«

»Sie werden als exzellenter Kenner britischer Lebensart zurück nach Moskau reisen«, sagte Thomas.

»Ich will es hoffen. Nichts weniger ist nämlich meine Absicht. Und – haben Sie Zeit gefunden, unsere letzte Nummer zu lesen? Ich wäre dankbar für ein paar Anmerkungen dazu.«

»Ja, ich hab sie gelesen«, sagte Thomas, sein Blick fiel auf den großen Bogen billigen, eng bedruckten Rotationspapiers, wie immer in zwei Hälften gefaltet, damit eine vierseitige Nummer daraus wurde. »Große Fortschritte kann ich ehrlich gesagt nicht feststellen. Sie machen immer noch dieselben Fehler wie in den früheren Nummern.«

»Nämlich?«

»Na ja, ich hab's Ihnen ja schon mal gesagt. Zuallererst die Statistiken. Sie bringen viel zu viele Statistiken!« Er begann, aus einem Artikel vorzulesen, in dem die Triumphe des sowjetischen Kinderbetreuungsprogramms gepriesen werden. »Hören Sie zu: ›In der Sowjetunion gibt es 106 000 Unterbringungen in Kindersanatorien, 965 000 Unterbringungen in ganzjährigen, mehr als 2 Millionen in saisonalen Kinderhorten und 2,5 Millionen Unterbringungen in Kindergärten und Sommerlagern für Kinder.‹«

»Und?«, sagte Andrej. »Sagen Sie bloß, das ist nicht eindrucksvoll?«

»Und ob das eindrucksvoll ist. Aber auf diese Weise gewinnen Sie keine –«

»Tut mir leid, Sie zu stören, meine Herren.« Shirley brachte ein zweites Pint Bitter und ein Päckchen Chips. »So, Mr Chersky. Auf Ihre Bestellung muss ich ja nicht warten, oder?«

»Nein, das müssen Sie nicht, Miss Knott.«

»Sobald ich wieder zu Hause bin, kaufe ich Smith's-Aktien«, sagte sie. »Wenn es nach Ihnen geht, dürfte es kein Jahr dauern, und ganz Russland knabbert die Dinger.«

»Da könnten Sie recht haben.« Und als sie schon im Gehen war, rief er ihr lachend nach: »Aber ohne das Salz drauf! Das Salz bekommt Ihnen nicht, schon vergessen?«

Jetzt lachte auch Shirley. »Ach, Mr Chersky, Sie sind mir einer!«

Andrej kicherte noch, als er den ersten Schluck von seinem Bier trank. »Ach ja, der englische Humor. Ich glaube, so langsam bekomme ich den Bogen raus. Und Ihnen ist hoffentlich nicht entgangen, dass auch wir in unserem Blatt mehr Humor haben als zuvor. Das ist Ihr Einfluss, Mr Foley.«

»Ja, darauf wollte ich gerade zu sprechen kommen. Auf Ihre Sammlung ›lustiger‹ Sprüche russischer Kinder.«

»Entzückend, finden Sie nicht?«

»Ich würde sie eher rätselhaft nennen. Zum Beispiel der hier: ›Ist das Messer der Ehemann der Gabel?‹«

Andrej musste lange und laut darüber lachen. Thomas sah ihn an.

»Ich verstehe den nicht«, sagte er, und Andrejs Lachen verstummte abrupt.

»Ich auch nicht«, räumte er ein. »Ich hatte gehofft, Sie könnten ihn mir erklären. Was ist mit diesem:

›Stellt euch vor, ein Hahn vergisst, dass er ein Hahn ist, und legt ein Ei.‹ Nicht lustig?«

»Nicht übermäßig.«

»Hm«, schnaubte er missvergnügt. »Der Autor hat mir versichert, er sei wahnsinnig komisch. Ich dachte, ich wäre nur zu dumm, ihn zu verstehen.«

»Sie sollten das Thema Humor fürs Erste auf Eis legen.«

»Na schön. Klingt irgendwie vernünftig. Zumal die ganze nächste Nummer der Wissenschaft gewidmet ist. Und eine ganz *exzellente* Arbeit steht dabei im Mittelpunkt. Selbst Sie, Mr Foley, der Sie so schwer zu beeindrucken sind, werden an diesem Artikel Ihre Freude haben.«

»So. Und worum geht es?«

Mr Chersky riss die Tüte auf und knabberte den ersten Chip, wie jedes Mal mit der Miene des Gourmets, der von einer besonders exquisiten Kreation der *haute cuisine* kostet.

»Es geht um den Menschen der Zukunft«, sagte er zwischen zwei Bissen. »Ein hoch angesehener sowjetischer Wissenschaftler hat in einem Aufsatz prognostiziert, wie die Menschheit sich in hundert Jahren entwickelt haben wird.«

»Und...?«

»Nein, Sie müssen ihn schon selber lesen. Aber in dieser speziellen Nummer wird es bei Weitem nicht der einzige sein, der Sie interessiert. Wir haben einen sehr lesenswerten Artikel über die sowjetischen Fortschritte bei der Kernfusion im Blatt. Natürlich war es ein Gebot journalistischer Objektivität und Wahrhaftigkeit, darüber zu berichten, dass die britischen Wissenschaftler, die auf diesem Gebiet arbeiten, ihre eigenen Fortschritte – zu unserem größten Bedauern – offenbar weit überschätzt haben. Wobei mir einfällt... da gab es einen Umstand, den ich gerne von Ihnen bestätigt hätte. Stimmt es, was mir zu Ohren gekommen ist, dass die Replik eiligst aus dem britischen Pavillon entfernt wurde, um allzu großer Kompromittierung zuvorzukommen?«

Ein Lächeln begleitete diese Frage, gepaart mit einem herausfordernden Blick. Thomas' Lächeln vermochte seinen Verdruss kaum zu kaschieren, aber die Ehrlichkeit zwang ihn zu antworten: »Ja, das stimmt.«

»Gut. Darauf werden wir in dem Artikel eingehen. Aber man tut gut daran, die Tatsachen erst einmal zu prüfen, meinen Sie nicht auch?« Er knabberte seinen letzten Chip, faltete die Tüte sorgsam zusammen und steckte sie in die Seitentasche seines Jacketts. »Und in der übernächsten Nummer, es wird Sie freuen, zeigen wir sowjetische Damenmoden und vergleichen sie mit amerikanischen Gegenstücken. Miss Parker war so freundlich, uns mit ein paar Entwürfen auszuhelfen. Apropos Emily...« Sein Lächeln wurde noch etwas charmanter und gleichzeitig – dachte Thomas – noch unehrlicher. »... Wie ich höre, planen Sie mit ihr in ein paar Tagen einen Ausflug. Ist das richtig?«

»Ja«, sagte Thomas, vorsichtig, fragte sich, wie Andrej so schnell davon erfahren haben konnte, und begriff im selben Moment, dass es Hunderte von Möglichkeiten gab.

»Hört sich wunderbar an. Ein Sommerpicknick in der belgischen Landschaft! Diesen Samstag, richtig?«

»Richtig.«

»Sie sagt, Sie kennen dort einen wunderbaren Platz. Eine Wiese mit goldenen Butterblumen, am Ufer eines Flusses, nicht weit von Leuven.«

»So ähnlich«, sagte Thomas – der Emily ein paar Stunden vorher getroffen und ihr seine Vorstellung von dem Ort geschildert hatte.

»Dann bliebe nur noch eins zu klären.« Andrej sammelte seine Papiere zusammen und stieß sie zu einem ordentlichen Stapel auf. »Wann und wo soll ich euch abholen?«

PASTORALE
D'ÉTÉ

Am Samstag, dem 9. August 1958, wurde Thomas von Andrej und Emily kurz nach Mittag vor dem Tor des Motel Expo Wemmel abgeholt. Als hätte er es geahnt, waren sie stilvoll unterwegs. Andrej fuhr ein blassblaues 56er ZiS 110 Cabriolet: das absolute Highlight sowjetischer Autoproduktion. Es versprach ein herrlicher Tag zu werden, und Andrej hatte das Verdeck des Autos so weit zurückgeklappt, dass alle etwas von der Sonne abbekamen. Seine Augen schützte er mit einer kobaltblau verspiegelten Sonnenbrille, die er zu einem cremefarbenen Sportblazer trug; den offenen Kragen seines weißen Hemds zierte ein seidenes Halstuch. Emily trug eine weiße Leinenbluse, marineblaue weite Hosen, dazu ein marineblaues Kopftuch mit türkischem Muster und eine Cat-Eye-Sonnenbrille. Sie sahen aus wie ein Hollywoodpaar. Thomas kam sich schäbig und ein bisschen mutlos vor, als er auf seinen Platz im Fond kletterte.

Sie brauchten nur eine gute halbe Stunde für die fünfunddreißig Kilometer nach Wijgmaal, wo die Ankunft des russischen Luxusschlittens zu einer kleinen Sensation geriet. Der Ort war ein verschlafenes Provinznest, durch ein schmales Band grünen Wassers, das Flüsschen Dijle, in zwei Hälften geteilt. Ein halbes Dutzend Kinder spielten auf dem Rasenspielplatz neben der Brücke, aber sie ließen alles stehen und liegen und kamen angelaufen, als die Besucher auftauchten. »*Kom kijken! Kom kijken!*«, riefen sie ihre Freunde herbei und marschierten neben dem Auto her, streichelten die Karosserie mit ehrfürchtigen Händen wie eine Katze, von der sie noch nicht wussten, ob sie auch gestreichelt werden mochte. Andrej winkte zurück, eingefroren auf seinem Gesicht das strahlend weiße Lächeln, das zumindest Thomas zunehmend berechnend und unheilvoll erschien. Seht ihn an, dachte er, sonnt sich in der Aufmerksamkeit und würde die Kinder vermutlich eiskalt über den Haufen fahren, wenn es seinen Zwecken dienlich wäre.

»Schönes Auto«, lautete sein knapper Kommentar, als sie zusammen die Picknicksachen aus dem Kofferraum luden.

»Nicht schlecht, was?«, meinte Andrej. »Da sehen Sie mal, dass auch wir Russen etwas von Design verstehen.«

»Aber ich hätte eigentlich gedacht«, sagte Thomas und hob einen der beiden schweren Körbe aus dem Kofferraum, »dass der Gebrauch solcher Fahrzeuge eingeschränkt ist. Auf hochrangige Parteifunktionäre, meine ich.«

Hatte er es sich eingebildet, oder war tatsächlich ein Flackern der Entrüstung über Andrejs Gesicht gehuscht, bevor er die Miene aufgeräumter Weltläufigkeit wieder aufgesetzt hatte.

»Sie haben sehr ungenaue Vorstellungen vom Lauf der Dinge in unserem Land«, sagte er. »Dies ist ein Fahrzeug der sowjetischen Botschaft in Brüssel. Ich musste nur darum bitten.«

»Ich hatte keine Ahnung, dass Zeitschriftenredakteuren solche Privilegien gewährt werden.«

»Wir sind ein Volk von Literaten.«

»Und deshalb gestattet man Ihnen so viel Bewegungsfreiheit?«

»Bewegungsfreiheit?«

»Mir hat jemand erzählt, der Großteil des Personals im sowjetischen Pavillon sei außerhalb der Arbeitszeit in einem Brüsseler Hotel kaserniert, von dem aus sie mit einem Bus auf das Gelände gebracht und von dort wieder abgeholt werden. Die Leute hätten überhaupt noch nichts von Brüssel zu sehen bekommen. Während Sie anscheinend kommen und gehen können, wann und wohin Sie wollen.«

»Der ›Jemand‹, der Ihnen das erzählt hat, war anscheinend sehr schlecht informiert«, erwiderte Andrej knapp. »Und? In welche Richtung gehen wir? Dort drüben finden wir sicher ein nettes Plätzchen.«

Sein Zeigefinger wies nach Süden, die Dijle entlang flussaufwärts, Richtung Leuven. Aber Thomas schüttelte den Kopf.

»Nein, hier geht's lang«, sagte er und zeigte zur Nordseite der Brücke. »Sieht weniger einladend aus, aber ihr werdet sehen, ein paar Minuten weiter hinter der Flussbiegung ist es umso schöner.«

Emily spürte die Spannung, die sich zwischen den beiden Männern aufbaute. Um sie zu entschärfen, sagte sie: »Thomas hat eine genaue Vorstellung davon, wo das Picknick stattfinden soll. Offenbar ist er ein großer Experte für diese Gegend Belgiens.«

»Nun denn«, sagte Andrej düster. »Folgen wir dem Experten.«

Der Fluss war hier, wie seine Mutter gesagt hatte, nicht sehr breit; die Brücke, auf der sie standen, musste keinen Bogen über ihn spannen. Auch wenn kein Pfad zu erkennen war, fiel es nicht schwer, zum Flussufer hinabzusteigen, von wo aus sie sich ihren eigenen Weg durch das hohe Gras trampelten. Thomas und Andrej trugen jeder einen Korb, Emily hatte sich eine zusammengerollte Picknickmatte unter jeden Arm geklemmt.

Der Himmel leuchtete beinahe azurblau, und um sie herum herrschte wunderbare Stille. Zu ihrer Linken schlängelte sich der Fluss, ein blasses, geheimnisvolles Grün, trüb und undurchsichtig im Licht der Nachmittagssonne, zur Rechten öffnete sich, nach zwei Minuten Fußweg von der Brücke, eine breite Wiese, hier und da von Disteln gepunktet, das Gras von wochenlanger Trockenheit zu hellem Graubraun gebleicht. Thomas ging voraus, die Karte seiner Mutter in der Hand; hin und wieder drehte er sich nach Emily und Andrej um, die für seinen Geschmack zu nah beieinandergingen und allzu vertraut miteinander tuschelten.

Bald war eine Stelle erreicht, wo der Fluss einen trägen Bogen nach Westen schlug, an dessen Scheitelpunkt eine weite Fläche hochgewachsenen Grases begann – zu einem Teil beschattet von einer nahe gelegenen Gruppe Ahornbäume –, die den Spaziergänger förmlich dazu einlud, hier die Picknickdecken auszubreiten und sich niederzulassen. Und genau das taten sie. Nur wenige Minuten später waren Stimmen und die Geräusche sich nähernder Fahrräder zu hören: Thomas drehte sich zur Brücke um und sah, dass die anderen angekommen waren. Nachdem seine Hoffnungen auf einen stillen Nachmittag zu zweit mit Emily von Andrej durchkreuzt worden waren, hatte er sich mit der Niederlage abgefunden und Emily grünes Licht gegeben, so viele Leute einzuladen, wie sie wollte. Und jetzt waren Anneke und ihre Freundin Clara gekommen, in Begleitung eines dunkelhaarigen jungen Mannes. Die drei stiegen von ihren Fahrrädern ab und schoben sie am Ufer entlang auf den Picknickplatz zu. Thomas und Emily gingen ihnen entgegen; Andrej blieb, wo er war.

»Sieh an«, sagte Emily zu Anneke. »Das nenn ich ein vernünftiges Transportmittel. Sind Sie ganz von Brüssel hergestrampelt?«

»So weit ist es gar nicht«, sagte Anneke. »Ungefähr anderthalb Stunden. Und Sie wissen ja, dass in Belgien keine Berge im Weg stehen.«

Sie sah gesund und gut durchblutet von der vormittäglichen Übung aus; ihr Gesicht, das in den letzten Wochen eine gleichmäßige Sonnenbräune bekommen hatte, strahlte frische Vitalität aus, ihre Augen leuchteten. Clara war nass geschwitzt und strömte einen leichten, gar nicht einmal unangenehmen Tiergeruch aus. Aber Thomas interessierte sich vor allem für das dritte Mitglied der Radlergruppe. Er war groß und stämmig, von guter Haltung, etwa Mitte zwanzig, und trug einen sauber getrimmten Schnauzbart; seine dunklen, hellwachen Augen begegneten Thomas' Blick mit herausfordernder, aber wohlwollender Neugier.

»Oh – das ist ein Freund von mir«, erklärte Anneke. »Er heißt Federico. Sie sind mir hoffentlich nicht böse, dass ich ihn einfach mitgebracht habe.«

»Aber woher, meine Liebe«, sagte Emily. »Ein italienischer Gentleman – wie exotisch! Kosmopolitischer kann unser kleines Treffen ja gar nicht mehr sein.«

Federico nickte lächelnd.

»Federico ist Kellner im italienischen Pavillon«, sagte Anneke. »Wir kennen uns seit ein paar Tagen. Ich fürchte, sein Englisch lässt etwas zu wünschen übrig.«

»Ach, was macht das. Hauptsache, er ist dekorativ. Jetzt kommt endlich und macht es euch bequem. Gerade wollten wir uns über die Fressalien hermachen. Wir sind schon von der Autofahrt hungrig. Wie muss es Ihnen erst gehen.«

Andrej erhob sich, als die Damen hinzutraten, begrüßte Anneke und Clara mit vollendetem Handkuss und Federico mit kurzem Handschlag, bevor er für jeden ein Glas Wein einschenkte. Als alle saßen, die Gläser erhoben, sagte er: »Gestatten Sie mir einen kurzen Trinkspruch. Wir leben in einer Welt, die immer neue politische Barrieren zwischen den Menschen der einzelnen Nationen errichtet. Viele dieser Barrieren sind in meinen Augen überflüssig. Die Tatsache, dass wir hier beieinandersitzen – sechs Menschen aus fünf verschiedenen Ländern –, beweist ihre Verzichtbarkeit. Die Expo 58 beweist ihre Verzichtbarkeit. Erheben wir also unser Glas auf unsere großzügigen und vorausschauenden Gastgeber, das Volk der Belgier, und auf die Expo 58!«

»Auf die Expo 58!«, riefen alle.

»Ich möchte auch Mr Foley dafür danken«, fuhr Andrej fort, »dass er uns an diesen wunderschönen Ort gebracht hat. Sagen Sie, Thomas, woher wussten Sie davon? Von wem haben Sie den Tipp?«

»Es war ein Vorschlag meiner Mutter«, sagte Thomas.

»Ihrer Mutter?«

»Ja. Meine Mutter ist Belgierin.«

»Tatsächlich? Warum haben Sie dieses Geheimnis so sorgsam vor uns verwahrt?«

»Wir alle haben unsere Geheimnisse, Mr Chersky«, antwortete Thomas. Andrej erwiderte seinen Blick kühl. »Und was meine Mutter betrifft, so hat sie hier in der Nähe gelebt. Gar nicht weit von der Stelle, an der wir sitzen.« In diesem Moment wurde ihm klar, dass er die Geschichte seiner Mutter lieber für sich behielt. Mindestens zwei der Anwesenden sollten besser nichts darüber erfahren. »Sie hat mir von diesem Fluss erzählt. Ich bin sicher, als kleines Mädchen hat sie an so schönen Tagen selber oft hier gesessen.«

In das sich anschließende nachdenkliche Schweigen sagte Emily: »Na, wer könnte es ihr verdenken? Es ist ein himmlischer Ort.« Sie stellte ihr Weinglas vorsichtig ins Gras, lehnte sich zurück, auf die Ellbogen gestützt, und hielt das Gesicht in die Sonne. »Dieser Himmel. Und diese Stille. Das ist einer der Orte, der Tage, an denen man die Zeit anhalten möchte. Findet ihr nicht?«

»Heute dürfen wir uns vielleicht den Luxus leisten, so etwas zu denken«, sagte Andrej. »Auch wenn der Gedanke mir ziemlich dekadent erscheint. Wir sind nämlich keine typischen Menschen, und das hier ist keine typische Situation. Dass wir heute hier sitzen dürfen, unter diesen Umständen, kennzeichnet uns als privilegiert. Niemand von uns lebt in extremer Armut und Bedürftigkeit. Aber es gibt überall auf der Welt arbeitende Menschen, deren Leben ein täglicher Kampf um die nackte Existenz ist. Und diese Menschen wollen die

Zeit ganz bestimmt nicht anhalten, nicht einmal an solchen Tagen. Die sind hungrig nach Fortschritt. Und dabei fällt mir ein...« – er langte in die Jackentasche und zog die neueste, sorgfältig gefaltete Nummer des *Sputnik* heraus – »...haben Sie die schon gesehen, Thomas? Da steht der Aufsatz drin, von dem ich Ihnen erzählt habe.«

»Ah! Der berühmte Aufsatz«, sagte Thomas und ließ sich von ihm die Zeitung geben.

»Vielen Dank für die mahnenden Worte über die Lebensbedingungen der Arbeiter, Andrej«, sagte Emily, und ihr Lächeln war liebevoll und herausfordernd zugleich. »Und worum genau geht es in diesem Aufsatz?«

»Ich habe einen unserer hervorragendsten Wissenschaftler gebeten, einen Blick in die Kristallkugel zu werfen, gewissermaßen, und uns zu erzählen, wie die Menschen in hundert Jahren leben. Ich bin sicher, das Ergebnis wird Sie beeindrucken.«

Thomas hatte den betreffenden Artikel gefunden und überflog neugierig die ersten Absätze.

»Hallo«, sagte Emily, »bitte vorlesen. Ich glaube, es interessiert uns alle, was da steht.«

»Aber gern.« Thomas faltete die Zeitung auf halbe Größe, räusperte sich und begann laut vorzulesen: »›*Der Mensch im 21. Jahrhundert.* Die Wissenschaften, die sich mit dem Leben der Menschen, ihrer Entwicklung und Ernährung befassen, machen Jahr für Jahr Fortschritte. *Wie also wird der Mensch in hundert Jahren aussehen?* Diese Frage stellte unser Korrespondent‹ – mit anderen Worten, Mr Chersky – ›dem... verdienten Arbeiter der Wissenschaft‹ – sehr eindrucksvoll! – ›Professor Yuri Frolow. Im Folgenden die wesentlichsten Punkte seiner Antwort: Versetzen wir uns in das Jahr 2058. Im Lauf von hundert Jahren haben sich die Grenzen zwischen körperlicher und geistiger Arbeit immer mehr aufgelöst. Inzwischen sind alle Bedingungen für eine stabile und harmonische Entwicklung von Physis und Psyche des Menschen geschaffen. Obwohl sich die Menschen bereits in allen Bereichen ihrer nationalen Ökonomien der Atomenergie bedienen und die Gewalten der Natur untertan gemacht haben, haben sie nichts an Körperkraft eingebüßt; im Gegenteil, sie wirken kräftiger als hundert Jahre zuvor. Sie sind stets gut gelaunt, fühlen sich überall zu Hause, obwohl sie – was bitte niemanden beunruhigen möge – vergleichsweise wenig essen und trinken.‹«

»Warum sollte mich das wohl beunruhigen?«, sagte Emily.
»Aber lesen Sie bitte weiter.«

»›Biochemikern des 21. Jahrhunderts ist es gelungen, Kohlenhydrate und sogar Proteine synthetisch herzustellen, mit dem Ergebnis, dass neue Lebensmittel produziert werden; ihr Nährwert ist ausreichend, sie schmecken so gut wie zum Beispiel Brot und Fleisch, wobei es nicht so großer Mengen bedarf. Unter dem Einfluss spezieller Qualitäten des Deuteriums üben die inneren Organe ganz neue Funktionen aus. In minimalen Quantitäten anstelle gewöhnlichen Trinkwassers eingenommen, dient dieses Isotop des Wasserstoffs einer bisher unbekannten Funktion: Es hemmt den Prozess der Dissimilation, d. h. der Zersetzung von Substanzen im Organismus.‹«

»Hmm. Was will er uns damit sagen? Dass uns allen in hundert Jahren die Peinlichkeit erspart bleiben wird, vor der Damentoilette anstehen zu müssen?«

»Möglich. Aber was noch wichtiger ist – hören Sie zu: ›Aus diesem Grund wird die Körpergröße der Menschen im 21. Jahrhundert weit über dem heutigen Mittel liegen. Alle sind kerngesund, unabhängig von ihrem Alter, obwohl viele schon über hundert sind. Neben Fruchtsäften trinken sie Schwerwasser in vorgeschriebenen Dosen. Körperkultur und Sport erfreuen sich bei Jung und Alt großer Beliebtheit. Alle Städte haben sich in Gartenstädte verwandelt, jede Stadt verfügt über Stadien, Schwimmbäder und andere Sporteinrichtungen. Und was das Interessanteste ist, man begegnet in diesen Städten keinen grauhaarigen oder gar gebrechlichen Menschen mehr. Alle bewegen sich stolz und aufrecht, federnden Schrittes, haben eine gesunde Haut und strahlen Vitalität und Lebensfreude aus.‹«

»Das klingt ja alles wunderbar«, sagte Anneke. »Wie schade, dass keiner von uns es erleben wird.«

»Na ja«, sagte Emily, »wenn wir bis zum 130. oder 140. Geburtstag durchhalten, besteht Hoffnung...«

»›Diese Verjüngung ist nicht mit einem Schlag gekommen‹«, fuhr Thomas fort. »›Es war ein gradueller Prozess und kann als das Ergebnis staatlicher Maßnahmen‹ – aha, irgendwann musste es ja darauf hinauslaufen – ›zur Verbesserung der Volksgesundheit angesehen werden, mit besonderem Augenmerk auf die Eliminierung der Faktoren, die den Prozess des Alterns befördern.

Noch erstaunlicher als die äußere Erscheinung der Menschen sind die neuen Besonderheiten des Lebens und der Arbeit, die mit der ungewöhnlichen Entwicklung der Sinnesorgane einhergehen. Der Gesichtssinn ist wesentlich leistungsfähiger und komplexer geworden. Schon gegen Ende des 20. Jahrhunderts haben Wissenschaftler den Wirkungsbereich elektromagnetischer Schwingungen, die das Auge wahrzunehmen imstande ist, graduell erweitert und die Potenziale des Organs mittels elektronischer und anderer Instrumente vergrößert.

Mit der Hilfe elektronischer Instrumente ist das menschliche Auge jetzt in der Lage, nicht nur in undurchdringlicher Finsternis und Infrarotlicht, sondern auch im kurzwelligsten ultravioletten Licht zu ›sehen‹. Alle Geheimnisse sind durchleuchtet. Der Mensch hat gelernt, durch alle Hindernisse zu sehen, sein Blick vermag sogar die innere Struktur von Materie, wie wir sie zum Beispiel auf Röntgenaufnahmen sehen, zu durchdringen.‹«

»Meine Güte, das sind ja gruselige Aussichten!«, rief Emily. »Vielen Dank! Ich kann gut drauf verzichten, dass ein Mann mir mithilfe elektromagnetischer Sehkraft durch die Kleider guckt. Und womöglich noch einen Blick auf meine Eingeweide wirft.«

»›Dank elektromagnetischer Reduktion der Frequenzen von Klangschwingungen hört der Mensch des 21. Jahrhunderts, was er nicht sieht: wie das Gras wächst, wie Flüssigkeit sich in einem Glas bewegt, wie gebrochene Gliedmaßen wieder zusammenwachsen und vieles mehr.‹«

»Hmm ... das gefällt mir schon besser ...« Emily nippte an ihrem Weinglas und dachte mit weit entrücktem Blick über diese Möglichkeiten nach. »Schöne Vorstellung, das Gras wachsen zu hören. Sorry, Andrej, ich weiß, dass wir es hier mit ernsthafter wissenschaftlicher Forschung zu tun haben, aber genau diese Dinge sprechen mein poetisches Ich an.«

Andrej lächelte und nahm ihre Hand. »Sie müssen sich nicht entschuldigen«, sagte er. »Die Wissenschaft hat ihren Ort, aber auch die Poesie. Ihre Antwort ist ... wunderbar weiblich.«

Thomas warf ihm einen ungläubigen Blick zu, bevor er fortfuhr: »›Jetzt kann man mit dem Gehör sogar alle Prozesse verfolgen, die in den Nerven und Nervenzentren ablaufen und von denen die Gesundheit eines Individuums abhängt. Präzisere Erkenntnisse über die Natur der Gerüche haben es ermöglicht, den Geruchssinn zu verbessern. Der Mensch ist jetzt nicht nur in der Lage, Tausende von Gerüchen zu unterscheiden, er kann auch Dimensionen und Form verschiedener Objekte mithilfe seines durch neue Techniken verbesserten Geruchssinns erkennen. Die Entdeckung des Ultrakurzwellen-Charakters von Gerüchen macht es möglich, sie mittels einer neu entwickelten Telewitterungseinheit über große Distanzen zu senden. Die Luft in Theatern, Privathäusern, Fabriken und Laboratorien wird jetzt nicht nur rein und frisch gehalten, man kann sie auch um duftende

Substanzen bereichern, die lindernde Wirkung auf das Nervensystem haben.

Über den Menschen von 2058, sein Leben und seine Arbeit, ließe sich noch viel mehr berichten. Und daran ist absolut nichts Ungewöhnliches. Vieles von dem, was wir uns erträumen, wird schon in naher Zukunft Eingang in unser Alltagsleben finden.‹«

Thomas legte die Zeitung zur Seite und schaute sich im Kreis der Gesichter um, von denen jedes einzelne, so schien es, mit dem einen oder anderen Aspekt dieser wenig glaubwürdigen Vorhersagen beschäftigt war.

»Also«, sagte Clara, »ich finde das alles sehr interessant.«

»Ich auch«, sagte Anneke. »Mir gefällt der Gedanke, dass wir eines Tages Gerüche über große Entfernungen senden können.«

»Stimmt«, sagte Emily. »Wir werden dem Staat eine Menge zu verdanken haben, wenn das alles Wirklichkeit wird. Sobald jemand eine Methode gefunden hat, diese Luft hier nach New York zu übertragen, bin ich die Erste, die den Sender einstellt. Nehmt doch mal eine Nase voll! Spürt ihr nicht, wie rein sie ist? Und wie sie duftet?«

Sie atmete tief ein, die anderen machten es ihr nach. Und dann schwiegen alle einvernehmlich.

»Zigarette, jemand?«, fragte Thomas.

Er ließ das Päckchen herumgehen, und jeder nahm sich eine.

Thomas und Emily waren allein.

Emily lag im Gras, das Gesicht ihm zugewandt, das Ohr auf dem Gras. Sie hatte die Augen geschlossen, aber hinter den Lidern erkannte man Spuren schnellen, flackernden Lebens.

Thomas hatte die Karte seiner Mutter aufgeklappt und schaute sich um, versuchte die Charakteristika der Landschaft mit dem Versuch des Kartografen vor über fünfzig Jahren in

Einklang zu bringen. Um sich auf ein Gebiet zu beschränken, faltete er die Karte auf eine handlichere Größe zusammen. Bei dem Geräusch schlug Emily die Augen auf.

»Psst!«

»Wieso, was ist los?«

»Ich schwöre, ich hätte es fast gehört.«

»Gehört? Was?«

»Das Gras wachsen.«

Thomas lächelte, legte die Karte aus der Hand und streckte sich neben ihr aus. Sie lagen Seite und Seite und sahen sich an. Auf einmal war eine sehr intime Situation entstanden.

»Hören Sie es nicht?«, fragte sie.

»Ich weiß nicht.«

Thomas legte sein Ohr fest auf den Boden und versuchte sich zu konzentrieren. Aber er war auf beängstigende Weise abgelenkt von Emilys Nähe. Ihr Gesicht war nur Zentimeter von seinem entfernt. Er sah Sommersprossen, Poren, Fältchen, die er vorher nicht gesehen hatte. Besonders die Sommersprossen waren hinreißend. Zu beiden Seiten der Nase je eine kleine Ansammlung. Ihre perlgrauen Augen sahen ihn mit zermürbender Direktheit an.

»Ich höre etwas«, sagte er. »Eine Art Rascheln.«

»Das könnte es sein.«

»Aber wie kann das angehen? Der Mann hat in dem Artikel geschrieben ...«

»Sie meinen den ›verdienten Arbeiter der Wissenschaft‹?«

»Ja – er hat doch geschrieben, dass es erst in hundert Jahren möglich sein wird.«

»Ja, kann ich mir auch nicht erklären. Womöglich sind es die besonderen Eigenschaften dieses Ortes.«

»Besondere Eigenschaften?«

»Wer weiß, vielleicht gibt es hier eine hohe Konzentration dieser elektromagnetischen Schwingungen, von denen wir erfahren haben.«

»Das könnte sein.«

»Meinen Sie?«

»Ich glaube, Sie haben die Lösung gefunden.«

Bildete Thomas sich das ein, oder waren sie während dieses seltsamen, zärtlichen Austausches geflüsterter Nichtigkeiten tatsächlich noch ein kleines Stückchen näher zueinandergerückt?

»Mr Foley«, sagte Emily jetzt.

»Ja, Miss Parker?«

»Macht es Ihnen etwas aus, wenn ich Ihnen eine ziemlich gefährliche Frage stelle?«

»Vermutlich nicht«, sagte er und wappnete sich. »Worum geht es?«

»Ich möchte Sie fragen ... was Ihr Eindruck – Ihr ehrlicher Eindruck – von Mr Chersky ist?«

Thomas wusste nicht genau, mit welch einer Frage er gerechnet hatte. Aber mit der ganz sicher nicht.

»Also ...«, sagte er. »Da müsste ich erst einmal gründlich drüber nachdenken.«

»Nur zu. Wir haben Zeit.«

»Ich denke ... Also, wenn ich statt einer allgemeinen eine ganz bestimmte Beobachtung voranschicken dürfte ...«

»Aber sicher.«

»Ich würde sagen, dass er vorhin nicht gerade begeistert war, als Sie beschlossen, hier bei mir zu bleiben, statt mit ihm nach Brüssel zurückzufahren.«

»Ach, das ist Ihnen aufgefallen?«

»Es war ja mehr als offensichtlich.«

Ein paar Minuten davor hatte Andrej verkündet, er würde jetzt zurück nach Brüssel fahren – das Auto müsse bis spätestens vier wieder vor der Botschaft stehen –, und schien selbstverständlich davon auszugehen, dass Thomas und Emily mit ihm fahren würden. Aber Emily wollte nicht. Ihr gefalle es gut hier, sagte sie, und es sei schließlich ihr freier Tag, es gäbe nicht den geringsten Grund, schon so früh nach Brüssel zurückzufahren. Andrej konnte seinen Ärger kaum verbergen, aber wie hätte er sie gegen ihren Willen mitnehmen sollen, also begnügte er sich mit der Frage, wie sie und Thomas ohne ihn zurück nach Brüssel zu kommen gedachten. Man fand eine Lösung: Clara und Federico (beide mussten am Abend auf der Expo arbeiten) fuhren mit Andrej im Auto zurück und ließen ihre Fahrräder da, mit denen Emily, Thomas und Anneke zurückradeln konnten, wann immer ihnen danach war. Die Behauptung, dass Andrej diese Lösung gegen den Strich ging, wäre eine grandiose Untertreibung. Emily blieb bei ihrer Entscheidung, und er musste zähneknirschend einwilligen. Er, Clara und Federico waren schließlich den Weg zurück in Richtung Brücke gegangen, und Anneke hatte sich ihnen angeschlossen, vermutlich um sich liebevoll von ihrem neuen Freund zu verabschieden, aber Clara hatte Thomas noch im Weggehen vertraulich zugeflüstert: »Er bedeutet ihr nichts, sie interessiert sich einzig und allein für Sie«, bevor sie den anderen eilig nachgelaufen war, und Thomas hatte im Gras gesessen und diese berauschende Offenbarung nachwirken lassen, während die vier Gestalten im hitzeflirrenden Hochsommerdunst immer kleiner wurden.

»Ich würde sogar so weit gehen, zu behaupten«, fuhr Thomas jetzt fort, sich der Tatsache bewusst, dass er im Begriff war, etwas Ungeheuerliches zu sagen, »dass Mr Chersky dabei ist, eine Zuneigung zu Ihnen zu entwickeln.«

»Tatsächlich?«, sagte Emily. »Haben Sie diesen Eindruck?«

»Ja.«

»Hm, das wundert mich aber. Und was würden Sie mir in diesem Fall raten?«

»Nichts. Um ganz ehrlich zu sein – ich traue dem Mann nicht über den Weg. Sie machen hoffentlich nicht die Dummheit, Miss Parker, und werfen sich ihm an den Hals.«

Die Worte waren einfach aus ihm herausgeplatzt. Zu seiner Erleichterung schien Emily nicht beleidigt zu sein.

»Wo denken Sie hin.« Sie stützte sich auf einen Ellbogen und fuhr in ernsthaftem Ton fort: »Sehen Sie, Thomas, was immer andere über mich behaupten mögen – ich brauche keinen Beschützer. Lassen Sie sich das gesagt sein. Ich bin ein großes Mädchen und kann auf mich selbst aufpassen. Es ist nicht Ihre Aufgabe, mich zu behüten, und ich würde es Ihnen, um ehrlich zu sein, auch ganz bestimmt nicht erlauben.«

Thomas nickte. Etwas an ihren Worten und dem Ton, in dem sie sie aussprach, verletzte ihn, aber es konnte keinen Zweifel daran geben, dass sie es ernst meinte.

»Und im Übrigen«, fügte sie hinzu, »bin ich absolut Ihrer Meinung. Ich traue ihm auch nicht über den Weg.«

Damit schien die Diskussion zunächst einmal beendet, denn sie streckte sich wieder im Gras aus und schloss vor der Sonne die Augen. Kurz darauf legte auch Thomas sich wieder auf den Rücken, und so lagen sie eine Weile schweigend.

»Haben Sie je daran gedacht zu heiraten?«, fragte sie ihn unvermittelt.

Er setzte sich wieder auf und sah sie verwundert an.

»Ja«, antwortete er. »Eigentlich war ich sogar verheiratet. Und bin es noch, streng genommen.«

»Streng genommen?«, sagte Emily. »Sie haben eine merkwürdige Art, sich auszudrücken.«

»Ich habe eine Frau und eine Tochter in London«, sagte Thomas. »Aber meine Ehe besteht nicht mehr.« Es war ein komisches Gefühl, diese Worte auszusprechen. Wenn er sie beim Konzert im Großen Auditorium zu Emily gesagt hätte, wie er es um ein Haar getan hätte, wäre es die Unwahrheit gewesen, aber jetzt, neun Tage später, konnte er diese Aussage in dem Bewusstsein treffen, die Wahrheit zu sagen. Und trotzdem gab der Akt des Aussprechens dem Ganzen etwas Endgültiges, Unwiderrufliches. »Es liegt schon eine Weile zurück«, sagte er (eine Lüge, doch eine unvermeidliche), »aber die Wunde ist noch frisch« (was stimmte).

»Was ist falsch gelaufen?«, fragte Emily vorsichtig. »Wenn ich das fragen darf.«

»Meine Frau hat mich betrogen«, antwortete Thomas.

»Oh, das tut mir leid. Ich wollte nicht an so etwas Schmerzhaftes rühren.«

»Ist schon in Ordnung. Ich habe noch nie mit jemandem darüber gesprochen. Ich bin froh – ich meine, es macht mir nichts, mit Ihnen darüber zu sprechen. Ich spüre immer mehr... Sympathie zwischen uns.«

»Lassen Sie sich nicht von den elektromagnetischen Wellen forttragen«, warnte ihn Emily. »Kannten Sie den Kerl?«

»Ja. Es war unser Nachbar. Vielleicht bin ich selbst schuld. Ich habe sie vernachlässigt.«

»Wenn Sie mich fragen, rechtfertigt das keinen –«

»Ja, Sie haben recht. Aber sie kann nicht glücklich gewesen sein dabei. Das wüssten Sie, wenn Sie den Mann sehen würden... Es muss ein Akt der Verzweiflung gewesen sein.«

»Wie sind Sie damit umgegangen? Was haben Sie getan?«

»Nichts«, sagte Thomas. »Was kann man in solch einer Situation schon tun?«

»Ich hätte da an einen Schlag in die Visage gedacht. In seine, natürlich.«

Thomas lachte bitter. »Was wäre damit erreicht?«

»Na, vielleicht hätten Sie sich danach besser gefühlt. Und Ihre Frau hätte gewusst, was sie Ihnen bedeutet. Und er würde sich reiflich überlegen, ob er sich noch mal wie ein Schwein benimmt, wenn er Lust auf seine Nachbarin hat. Ich bezweifle, dass ein Gericht Sie dafür verurteilt hätte. Bei uns in Wisconsin ganz gewiss nicht.«

Thomas schüttelte den Kopf. »Das... das ist einfach nicht mein Stil.«

»Dann wird es vielleicht Zeit, Ihren Stil zu ändern.« Sie setzte sich auf, fasste ihre Knie und zog sie fest an den Oberkörper. Für ein, zwei Sekunden legte sie nachdenklich die Stirn in Falten, wählte die nächsten Worte sehr sorgsam: »Es ist doch oft so, dass wir uns selbst gar nicht so genau kennen. Bis etwas passiert, das uns die Augen öffnet. Mein Vater, zum Beispiel. Er ist der netteste, freundlichste, friedfertigste Mensch, den man sich vorstellen kann. Ein Naturwissenschaftler. So etwas wie Leidenschaft kann er eigentlich nur in seinem Laboratorium empfinden. Und dann sind wir vor vielen Jahren – ich war damals zehn oder elf – mit ihm zum Wandern in die Berge gefahren. Meine jüngere Schwester Joanna und ich. Es war eine steile, zerklüftete Gegend, wunderschön, aber für zwei kleine Kinder ziemlich anstrengend. Am frühen Nachmittag haben wir Rast gemacht, um unseren Marschproviant zu verzehren. Ich ließ mich auf einem Felsbrocken nieder und biss herzhaft in mein Schinkensandwich, und Joanna – die damals erst acht war – setzte sich gleich neben einem umgestürzten Baumstamm auf die Erde. Es war ein hohler Stamm. Wir saßen beide da und mampften zufrieden, als mein Vater sich auf einmal leise auf Joanna zubewegte. In einer Hand trug er einen Stock, ein dickes, schweres, gerades Stück Holz, etwa so lang wie ein Baseballschläger, das er vom Boden aufgehoben hatte. So einen Blick hatte ich in seinen Augen noch nie gesehen. Er fixierte das eine Ende des Baumstamms, die Stelle gleich neben Joannas Platz. Und plötzlich hebt er das Stück Holz in die Höhe und lässt es – peng! – gleich neben ihr auf den Boden niedersausen. Dazu ertönt ein grauenhafter Laut, so unvorstellbar, dass man ihn nicht wieder vergisst. Eine Art reptilisches Geheul, falls es so etwas gibt. Und mein Vater hört nicht auf. Wieder und wieder holt er mit dem Prügel aus und schlägt zu, schlägt zu Brei, was dort neben Joanna gesessen hat. Meine Schwester hatte sich längst die Seele aus dem Leib geschrien und war zu mir herübergelaufen gekommen und klammerte sich an mich wie an das nackte Leben. Beide haben wir auf unseren Vater gestarrt, und ich schwöre Ihnen, wir haben ihn nicht wiedererkannt. Da stand ein Mann, den wir noch nie im Leben gesehen hatten. Sein Gesicht war verzerrt und entstellt, sein Atem war ein rasendes Keuchen, und gleichzeitig sah er – und das Wort werden Sie jetzt vielleicht seltsam finden, aber ich sehe ihn heute noch vor mir, und es scheint mir das einzig passende dafür –, er sah ... *ekstatisch* aus. Verstehen Sie, was ich meine? Irgendwie entrückt, auf einer anderen Ebene, an einem Ort, an dem er noch nie gewesen war. Und er hörte erst auf zu schlagen, als er absolut sicher sein konnte, dass das Vieh sich nicht mehr rührte.«

Es entstand ein langes Schweigen.

»Was war es?«, fragte Thomas mit heiserer Stimme.

»Eine Waldklapperschlange. Eine der beiden absolut tödlichen Arten. Und ein riesiges Exemplar noch dazu. Über anderthalb Meter lang.«

»Und hätte sie Ihre Schwester gebissen?«

»Wer weiß? Mein Vater wollte das Risiko nicht eingehen. Wenn sie zugebissen hätte, wäre Joanna gestorben, also tat er, was jeder in dieser Situation getan hätte – er tötete, um das zu schützen, was er liebte. Er ...« Sie zögerte, suchte nach dem richtigen Ausdruck, und als sie ihn gefunden hatte, sprach sie ihn mit rhythmisch-melancholischer Klarheit aus: »... *Er tat das, was getan werden musste.*« Etwas nachdenklicher fügte sie hinzu: »Ich glaube, er hat gar nicht gewusst, dass er dazu fähig war. Jedenfalls hat dieser Tag ihn verändert. Alles an ihm veränderte sich. Er hat die Wahrheit über sich erfahren. Und meine Schwester und ich haben auch etwas gelernt. Wir wissen jetzt, zu was er fähig ist.«

Mit ruhigen, fragenden Augen hielt sie seinen Blick fest, bis er seinen abwandte.

»Seit diesem Tag weiß ich«, sagte sie, »dass es nichts gibt, das man nicht tun darf, wenn es darum geht, das zu schützen, was einem lieb und teuer ist – deine Kinder, deine Familie, wenn nötig, auch dein Land.« Sie lächelte Thomas an – ein etwas beängstigendes Lächeln, fand er – und schloss: »Sie hätten dem Kerl die Visage einschlagen sollen.«

»Gleich hinter diesen Bäumen war eine wunderschöne Wiese, im Sommer übersät mit Butterblumen – den großen, ich glaube, man nennt sie Wiesenbutterblumen. Ein ganzes Feld in leuchtendem Gelb. Noch ein paar Schritte durch diese Wiese, und man stand vor der Rückseite des Bauernhofs.«

Die Butterblumen reichten Thomas fast bis an die Hüfte. Er schritt langsam durch sie hindurch, ließ den Fluss und Emily hinter sich. Mit der Karte in der Hand ging er auf die Stelle zu, an der jemand vor über einem halben Jahrhundert mit dem Bleistift ein dickes Kreuz gemacht hatte.

Am Rand der Wiese war ein Zaun, der aus einem einzigen, zwischen Holzpfählen gespannten Draht bestand. Thomas bückte sich unter dem Draht hindurch und ging weiter. Der Boden unter den Füßen war jetzt wellig, als wäre er früher einmal gepflügt worden. Auf der Karte war es einst eine weite, offene Fläche gewesen, aber inzwischen hatte der umgebende Wald begonnen, sich Teile davon einzuverleiben. Er wusste, dass er dem Platz sehr nahe war, an dem einmal das Bauernhaus seines Großvaters gestanden hatte.

Er hörte hinter sich Schritte und drehte sich um. Es war Anneke.

»Hallo«, sagte er.

»Hallo. Darf ich ein Stück mitgehen?«

»Na klar.«

Tatsächlich wäre er lieber allein geblieben. Es waren einfach zu viele Eindrücke an diesem Nachmittag auf ihn eingestürmt. Emilys Geschichte hatte ihn überrascht – mit so etwas hatte er überhaupt nicht gerechnet – und stark bewegt. Er brauchte Zeit, um darüber nachzudenken, aber zuerst musste er diese Umgebung gründlich erforschen, nach verborgenen Spuren seiner Familiengeschichte absuchen, die sich hier mit Sicherheit finden ließen. Und als wäre das nicht schon genug, jetzt auch noch – Anneke. Sie trug wieder das hellblaue Sommerkleid, das sie an dem Abend im Parc des Attractions getragen hatte, stand nah bei ihm (sehr nah) und gab ihm damit das Gefühl, etwas von ihm zu erwarten. Etwas, das er ihr in diesem Moment wohl nicht geben konnte. Auch ohne Claras Worte zum Abschied hätte er gewusst, dass Federicos überraschendes Erscheinen bei dem Picknick eine Nebelkerze gewesen war, ein Ablenkungsmanöver. Annekes Zuneigung zu ihm war nie deutlicher gewesen, und alles an ihr – ihre Jugend, ihre Schönheit, ihr Verlangen – hätte ihn erkennen lassen müssen, dass es ein kostbares Geschenk war, das sich ihm bot. Aber es hielt ihn etwas zurück.

»Dass Sie uns hierhergebracht haben«, sagte sie schließlich, »das hatte doch einen Grund, oder? Es hat etwas mit Ihrer Familie zu tun.«

»Ja. Hier hat sie gelebt. Meine Mutter.«

»Hier?«

»Genau an der Stelle, an der wir jetzt stehen, glaube ich.« Er sah sich um. »Meinen Sie, hier könnte mal ein Haus gestanden haben? Auch wenn gar nichts mehr davon übrig ist?«

»Ich weiß nicht. Gut möglich. Was ist damit passiert?«

»Die Deutschen haben es niedergebrannt.« Er ging auf das nächstgelegene Gestrüpp zu, den Blick zum Boden gerichtet, nach Hinweisen suchend. Anneke folgte ihm. »Sie sind 1914 hier gewesen. Im August 1914. Hier in der Nähe waren zwei Städte, die sie fast vollständig zerstört haben – Aarschot und Leuven. In Aarschot haben sie viele Menschen ermordet, auch den Bürgermeister und seinen Sohn und andere Familienmitglieder. In Leuven ...«

»Ich weiß. Sie haben die Bibliothek zerstört. Hunderttausende von Büchern. Die Geschichte kennt jeder in Belgien.«

»An einem Tag während der ersten Phase der Angriffe haben sie die Menschen in Aarschot zusammengetrieben und sie den ganzen Weg nach Leuven getrieben. Was völlig sinnlos war. Ein reiner Akt des Terrors, vermute ich. Sie müssen ganz nah an dieser Stelle hier vorbeigekommen sein. Die Eltern meiner Mutter wussten, dass sie kommen würden. Sie wussten auch, was ihnen bevorstand. Die deutschen Soldaten handelten erbarmungslos und ohne jede Scham. Junge belgische Männer wurden erschlagen und erschossen, völlig sinnlos, nur weil man ihnen Widerstand unterstellte. Und auch die Frauen wurden nicht verschont. Es muss der nackte Horror gewesen sein. Man beschloss, dass meine Großmutter und Mutter die Flucht versuchen sollten, so schwer es ihnen fiel, die anderen zurückzulassen. England galt als das sicherste Fluchtziel. Mitten in der Nacht sind sie auf ihren Fahrrädern losgefahren, ob Sie's glauben oder nicht. Über ihre Reise weiß ich nichts – die Geschichte hat meine Mutter mir nie erzählt. Ich weiß nur, dass sie ein paar Wochen später London erreichten.«

»Und Ihr Großvater? Ist er entkommen?«

»Nein. Sie haben ihn nie wiedergesehen. Auch ihre Brüder nicht.«

Thomas seufzte, sah sich ratlos um. Was gab es hier zu finden? Welche Spuren waren geblieben?

»Hat Ihre Mutter oft über ihre Zeit hier geredet?«

»Eigentlich nicht. Sie war ja noch ein kleines Mädchen. Ich weiß, dass sie sehr glücklich gewesen ist. Ihr Vater war wohlhabend, erfolgreich. Sie ging in die Dorfschule in Wijgmaal am Fluss. Sie erinnert sich, dass sie am Markttag immer nach Leuven gefahren sind. Irgendwo hier« – er deutete auf die Wiese – »stand eine Scheune, in der das Heu lagerte, und in der hat sie immer mit einem Freund aus dem Dorf gespielt, einem kleinen Jungen, der Lucas hieß. Was aus ihm geworden ist, weiß sie nicht.«

»Vielleicht finden wir untendrunter etwas«, sagte Anneke, kniete sich hin und rupfte an den langen Gräsern. »Es muss noch etwas da sein ... Ein paar Backsteine, Fundamente.«

»Nein.« Thomas schüttelte den Kopf. Er bückte sich, griff nach ihrem Arm und zog sie sanft auf die Beine. Die Berührung ihrer warmen nackten Haut verursachte eine plötzliche Erregung – flüchtig, unpassend, abzuschütteln. »Es gibt hier nichts zu sehen. Kommen Sie. Wir gehen. Es ist jetzt ein trauriger Ort.«

Auf dem Weg zurück zum Fluss blieben sie mitten auf der Butterblumenwiese stehen. Er gab Anneke seine Kamera und bat sie, das Foto von ihm zu machen, das seine Mutter sich gewünscht hatte. Die Sonne stand in ihrem Rücken, legte ihr einen Glorienschein aus Licht um das Haar und tauchte das Gesicht in Schatten. Kurz zerriss eine Verkehrsmaschine im Anflug auf Melsbroek die Stille der Szenerie. Er bemühte sich um ein Lächeln für die Kamera.

Thomas hatte seit vielen Jahren nicht mehr auf einem Fahrrad gesessen, seit er damals in der Zeit vor dem Krieg allein (er hatte keine Geschwister, seine Kindheit war einsam gewesen) auf den Landstraßen um Leatherhead unterwegs war. Zuerst machte er sich Sorgen, er könnte völlig außer Form sein und von seinen Begleiterinnen in Grund und Boden gestrampelt werden, aber die Sorge erwies sich als unbegründet. Die Straßen waren flach, es fuhr sich leicht auf ihnen, und als sie gegen sieben die nördlichen Vororte Brüssels erreichten, hatte er noch reichlich Energie übrig.

Noch etwas am Radfahren hatte er vergessen: was für eine großartige Stimulanz für das Denken es war. Er nahm kaum etwas von der vorbeirollenden Landschaft wahr. Stattdessen nahmen die komplexen Ereignisse der vergangenen Stunden, die Gesprächsfragmente, die Blicke, die Gesten, die wechselnden Beziehungen immer plastischere Formen an. Er dachte an die schlichte Erklärung Emily gegenüber – »Meine Ehe besteht nicht mehr« –, daran, dass sich diese nackte, unbestreitbare Wahrheit nicht länger ignorieren ließ. Und gleichzeitig war an diesem Nachmittag etwas Überraschendes passiert: Die Traurigkeit, die ihm die ganze Woche über auf der Seele gelastet hatte, schien verflogen. Sosehr Sylvias Verrat ihn verletzt und entsetzt hatte, fühlte er sich auf einmal nicht mehr davon zerstört. Stattdessen fühlte er sich auf seltsame, unerwartete, fast ein bisschen unheimliche Weise ... befreit. Vielleicht bot sich ihm hier eine Möglichkeit, diesen Lauf der Dinge als Gelegenheit zu begreifen und nicht als Rückschlag? Monatelang hatte er insgeheim, im Verborgenen an den Gitterstäben seines ehelichen Lebens gerüttelt, sich wie ein Häftling in seiner selbst gebauten Vorstadtzelle gefühlt. Und plötzlich bot sich eine Möglichkeit, ihr zu entkommen, die Möglichkeit eines Neuanfangs. Sicher, es würde schmerzhaft werden. Er hatte emotionale Bindungen – starke emotionale Bindungen – an Sylvia und natürlich an sein Kind. Und eine Scheidung war ein furchtbares Stigma, er würde eine ganze Weile an der Demütigung und Beschämung zu tragen haben. Aber es konnte auch nicht mehr so werden, wie es einmal war. Wenigstens das hatte ihm der heutige Besuch am Ort des großväterlichen Bauernhofes gezeigt: Es war sinnlos, die Vergangenheit rekapitulieren, in der Suche nach Überbleibseln und tröstlichen Souvenirs zu Szenen lange verlorenen Glücks zurückkehren zu wollen. Wie seine Mutter gesagt hatte – vorbei ist vorbei.

In diesem Augenblick bog Thomas um eine Straßenecke und sah es vor sich: das Atomium. Emily und Anneke radelten ungefähr zwanzig Meter vor ihm auf gleicher Höhe, und die schimmernden Aluminiumkugeln von André Waterkeyns surrealem Monument waren genau zwischen den beiden, wurde von ihnen gerahmt. Die Strahlen der sich hochmütig hinter die Baumwipfel des Ausstellungsparks zurückziehenden Abendsonne prallten funkelnd auf die geschmeidigen, wuchtigen Kurven und Ellipsen des Bauwerks. Thomas hörte auf zu treten und rollte im Freilauf, mit offenem Mund auf das zu, was dieses Tableau in diesem Augenblick nur symbolisieren konnte: seine eigene Zukunft – verführerisch, lockend, früher nicht einmal in Umrissen vorstellbar und jetzt von allen Seiten angestrahlt von leuchtenden, klar erkennbaren Lichtern, vor allem anderen aber modern, unwiderstehlich und beispiellos modern. Eine Zukunft, an der er wahlweise mit Anneke hier in Europa oder in der wilderen, sicherlich launenhafteren Partnerschaft mit Emily im fernen Amerika teilhaben konnte.

So war es ausgemacht. Ihm blieb jetzt nur noch, seine Wahl zu treffen.

GANZ AUSGEZEICHNETE ARBEIT, FOLEY

Am Montagnachmittag war Thomas in dem Büro am hinteren Ende des britischen Pavillons bei der Arbeit. Als der riesige, auf Transistoren basierende Großrechner der Universität Manchester vor über einer Woche eingetroffen war, um die unglückselige ZETA-Maschine als ranghöchstes Exponat abzulösen, war er von einer gewaltigen, in einem unverständlichen Fachkauderwelsch verfassten Betriebsanleitung begleitet gewesen. Seine Aufgabe war es, den Inhalt dieser Anleitung zu einem verständlichen englischen Text von vier- bis fünfhundert Worten einzudampfen, den man dann zur Erleuchtung des Publikums auf eine große Aufstellkarte drucken lassen wollte. Außerdem musste er noch für die Übersetzung der Karte in drei oder vier andere Sprachen sorgen.

Das Telefon klingelte. Thomas seufzte und spielte mit dem Gedanken, es zu ignorieren. Er saß schließlich nicht an seinem Schreibtisch, also war der Anruf sicher nicht für ihn, und am Ende rannte er fünf oder zehn Minuten lang durch den Pavillon, um irgendjemandem eine Nachricht auszurichten. Er mochte es nicht, auf solche Weise in seiner Konzentration gestört zu werden. Nach dem zehnten Klingeln war sein Widerstand zermürbt.

»Hallo? Britischer Pavillon, Brüssel.«

»Guten Tag. Könnte ich vielleicht mit Mr Foley sprechen? Thomas Foley?«

Die Stimme erkannte Thomas nicht auf Anhieb, wohl aber den Tonfall eines Vorgesetzten, und er nahm unwillkürlich Haltung an und fasste sich an die Krawatte, ehe er antwortete.

»Ähm ... ja, hier spricht Thomas Foley.«

»Ah! Großartig! Cooke hier.«

»Mr Cooke? Oh, guten Tag, Sir. Welch eine Überraschung. Wie ... wie ist das Wetter in London?«

»Keine Ahnung, Foley. Ich bin in Brüssel.«

»In Brüssel?«

»Ganz genau. Mr Swaine ist auch hier. Wir erfreuen uns gerade gemeinsam der Gastlichkeit des Britannia. Sind Sie in der Nähe? Wir hätten etwas mit Ihnen zu bereden.«

Thomas ließ die Arbeit stehen und liegen und eilte über die inzwischen vertraute Abkürzung um den künstlichen See herum zum Pub. Aus unersichtlichem Grund schlug das Herz ihm bis zum Hals. Vielleicht wurde ihm erst in diesem Augenblick klar, dass es eine der größten Annehmlichkeiten seiner Zeit hier auf der Expo war, seine Vorgesetzten beim ZIB Hunderte Kilometer entfernt in London zu wissen. Was hatten die hier verloren? Wahrscheinlich wollten sie nach dem Rechten sehen, dachte er sich. Er betete zu Gott, dass Mr Rossiter noch einigermaßen nüchtern war und Shirley zuverlässig wie immer den Laden in Schuss hatte.

Mr Cooke und Mr Swaine saßen an einem Zweiertisch, offenbar bei einem späten Mittagessen. Mr Cooke sprach seinem Steak mit sichtlichem Appetit zu, während Mr Swaine lustlos in einem zerrupften Stück Kabeljau herumstocherte. Thomas sah, dass ihm der Schweiß auf der Stirn stand.

»Ah, Foley!«, sagte Mr Cooke. »Setzen Sie sich zu uns. Nehmen Sie sich einen Stuhl. Vielleicht bringt die attraktive Dame hinter der Bar Ihnen einen Drink.«

»Verbindlichen Dank, Sir, aber nicht am Nachmittag.«

»Sehr vernünftig. Das höre ich gerne, Foley. Tja, ganz schön aufregend, die Chose hier auch mal in natura zu sehen. Das Britannia scheint ja allen den Rang abzulaufen.«

»Ja, Sir, seit ein paar Wochen geht es ausgesprochen gut. Seit wann sind Sie in Brüssel?«

»Gestern eingeflogen. Mrs Cooke ist auch hier. Und Mrs Swaine natürlich. Ich vermute, während wir hier reden, amüsieren sie sich im ›Fröhlichen Belgien‹. Die Pflicht mit dem Vergnügen verbinden, so nennt man das wohl.«

»Sehr gut.«

»Ja, vorhin haben wir alle vier einen Trip mit der Gondelbahn riskiert. Da kriegt man den Überblick über das Ganze. Aber ich fürchte, deshalb ist unser Mr Swaine jetzt etwas grün um die Nase. Nicht ganz schwindelfrei, wie es scheint. Um das Restaurant im Atomium machen wir besser einen Bogen. Waren Sie schon oben?«

»Ja, war ich. Mehrere Male.«

»Ein drolliges Bauwerk, wenn Sie mich fragen. Aber manchen Leuten scheint's ja zu gefallen. Jeder nach seiner Fasson, sage ich immer.«

»Richtig.«

»Jedenfalls hatten wir heut Morgen einen interessanten Rundgang durch den britischen Pavillon. Macht ja einen recht ordentlichen Eindruck. Dieser Mr Gardner ist vielleicht ein komischer Kauz, aber ein Auge hat er, das muss der Neid ihm lassen. Der Bau sticht heraus, und die Exponate machen sich ja auch ganz gut. Schande über ZETA, aber wir sind wohl ohne den ganz großen Gesichtsverlust aus der Nummer rausgekommen. Dieser Tage soll im sowjetischen Nachrichtenblatt ein etwas galliger Verriss stehen. Ist das richtig?«

»Ich fürchte ja.«

»Na ja, nicht zu ändern. Wenigstens kommt unser Pavillon in der Auslandspresse ganz gut weg. Für manche Leute der Schlager der Expo. Wissen Sie eigentlich, was die an uns mögen? Dass wir uns selbst nicht so ernst nehmen und einen Witz vertragen können. Ist das nicht seltsam? Die viele Wissenschaft und Technik und Kultur und Geschichte, aber am hellsten leuchtet der gute alte englische Humor. Wenn Sie mich fragen, Foley, sollte uns das eine Lektion sein.«

»Da haben Sie sicher recht, Sir.«

»Was meinen Sie, Mr Swaine? Du lieber Gott, ich muss mich für meinen Kollegen entschuldigen, er sieht aus, als könnte er ein bisschen frische Luft und einen starken Kaffee gebrauchen. Kommen Sie, Ernest, jetzt lassen Sie um Himmels willen den armen Fisch in Ruhe.«

Mr Swaine legte Messer und Gabel zur Seite und wischte sich mit einer der Britannia-Servietten über die Stirn.

»Tut mir schrecklich leid«, sagte er. »Das ist die Hitze hier drin – die vielen Menschen – und die verfluchte Seilbahn.«

»Und was dieses Pub betrifft«, fuhr Mr Cooke mit missbilligendem Seitenblick auf Mr Swaine fort, »habe ich gerade ein paar der Einträge ins Gästebuch gelesen. Sehr eindrucksvoll. Volle Punktzahl für Service und Atmosphäre. Das Lokal ist sauber, sieht gut aus, das Essen ist nach allem, was man hört… zufriedenstellend, und das Personal versteht zweifellos sein Geschäft. Und weil Sie derjenige sind, der auf das Unternehmen ein Auge hat, gebührt Ihnen ein gehöriger Anteil an der Ehre. Sie haben gute Arbeit geleistet, Foley, ganz ausgezeichnete Arbeit.«

»Vielen Dank, Sir«, sagte Thomas und errötete vor Freude.

»Und in Anbetracht all dessen sind Mr Swaine und meine Wenigkeit zuversichtlich, die richtige Entscheidung getroffen zu haben.«

Nach einer erwartungsvollen Pause sagte Thomas: »Entscheidung, Sir?«

»Genau. Drüben in London ist es zu ein paar personellen Umschichtungen gekommen. Letzte Woche ist uns Tracepurcel vom Auswärtigen Amt weggenommen worden. Was zu einer gewissen Personalknappheit geführt hat, und da sind wir zu der Auffassung gelangt, dass Sie uns zu Hause in der Baker Street nützlicher sein können als hier.«

Thomas schaute vom einen Mann zum anderen, eine kalte Angst stieg in ihm auf. Es war unmissverständlich, was Mr Cooke ihm damit sagen wollte, aber sein Gehirn weigerte sich noch, die Information zu verarbeiten.

»Wir schicken Sie nach Hause, Foley«, sprach Mr Cooke es endlich aus. »Ende der Woche. Zurück zu Frau und Kind – wo Sie hingehören.«

WIE EINE
PRINZESSIN

Liebe Miss Hoskens, schrieb Thomas.

Nachdem er ein paar Augenblicke über die Formulierung nachgedacht hatte, strich er sie wieder aus und schrieb stattdessen: *Liebe Anneke.* Ja, das war besser. Viel angemessener. Er durfte nicht zu kühl rüberkommen, ein Fehler, der ihm häufig passierte.

Liebe Anneke, wenn Sie diesen Brief lesen, bin ich wahrscheinlich schon wieder in London. Meine Arbeitgeber beim Zentralen Informationsbüro sind übereingekommen, dass es hier im Britannia oder überhaupt auf der Expo 58 nicht mehr viel für mich zu tun gibt.

Deshalb möchte ich Ihnen bei dieser Gelegenheit danken für all die...

Für was eigentlich? Thomas legte seinen Briefblock beiseite und sah sich auf der verzweifelten Suche nach Inspiration in seiner Schlafkabine um. Er saß auf einem der beiden Betten. Es war Freitagabend, und in etwas über einer Stunde war er mit Emily im Britannia verabredet. Sein Abflug aus Brüssel war für morgen früh um neun gebucht. Es war sein letzter Abend. War es am Ende Feigheit, sich schriftlich von Anneke zu verabschieden und nicht persönlich? Eigentlich nicht. Was diesen Punkt anging, war er mit sich im Reinen. Er ersparte ihnen beiden damit eine peinliche Szene.

Ich möchte die Gelegenheit ergreifen, Ihnen für all die vielen frohen Stunden zu danken, die ich in Ihrer Gesellschaft verbringen durfte.

Nicht schlecht. Aber »frohe« Stunden? Das konnte er besser.

Wundervolle Stunden.

Unvergessliche Stunden.

Stunden, die ich noch viele Jahre lang im Herzen tragen werde.

Grauenhaft. Wenn man bedachte, dass er seine Brötchen mit dem Verfassen von Texten für die Öffentlichkeit verdiente!

Und sollten Sie je nach London kommen...

Nein, auf keinen Fall. Wozu den Schmerz noch in die Zukunft verlängern? Und außerdem war es mit seinem neuen Zustand der Verliebtheit (denn er war plötzlich und rettungslos in alles Amerikanische verliebt) nicht vereinbar, dass er noch längere Zeit in London lebte. Ferne Horizonte lockten.

Am besten hielt er den Brief einfach und klar. Und trotzdem herzlich. So viel war schließlich nun auch wieder nicht zwischen ihnen passiert. Der Ausdruck, den er Tony gegenüber vor all den Monaten gebraucht hatte – »aufrichtige Freundschaft« –, schien ihm die Realität auch jetzt noch gut zu treffen. Anneke sah das sicher nicht anders. Der kurze Moment knisternder Nähe, den er sich letzten Samstag eingebildet hatte, als er neben Anneke in der Blumenwiese stand, war sicher nichts anderes als ein Produkt seiner Einbildung gewesen.

Thomas strich sich mit einem Finger an der Innenseite des Hemdkragens entlang. Es war teuflisch schwül geworden. Die Woche über hatte die Atmosphäre sich mit Feuchtigkeit aufgetankt, die sich irgendwann in einem Gewitter entladen musste. Vielleicht noch heute Abend. Bis dahin verschaffte er sich etwas Luft, indem er den hölzernen Stecken aus der Zimmerecke holte und das Oberlicht so weit wie möglich aufstellte. An der Temperatur änderte es nicht viel.

Er nahm den Briefblock wieder zur Hand und fing an zu schreiben. Warum quälte er sich so lange mit diesem Brief? Warum behandelte er ihn nicht wie jeden anderen auf einen

Termin hin für eine bestimmte Leserschaft geschriebenen Text? Damit kannte er sich aus. Und außerdem wurde es höchste Zeit, sich Gedanken über die Geschichte zu machen, die er Emily heute Abend auftischen wollte.

Als Thomas an diesem Abend das Britannia betrat, wurde ihm klar, dass er seinen Fuß zum letzten Mal in dieses Lokal setzte. Wenn die Expo in zwei Monaten ihre Pforten schloss, würde es zu existieren aufhören, das vermutete er zumindest. Sollte es Pläne für einen Erhalt oder einen Wiederaufbau an anderem Ort geben, hatte sie ihm niemand mitgeteilt. Er schaute sich gründlich im Hauptsalon um. Er war gut gefüllt, und wie üblich ging es recht laut zu, und auch wenn die meisten Unterhaltungen auf Englisch geführt wurden, hörte er an anderen Tischen noch mindestens drei andere Sprachen heraus. Mr Rossiter stand hinter der Haupttheke, zählte Kleingeld in die Kasse und nahm einen gar nicht einmal verstohlenen Schluck Whisky aus einem in Reichweite stehenden Glas. Shirley hatte mit den Gästen alle Hände voll zu tun und musste nebenbei noch auf die Aufmerksamkeiten Mr Longmans reagieren, der sie inzwischen gar nicht mehr in Ruhe ließ. Der Nachbau des Britannia-Fliegers baumelte immer noch unter der Decke und stellte eine ständige Bedrohung für die Köpfe aller höher gewachsenen Männer dar. Das Pub war Thomas' Heimat während der letzten vier Monate gewesen, aber noch nie war ihm seine Vergänglichkeit, die seltsame Ungewissheit, die über allem schwebte, so bewusst geworden wie in diesem Augenblick. Es mutete ihn beinahe wie Ironie an, dass er ausgerechnet in diesem Lokal, das im Grunde nichts als eine große Illusion war, die Erfahrungen gemacht hatte, die sein Leben so nachhaltig verändert hatten. In einem Lokal, das bald geschlossen, in seine Einzelteile zerlegt und damit endgültig als die Schimäre entlarvt sein würde, die es im Grunde war?

Aufs Neue beherrscht von dem grotesken Gefühl, sich in diesem Raum als einziger realer Mensch durch ein Gewimmel von Geistern zu bewegen, schritt Thomas direkt auf die Bar zu, bat Shirley, ihm zwei Martini Dry fertig zu machen, und fand in einer Ecke neben dem Haupteingang einen hinreichend separaten Tisch für zwei Personen. Keine zwei Minuten später erschien Emily in der Tür und sah sich nach ihm um. Thomas winkte, und als sie auf ihn zukam, erstrahlte auf ihrem Gesicht augenblicklich das gewohnte, durch nichts zu erschütternde Lächeln, und Thomas dachte: *Ja, sie sieht eigentlich auch ziemlich real aus.* (Im selben Moment machte er sich klar, dass es dasselbe Lächeln war, das sie tagtäglich für die Zuschauer ihrer gespielten hausfraulichen Aktivitäten im amerikanischen Pavillon an- und ausschaltete.)

»Da bin ich, Darling«, sagte sie, küsste ihn auf die Wange und zog sich einen Stuhl heran, um möglichst dicht bei ihm zu sitzen. »Ich nehme nicht an, dass Sie so weitsichtig waren, mir einen Drink zu bestellen.«

»Oh, doch«, sagte Thomas. »Shirley bringt ihn uns jeden Moment.«

»Sie sind ein Engel. Den brauche ich nämlich dringend.« Sie setzte sich etwas bequemer hin und fing sofort an, ihm in aller Ausführlichkeit von der Gruppe westdeutscher Wissenschaftler zu erzählen, die an dem Tag ihren Pavillon besucht und sie mit immer technischer und komplizierter werdenden Fragen zu dem Staubsaugermotor bombardiert hatten und dann sehr beleidigt waren, dass sie ihnen keine einzige davon beantworten konnte. »Und dann haben die sich auch noch bei meinem Chef beschwert«, sagte sie. »Ganz ehrlich, an solchen Tagen wünsche ich mich zurück nach Manhattan. Arbeitslosigkeit ist ein Zuckerschlecken dagegen.«

»Hier, rauchen Sie eine«, sagte Thomas. »Das entspannt.«

»Danke. Sie sind ein Engel. Sagte ich das bereits?«

»Ja. Aber ich kann's nicht oft genug hören.«

Als sie sich die Zigaretten ansteckten, erschien Shirley mit einem Tablett, auf dem sie zwei Cocktailgläser balancierte.

»Sooo, bitte schön«, sagte sie. »Die gehen natürlich aufs Haus, Mr Foley. Heute Abend dürfen Sie so viel trinken, wie Sie wollen.«

»Vielen Dank, Shirley, das ist sehr freundlich.«

»Ich hab's gar nicht glauben können, als Mr Rossiter sagte, dass Sie nicht mehr hier sein werden. Ohne Sie ist es ein ganz anderes Britannia!«

»Wie bitte?«, sagte Emily und fuhr jäh zu ihm herum. »Sie reisen ab?«

Thomas seufzte. »Ich fürchte, ja. Habe den Marschbefehl erhalten.«

»Und wann?«

»Morgen früh.«

Thomas war ein klein wenig ernüchtert von der Wirkung dieser Eröffnung auf Emily. Sie schien sie nur mit halbem Ohr gehört zu haben. Aus unersichtlichem Grund folgte ihr Blick Shirley, die das Silbertablett zurück an die Bar trug.

»Jetzt verstehen Sie wohl«, fuhr er fort, »warum ich heute Abend unbedingt etwas mit Ihnen trinken wollte.«

»Hm? Ja, sicher. Aber die Nachricht ist ja ein Schock, Thomas, ein richtiger Schock. Gerade als wir anfingen, uns ein bisschen besser kennenzulernen.«

»Das ist wahr. In der Hinsicht ist es ein blöder Zeitpunkt.«

»Sie werden mir schrecklich fehlen, mein Lieber. Freundliche Gesichter sind hier weiß Gott rar gesät ...«

Thomas trank einen Schluck von seinem Martini und rührte ihn gedankenverloren mit der aufgespießten Olive um. Die nächsten Worte wollten äußerst sorgsam gewählt sein: Sie gehörten zu den wichtigsten, die er in seinem ganzen Leben sprechen würde. Schließlich stand nicht nur sein persönliches Glück auf dem Spiel – auch wenn das in seinen Gedanken absoluten Vorrang hatte. Aber es gab auch noch die nicht ganz außer Acht zu lassende Geschichte mit dem Auftrag, den er für Mr Radford und Mr Wayne erledigen musste. Er öffnete den Mund, um etwas zu sagen, als er sah, dass Emily die Augen mal wieder ganz woanders hatte. Jetzt schaute sie Mr Longman nach, der das Britannia eiligen Schrittes in Richtung des Ausgangs zum künstlichen See verließ.

»Miss Parker...«, brachte er trotzdem hervor. »Emily... ich frage mich, ob unsere... Freundschaft inzwischen so weit ist, dass ich Ihnen eine Frage stellen darf, die unter anderen Umständen reichlich anmaßend wäre?«

»Wie bitte?«, sagte Emily und wandte sich ihm mit dem glattesten und entwaffnendsten Lächeln wieder zu. »Ich meine, gehört habe ich Sie, aber nicht verstanden. Es klang, als hätten Sie aus einem Henry-James-Roman vorgelesen.«

»Gut, vielleicht sollte ich mich... etwas direkter ausdrücken. Letzten Samstag, auf unserem kleinen Ausflug...«

»Der mir wirklich sehr viel Spaß gemacht hat.«

»... habe ich Ihnen ein paar Einzelheiten aus meinem Privatleben erzählt. Und da dachte ich, ob Sie sich nicht vielleicht, na ja, revanchieren könnten?«

»Revanchieren?«

»Ja, ich dachte, Sie könnten vielleicht... Also gut, dann so unverblümt wie möglich, gepfiffen auf mögliche Folgen. Ich würde gern von Ihnen wissen – ob Sie, sozusagen, frei in Ihren Entscheidungen sind? Gibt es einen Mann in Ihrem Leben?«

Er schien Emilys volle Aufmerksamkeit immer noch nicht zu haben. Sie hatte schon wieder eine bekannte Person entdeckt, die sich gerade ganz allein an einen der Nachbartische setzen wollte: Mr Chersky.

»Oh, sehen Sie, Thomas, da ist Andrej!«

Sie winkte zu ihm hinüber und rief ihm einen Gruß zu: »Huuhuu! Mr Chersky!« Er hob den Blick, lächelte und sah höflich fragend zu ihnen herüber, woraufhin Emily ihn herwinkte und Thomas erst nachträglich um Erlaubnis bat: »Sie haben doch nichts dagegen, mein Lieber, dass er sich zu uns setzt, oder?«

Ihm blieb gar keine Zeit für eine Antwort, denn Mr Chersky trat bereits an ihren Tisch, strahlend vor Freude über diese unverhoffte Begegnung.

»Sieh an, sieh an«, sagte er und zog sich einen Stuhl heran. »Da kann man mal wieder sehen, was die britische Lebensart so alles für sich hat. So wünscht man sich das – man betritt ein britisches Pub, und als Erstes sieht man ein paar gute Freunde. Sie erlauben doch, dass ich mich für ein paar Minuten zu Ihnen setze?«

»Aber gern«, sagte Thomas und ließ die Worte möglichst frostig klingen. »Darf ich Ihnen einen Drink bestellen?«

»Martini!«, sagte Andrej. »Was sind Sie doch für kultivierte Menschen. Ich bin mehr ein Mann des Volkes, mit proletarischeren Vorlieben. Shirley wird mir das Übliche bringen, sobald sie mich gesehen hat.«

Er drehte sich zur Bar um und fing Shirleys Blick auf. Sie nickte ihm zu.

»Nun sagen Sie, Thomas, ich habe gehört, Sie werden fahnenflüchtig.«

»Woher wissen Sie das schon wieder?«, fragte Emily. »Er hat es mir eben erst erzählt.«

»Oh, Neuigkeiten haben flinke Beine auf der Expo«, sagte Andrej. »Erst recht so wichtige. Sie fliegen morgen, richtig?«

»Richtig.«

»Na, man wird Sie schmerzlich vermissen, das kann ich Ihnen sagen. Ihre Ratschläge sind mir in den letzten Wochen ziemlich unentbehrlich geworden. Erst vor ein paar Tagen habe ich gesagt...«

Er verstummte, als Shirley mit einem Britannia Bitter und dem unvermeidlichen Päckchen Smith's Salt 'n' Shake Chips an den Tisch trat.

»Mrs Knott, alles Gute in meinem Leben kommt von Ihnen«, sagte Andrej und legte ihr den Arm um die Hüfte. »Sie müssen mir versprechen, nach der Expo mit mir nach Moskau zu kommen, meine Frau zu werden und sich einzig und allein der Befriedigung meiner Bedürfnisse zu widmen, mir britische Delikatessen auf einem Silbertablett servieren, wann immer es mich danach gelüstet.«

»Oh, Mr Chersky! Sie bringen mich noch ins Grab.«

»Sagen Sie«, antwortete Andrej und nahm die Chips zur Hand, »bilde ich mir das nur ein, oder werden die Tüten immer größer?«

»Nein, Sie sehen richtig«, sagte Shirley. »Wir haben gerade eine Sonderlieferung bekommen. Das sind die neuen Jumbopacks.«

»Jumbopacks!«, wiederholte Mr Chersky ehrfürchtig. »Erstaunlich. Und ich dachte, das Leben kann gar nicht mehr schöner werden. Gibt es da nicht einen englischen Spruch? ›Die besten Dinge im Leben kommen im großen Karton‹?«

»In kleinen Paketen«, verbesserte Thomas.

»Aha. Vielen Dank.«

»Also, lassen Sie mich wissen, wenn Sie noch etwas brauchen«, sagte Shirley zu ihnen allen. »Wie gesagt, heute Abend geht alles aufs Haus.«

Thomas sah sie davongehen und nippte missmutig an seinem Martini. Ihm reichte es schon, dass Andrej sich zu ihnen gesetzt und die zarte Blüte der Intimität zwischen ihm und Emily zertrampelt hatte. Und noch mehr ärgerte es ihn, dass es Emily überhaupt nichts auszumachen schien, sie womöglich nicht einmal gespürt hatte, dass da etwas zwischen ihnen am Aufblühen war. Aber es kam noch schlimmer: Ganz langsam, aber umso sicherer rückte Emily ihren Stuhl immer weiter von ihm weg, näher heran an Mr Chersky. Und jetzt wandte sie sich ihm auch noch zu, drehte Thomas ganz unverfroren den Rücken zu! Beugte sich hinüber zu dem gut aussehenden Russen, das Kinn in die Hände gestützt, und lächelte ihn an. Thomas traute seinen Augen nicht.

»Andrej«, murmelte sie mit einem für sie gar nicht typischen Schmollmund, »ich dachte, Sie wollten *mich* nach Moskau mitnehmen.«

»Aber ja«, antwortete er. »Sie haben das eben doch nicht ernst genommen? Inzwischen sollten Sie mich kennen. Ich kann das Flirten nun mal nicht lassen.«

»Ja, aber manchmal meinen Sie es ernst, und dann wieder nicht, und wie soll eine Frau sich da auskennen?«

»Nichts einfacher als das«, antwortete er. »Alles, was ich zu *Ihnen* sage, meine ich ernst.«

Emily errötete zart und kicherte.

»Und im Übrigen«, fuhr er fort, »sind *Sie* es doch, die *mich* an der Nase herumführen. Sie würden um nichts in der Welt mit mir nach Moskau kommen. Wenn Sie nach der Expo nach Hause fliegen, haben Sie mich ganz schnell wieder vergessen. Dazu sind die Annehmlichkeiten Ihres Landes und Ihrer Kultur viel zu groß.«

»Falsch.« Emily nahm sich einen Chip und knabberte gedankenverloren und verträumt daran, ihr Blick noch immer tief in seinem versunken. Thomas sah ungläubig zu. Dass Kartoffelchips vor seinen Augen zum erotischen Lockmittel wurden, erlebte er zum ersten Mal. »Ich würde Ihr Land für mein Leben gerne kennenlernen. Die herrlichen Bauten – den Roten Platz, das Bolschoi-Theater, das Winterpalais in St. Petersburg...«

»Leningrad, wenn ich bitten darf«, stellte Andrej richtig.

»Natürlich ist nicht alles so. Wahrscheinlich habe ich viel zu romantische Vorstellungen von Ihrem Land...«

»Die meisten Leute aus dem Westen haben viel zu unromantische Vorstellungen von unserem Land, fürchte ich. Wir leben keinesfalls alle im Elend.«

»Nicht? Ihre Wohnung, zum Beispiel. Ist sie komfortabel?«

»Ich wohne sehr bescheiden, wie es meinem Status als einfacher Werktätiger in der Zeitungsindustrie angemessen ist.«

Thomas schnaubte auf. Andrej und Emily drehten sich jäh zu ihm um, setzten ihr Gespräch dann aber sogleich fort.

»Na ja, ein einfaches Leben hat sicher auch seine Vorteile«, sagte Emily. »Aber ich persönlich habe ein bisschen Luxus hin und wieder ganz gern – Sie nicht auch?«

»In Grenzen«, räumte Andrej ein. »In gewissen Grenzen, ja, da stimme ich Ihnen zu.«

»Zum Beispiel...«, sagte Emily, vergewisserte sich kurz, ob Thomas zuhörte, und rückte noch näher an Andrej heran, wie um Thomas von dem Gespräch auszuschließen, »...bin ich hier in einer ziemlich schäbigen Unterkunft untergebracht. Und jetzt raten Sie, was ich tu, wenn mir die Decke auf den Kopf fällt...«

»Keine Ahnung«, sagte Andrej, der von Minute zu Minute hingerissener von ihr zu sein schien. »Was tun Sie?«

Emily nahm sich eine ganze Handvoll Chips und stopfte sie sich in den Mund. Überrascht folgte Andrej ihrem Beispiel.

»Na ja... ich melde mich bei meinem Vater, und er weist mir von zu Hause etwas Geld an, mit dem ich mich dann... verwöhne.«

»Verwöhne?«

»Ja, ich miete mich im Astoria-Hotel ein – in einer der Honeymoon-Suiten – und lasse mir ein heißes Bad einlaufen, bestelle mir beim Zimmerservice Kaviar und Champagner und lebe für ein paar Stunden wie eine... wie eine Prinzessin.«

»Wie eine Prinzessin...? Klingt wunderbar.« Er nahm sich noch eine Handvoll Chips. »Und Sie sind ganz allein, wenn Sie so etwas tun?«

»Ja. Ganz allein«, sagte sie und schob die Hand wieder in die Tüte.

»Und wann«, sagte Andrej, steckte sich die wenigen noch verbliebenen Chips in den Mund, faltete die Tüte zusammen und schob sie (wie es seine sonderbare Gewohnheit war) in die Innenseite seines Blazers, »wann gedenken Sie sich das nächste Mal auf diese extravagante Art zu verwöhnen?«

»Heute Abend«, antwortete sie. »Den Schlüssel für die Honeymoon-Suite habe ich bereits hier.«

Sie zog einen Schlüssel, am schweren Messinganhänger eines teuren Hotels befestigt, aus ihrer Handtasche, hielt ihn in die Höhe und ließ ihn direkt vor Andrejs Augen hin und her baumeln. Thomas' fassungslose Empörung war kurz davor, sich in Worten zu entladen, als die vertraute Jovialität einer englischen Stimme ihn bremste:

»Hallo, Foley! Ich hatte gehofft, Sie hier zu treffen.«

Thomas fuhr herum. Es war Mr Carter vom British Council.

»Würde es Ihnen etwas ausmachen, kurz mit mir an die Bar zu kommen? Ich steh dort mit ein paar Kollegen vom Council. Wir hätten Ihnen gern Auf Wiedersehen, *bon voyage* und das alles gesagt, wie es sich gehört.«

»Oh, also...«

Thomas blickte ratlos auf Emily und Andrej. Dass weder sie noch er Einwände gegen sein Fortgehen hatte, war mehr als offensichtlich.

»Also gut. Ja. Sehr freundlich von Ihnen. Ganz auf die Schnelle...«

»Gewiss doch, mein Freund.«

Mr Carter klopfte ihm auf die Schulter und ging ihm voraus zur Bar. Dort musste Thomas während der nächsten zehn Minuten mit ein paar Funktionären des Council, mit denen er nichts am Hut hatte, ein Gespräch führen, das ihn nicht interessierte, und dazu ein Bier trinken, auf das er keine Lust hatte. Gegen Ende der zehn Minuten riskierte er einen Blick zu dem Tisch neben dem Eingang – dem Tisch, von dem er vor nicht langer Zeit noch geglaubt hatte, er könnte die Kulisse für ein romantisches Tête-à-Tête zu zweit abgeben – und musste entsetzt, aber zu dieser Zeit nicht mehr wirklich überrascht, sehen, wie Emily zusammen mit Andrej das Lokal verließ.

»Verdammter Mist...«, murmelte er durchaus hörbar. Er stellte das halb leere Glas ab und glitt, ohne ein Wort der Entschuldigung bei dem Mann, der sich gerade mit ihm unterhielt, von seinem Barhocker herunter. Er wollte hinter den beiden hereilen, aber Mr Carter legte ihm freundlich, aber bestimmt die Hand auf die Schulter.

»Ich bitte Sie, Foley, Sie haben ja noch nicht mal ausgetrunken.«

»Ach, lassen Sie«, sagte Thomas. »Haben Sie Mr Chersky und Miss Parker nicht gesehen? Sie haben zusammen das Lokal verlassen.«

Mr Carter nickte. »Ja, ich bin untröstlich. Ein ziemlicher Affront gegen Sie, fürchte ich.«

»Wenn's nur das wäre. Wir können doch nicht – ich meine, wir dürfen doch nicht zulassen...« Es war zu kompliziert, es zu erklären. »Es steckt viel mehr dahinter, als Sie sich träumen lassen.«

Wieder einmal war Mr Carter durch nichts zu erschüttern. Wieder einmal schien er mehr zu wissen, als Thomas vermutet hatte.

»Ach, machen Sie sich keine Sorgen. Überlassen Sie die Sache mir. Ich sorge dafür, dass... die richtigen Leute davon erfahren.«

Thomas schwankte, unentschlossen, als vier übermütige portugiesische Touristen sich auf dem Weg zur Bar an ihnen vorbeidrängten. Mr Carter trat auf die Seite, um sie durchzulassen, dann gab er Thomas noch einen letzten, wohlmeinenden Rat.

»Sie sollten in Ihr Motel fahren und Ihre Koffer packen«, sagte er. »Oder Sie bleiben hier bei uns und lassen sich gründlich volllaufen. Es ist Ihre Entscheidung – aber ich an Ihrer Stelle wüsste ganz genau, was ich täte.«

DIE
EINFACHSTE SACHE
DER WELT

Thomas merkte bald, dass ihm nicht mehr nach Alkohol zumute war. In den folgenden ein bis zwei Stunden schlenderte er mutterseelenallein über das Ausstellungsgelände, verabschiedete sich von vielen, lieb gewonnenen Anblicken. Bis ihm einfiel, dass er ja noch einen Brief an Anneke abzuliefern hatte.

Entferntes Donnergrummeln war zu hören, als er die Avenue de Belgique hinauf in Richtung des Grand Palais ging, aber noch ließ der Regen auf sich warten. Zum allerletzten Mal (machte er sich bekümmert klar) überquerte er auf dem Weg zur Hall d'Accueil die Place de Belgique.

Die Halle war noch geöffnet; die Deckenbeleuchtung strahlte hell durch die Glastüren, und Thomas sah viele Menschen auf der weiten Fläche des Foyers hin und her gehen. Die Expo war zu einer Stadt geworden, die sich nicht schlafen legte. Am Eingang zur Halle blieb er stehen und warf einen Blick zurück, die Avenue de Belgique entlang und auf die neun prächtig erleuchteten Kugeln des Atomiums – neun funkelnde Versprechen auf eine bessere Zukunft. Es war das Symbol für all das, was er auf der Expo 58 zu finden gehofft hatte. Er mochte nicht glauben, dass sein Abenteuer jetzt vorbei und auf eine so bittere, unvorstellbare Weise zu Ende gegangen sein sollte. Emily und Andrej! Also doch! Und zum Schluss hatte Andrej nicht einmal etwas tun, nicht einmal mit dem Finger schnipsen müssen, damit Emily zu ihm gelaufen kam. Die Frau hatte sich ihm buchstäblich an den Hals geworfen. Nicht zu fassen. Innerhalb weniger Minuten hatte sie sich vor seinen Augen von einer intelligenten, unabhängigen Frau in ein dümmlich lächelndes Flittchen verwandelt (das war das einzig passende Wort dafür), hatte unverfroren den Schlüssel zu ihrem Hotelzimmer gezückt und ihrem Liebhaber mehr oder weniger in den Schoß fallen lassen.

Thomas zog sich der Magen zusammen, wenn er an die möglichen Folgen der Katastrophe dieses Abends dachte, die möglichen Folgen von Emilys Entscheidung. Sein Versuch, sie von Andrej fernzuhalten, war gescheitert. Er hatte sein Land im Stich gelassen. Und seine amerikanischen Verbündeten obendrein. Was würde als Nächstes geschehen? Das überstieg sein Vorstellungsvermögen. Im Moment war er einfach nur entsetzt darüber, wie viele absurde, realitätsferne Fantasien seine lausige Menschenkenntnis in den letzten Tagen um diese Frau herum hervorgezaubert hatte. Ein gemeinsames Leben in einer New Yorker Dachwohnung, wo ein Holzfeuer im Kamin knisterte und sich frische Schneeflocken an die Fensterscheiben schmiegten, wenn der Winter mit eisigem Besen durch Manhattans Straßen fegte... Lange Sommerabende in ihrem Blockhaus am Tomahawk Lake, wo sie in die untergehende Sonne blinzelten, wenn der Fang des Tages sich am Grillspieß drehte und ockergelbe Sonnenstrahlen über die Wasserfläche des Sees tanzten... Solche Bilder und viele mehr waren ihm diese Woche durch seine fiebernde Fantasie gegeistert, gewöhnlich in den dunklen Stunden nach Mitternacht, im Niemandsland zwischen Wachsein und Schlaf, wenn die Gedanken an Sylvias Verrat unaufhörlich auf sein dumpfes Gehirn einhämmerten und verlangten, zur Kenntnis genommen, eingelassen zu werden...

»Thomas?«

Er drehte sich um. »Anneke?«

Sie musste in die Hall d'Accueil gekommen sein, um sich umzuziehen, und jetzt kam sie die Treppe herunter, unterwegs – wie bald auch er – zur Porte des Attractions. Sie trug wieder das blaue Sommerkleid (er gewann immer mehr den Eindruck, dass es ihr einziges war) und hatte sich einen grauen Regenmantel über den Arm gehängt. Lächelnd bot sie ihm eine Wange für einen Kuss. Er gab ihn ihr automatisch, ohne nachzudenken.

»Was tun Sie hier?«, fragte sie.

»Na ja, eigentlich bin ich gekommen, um einen Brief für Sie abzugeben.«

»Tatsächlich? Sie haben mir einen Brief geschrieben?«

»Ja.«

Er zog ihn aus der Innentasche des Jacketts. Er war inzwischen ziemlich verknittert.

»Was steht in dem Brief?«

Thomas wollte ihn ihr gerade überreichen. Doch er überlegte es sich anders und steckte ihn wieder in die Tasche.

»Ich sollte es Ihnen lieber persönlich sagen.« Er nahm ihren Arm und ging langsam mit ihr die Avenue des Attractions entlang, zu ihrer Linken ragte der düstere Koloss des Heysel-Stadions in die Höhe.

»Ich habe Ihnen geschrieben«, begann er, »dass ich nach Hause fliege.«

»Zurück nach London? Wann?«

»Morgen früh.«

Anneke blieb abrupt stehen, zog ihren Arm zurück. Sie war entsetzt.

»Ich weiß«, sagte Thomas, »es kommt alles sehr plötzlich.«

Aber das war nicht der Grund ihres Entsetzens. »Das wollten Sie mir schriftlich mitteilen?«

Thomas nickte.

»Es wäre«, sagte Anneke mit leisem Understatement, »nicht besonders schön gewesen, das zu lesen.«

»Ich weiß. Das ist mir inzwischen klar. Ich bin froh, dass wir uns begegnet sind.«

Er ging weiter, und Anneke folgte ihm, aber seinen Arm nahm sie nicht wieder.

»Darf ich Ihnen etwas über mich erzählen?«, fragte Thomas. »Ich glaube, dass ich ein... ein sehr konfuser Mensch bin.«

»Das glaube ich auch«, sagte Anneke. »Ich hab oft gedacht...« Sie zögerte. Sie war im Begriff, etwas Kühnes zu sagen, das ihr nicht leicht über die Lippen kam. »Ich habe oft gedacht, dass Ihr Verhalten mir gegenüber schwer zu verstehen ist. Inzwischen macht es mich auch ziemlich wütend.«

»Wütend?«

»Ja. Ich war sehr wütend auf Sie. Sie sagen einem nie, was Sie wollen. Sie laden mich zu Ihrer Eröffnungsparty ein, Sie gehen mit mir und meiner Freundin aus, wir verbringen einen schönen Abend zusammen – wir haben viele schöne Abende zusammen verbracht –, aber ich weiß nie, was Sie als Nächstes tun oder sagen werden. Und auf einmal fangen Sie an, sich für Emily zu interessieren, was ich natürlich verstehen kann, weil sie sehr gut aussieht, aber Sie können nicht ehrlich dazu stehen, Sie laden mich zu einem teuren Abendessen ein, um mir eine dumme Geschichte aufzutischen, dass Mr Chersky ein Spion ist, und zwei seltsame Männer in Regenmänteln und Hüten Sie gebeten hätten, auf Emily aufzupassen und sie vor ihm zu beschützen. Federico würde sich keine so dummen Geschichten ausdenken. Bei ihm weiß ich wenigstens, woran ich bin. Ich kenne ihn erst seit zwei Wochen, und er hat mir schon zwei Heiratsanträge gemacht.«

»Tatsächlich?«

Gegen seinen Willen lächelte Thomas. Sie schauten sich an und mussten lachen. Kurz löste sich die Spannung zwischen ihnen, aber Thomas spürte bereits, wie sie sich wieder aufbaute.

»Schauen Sie«, sagte er, »vieles von dem ist wahr, und ich muss Sie deshalb um Verzeihung bitten. Aber sobald ich wieder in London bin, fange ich an, in meinem Leben aufzuräumen. Ganz viele Dinge müssen sich ändern. Gut möglich, dass ich sogar meine Arbeit aufgebe und woanders hinziehe, vielleicht in ein anderes Land...«

Sie hatten die Porte des Attractions erreicht und blieben stehen.

Anneke sagte: »Warum reden Sie immer nur von der Zukunft? Was ist mit dem Jetzt?«

Er antwortete nicht.

»Ich bin kein schüchternes kleines Ding«, fuhr sie fort. »Ich wünschte, Sie würden mich nicht so behandeln.«

Sie schauten sich in die Augen. Anneke nahm Thomas' Gesicht zwischen die Hände und küsste ihn direkt auf die Lippen. Es war ein langer, zärtlicher, hingegebener Kuss, und als er nach ein paar Augenblicken zu Ende war, standen sie noch immer fest umschlungen da und ließen die späten Besucher der Expo 58 auf ihrem Weg in die Welt da draußen an sich vorübergehen. Anneke streichelte Thomas übers Haar und lächelte zu ihm herauf, ihr schönes, offenes Lächeln, und sagte: »Siehst du? Es ist gar nicht schwer. Es ist die einfachste Sache der Welt.«

Thomas fürchtete sich schon vor Stalins Doppelgänger in seinem Empfangshäuschen, aber Anneke wusste eine Lösung: Offenbar bot ein großes Loch im Maschendrahtzaun, das bei vielen Hostessen bekannt war, direkten Zugang zum Motel Expo. Sie mussten nicht lange danach suchen und zwängten sich hindurch, ohne gesehen zu werden.

Während Thomas in seiner Kabine die Vorhänge zuzog, schaltete Anneke die Nachttischlampe an. Weil das Licht kalt und herzlos war, zog sie sich kurzerhand das Kleid über den Kopf und verhängte den Lampenschirm, tauchte das Zimmer in ein kühles, blasses Blau.

Als das erledigt war, stand Thomas da und sah sie an, während sie sich in dem türkisen Licht halb nackt auf die Bettkante setzte und wartete, dass er zu ihr kam. Sie schauten sich eine ganze Weile lang gegenseitig an, genossen den Moment, die knisternde Lust an der Vorfreude.

Das Gewitter kam näher. Sie hörten den Donner, Blitze zuckten über das Motel Expo, aber es regnete noch nicht. Die Schwüle war erdrückend, das Federbett war längst zu Boden gewischt. Thomas und Anneke lagen auf dem Laken, unbedeckt, heiß umschlungen.

Thomas war schlaflos, wie gewohnt. Neben ihm atmete Anneke ruhig und regelmäßig. Er hatte sich oft vorgestellt, wie es sein würde, einmal so neben Sylvia zu liegen: nicht in einem in respektvolle Dunkelheit gehüllten Raum, ihre Nacktheit nicht unter Decken und Laken vor den missbilligenden Blicken gar nicht anwesender Zuschauer verborgen, sondern in der Gewissheit der Intimität ohne Scham und Verlegenheit glanzvoll vorgezeigt. Und jetzt war es passiert – aber nicht mit Sylvia, sondern mit einer ganz anderen Frau, einer Frau, mit der er nicht verheiratet war. Für Thomas war das ein schockierendes und zugleich fantastisches Erlebnis. Er hätte sich das nie und nimmer zugetraut. Er drehte wieder den Kopf, um Anneke anschauen zu können, spürte eine Welle der Zuneigung für die Frau, die es ihm so leicht gemacht hatte, die sich ihm heute Nacht mit solcher Freiheit und Großzügigkeit geschenkt hatte. Seine Lippen streiften ihr Haar. Es war nur eine winzige Bewegung, aber die Wärme seines Atems musste sie geweckt haben, denn sie hob blinzelnd die Lider, lächelte schlaftrunken zu ihm hoch und schmiegte sich noch fester an ihn.

»Noch nicht müde?«, fragte sie.

»Noch nicht«, sagte er. »Aber glücklich.«

»Ich auch«, sagte Anneke und küsste ihn sanft auf den Mund.

Einen Moment später war sie schon wieder eingeschlafen. Thomas hielt sie noch eine Weile in den Armen, genoss das regelmäßige Heben und Senken ihres Atems, den sanften Druck ihrer Brüste gegen seine Rippen, bevor er sich vorsichtig von ihr löste und aufstand. Er ging ins Badezimmer, putzte sich die Zähne und setzte sich für ein paar Minuten auf die Kloschüssel. Er fand es ungewöhnlicher – und befreiender – denn je, das alles völlig unbekleidet zu tun.

Plötzlich von irgendwoher ein Knall – vielleicht ein Donnerschlag – und ein leiser, aber unmissverständlicher Schrei von nebenan. Thomas stürzte zurück ins Zimmer, wo Anneke aufrecht im Bett saß, an ihr Kleid geklammert, das den größten Teil ihres Körpers bedeckte. Der grelle Schein der Nachttischlampe schmerzte in den Augen.

»Was ist los?«, fragte Thomas.

»Ich habe etwas aufblitzen sehen«, sagte Anneke. »Da oben.« Sie deutete auf das Oberlicht.

»Ein Blitz?«

»Ich weiß nicht. Möglich. Aber da war auch ein Lärm – als wäre etwas vom Dach gefallen.«

Thomas stieg in seine Hosen, öffnete die Zimmertür, stand mit nacktem Oberkörper in der Tür und blickte nach links und rechts. Einen Augenblick lang dachte er, Anneke könnte recht gehabt haben, weil er sich entfernende Schritte zu hören meinte. Aber bald war alles wieder still, und es war viel zu dunkel, um etwas erkennen zu können.

Ein, zwei Minuten blieb er noch schwer atmend in der Tür stehen, dann spürte er auf der ausgestreckten Handfläche die ersten Regentropfen.

Er verriegelte die Tür und kletterte zurück ins Bett. Gegen vier Uhr morgens, gerade mal drei Stunden bevor der Wecker klingeln würde, fielen Thomas und Anneke unter dem Federbett in einen unruhigen Schlaf. Im Traum hörte er den Sommerregen unermüdlich auf das Oberlicht trommeln, aber für Thomas war es das Publikum im Großen Auditorium, das nicht aufhören wollte zu applaudieren, als Ernest Ansermet ein weiteres Mal vor das Orchestra de la Suisse Romande trat, um sich unter Ovationen zu verbeugen.

AUS UND
VORBEI

Der Zeitdifferenz war es zu verdanken, dass Thomas' pünktlich um neun Uhr gestartete Maschine um Viertel vor neun in London landete – eine Viertelstunde vor dem Abflug.

Kurz nach elf stand er vor seiner Haustür, gebeugt unter der Last zweier zum Bersten gefüllter Reisekoffer. Er klopfte, aber niemand öffnete ihm. Er schloss die Tür auf.

Im Haus war alles still. Er ließ die Koffer im Flur stehen und setzte sich für ein paar Minuten an den Küchentisch, lauschte dem Gluckern der Wasserleitung und dem periodischen Summen des modernen, sich automatisch an- und ausschaltenden Kühlschranks.

Bald wurde er unruhig. Die Aufgabe, die eine Tür weiter auf ihn wartete, war alles andere als angenehm, und er wollte sie so schnell wie möglich hinter sich bringen. Es war nichts gewonnen, wenn er nur eine Minute länger zögerte.

Er verließ das Haus und schritt den Gartenweg der Sparks' hinauf. Dieses eine Mal – vielleicht, weil er noch benommen von zu wenig Schlaf war oder von der Euphorie der mit Anneke verbrachten Nacht getragen wurde – trübte nicht der leiseste Schatten eines Zweifels seine Überzeugung, dass es der richtige Schritt war. Sein Blut war in Wallung, und er würde das tun, wozu Emily ihm so dringend geraten hatte: Norman Sparks die Visage einschlagen. Nicht mehr, aber auch nicht weniger hatte der Schweinehund verdient.

Er drückte auf den Klingelknopf und musste lange warten, bis er endlich durch die Milchglasscheibe der Haustür eine Gestalt langsam auf sich zukommen sah. Judith, Mr

Sparks' gebrechliche Schwester, öffnete ihm die Tür. Sie trug einen dünnen Morgenmantel aus geblümter Baumwolle, ihr Gesicht hatte die übliche fleckige Blässe. Sie blinzelte, als müssten ihre Augen sich erst an das Tageslicht gewöhnen.

»Guten Morgen, Miss Sparks. Ich hätte etwas mit Ihrem Bruder zu besprechen.«

»Tut mir leid, Mr Foley, er ist in die Autowerkstatt gefahren. Der Wagen muss in die Inspektion. Er ist sicher bald wieder da. Möchten Sie solange warten?«

»Nein, vielen Dank. Ich bin gerade aus Brüssel zurück und hab noch nicht mal mit meiner Frau gesprochen.«

»Na gut, ich sage ihm, dass er bei Ihnen vorbeischauen soll, in Ordnung?«

»Das wäre nett von Ihnen.«

Ernüchtert ging Thomas – nach einem letzten, vergeblichen Blick auf die Haustür des Nachbarn – zurück in sein eigenes Haus und setzte Teewasser auf. Nach ein paar Minuten hörte er, wie die Tür aufgeschlossen und aufgestoßen wurde. Sylvia ruckelte mit einer Hand Gills Kinderwagen über die Schwelle, in der anderen hielt sie den großen geflochtenen Einkaufskorb. Die beiden Koffer mitten im Flur machten es ihr nicht leichter.

Thomas trat aus der Küchentür, und als ihre Blicke sich begegneten, herrschte einen Moment lang wachsames Schweigen. Fast zwei Wochen waren vergangen, seit Thomas die Untreue seiner Frau entdeckt hatte, und in der Zwischenzeit hatten sie nur einmal kurz miteinander telefoniert, als Thomas am Mittwoch angerufen hatte, um ihr knapp und förmlich mitzuteilen, dass er am Wochenende nach Hause zurückkehren würde. Seine für sie unerklärliche Distanziertheit musste sie zweifellos kränken, dachte Thomas, aber er empfand etwas weit Schlimmeres als Kränkung, und das mit viel größerer Berechtigung.

»Hallo, Liebling«, sagte sie. »Du bist schon zurück.«

»Ja. Hättest du nicht auf mich warten können?«

»Ich hatte dich frühestens in einer halben Stunde erwartet.«

Sie nahm Gill aus ihrem Kinderwagen und stellte sie auf den Boden. Das kleine Mädchen watschelte auf unsicheren Beinen auf ihren Vater zu und schaute zu ihm hoch, ohne das geringste Zeichen eines Wiedererkennens. Thomas hob sie sich auf die Arme und gab ihr einen Kuss.

»Hallo, mein Kleines«, sagte er. »Was bist du groß geworden.«

Sylvia zwängte sich an ihrem Ehemann vorbei, der ihre Tochter in der Küchentür auf dem Arm wiegte, und hob mit leisem Stöhnen den Einkaufskorb auf den Tisch.

»Wo warst du?«, fragte Thomas.

»Einkaufen.«

»Das sehe ich.«

»Wenn du Tee kochst, hätte ich gern eine Tasse.«

Ohne einen weiteren Blick für ihn begann sie den Korb auszuräumen: Konservendosen mit Gemüse, Fertigsuppen, ein paar Scheiben Schinken von der Theke im Supermarkt, ein paar Päckchen Wurst. Bei ihrem Anblick, dem Gedanken an die Rückkehr zur britischen Ernährung, aber auch an die Kälte des Wiedersehens sank Thomas das Herz. Keine Sekunde länger wollte er diese Atmosphäre ertragen. Es wurde Zeit, den langen, schmerzhaften Prozess einer Lösung des Problems in Angriff zu nehmen.

»Sylvia«, sagte er und stellte Gill sanft zurück auf den Boden, »es gibt da etwas, über das wir reden müssen. Etwas sehr Wichtiges.«

»Muss das gleich sein?«, fragte Sylvia, noch immer mit Auspacken beschäftigt. Anscheinend war sie auch in der Apotheke gewesen, denn jetzt nahm sie Babypuder, Kopfschmerztabletten und Magnesiamilch aus dem Korb.

»Ich weiß gar nicht genau, wie ich anfangen soll«, sagte Thomas. »Am besten ehrlich und ohne Umschweife. Mir ist völlig klar, das vieles für dich nicht ganz einfach war während meiner Abwesenheit, und ich will auch gar nicht in Abrede stellen, dass es eine eigennützige Entscheidung war, nach –«

Er brach mitten im Satz ab, machte einen Schritt hinüber zum Küchentisch, schnappte sich ein Päckchen aus Sylvias Korb, starrte darauf und hielt es auf Armeslänge von sich, als wäre es des Teufels.

»Um Gottes willen, Sylvia, was ist das?«, rief er. »Erledigst du jetzt schon Sparks' Einkäufe?«

Sylvia schien nicht zu begreifen, was er meinte. Thomas hob das anstößige Objekt in die Höhe – eine Schachtel Calloway's Hühneraugenpflaster – und fuchtelte ihr damit unter der Nase herum.

»Was redest du da?«, fragte sie. »Die sind nicht für Norman. Die sind für mich.«

Thomas wurde augenblicklich still. Er brauchte fast eine halbe Minute, um Worte zu finden.

»Für dich? Seit wann leidest du unter Hühneraugen?«

»Seit ein paar Monaten. Ich hab dir doch erzählt, dass sie in unserer Familie grassieren. Norman hat mir die empfohlen, weil er dasselbe Problem hat. Sag mal – du warst doch an dem Morgen dabei, als wir darüber geredet haben.«

Thomas ließ sich am Tisch nieder und starrte entgeistert ins Leere.

»Ja«, sagte er. »Ja, ich war dabei.«

»Seitdem nehme ich sie ... Mai oder Juni, glaube ich.«

Es klopfte an der Tür.

»Es ist offen!«, rief Sylvia, und Sekunden später schob sich – erbarmungslos – das stets entgegenkommende, sich einschmeichelnde Gesicht ihres lieben Nachbarn durch die Küchentür.

»Guten Morgen allerseits!«, trällerte Mr Sparks. »Und willkommen daheim, Thomas! Sylvia hat mir erzählt, dass Sie den Marschbefehl erhalten haben. Mein Lieber! Auf Wiedersehen,

Brüssel, hallo Tooting. Kein Herumscharwenzeln mehr mit *les belles dames de Belgique*. Daran muss man sich erst mal wieder gewöhnen, vermute ich. So, und was hatten Sie mit mir zu besprechen?«

Thomas zog langsam die Augenbrauen in die Höhe und sah seinen Nachbarn eine ganze Weile schweigend an, ohne bösen Willen, ohne Wut, ohne Eifersucht, ohne Verärgerung, ohne irgendein Gefühl außer der tödlichen Dumpfheit, die just in diesem Moment über ihn kam. Kein Zweifel, dachte er, Sparks' Visage lud noch immer wärmstens zum Einschlagen ein. Aber da war jetzt leider gar nichts mehr zu machen.

»Ach, wissen Sie«, sagte er in vorsichtigem, etwas trägem, verhaltenem Ton, »ich habe total vergessen, über was ich mit Ihnen reden wollte. Als wär's mir aus dem Kopf gefallen. Ich weiß nur, dass ich mich plötzlich… sehr, sehr müde fühle.«

»Ach, wen wundert's«, gluckste Mr Sparks auf seine kränkende, konspirative Art. »Der Morgen nach der Nacht zuvor, was? Ja, ich fürchte, ab jetzt heißt es: zurück in der Realität, alter Freund. Zurück in der ehelichen Tretmühle, der tödlichen Sesselfurzerei im Büro. Menschenskind, wer würde da nicht mürrisch aus der Wäsche gucken? Die Party ist endgültig aus und vorbei.«

Der englische Sommer hatte nicht mehr lange durchgehalten. Thomas und seine Mutter saßen auf einer Bank auf dem Scheitel des Box Hill, nahe dem Aussichtspunkt am Salomonsdenkmal, und froren in der feuchten Nachmittagsluft. Es war ein grauer, dunstiger Sonntag. Die Aussicht auf die Landschaft fiel heute aus.

Nichtsdestoweniger richteten sie beide den Blick in die Ferne. Seit Thomas die Beichte abgelegt und seine Mutter um ihren Rat gebeten hatte, suchte keiner mehr den Blick des anderen.

Schließlich redete Martha. Ihre ohnehin flache, tonlose Stimme klang trockener, kälter und entschiedener denn je.

»Tut mir leid«, sagte sie, »aber es liegt doch klar auf der Hand, was du zu tun hast. Du hast eine Frau. Du hast ein Kind. Das heißt, du hast Pflichten und Verantwortung. Es war sehr dumm, was du da drüben in Belgien getan hast. Dumm in mehrfacher Hinsicht. Zuallererst einmal hättest du wissen müssen, dass Sylvia so etwas nicht tun würde. Dafür hängt sie viel zu sehr an dir. Frag mich nicht, warum, aber es ist so. Auch nach deiner Entscheidung, sie für sechs Monate allein zu lassen, als sie dich am dringendsten brauchte, hätte sie nicht im Traum daran gedacht, dir untreu zu werden. Das war also deine erste Dummheit, auf solch einen lächerlichen Gedanken zu kommen. Und was das Mädchen drüben in Brüssel angeht, was hast du dir dabei gedacht? Dass du hier alles stehen und liegen lassen und mit ihr zusammenleben kannst? In Belgien? Wie dumm bist du eigentlich? Woher willst du wissen, dass es auch ihr Wunsch ist? Wenn Tausende von fremden Menschen aus aller Welt in einer so seltsamen Atmosphäre zusammenkommen, dann *muss* es ja zu allerlei Dummheiten kommen. Wahrscheinlich bedauert sie längst, was ihr getan habt. Wahrscheinlich sagt sie sich, dass es eine große Dummheit war, und dass ihr so etwas nie wieder passieren darf. Und sie hat recht. Und deshalb sage ich dir jetzt: Vergiss dieses Mädchen. Sie ist nicht wichtig. Deine Frau ist wichtig. Dein Kind ist wichtig. Natürlich bist du jetzt unglücklich. Aber das hast du einzig und allein deiner Dummheit zu verdanken. Und du musst keine Angst haben. Das vergeht wieder.«

Thomas senkte den Kopf, als eine vierköpfige Familie vorüberging; die beiden Kinder liefen hin und her und warfen sich gegenseitig unter schrillen, aufgeregt warnenden Zurufen einen roten Plastikball zu. Es war eine Qual gewesen, den Worten seiner Mutter zuzuhören. Jede Wiederholung des Wortes Dummheit hatte ihn wie ein Schlag auf den Kopf getroffen. Er sagte nichts, ließ die Bedeutung in sich einsickern, ihren Platz finden, ihre Wirkung tun. Als er den Kopf wieder hob, war die Familie nicht mehr zu sehen – nur die Rufe der Kinder waren noch zu hören und brachten ihm eine ferne Erinnerung, ein nebelhaftes Bild aus einer anderen Zeit, in der er als kleiner Junge mit seiner Mutter und seinem Vater schon einmal hier gewesen war. Ein Picknick? Ja, sicher hatten sie damals einen Picknickkorb mitgebracht. Er fand es verwirrend, dass dieser lang vergessene Ausflug, an den er seit zwanzig, wahrscheinlich fünfundzwanzig Jahren nicht mehr gedacht hatte, sich auf einmal realer und lebendiger anfühlte als das Picknick in Wijgmaal vor etwas über einer Woche.

Als hätte sie die Gedanken ihres Sohns erahnt, blickte Martha Foley auf ihren Schoß, wo sie das Foto in der Hand hielt, das Thomas ihr mitgebracht hatte.

»Das ist ein hübsches Bild«, sagte sie. »Nett von dir, dass du daran gedacht hast. Ich werde es mir einrahmen und im Wohnzimmer an die Wand hängen. Aber die Wiese habe ich ganz anders in Erinnerung. Bist du sicher, dass ihr an der richtigen Stelle wart?«

Er konnte Anneke nicht von zu Hause aus schreiben. Es fühlte sich falsch an, an seinem Schreibtisch im Esszimmer zu sitzen, lange nachdem Sylvia zu Bett gegangen war, und auf das Blatt Basildon Bond zu starren, auf dem sich unter der Feder des Füllfederhalters, der im bernsteinfarbenen Licht seiner Leselampe einen langen Schatten auf das Papier warf, einfach keine Worte formen lassen wollten. Stattdessen schrieb er ihr während der Arbeitszeit, an seinem zweiten Tag im Büro in der Baker Street. Nach der Rückkehr ins ZIB hatte man ihn mit einer wenig inspirierenden Aufgabe betraut: Er sollte den Off-Kommentar zu einem kurzen Film über Alkoholgenuss bei Jugendlichen verfassen. Er wusste, dass er damit erst anfangen konnte, wenn der Brief an Anneke unterwegs war.

Nachdem er geschrieben war, haderte er mit dem Ergebnis. Wie auch anders? Trotzdem gab er den Brief am Mittwochmorgen im Postamt in der Marylebone High Street auf.

Er wartete einen Monat lang vergeblich auf eine Antwort. Als er sich schon damit abgefunden hatte, keine mehr zu bekommen, kam sie doch, adressiert an seine Arbeitsadresse, geschmückt mit exotischen belgischen Stempeln und frankiert mit der offiziellen Marke der Expo 58.

Lieber Mr Foley,
vielen Dank für Ihren Brief. Es war sehr anständig von Ihnen, mir zu schreiben und Ihre Sicht der Dinge zu schildern – nichts anderes hatte ich von einem englischen Gentleman erwartet.
Da es so in Ihnen aussieht, schlage ich vor, dass wir alles vergessen, was während unserer gemeinsamen Zeit in Brüssel passiert ist. Ich möchte Ihnen weder Kummer bereiten noch Sie in Verlegenheit bringen, was in Ihrem Fall wohl ein und dasselbe wäre.
Seien Sie versichert, dass ich von heute an in keiner Form versuchen werde, mich in Ihr Leben zu drängen oder es in irgendeiner Weise zu stören.
Erlauben Sie mir stattdessen, eine Anleihe bei Ihren beiden Freunden zu machen – den geheimnisvollen Männern in Trenchcoat und Hut –, ein Zitat, das sich auch in unserer Sache als nützlich erweisen könnte: »Dieses Gespräch hat nie stattgefunden.«
Ich verbleibe mit vorzüglicher Hochachtung Ihre
Anneke Hoskens.

UNRAST

Sylvia kniete vor der Kloschüssel. Der Toast mit Hefeaufstrich, den sie zum Frühstück gegessen hatte, war wieder hochgekommen. Das passierte ihr jetzt den dritten Tag in Folge. Sie schnappte nach Luft, riss ein paar Blatt Klopapier von der Rolle und wischte sich die Lippen, angewidert von dem sauren, schalen Geschmack in ihrem Mund.

Thomas saß zutiefst deprimiert an seinem Schreibtisch in der Baker Street. Zwei Dinge waren ihm gerade widerfahren. Zuerst hatte man ihn mit der Aufgabe betraut, eine Broschüre über die Gefahren des Alkohols am Steuer zu entwerfen. Offenbar war er jetzt der Mann für alle Aufträge, die etwas mit Pubs, Lizenzierungsgesetzen und Alkoholkonsum im Allgemeinen zu tun hatten. Und dann war auch noch sein Freund und Kollege Carlton-Browne quasi an ihm vorbei befördert worden, indem man ihn für die wesentlich prestigeträchtigere Aufgabe ausgewählt hatte, das Drehbuch für einen mit großem Budget geplanten Informationsfilm über die notwendigen Maßnahmen bei einem eventuellen nuklearen Angriff zu schreiben.

»Ich glaube, wir kriegen noch was Kleines«, sagte Sylvia zu ihm, als sie zusammen beim Abendessen saßen.

»Ich glaube, ich muss mich nach einer neuen Arbeit umsehen«, sagte Thomas zu ihr, als sie nachts wach im Ehebett lagen, einander unter der Decke an der Hand haltend.

»Ich glaube, wir sollten umziehen«, sagte sie am nächsten Morgen am Frühstückstisch zu ihm. »Ich fühle mich nicht mehr wohl in London. Ich habe mich hier nie wohlgefühlt. Ich möchte wieder näher bei Mum und Dad wohnen.«

Dann ging alles sehr schnell. Thomas erzählte seinem Arbeitskollegen Stanley Windrush von seinen Plänen. Die Neuigkeit machte die Runde, und ein paar Tage später in der Kantine hatte Carlton-Browne einen sehr brauchbaren Hinweis für ihn.

»Ein Kumpel von einem Kumpel von mir kennt eine Firma in den Midlands, die einen Leiter für ihre PR-Abteilung sucht. Die Sache könnte ganz auf deiner Linie liegen.«

Die fragliche Firma war ein großer Hersteller von Kfz-Bauteilen für den Export und den heimischen Markt. Sie hatten ihr Werk in Solihull, nicht weit vom Zentrum Birminghams und nur wenige Kilometer entfernt von King's Heath, dem Wohnort von Sylvias Eltern. Am Morgen des 16. Oktober 1958, einem Donnerstag, stieg Thomas am Bahnhof Euston in einen Zug und erschien pünktlich um elf Uhr zum Vorstellungsgespräch. Um Viertel nach elf eröffnete man ihm, dass er die Stelle haben konnte. Man hatte keine Referenzen verlangt. Man hatte auch keine Fragen zu seiner besonderen Eignung für gerade diese Position gestellt. Der Personalchef erklärte Thomas einfach nur, er sei genau der Mann, nach dem sie gesucht hätten.

Die Stunden danach vertrieb Thomas sich auf recht angenehme Art, er besuchte die Agentur eines Immobilienmaklers und erkundete die Gegend zu Fuß. Birmingham erschien ihm nicht halb so trist, wie er es sich vorgestellt hatte. Verglichen mit Tooting wirkten die südöstlichen Stadtteile ausgesprochen grün, ruhig und weitläufig. Er spazierte durch die breiten, von Bäumen gesäumten Straßen nahe der Cadbury-Fabrik in Bournville, erfreute sich der Farben des nahenden Herbstes und konnte sich gut vorstellen, hier zu leben; er sah sich, wie er Gill an einem Frühlingsmorgen zum Schulbus brachte, spürte ihre kleine Hand, die sich vertrauensvoll in seine schmiegte, er sah sich an Sonntagnachmittagen mit seinem Sohn (denn sie waren fest davon überzeugt, dass es ein Junge werden würde und hatten sich bereits auf den Namen David geeinigt, nach Thomas' Vater) auf dem nahe gelegenen Freizeitplatz Fußball spielen. Freudig überrascht war er, als er erfuhr, dass sie sich hier ein erheblich größeres Domizil leisten und ihr Haus in Tooting sogar noch mit erklecklichem Gewinn würden verkaufen können. Mit dem Geld, das bei solch einem Geschäft voraussichtlich übrig bliebe, ließe sich ohne Weiteres ein Mittelklassewagen finanzieren.

Wieder am Bahnhof New Street, blieb Thomas noch reichlich Zeit bis zur Abfahrt seines Zugs. Er kaufte sich am Kiosk die *Times* und machte es sich in einem Abteil zweiter Klasse bequem. Statt die Zeitung aufzuschlagen, schaute er allerdings lieber zum Fenster hinaus und verlor sich in Gedanken und halb ausgemalten Fantasien rund um die Freuden des Familienlebens und die Zufriedenheit in einer Existenz als respektabler Mittelschichtsbürger. Dieser behaglichen Tagträume war er noch nicht müde geworden, als nach dem Halt in Rugby plötzlich die Abteiltür aufgeschoben wurde. Ein junger Mann in Eisenbahnuniform blickte auf Thomas herunter und sagte: »Mr Foley?«

»Ja.«

»Eine Nachricht für Sie.«

Er reichte Thomas ein Stück liniertes Notizpapier und verschwand, ohne auf eine Antwort zu warten. Thomas faltete den Zettel auseinander und las ihn. Es stand nur eine Frage drauf: »Drink gefällig?«

Voller Argwohn erhob er sich, nahm die Zeitung mit und machte sich auf den Weg zum Speisewagen. Auch hier waren alle Tische leer bis auf einen, auf dem drei gefüllte Whiskygläser standen. Und daneben lag eine einzelne Tüte Smith's Salt'n'Shake Chips. Auf der schmalen Bank an einer Seite des Tischs saßen relativ eng aneinandergezwängt Mr Radford und Mr Wayne.

Mit allen Anzeichen freudiger Überraschung hoben sie die Köpfe, als sie seiner ansichtig geworden waren.

»Ja, gibt's denn das, Mr Foley!«

»Ich werd nicht wieder!«

»Ausgerechnet hier!«

»Ausgerechnet in diesem Zug!«

»Was für eine Freude! Nehmen Sie Platz!«

»Setzen Sie sich zu uns, junger Freund.«

»Whisky? Wir waren so frei, einen für Sie mitzubestellen.«

»Als hätten wir's geahnt, dass Sie auftauchen würden.«

»Nur so auf Verdacht, verstehen Sie?«

Thomas ließ sich auf den Sitz ihnen gegenüber plumpsen, verwundert zwar, dass sie ihm immer noch auf den Fersen waren, aber in erster Linie verärgert. Die beiden grotesken Gestalten gehörten in einen Abschnitt seines Lebens, den er hinter sich gelassen zu haben glaubte.

»Guten Tag, die Herren« war alles, was er sagte, aber mit einer gehörigen Portion Abfälligkeit im Ton. Sein Blick fiel auf den Whisky. Er beschloss, ihn nicht anzurühren.

»Er ist nicht vergiftet«, sagte Mr Wayne. Es klang ein bisschen gekränkt.

Thomas schob das Glas trotzdem von sich.

»Zigarette?«, fragte Mr Radford.

»Nein, danke«, sagte Thomas. Er hatte damit aufgehört, und versuchte gerade, Sylvia auch dazu zu bringen. (Als Konzession hatte er sich einverstanden erklärt, dass sie während der Schwangerschaft noch rauchte. Es war eine harte Zeit für eine Frau, und das Rauchen entspannte sie immer.)

»Und?«, sagte Mr Radford und zündete sich seine Zigarette mit einem vergoldeten Feuerzeug an, das er anschließend seinem Partner reichte. »Vorstellungsgespräch gut gelaufen?«

»Sie zapfen mein Telefon also immer noch an«, sagte Thomas.

Mr Wayne sah noch ein bisschen beleidigter aus.

»Hören Sie, mein Freund, was denken Sie von uns.«

»Wir sind ja nicht in der Sowjetunion.«

»Aber Sie scheinen bestens über meine Tagesabläufe informiert zu sein.«

»Einfach aus kollegialem Interesse.«

»Man will doch auf dem Laufenden sein.«

»Nachdem von Ihnen so gar nichts kommt.«

»Nicht mal eine Postkarte.«

»Wie?«, sagte Thomas. »Was sollte denn von mir kommen?«

»Na ja, ich weiß nicht… nennen Sie uns sentimental, aber wir hatten doch eine sehr nette… Beziehung, drüben in Brüssel.«

»Finden Sie?«

»Gut, das ist jetzt ohnehin Schnee von gestern«, sagte Mr Wayne. »Die Ausstellung ist so gut wie gelaufen. Ende der Woche packen sie alle ihre Siebensachen und fahren nach Hause.«

»Ich könnte mir denken, dass die Zeitungen Montag noch mal darüber berichten«, sagte Mr Radford.

Thomas erwiderte nichts darauf.

»Wobei«, fuhr Mr Radford fort, »natürlich nicht alles berichtet wird, was auf der Expo 58 so passiert ist.«

»Bei Weitem nicht alles«, bestätigte Mr Wayne.

Mr Radford schüttelte den Kopf. »Die schreckliche Geschichte mit Mr Chersky zum Beispiel. Dem lieben Gott sei's gedankt, dass die nicht durch die Presse gegangen ist.«

»Grauenhafte Sache«, fand auch Mr Wayne.

Das hörte sich gar nicht gut an. Thomas schnappte nach dem Köder.

»Mr Chersky?«

»Ja. Sie werden ja gehört haben, was ihm zugestoßen ist.«

»Nein.«

»Nein? Das ist merkwürdig.«

»Und?«, sagte Thomas etwas ungeduldig. »Was ist ihm denn zugestoßen?«

»Na, tot ist er.«

»Tot?«

»Ja, der arme Kerl. Ein Herzanfall.«

»In der Honeymoon-Suite des Astoria«, sagte Mr Radford, »haben sie ihn gefunden.«

Um dieser Information Zeit zum Wirken zu geben, tranken die beiden Männer einen Schluck Whisky und lehnten sich zurück, um mit einer gewissen belustigten Zufriedenheit im Blick auf Thomas' Reaktion zu warten.

»Aber ...«, sagte Thomas schließlich und formte die Worte langsam und behutsam, »da war er doch mit Emily.«

»Tatsächlich?«

»Allen Ernstes?«

»Da wissen Sie ja mehr über die Sache als wir.«

Thomas beugte sich vor, und seine Stimme vermochte den in ihm aufsteigenden Zorn nicht länger zu verbergen. »Ach, hören Sie auf. Reden Sie endlich Tacheles. Erzählen Sie mir, was passiert ist.«

»Na, ich weiß nicht recht, ob wir Ihnen da zu Diensten sein können«, sagte Mr Wayne. »Was meinen Sie, Mr Radford?«

Mr Radford schüttelte den Kopf.

»Unsicheres Gelände ...«

»Dünnes Eis ...«

»Andrerseits ...«

»Wenn man bedenkt ...«

»Dass wir Mr Foley schon ein ganzes Stück weit ins Vertrauen gezogen haben.«

»Allerdings.«

»Er ist bereits im Besitz von ein paar Tatsachen.«

»Da haben Sie nicht ganz unrecht.«

»Ach, Schluss jetzt mit dem Theater!«, sagte Thomas. »Ist Emily in die Sache verstrickt? War sie daran beteiligt?«
»*Verstrickt?*«
»*Beteiligt?*«
»Und ob sie verstrickt ist.«
»Und ob sie beteiligt war.«
»Das wissen Sie besser als jeder andere.«
»Sie waren schließlich auch beteiligt.«
»Und in die Sache verstrickt, wenn wir schon dabei sind.«
»Und haben Ihre Rolle in dem Komplott gespielt.«
»Und Sie sogar sehr gut gespielt.«
»Man könnte so weit gehen, zu sagen, dass es ohne Sie nicht durchzuführen gewesen wäre.«
»Was für ein *Komplott?*«, fragte Thomas. »Was wäre ohne mich nicht *durchzuführen* gewesen?«

Mr Radford und Mr Wayne tauschten fragende Blicke, als suchte jeder beim anderen die Bestätigung, dass Thomas in das Geheimnis eingeweiht werden durfte. Als sie zu einem Schluss gekommen zu sein schienen, rückten beide ein Stück nach vorn, und Mr Radford begann mit leiser Stimme zu erzählen.

»Nun, alles fing gleich zu Ausstellungsbeginn an. Schon in den allerersten Tagen wurde klar, dass es ... ein Informationsleck im amerikanischen Pavillon geben musste. Bestimmte vertrauliche Daten wurden an die Sowjets weitergegeben. Also rückten die Amerikaner an, schlugen ihr Lager in dem hübschen Landhaus auf, das Sie ja kennen, und besahen sich die Geschichte genauer.«

»Und jetzt kam Miss Parker ins Spiel.«
»Natürlich ist das nicht ihr richtiger Name.«
»Sie ist natürlich eine amerikanische Agentin.«
»Aber das wussten Sie ja sicher.«
»Nein? Ach, wir dachten, das wäre klar gewesen.«
»Aber woher?«, erwiderte Thomas empört. »Sie haben mir erzählt, sie sei eine Schauspielerin aus Wisconsin.«

»Oh, Sie dürfen nicht alles auf die Goldwaage legen, was wir sagen.«

»Das war nur ihre Tarnung. Wir hatten angenommen, Sie wären von selbst dahintergekommen.«

»Egal, jedenfalls hatte sie – auch wenn die undichte Stelle noch nicht identifiziert war – bald herausgekriegt, *wo* die Informationen landeten.«

»Bei Mr Chersky.«

»Und sie wusste auch, wo er sie entgegennahm.«

»Im Britannia.«

»Im Britannia?«

»Ja. Ihrem geliebten Pub. Das war der Übergabepunkt. Dort hat sich alles abgespielt.«

Thomas konnte sich nicht länger zurückhalten, der Whisky war zu verlockend. Er nahm das Glas und trank es in einem Zug halb leer. Er spürte bereits, wie sich jede Meinung, die er sich über seine Zeit auf der Expo 58 gebildet hatte, verformte und dann langsam ganz umkehrte. Ein ganzes Gebäude von Gewissheiten auf den Kopf gestellt.

»Aber wie«, fragte er, »fand denn die Übergabe statt?«

»Ha – genau das war der Clou an der Sache.«

»Der Geniestreich bei der ganzen Operation.«

»Sie hatten natürlich einen Komplizen.«

»Jemanden, der die Schmutzarbeit erledigte.«

»Und raten Sie mal, wer es war?«

»Sie könnten darauf kommen.«

Aber Thomas kam nicht darauf.

»Tja, die Bardame war's.«

Er starrte sie mit offenem Mund an. »Die Bardame? Nie im Leben.«

»Doch – Shirley Knott. Ganz genau.«

»Sie haben es erraten.«

»Der Groschen scheint zu fallen.«

Thomas lehnte sich zurück und nippte an seinem Whisky.

Ausgestattet mit dem neuesten, entscheidenden Stück Information, setzte sich das Gesamtbild nach und nach in seinem Kopf zusammen.

»Dann kann der Mann, der ihr die Sachen gebracht hat«, sagte er, »eigentlich nur der Amerikaner gewesen sein, der ständig bei ihr herumstand. Mr Longman.«

»Goldrichtig. Die beiden steckten unter einer Decke.«

»... desselben Geistes Kind.«

»... einer wie der andere.«

»Beide Mitglieder der Kommunistischen Partei, wie sich herausstellte.«

»Und sicher wissen Sie auch, wie die beiden es gemacht haben.«

»Der schönste Teil der Geschichte.«

»Von teuflischer Genialität.«

»Miss Parker ist ihnen gerade noch rechtzeitig auf die Schliche gekommen.«

»Sie haben diese Dinger hier benutzt.«

Mr Radford nahm das Päckchen Chips vom Tisch und hielt es in die Höhe.

»Sehen Sie«, sagte er und riss die Tüte auf. »In jedem dieser Päckchen ist ein kleiner blauer Papierbeutel mit dem Salz. Longman hat seine Position benutzt, um in den Büros des amerikanischen Pavillons an Geheimdokumente zu kommen, die er auf Mikrofilm übertragen, in eines dieser kleinen Säckchen gesteckt und der Bardame übergeben hat...«

»... und die hat sie in eine der Chipstüten gesteckt und Mr Chersky an den Tisch gebracht.«

Die beiden Männer schüttelten in ehrfürchtiger Bewunderung die Köpfe.

»Brillant.«

»Erstklassig.«

»Das muss man ihnen lassen.«

»Und plötzlich«, Mr Radford streute sich etwas Salz auf seine Chips und bot die Tüte an, »spitzten sich die Dinge zu. An einem Freitagnachmittag, Ihrem letzten Tag auf der Expo, wie es der Zufall wollte.«

»Miss Parker erhielt die Nachricht, dass wieder ein Dokument abhandengekommen war. Diesmal eins von großer Bedeutung.«

»Das heißeste von allen.«

»Ein Verzeichnis...«

»Eine Liste...«

»...aller amerikanischen Agenten, die derzeit auf russischem Territorium operieren.«

»An die fünfzig Namen...«

»Adressen...«

»Persönliche Details...«

»Wenn sie in die falschen Hände gefallen wäre...«

»...wäre jeder, der auf dieser Liste stand, so gut wie tot gewesen.«

»Aber durch einen grandiosen Glücksfall...«

»Nicht nur – immerhin war das auch ein ziemlicher Geniestreich von ihr.«

»Einverstanden, mein Lieber. Sehen Sie, an diesem Freitagabend saß Miss Parker mit Ihnen auf einen Drink im Britannia, und auf einmal kam ihr die Erleuchtung, wie sie es machten.«

»Die Bardame servierte Mr Chersky die Chipstüte zusammen mit dem Bier und sagte etwas, das Miss Parker die Ohren spitzen ließ.«

»Etwas von einer ›Sonderlieferung‹.«

»Und von einem ›Jumbopack‹.«

»Und da verstand sie.«

»Ein Augenblick der Inspiration.«

»Wie ein Blitz.«

Thomas versuchte sich an den Abend zu erinnern. Richtig, auf einmal hatte Emily sich mit vollen Händen Chips in den

Mund gestopft und konnte gar nicht genug davon kriegen. Was ihn sehr gewundert hatte. Und Andrej genauso. Sie hatten praktisch ein Wettessen veranstaltet, weil jeder als Erster an das Säckchen mit dem Salz kommen wollte.

»Tja...« Mr Radford trank sein Glas Whisky leer und bestellte per Handzeichen Nachschub. »Sie können sich vorstellen, dass sie jetzt vor einem Problem stand.«

»Mr Chersky hatte das Säckchen.«

»Er hatte das Säckchen und das Päckchen.«

»Er hatte das Säckchen und das Päckchen in der Tasche.«

»Er hatte das Säckchen und das Päckchen in der Tasche von seinem Jäckchen.«

»Sie durfte ihn also nicht mehr aus den Augen lassen. Nicht für eine Sekunde. Sie musste es sich zurückholen, bevor er es an jemanden weitergeben konnte.«

»Und da zeigte sie, was sie auf dem Kasten hat.«

»Aus welchem Stoff sie gemacht ist.«

»Sie nahm ihn kurzerhand mit ins Hotel Astoria und...«

»Na, den Rest können Sie sich ja denken.«

»Sie hat getan, was getan werden musste.«

Während der Steward noch drei Gläser Whisky ausschenkte, versuchte Thomas sich zu erinnern, woher dieser Satz ihm bekannt vorkam, und mit Schaudern wurde ihm klar, dass er ihn aus ihrem eigenen Mund gehört hatte, am Nachmittag des Picknicks. Die furchtbare Geschichte, die sie erzählt hatte: über ihren Vater, den sanftmütigen Naturwissenschaftler, der in blinder Raserei mit einem abgebrochenen Ast auf eine Waldklapperschlange eingedroschen hatte, um das Leben seiner Tochter zu beschützen. War es so etwas gewesen? Hatte sie ihre eigenen Brachialkräfte genutzt, um einen Menschen zu töten? Oder hatte sie ihm eine Kugel in die Brust gejagt, ihm einen Dolch ins Herz gestoßen? Andrej mit seiner eigenen Krawatte erdrosselt? »Seit diesem Tag weiß ich, dass es nichts gibt, das man nicht tun darf, wenn es darum geht, das zu schützen, was einem lieb und teuer ist«, hatte sie zu ihm gesagt.

»Es war nicht schwer«, fügte Mr Wayne jetzt in einem Tonfall hinzu, den man beinahe – beinahe – als sanft und beruhigend bezeichnen konnte. »Sie hatte eine Zyankalikapsel.«

»Die statten ihre Leute mit so etwas aus. Standardausrüstung, soviel ich weiß.«

»Sie hat ihm das Zeug in den Champagner geschüttet.«

»Ein Kinderspiel, wenn man drüber nachdenkt.«

Thomas dachte drüber nach. Und nachdem er sich Emily als Furie vorgestellt hatte, die mit von Wut und Ekel entstelltem Gesicht tödliche Schläge auf Andrejs Kopf hageln ließ, ergriff jetzt ein anderes Bild Besitz von ihm, eine Erinnerung: Emily sitzt ihm in der Bar des Großen Auditoriums gegenüber, den Blick in ein Glas mit blasser, sprudelnder Flüssigkeit gerichtet, und sagt: »Ich bin verrückt nach Champagner. Für mein Leben gern sehe ich die kleinen Perlen im Glas tanzen.« Mit leuchtenden Augen, die Wangen zu einem Lächeln gekräuselt. Kein Wunder, dass Andrej nichts anderes gesehen hatte. Kein Wunder, dass er nicht geahnt hatte, was ihm bevorstand...

»Aber ich verstehe immer noch nicht«, sagte er und schluckte schwer, »welche Rolle ich in der Geschichte gespielt habe. Sie haben mir in dem Haus am Waldrand einen Haufen Lügen aufgetischt, und weil ich nach Ihren Informationen – oder besser Falschinformationen – gehandelt habe, bin ich wie ein Idiot aufgetreten, und ich ... ich verstehe nicht, wie ich Ihnen damit geholfen haben soll.«

»Mein lieber Freund«, sagte Mr Wayne, »Sie unterschätzen sich gewaltig.«

»Ihre Rolle war von größter Bedeutung.«

»In welcher Hinsicht?«

»Nun, bei der Operation kam irgendwann ein Augenblick, in dem alles den Bach runterzugehen drohte. Die Russen hegten zunehmendes Misstrauen gegen Miss Parkers Tarnung. Mr Chersky lernte sie immer besser kennen und begann sich zu fragen, ob er es tatsächlich mit einer naiven jungen Schauspielerin und Tochter des berühmten Professors Parker aus Wisconsin zu tun hatte. Diese Leute sind programmiert, jeder Geschichte zu misstrauen, die man ihnen auftischt.«

»Eigentlich gar nicht so dumm, wenn man es recht bedenkt.«

»Und so wussten die Amerikaner, dass sie etwas unternehmen mussten, um den Mann zu überzeugen. Ihm den guten Glauben zurückzugeben, wenn Sie so wollen.«

»Und da haben wir ihnen angeboten, *Sie* zu engagieren.«

»Mich zu engagieren?«

»Ja. Damit Sie Miss Hoskens in das Restaurant des tschechischen Pavillons ausführen und ihr genau die Geschichte erzählen, die sie von Ihnen hören sollte.«

»Und die Mr Chersky hören sollte.«

»Dass nämlich Miss Parker im Begriff war, sich in ihn zu verlieben.«

Thomas schaute von Mr Wayne zu Mr Radford und wieder zurück, und langsam fiel der Groschen.

»Das Restaurant...«, sagte er. »Das Separee war... verwanzt?«

»Aber so was von.«

»Und Sie wussten, dass es verwanzt war?«

»Und ob wir das wussten.«

»Und Sie wussten auch, dass... alles, was ich dort gesagt habe...«

»...direkt in russische Ohren gesprochen war.«

»Und direkt an Mr Chersky weitergegeben wurde.«

»Und dort sollte es ja auch hin.«

»Ein Kinderspiel«, sagte Mr Radford und breitete die Handflächen.

»Pillepalle«, sagte Mr Wayne und zuckte die Achseln.

»Und das war alles? Mehr wollten Sie nicht von mir?«

Sie nickten im Gleichtakt. Und zum letzten Mal kam ihm eine von Emilys ursprünglich so mysteriösen Äußerungen in den Sinn. Ihre Abschiedsworte auf der Fußgängerbrücke über den See im Parc d'Osseghem: »Sie haben Ihre Pflicht mehr als getan«, hatte sie gesagt. Und dann, nachdem er sich gegen das Wort Pflicht gewehrt hatte: »Sie dürfen Ihre Mission als erfüllt betrachten.«

Er sah eine ganze Weile zum Waggonfenster hinaus. Sie reisten gerade durch Buckinghamshire, eine der unscheinbarsten Grafschaften Englands, aber selbst dieser eintönige Landstrich sah um diese Jahreszeit im Licht der Spätnachmittagssonne anziehend aus. Thomas wünschte, auf einer der Wiesen da draußen zu sein, die feuchte, federnde Erde unter den Füßen zu spüren, anstelle des abgestandenen Zigarettenrauchs kühle Luft zu atmen. Um den Kopf frei zu bekommen, sich die Zeit und den Raum zu verschaffen, über all das nachzudenken, was er heute erfahren hatte.

»Wie auch immer, alter Freund«, brach Mr Radford endlich das bleierne Schweigen, »wir sind Ihnen jedenfalls ewig dankbar für Ihre Hilfe.«

»Wie gesagt, wäre es ohne Sie nicht zu schaffen gewesen.«

»Weshalb wir uns mit einer kleinen Aufmerksamkeit revanchiert haben.«

»Mit was für einer Aufmerksamkeit«, sagte Thomas, den Blick vom Fenster wendend, die Augen schmal vor Argwohn.

Mr Wayne hüstelte. »Na, so richtig lang machen mussten Sie sich ja nicht für den neuen Job, oder?«

»Er soll Ihnen ja mehr oder weniger in den Schoß gefallen sein.«

Thomas antwortete nicht. Sein Schweigen schien sie unsicher zu machen.

»War ja wohl das Mindeste, was wir tun konnten«, fügte Mr Wayne noch hinzu.

»Kleines Zeichen unserer Wertschätzung et cetera«, sagte Mr Radford.

Thomas schaute wieder nach draußen. »Ich verstehe«, sagte er, und die Worte trieften vor Sarkasmus. »Und dafür erwarten Sie überhaupt keine Gegenleistung, ja? Aus reiner Herzensgüte haben Sie das getan.«

»Na ja.« Mr Wayne räusperte sich wieder. »Ganz so sollten Sie es vielleicht nicht sehen.«

»Sie wissen ja, heutzutage hat alles seinen Preis.«

»Umsonst ist der Tod, heißt es.«

»Also?« Er sah sie herausfordernd an. »Worauf wollen Sie hinaus?«

»Hören Sie, es gibt keinen Grund zur Panik.«

»Kein Anlass, nervös zu werden.«

»Wir sind schließlich vernünftige Leute.«

»Wir sind keine Monster, beileibe nicht.«

»Es ist alles ganz einfach. Die Firma, bei der Sie anfangen, macht einen Großteil ihrer Geschäfte im Ausland. Unter anderem auch im Ostblock. Polen, Ungarn, insbesondere in der Tschechoslowakei. Hin und wieder reisen ein paar Leute der Geschäftsführung dort hinüber...«

»Handelsdelegationen et cetera...«

»Und wir halten es nicht für ausgeschlossen, dass man Sie bitten wird, mal mitzufahren.«

»Und wenn Sie das tun...«

»Wenn Sie schon mal drüben sind, könnten Sie uns vielleicht den einen oder anderen Gefallen tun.«

»Kleine Botengänge für uns unternehmen.«

»Routinejobs, die einen verlässlichen Mann wie Sie erfordern.«

»Sehen Sie, Foley, Ihr Stil gefällt uns.«

»Ihre Art, an Dinge heranzugehen.«

»Wir haben das Gefühl, Ihnen vertrauen zu können.«

»Und das passiert selten genug in unserem Gewerbe.«

Thomas lächelte kampfeslustig und schüttelte den Kopf. »Tja, meine Herren, es tut mir leid, Sie enttäuschen zu müssen, aber ich werde keine ›Botengänge‹ mehr für Sie erledigen und auch keine ›Routinejobs‹. Das eine Mal war mehr als genug, würde ich sagen. Sollten Sie bei der Beschaffung meiner neuen Stelle die Hände im Spiel gehabt haben, nehmen Sie meinen aufrichtigen Dank entgegen, aber jetzt lassen Sie mich gefälligst in Ruhe mein Leben weiterleben.« Er trank seinen Whisky aus, stellte das Glas auf den Tisch und wollte sich erheben. »Ich hoffe, ich habe mich klar genug ausgedrückt.«

Zum dritten Mal innerhalb weniger Minuten räusperte sich Mr Wayne und langte nach einer Aktentasche unter dem Tisch, während Mr Radford Thomas eine Hand auf den Unterarm legte.

»Einen Augenblick, junger Freund«, sagte er. »Sie sollten nichts übereilen.«

Widerstrebend nahm Thomas wieder Platz. Er versuchte zu erkennen, was Mr Wayne da aus seiner Aktentasche holte. Es schien sich um einen kleinen Stoß Schwarz-Weiß-Fotografien zu handeln – vielleicht ein Dutzend –, aber ganz sicher war er nicht, denn anstatt sie auf dem Tisch auszubreiten, fächerte Mr Wayne sie auf und drückte sie sich eifersüchtig vor die Brust wie ein Bridgespieler ein besonders vielversprechendes Blatt.

»Glauben Sie uns, Mr Foley, wir hätten Ihnen das wirklich gerne erspart…«, begann er.

»Aber Sie lassen uns leider keine Wahl«, assistierte ihm Mr Radford.

»Sehen Sie, in der Nacht, in der Miss Parker ihrer patriotischen Pflicht nachkam und gegen die tödliche Bedrohung durch Mr Chersky anging…«

»Hatten Sie offenbar ganz andere Dinge im Sinn.«

»Sie hatten ein Stelldichein mit Miss Hoskens, wenn uns nicht alles täuscht…«

»Nahmen sie mit ins Motel Expo…«
»…wo unser Kollege Mr Wilkins…«
»Sie erinnern sich an Wilkins?«
»…wie es der Zufall wollte…«
»…mit seiner Kamera herumschlich…«
»Ein bisschen ein Sonderling, der gute Wilkins…«
»Eine Art einsamer Wolf…«
»Aber fotografieren kann er.«
»Und ob, Radford, sehen Sie mal das hier.«
»Mein lieber Mann! Das überlässt nichts der Fantasie.«
»Und erst das hier.«
Sie kicherten vergnügt.
»Ich muss sagen, Foley, Sie haben zweifellos eine innovative Herangehensweise an diese Sache.«
»Und eine hochtalentierte Partnerin, wenn ich das sagen darf.«
»Aber Sie sollten es damit nicht übertreiben.«
»So einen Hexenschuss fängt man sich schneller, als man denkt.«
»Heiliges Kanonenrohr, was ist denn das?«
»Wo?«
»Hier.«
Mr Wayne legte den Finger auf eine Stelle, und Mr Radford inspizierte sie mit zusammengekniffenen Augen.
»Das ist Wilkins, vermute ich. Ihm muss der Daumen vors Objektiv gerutscht sein.«
»Aha.« Mr Wayne legte die Fotos mit der Bildseite nach unten auf den Tisch und sagte: »Also, Sinn und Zweck der Übung haben Sie verstanden? Es wäre doch ein Jammer, wenn Ihre Frau die zu Gesicht bekäme. Ein Riesenjammer. Womöglich wäre Ihre Ehe dann im Eimer.«
»Ein Puritaner könnte natürlich die Auffassung vertreten, das hätten Sie sich überlegen sollen, bevor Sie sich auf solche… Sperenzchen einließen.«

Mr Wayne steckte alle Fotografien bis auf eine zurück in seine Aktentasche, dann lehnten beide Herren sich zurück, verschränkten die Arme vor der Brust und lächelten ihn auf eine aufreizend dümmliche Weise an.

»Wir haben uns gedacht«, sagte Mr Radford und schob Thomas das verbliebene Foto mit der Bildseite nach unten über den Tisch, »das hier möchten Sie vielleicht behalten. Als Andenken.«

Thomas nahm das Foto und drehte es langsam um. Es war eine Aufnahme von Anneke, ohne ihn. Wahrscheinlich die letzte der Serie – aufgenommen, als er schon im Bad war, kurz bevor Wilkins von seinem Ansitz neben dem Oberlicht abgerutscht und vom Dach gefallen war und Anneke mit seinem Gepolter geweckt hatte.

Er betrachtete das Foto lange. Wie schön sie war, wenn man sie so sah: in tiefem vertrauensvollem Schlaf, nackt, nichts ahnend von den Netzen aus Täuschung und Verrat, die um sie herum gewoben wurden. Der Gedanke, es zugelassen zu haben – wie unabsichtlich auch immer –, dass sie auf diese Weise missbraucht worden war, brach ihm beinahe das Herz, so wie es ihm das Herz brach zu denken, dass er sie nie wiedersehen würde, dass die Nacht mit ihr – diese Nacht, die schon jetzt in den zweifelhaften Schatten der Erinnerung zu versinken drohte – unwiederbringlich dahin war.

Vorbei ist vorbei.

Während er noch die Fotografie betrachtete, nickten Mr Wayne und Mr Radford einander zu, erhoben sich leise (taktvoll leise, hätte man beinahe sagen können) und zogen sich zurück. Als Thomas den Blick hob, sich die jetzt tränenverschleierten Augen rieb und im Speisewagen umhersah, waren die beiden Männer verschwunden.

Viel später (in der Tat viele Jahre später) würde er sich fragen, warum er auf ihre Bedingungen eingegangen war, warum er sich so leicht in die Enge hatte treiben lassen. Es wäre einfacher, schneller und sauberer gewesen, sie alle beide zum Teufel zu jagen. War seine Ehe die Rettung überhaupt wert gewesen, zu solch einem hohen Preis? Denn was ihm an seinem Abenteuer Expo 58 vor allem anderen Rätsel aufgab, war nicht die Intrige, in die er hineingezogen worden war, sondern die nachgewiesene Brüchigkeit seiner Treue zu Sylvia während dieser Wochen. Je älter er wurde, desto stärker empfand er, dass es grausam von ihm gewesen war – nicht, sie zu heiraten, sondern mit ihr verheiratet zu bleiben. Das war der wirkliche Jammer an der Geschichte: dass seine Unentschlossenheit sie zu einem Leben in Unrast verurteilt hatte.

HOLLAHI,
HOLLAHO

Am Sonntag, dem 19. Oktober 1958, ging die Brüsseler Weltausstellung zu Ende. Am späten Abend wurde ein großes Feuerwerk abgebrannt, und um zwei Uhr nachts schlossen zum letzten Mal die Tore für das Publikum. Vom Montagmorgen an durften nur noch Menschen mit offiziellem Passierschein auf das Gelände; Lastwagen, Traktoren und Umzugswagen rückten an, und man machte sich an die zeitaufwendige Arbeit, die Bauten wieder in ihre Einzelteile zu zerlegen. Sie wurden über ganz Belgien, sogar über ganz Europa verteilt. Manche verwandelte man in Schulen, andere in provisorische, später dauerhafte Wohnungen. Das Restaurant Praha des tschechischen Pavillons wurde demoniert und im Prager Letna-Park wiederaufgebaut, wo es zunächst wieder als Restaurant, später als Verwaltungsbau Verwendung fand. Nur wenige Gebäude verblieben auf dem Heysel-Gelände, unter ihnen das Atomium, das im Lauf der Jahre unaufhaltsam der Verwahrlosung anheimfiel.

Am Montag, dem 20. Oktober 1958, reichte Thomas beim Zentralen Informationsbüro seine Kündigung ein.

Am Montag, dem 1. Dezember 1958, trat er seine neue Stelle als PR-Manager bei Phocas Industries Ltd in Solihull, Warwickshire, an. Im selben Jahr kurz vor Weihnachten bezogen er, Sylvia und Gill ein Haus in der Monument Lane auf den Lickey Hills am Stadtrand von Birmingham.

Im Mai 1959 brachte Sylvia einen Sohn zur Welt. Der Junge wurde nach seinen beiden Großvätern David James Foley genannt.

Keine zwei Jahre nach dem Ende der Expo 58, am 30. Juni 1960, erlangte Belgisch-Kongo die Unabhängigkeit. Heute trägt es den Namen Demokratische Republik Kongo.

Am Montag, dem 26. März 1962, eröffnete auf dem Gelände eines ehemaligen Weinlagerhauses in der Townwall Street 41 in Dover, Kent, ein neues Pub mit dem Namen Britannia. Wie der *East Kent Mercury* vom 23. März 1962 berichtete, war es dem »berühmten Pub selben Namens nachgebaut, das vor vier Jahren eigens für die Weltausstellung in Brüssel gebaut worden war«. Viele der Exponate aus dem originalen Britannia, darunter auch das maßstabgetreue Modell eines BOAC-Britannia-Linienfliegers, waren ein paar Jahre zuvor auf einer Auktion in Birmingham ersteigert und in die Einrichtung integriert worden. Es war erst das zweite Lokal im Vereinigten Königreich, das Britannia Bitter ausschenkte, ein Bier, das die Brauerei Whitbread 1958 exklusiv für die Weltausstellung kreiert hatte.

1963 reiste Thomas als Mitglied einer Handelsdelegation der Phocas Industries nach Bratislava in der Tschechoslowakei. Es war die erste einer ganzen Reihe von Reisen in die Ostblockstaaten während der 60er- und frühen 70er-Jahre.

Am 13. Januar 1967 berichtete der *East Kent Mercury*, das Britannia in Dover sei »zu einem der berühmtesten Public Houses auf dem Erdball geworden«. Jahr für Jahr besuchten es Tausende von ausländischen Gästen, um die einzigartige Sammlung maritimer Drucke und Modelle zu besichtigen.

Im Oktober 1970 trat Mr Edward Perry das Erbe seines Vaters als neuer Pächter des Britannia an. Fünf Jahre später löste ihn sein Sohn in der Leitung des Lokals ab. 1980 notierte der *Dover Express*, die Townwall Street, an der das Pub stand, sei nach dem vierspurigen Ausbau nun sechsmal so breit wie ihre Vorgängerin.

Am Freitag, dem 4. Mai 1979, wurde Margaret Thatcher als erste Frau britischer Premierminister.

Thomas' und Sylvias Tochter Gill heiratete 1983 im Alter von sechsundzwanzig Jahren. Sie hatte zwei Töchter, Catherine (geboren 1984) und Elizabeth (geboren 1987).

Am Donnerstag, dem 9. November 1989, gab die ostdeutsche Regierung bekannt, dass ab sofort alle Bürger der DDR Westdeutschland und Westberlin besuchen durften. Massen ostdeutscher Bürger strömten durch die Übergänge in der Berliner Mauer, die im Lauf der folgenden Wochen Stück für Stück abgetragen und im Jahr darauf mit schwerem Gerät vollends dem Erdboden gleichgemacht wurde.

1996 bekamen David Foley und seine Frau Jennifer (aus Melbourne, Australien) ihr einziges Kind, eine Tochter namens Amy.

Ende der 90er-Jahre stand das Atomium noch immer auf dem Heysel-Plateau am Stadtrand Brüssels, aber selbst im offiziellen Führer stand zu lesen, dass »Versäumnisse bei der Instandhaltung das Bauwerk in einen erbärmlichen Zustand versetzt« hatten.

Am Dienstag, dem 15. Mai 2001, starb Sylvia Foley an den Folgen eines Schlaganfalls.

Am Freitag, dem 3. Oktober 2003, veranstaltete die neue Geschäftsführung des Britannia in Dover eine Einweihungsparty zur Eröffnung eines Restaurants mit Bar für die ganze Familie. In ihrem Pub seien von nun an Kinder willkommen, »weil es der allgemeinen Atmosphäre nur guttun kann«, ließ die neue Wirtin verlauten.

Im Oktober 2004 wurde das Atomium zum ersten Mal nach sechsundvierzig Jahren für die Öffentlichkeit geschlossen und einer zwei Jahre währenden Wiederinstandsetzung unterzogen. Die Hauptaufgabe war es, die verwitterten Aluminiumverkleidungen der Kugeln durch rostfreie Bleche aus Edelstahl zu ersetzen. Am 18. Februar 2006 wurde das Atomium mit neuen Attraktionen wie Ausstellungsräumen, einem vollständig erneuerten Restaurant und einem futuristischen Schlafsaal für besuchende Schulklassen wiedereröffnet.

Am 17. November 2005 gab die Wirtin des Britannia in Dover bekannt, dass sie im neuen Jahr regelmäßige Tabledance-Abende einzuführen gedachte. Der Presse gegenüber versicherte sie, es handle sich keinesfalls um anrüchige Veranstaltungen. »Die Leute mit ihren ewigen Einwänden gegen erotischen Tanz in Dover sollen endlich aufwachen. So etwas gibt es überall in Europa«, sagte sie und fügte hinzu, von Sexismus könne keine Rede sein, da in ihrem Programm auch Männer auftreten würden. Der *Dover Express* bat ein paar Stammgäste um ihre Meinung zu diesen Plänen. Die Mehrzahl brachte keine Einwände vor, ein 53-jähriger Anwohner allerdings meinte darin ein deutliches Zeichen eines allgemeinen Niedergangs zu sehen, und sagte: »Was glauben die denn, wo wir hier sind, in Thailand? Dies war mal eine anständige Stadt.«

Im Frühjahr 2006 zog Thomas widerstrebend in einen Anbau des Einfamilienhauses seiner Tochter Gill in Oxfordshire.

Am Sonntag, dem 8. Oktober 2006, starb Sylvias jüngere Schwester Rosamond im Alter von dreiundsiebzig Jahren allein in ihrem Haus in Shropshire. Der Obduktionsbericht gab Herzversagen als Todesursache an.

Am Donnerstag, dem 30. November 2006, wurde im Britannia in Dover ein 24-stündiges Marathontrinken abgehalten.

2008 fanden überall in Brüssel Gedenkveranstaltungen zur Feier des 50. Jahrestags der Eröffnung der Expo 58 statt. Unter anderem wurden 275 Belgier, die zwischen dem 17. April und dem 19. Oktober 1958 das Licht der Welt erblickt hatten, zu einem Abendempfang in das Atomium eingeladen. Eine Serie von Gedenkbriefmarken kam auf den Markt, und in einem neuen Gebäude mit dem Namen »Pavilion of Temporary Happiness« zeigte man Filme und organisierte Ausstellungen.

2008 schloss das Britannia für immer seine Pforten. Die Stadt Dover kaufte das Anwesen und ließ es drei Jahre lang leer stehen. Im April 2011 wurde das Gebäude schließlich abgerissen. Das Grundstück, auf dem es stand, ist noch nicht wieder bebaut worden.

Am Mittwoch, dem 4. November 2009, wurde Thomas Foley – inzwischen vierundachtzig Jahre alt – um halb sieben von seinem auf Radio Four eingestellten Radiowecker geweckt. Er setzte sich sofort im Bett auf – er wusste, dass er an diesem Tag etwas Besonderes vorhatte, konnte sich aber nicht gleich erinnern, was.

Dann fiel ihm ein, dass er mit dem Zug nach London und von Paddington weiter nach King's Cross fahren wollte, um dort in den Eurostar nach Brüssel zu steigen, wo er am frühen Nachmittag eintreffen würde. Nach dem Einchecken im Marriott an der Auguste Ortsstraat würde er zu Fuß zum Hauptbahnhof gehen, den Zug nach Antwerpen-Berchem nehmen und von dort ein Taxi in den Vorort Kontich, wo er zum Abendessen verabredet war.

Mit anderen Worten, ein dicht gedrängter Zeitplan. Aber es war ein gutes Gefühl, zur Abwechslung mal wieder etwas zu unternehmen. Er hatte sich in letzter Zeit viel zu bereitwillig dem Nichtstun überlassen.

Gill brachte ihn zum Bahnhof und wartete mit ihm auf die Einfahrt des Zuges nach London.

»Gib ja auf dich acht, Dad«, sagte sie. »Denk an dein Alter. Nicht viele Menschen reisen mit vierundachtzig ganz allein durch die Welt.«

»Seh ich aus wie ein Pflegefall?«, fragte er.

Aber Gill hatte nicht ganz unrecht. Es war ein nebliger Tag in Brüssel, die Gehsteige waren nass und rutschig. Auf dem Weg vom Hotel zum Hauptbahnhof kam er in der Isabellastraat zu Fall. Glücklicherweise schlug er sich nur leicht den Ellbogen auf, und zwei junge Frauen – amerikanische Touristinnen, wie sich herausstellte – halfen ihm wieder auf die Beine. Er nahm den Zwischenfall als Warnzeichen. Er war alt geworden. Vielleicht zu alt, um allein zu reisen.

Warum in aller Welt hatte sie Antwerpen ausgesucht? Und obendrein diesen wenig liebenswerten Vorort Antwerpens? Er wusste, dass sie noch in Londerzeel lebte, da hätten sie doch im Restaurant des Atomiums essen können. Es wäre für sie beide deutlich einfacher gewesen, und außerdem ein viel geeigneterer Ort für ein sentimentales Wiedersehen. Er war nach der Renovierung noch nicht dort gewesen, und jetzt musste er morgen früh vor der Rückfahrt extra einen Abstecher dorthin machen.

Und zu allem Überfluss noch ein Chinarestaurant... Da unternahm man eine weite Reise nach Belgien, um zum Chinesen zu gehen!

Es wurde bereits dunkel, als das Taxi ganz langsam die Koningin Astridlaan hinunterfuhr. Um halb sechs herrschte noch dichter Feierabendverkehr. Ziemlich früh für ein Abendessen – aber gut, es war ihr Vorschlag gewesen; alte Menschen hatten nun mal ihre eingefahrenen Gewohnheiten, und zu ihren schien es zu gehören, zeitig zu Abend zu essen. Auch wenn Hühnchen Chow-Mein so ziemlich das Letzte war, wonach ihm der Sinn stand.

Der Taxifahrer war verwirrt; vielleicht war er falsch abgebogen. Er sah ständig auf sein Navi und fuhr jetzt schon zum dritten Mal dasselbe Stück Straße auf und ab. Thomas fror es im Fond des Wagens. Er wischte das Kondenswasser von der Scheibe und spähte hinaus in das bläulich-schwarze Licht, durch das in regelmäßigen Abständen die dunstigen, bernsteingelben Koronen der Straßenlaternen leuchteten. Der Nebel wurde dichter. Schließlich ließ der Fahrer eine Kanonade flämische Kraftausdrücke vom Stapel – das vermutete Thomas zumindest – und riss sein Auto ruckartig von der Fahrbahn nach links in einen Innenhof, in dem etwa ein halbes Dutzend geparkte Autos standen. Das Taxi hielt, Thomas kletterte hinaus und zahlte dem Fahrer fünfunddreißig Euro, einschließlich eines Trinkgelds als Entschädigung dafür, dass er ihn in diese gottverlassene Gegend fahren musste.

Nun stand er etwas ratlos in dem Hof, blickte auf das Gebäude vor seiner Nase, eine imposante Holzkonstruktion mit dem Namen Peking-Wok Restaurant. Sollte er schon hineingehen und drinnen auf sie warten? Er war ein paar Minuten zu früh, und ein Beruhigungsdrink vor dem Wiedersehen konnte vielleicht nicht schaden.

Noch im selben Moment wurde ihm die Entscheidung abgenommen. Von einem der geparkten Autos kam ein unmissverständliches Signal: Ein mehrfaches Betätigen der Lichthupe, und für einen unheimlichen Moment fühlte er sich durch die Jahrzehnte zurückversetzt zu einem Abend im Sommer 1958, ins Halbdunkel am Rand des Josaphat-Parks, von wo aus dieser Vollidiot Wilkins ihn entführt und wo der Fahrer des absurden VW-Käfers auf sie gewartet hatte. Genau dasselbe Signal... Im ersten Moment lähmte ihn das Déjà-vu, und er blieb wie angewurzelt stehen. Aber dann öffnete sich die Fahrertür des Autos, eine Frau stieg aus, klappte die Tür wieder zu und kam zu ihm herüber. Dann stand sie vor ihm – ziemlich unverwechselbar, mehr oder weniger unverändert, und das nach so vielen Jahren: Clara.

Sie küssten sich nach belgischer Art dreimal auf die Wange und blieben eine Weile in freundschaftlicher Umarmung stehen. Weil sie beide dicke Mäntel trugen, war von Körperkontakt nicht viel zu spüren. Clara behielt ihn länger in den Armen als er sie. Nachdem sie ihn freigegeben hatte, drehte sie sich um und deutete auf das dunkle, hoch vor ihnen aufragende Haus, das im dichten Nebel verschwamm, obwohl es keine zwanzig Meter entfernt stand.

»Na, was denken Sie?«

Thomas wusste nicht, was er sagen sollte. Das Haus schien für sie eine Bedeutung zu haben, die sich ihm nicht erschloss.

»Erkennen Sie es nicht wieder? Sie waren schon mal drinnen.«

»Tatsächlich?«

»Ja.« Sie sah ihn mit diesem Lächeln an, eine Spur zu flehentlich, eine Spur zu bedürftig, an das er sich noch so gut erinnerte, und sagte: »Kommt es Ihnen nicht ein bisschen … bayrisch vor?«

Jetzt dämmerte es ihm, plötzlich bekamen die weiten, flachen Winkel des Dachs, der lange, über die ganze erste Etage verlaufende Balkon, die liebenswerte deutsche Klobigkeit der Formen eine frappierende Vertrautheit – trotz der Tatsache, dass in gigantischer, pseudoasiatischer Kalligrafie der Name »PEKING-WOK« quer über den Giebel geschrieben stand.

»Mein Gott«, sagte Thomas, »das ist ja das Oberbayern!«

»Natürlich«, sagte Clara, und ihre Augen leuchteten vor Vergnügen über die gelungene Überraschung. »Nach der Expo haben sie es hier wieder aufgebaut, mit allem Drum und Dran, und seitdem steht es hier. Es hatte schon viele Verwendungszwecke. Das ist nur der vorerst letzte. Gehen wir rein?«

Drinnen war das Licht schummrig, aber immerhin so hell, dass man erkennen konnte, wie wenig Ähnlichkeit das Innere mit dem Saal hatte, in dem Clara, Tony, Anneke und Thomas vor einundfünfzig Jahren an langen, vollbesetzten Tischen gesessen, Bier aus Literkrügen getrunken und ein Prosit auf die Gemütlichkeit ausgebracht hatten, während das Orchester sich durch ein Potpourri deutscher Trinklieder stampfte. Hier boten die meisten Tische nur Platz für vier Personen, die Einrichtung war ordentlich und rechtwinklig mit niedrigen Decken, vielen auf Gestellen und in Alkoven arrangierten

Topfpflanzen und einer Selbstbedienungstheke entlang einer Wand. Sie suchten sich einen Tisch in ihrer Nähe und legten die Mäntel ab.

»Ich freue mich sehr, Sie zu sehen, Thomas«, sagte Clara, als sie endlich saßen.

»Ich mich auch.«

Sie hatte ihm vor ein paar Monaten eine E-Mail geschickt, nachdem sie ihn ohne große Mühe über eine Internet-Suchmaschine ausfindig gemacht hatte. Das Motiv für ihre Kontaktsuche war ein sehr simples, und auf die für sie typische Art machte sie keinerlei Geheimnis daraus: Sie wollte wissen, ob Thomas mit Tony Buttress in Verbindung sei und ihr sagen könne, was aus ihm geworden war. Thomas antwortete ihr, er habe nach der Expo keinen intensiven Kontakt mit Tony gepflegt, aber bis 1998 hatten sie sich jedes Jahr eine Weihnachtskarte geschickt. In dem Jahr war die Karte nur noch von Tonys Frau unterschrieben gewesen, und in dem Umschlag hatte er einen Zettel mit der Nachricht gefunden, dass Tony nur wenige Monate, nachdem man bei ihm Lungenkrebs diagnostiziert hatte, gestorben war. »Das ist sehr traurig«, hatte Clara ihm zurückgeschrieben. »Mein Mann ist letztes Jahr gestorben. Ich muss zugeben, dass ich gehofft hatte, Ihr Freund sei noch am Leben und vielleicht sogar Witwer. So gern ich meinen Mann hatte, konnte ich Tony doch nie vergessen, nicht einmal für einen einzigen Tag. Es wäre schön gewesen, meine letzten Jahre mit ihm zu verbringen.« Von Anneke war bis dahin nicht die Rede gewesen. Aber Thomas wollte nicht länger warten und fragte Clara in seiner nächsten E-Mail nach ihr. »Leider weilt sie auch nicht mehr unter uns«, lautete die Antwort. »Sie ist vor fünf Jahren gestorben. Ich würde Ihnen gerne mehr erzählen, aber von Angesicht zu Angesicht würde es mir leichter fallen. Möchten Sie zu mir nach Belgien kommen? Mit dem Zug ist das doch jetzt ein Katzensprung.«

Das war der Köder, mit dem sie ihn gelockt hatte: ausführlichere Informationen über Anneke. Jetzt schien sie keine Eile zu haben, sie ihm mitzuteilen, und trotzdem musste Thomas sich eingestehen, dass er sich freute, sie wiederzusehen, eine Zeit lang mit ihr im Teich der gemeinsamen Erinnerungen zu schwimmen. Clara musste jetzt Anfang siebzig sein, aber die Jahre schienen spurlos an ihr vorübergegangen zu sein. Allerdings hatte sie auch mit zwanzig nicht besonders jung ausgesehen; eine ihr eigene, seltsame Alterslosigkeit, die damals ein Nachteil gewesen war, gereichte ihr heute zum Vorteil: Das kurze, rötlich-braune Haar sah, was Farbe und Schnitt anging, noch genauso aus wie damals, ihr Körperbau war immer noch robust und stämmig, die wenigen Falten um die entschlossenen braunen Augen herum standen ihr gut. Thomas fühlte sich auf eine Weise wohl in ihrer Gesellschaft, wie das 1958 – wenn er ehrlich war – nicht unbedingt der Fall gewesen war.

»Der Abend, wissen Sie – der Abend, an dem wir ... *hier* waren« – ihre Handbewegung schloss den ganzen Raum ein –, »war unheimlich wichtig für mich. Keiner hätte mich verstanden, deshalb habe ich damals gar nicht den Versuch gemacht, es zu erklären. Aber Sie müssen sich vorstellen, wie das nach dem Krieg für mich und meine Familie war. Wir lebten in Lontzen, das zu den sogenannten Ostkantonen Belgiens gehört. Dieser Teil des Landes hat eine sehr komplizierte Geschichte. Bis zum Ende des Ersten Weltkriegs hat er zu Deutschland gehört. Und 1940 haben die Deutschen ihn sich zurückgeholt. Was bei der dortigen Bevölkerung sehr unterschiedliche Gefühle ausgelöst hat. Manche fühlten sich mehr als Deutsche. Nach dem Ende des Zweiten Weltkriegs wurden viele Menschen aus den Ostkantonen der Kollaboration mit den Nazis beschuldigt. Das traf sicher für einige zu, aber nicht für die große Mehrheit. Immerhin hat man erreicht, dass wir uns unserer Sprache und unserer Kultur schämten. Es gab sogar eine Bewegung, die uns ›entgermanisieren‹ wollte. Und für meine Familie wurde es noch schlimmer, als wir nach Londerzeel umzogen. In Flandern hasste man uns; wir waren Geächtete. Immer noch Feinde. Und dann dieser Abend im Oberbayern... Zu sehen, dass sich so viele Menschen aus so vielen verschiedenen Ländern ganz wunderbar mit deutscher Musik, bei deutschen Speisen amüsierten... das war ein Gefühl, als hätte der Albtraum endlich ein Ende. Als wäre ich wieder akzeptiert. Es war einer der glücklichsten Abende meines Lebens.«

Bis Clara ihm das alles anvertraut hatte, waren ihre Teller schon leer gegessen. Thomas schenkte ihr den letzten Rest Riesling ins Glas und sagte: »Sie erinnern sich doch auch noch an den Tag, als Sie von Brüssel zu dem Picknick mit uns geradelt sind, auf der Wiese an dem Fluss nahe bei Leuven?«

Clara lachte. »Wie könnte ich das vergessen haben? Ich bin zusammen mit Anneke und Federico gekommen.«

»Richtig. Ich hatte seinen Namen vergessen. Was wohl aus ihm geworden ist?«

»Na, geheiratet hat sie ihn.«

Es gab keine Erklärung dafür, jedenfalls keine vernünftige, dass diese Worte ihn so heftig trafen. Clara hatte sie kaum ausgesprochen, als Thomas sich von etwas Dumpfem, Schleichendem bedrängt fühlte, etwas, das Raum forderte wie ein Geschwür. Einer bleiernen, lastenden Traurigkeit, die tief aus seinem Inneren aufstieg, ihn gleichsam von innen erdrückte.

»Ach wirklich?«

»Ja. Die Expo war noch nicht vorbei, als sie schon verlobt waren. Und ein paar Monate später hatte sie Belgien bereits verlassen. Sie sind zusammen nach Bologna gegangen.«

»Ich wusste gar nicht... dass sie auch Italienisch konnte.«

»Sie hat es sehr schnell gelernt.«

»Und was hat sie dort gemacht?«

»Sie bekamen zwei Kinder. Ein Mädchen, Delfina, und dann einen Jungen. Seinen Namen hab ich vergessen. Soviel ich weiß, hat Anneke in einem Laden gearbeitet, sehr hart, glaube ich. Federico war ein guter Mensch, aber faul. Ständig klagte er über Krankheiten. Er war noch ziemlich jung, als er ganz aufhörte zu arbeiten. Er hatte eine Vorliebe für dieses Spiel entwickelt, dieses italienische Spiel – wie heißt das noch? *Boccia*. Er spielte sehr gut, und es wurde zu einer richtigen Leidenschaft. Den Großteil der Zeit verbrachte er mit seinen Freunden beim Spiel. Sogar an Wettbewerben nahm er teil, reiste quer durchs Land. Und Anneke blieb in Bologna, allein mit dem Laden und den Kindern. Ein hartes Leben, vermute ich. Ja, und das ist eigentlich alles, was ich weiß. Wir haben schon vor vielen Jahren den Kontakt verloren – irgendwann in den Sechzigern muss das gewesen sein. Aber ein Foto habe ich noch aus der Zeit – sie hat es mir mal geschickt. Hier.«

Sie gab ihm das Bild, etwa zehn Zentimeter im Quadrat, die Farben stark ausgebleicht. Es zeigte Anneke an einem Tisch in irgendeinem Haus – wahrscheinlich ihrem – neben einem Tisch, auf dem Schoß ein hübsches, dunkelhaariges, etwa sieben oder acht Jahre altes Mädchen. Thomas nahm das Foto zwischen Daumen und Zeigefinger und betrachtete es eingehend. Außer diesem kannte er nur ein Foto von Anneke, ein vollkommen anderes, das er in einer verschlossenen Schublade aufbewahrt und im Lauf der Jahrzehnte nur wenige Male hervorzuholen gewagt hatte. Sie in dieser so anderen Rolle zu sehen, so mütterlich und (er musste es sich eingestehen) so glücklich, brachte ihn aus dem Gleichgewicht.

»Wenn Sie wollen, mache ich Ihnen eine Kopie davon«, sagte Clara.

Thomas nickte und gab es ihr, nach einem langen letzten Blick, voll Widerstreben zurück. Dann schwiegen sie eine

Weile. Sollte Clara mitbekommen haben, wie stark diese Nachricht ihn berührt hatte, wusste sie es gut zu verbergen. Immer noch mit dieser prononcierten, wenn nicht forcierten Fröhlichkeit in der Stimme sagte sie: »Und diese andere Frau, die bei dem Picknick dabei war – Emily, die Amerikanerin. Erinnern Sie sich?«

»Ja, sicher.«

»Wie auch nicht. Meine deutlichste Erinnerung an diesen Tag ist, dass er mich... unsichtbar gemacht hat. Emily und Anneke sahen so fantastisch aus, und ihr drei, ihr drei Männer... ihr habt mich kaum wahrgenommen.« Sie erzählte das sachlich, fast munter. »Nicht dass ich nicht daran gewöhnt gewesen wäre. Auch wenn man sich nie so ganz daran gewöhnen kann. Es tut immer ein bisschen weh. Zu wissen, dass man unattraktiv ist, in einer Welt, die von Schönheit nicht genug kriegen kann.« Sie trank einen großen Schluck Wein.

»Und? Sind Sie mit Emily in Kontakt geblieben? Wissen Sie, was aus ihr geworden ist?«

»Nein«, sagte Thomas, und die Worte kamen gepresst aus seinem Mund, »nein, sie ist einfach verschwunden. Als hätte sie sich in Luft aufgelöst.«

»Ja. So war das in diesen sechs Monaten. Die Leute tauchten auf, blieben eine Zeit lang, gingen wieder.«

So richtig erholte sich die Stimmung zwischen Thomas und Clara danach nicht mehr. Es war kurz nach acht, als Clara auf die Uhr sah und erklärte, es sei jetzt Zeit für sie zu gehen. »Ich möchte vor neun wieder zurück sein«, sagte sie. »Ich gehöre zu einem Club. Wir spielen Karten. Bridge. Nichts Besonderes, aber ich möchte es nicht verpassen. Es sind immer ein paar Männer dabei; die meisten kenne ich längst, aber trotzdem... Man weiß nie. Man weiß nie, was eines Tages passieren könnte.«

Thomas bestand darauf, die Rechnung zu übernehmen. Draußen im Innenhof, in dem gelben Halblicht, das durch die Fenster fiel, dankte er Clara dafür, dass sie ihn hierhergebracht hatte, und er meinte es so. Es war schön, den Ort wiedergesehen zu haben, dieses heruntergekommene Monument eines einzigartigen Moments in ihren Leben: eines Moments an der Schwelle zur Zukunft, in dem die Konflikte der Vergangenheit beigelegt waren und alles möglich schien.

»Ja«, sagte sie. »Die Expo 58 wird nie vergessen sein. Jedenfalls nicht in Belgien.«

Es folgte wieder das Ritual, drei Küsse auf die Wange und eine freundschaftliche Umarmung, und Clara war schon unterwegs zu ihrem Auto, als sie sich noch einmal umdrehte und sagte: »Anneke habe ich aus den Augen verloren, aber ich habe Federico noch einmal wiedergesehen.«

»Tatsächlich? Wann?«

»Er war letztes Jahr in Brüssel, zur Fünfzig-Jahr-Feier. Sie haben eine Party für all die ehemaligen Expo-Beschäftigten veranstaltet, aus all den verschiedenen Ländern. Waren Sie nicht eingeladen?«

Thomas schüttelte den Kopf. »Ich stehe seit einer Ewigkeit nicht mehr im Nachrichtenverteiler des Zentralen Informationsbüros.«

»Ach. Federico jedenfalls ist gekommen. Wir haben uns lange unterhalten. Er hat mir etwas sehr Merkwürdiges erzählt.« Sie schwieg, und Thomas erkannte wieder den Schein dieses Lächelns auf ihrem Gesicht: des etwas unheimlichen Lächelns, das sie zeigte, wenn sie ihn mit etwas überraschen wollte. »Ihre Tochter – Delfina – kam im Mai zur Welt, im Jahr nach der Ausstellung. Er hat das nie verstanden. Es erschien ihm zu früh, viel zu früh ... Er hatte immer den Verdacht, der Vater könnte jemand anderer sein.« Sie vermied Thomas' Blick, knöpfte sich stattdessen den Mantel zu. »Aber wie gesagt, er war ein guter Mann. Er hat sie immer wie sein eigen Fleisch und Blut behandelt. Sie muss jetzt fünfzig sein.

Wie Ihr David.« Jetzt schaute sie wieder zu ihm auf, wartete auf eine Antwort. Sie wartete eine Weile, aber Thomas schwieg. Bis Clara sagte: »Ich mache Ihnen eine Kopie des Fotos, wie versprochen.«

»Danke«, antwortete Thomas schließlich mit enger, knochentrockner Kehle. »Das würde mich sehr freuen.«

»Und wenn Sie das nächste Mal nach Belgien kommen«, fügte sie fröhlich hinzu, »dann bitte im Sommer. Dann fahren wir nach Wijgmaal und machen ein Picknick.«

»Ja«, antwortete er. »Das wäre schön.«

»Kann ich Sie irgendwohin mitnehmen?«

»Nein, danke. Ich gehe ganz gern zu Fuß.«

Clara nickte, und als sie sich zu ihrem Wagen umdrehte, hörte Thomas, wie sie leise zu singen anfing. Eine Melodie, die ihm seit über fünfzig Jahren nicht mehr untergekommen war:

> *Lass sie reden, schweig fein still,*
> *Hollahi, hollaho.*
> *Kann ja lieben, wen ich will,*
> *Hollahiaho.*

Sie stieg in ihr Auto, ließ den Motor an und schaltete die Scheinwerfer ein. Es war ein Hybridmodell, der Motor surrte ganz leise. Das Seitenfenster glitt herunter, Clara lächelte und winkte ihm ein letztes Mal zu. Das Auto schob sich bereits hinaus in den fließenden Verkehr, als die Worte und die beschwingte Melodie erneut an sein Ohr drangen:

> *Lass sie reden, schweig fein still,*
> *Hollahi, hollaho.*
> *Kann ja lieben, wen ich will,*
> *Hollahiaho.*

Aber jetzt war Thomas nicht mehr sicher, dass es Claras Stimme war. Wurde das Lied aus ihrem offenen Autofenster durch die feuchte, winterlich kalte Luft zu ihm herübergetragen, oder hallte ihm ein Echo von damals durch den Kopf? War es real oder eingebildet oder erinnert? In letzter Zeit fiel es ihm oft nicht ganz leicht, solche Nuancen zu unterscheiden.

DANKSAGUNGEN

Zuallererst ist mein Dank Ann Rootveld vom belgischen Radio One geschuldet. Es war Ann, die als Ort für ein Interview im September 2010 das Atomium vorgeschlagen und damit meine Faszination für dieses außergewöhnliche Bauwerk und später für die Geschichte der Expo 58 überhaupt entfacht hatte.

Lucas Vanclooster beantwortete alle meine Fragen über die Expo 58 mit einer Bereitwilligkeit und Gründlichkeit, die weit über Pflichtbewusstsein hinausgingen. Annelies Beck war eine unerschöpfliche Quelle von Wissen, guten Ratschlägen und flämischen Übersetzungen. Beide haben mein Manuskript mit großer Aufmerksamkeit für Details gelesen: Ihre Kommentare waren von unschätzbarem Wert.

Nicht zum ersten Mal wurde mir das Verfassen des Romans durch mehrere Aufenthalte in der Villa Hellebosch in Flandern ermöglicht, finanziert von der belgischen Regierung im Rahmen des von Het Beschrijf in Brüssel verwalteten Programms »Residenzen in Flandern«. Meinen persönlichen Dank möchte ich Alexandra Cool und Paul Buekenhout aussprechen, außerdem Ilke Froyen und Sigrid Bousset und meinen Mitbewohnern Ida Hattemer-Higgins, Giorgio Vasta, Saša Stanišić, Ófeigur Sigurðsson, Corinne Larochelle und Rhea Germaine Denkens.

Besonderen Dank schulde ich Marcela Van Hout, die mir ihre Expo-Devotionalien und Erinnerungen an ihre Zeit als Hostess auf der Expo 58 großzügig zur Verfügung gestellt hat.

Das Personal der Koninklijke Bibliotheek van België hat mit dabei geholfen, die letzten noch erhaltenen Exemplare des Magazins *Sputnik* ausfindig zu machen, aus denen ich den Artikel »Der Mensch im einundzwanzigsten Jahrhundert« des verdienten Arbeiters der Wissenschaft Prof. Yuri Frolow wörtlich wiedergegeben habe; Jane Harrison von der Royal Institution in London fertigte Kopien von Papieren im Zusammenhang mit dem britischen Beitrag zur Expo 58 für mich an; Sonia Mullett beim BFI arrangierte Filmvorführungen von Archimaterial.

Hilfe, Rat und Inspirationen kamen auch von Rudolph Nevi, Marc Reugebrink, Stefan Hertmans, Paul Daintry, Ian Higgins, Tony Peake, Nicholas Royle und Chiara Codeluppi.

Dieser Roman bedient sich bei vielen veröffentlichten Quellen, insbesondere: James Gardners selbst verlegten Memoiren *The ARTful Designer* (1993), denen ich die Geschichte der ZETA-Maschine entnommen habe; dem Tag-für-Tag-Kalender der Weltausstellung in Jean-Pierre Rorives *Expo 58 ... ambience!* (Tempus, 2008); Jonathan M. Woodhams ausgezeichnetem Kapitel »Entre plusieurs mondes: le site Britannique« in *L'Architecture moderne à l'Expo 58* (Dexia, 2006) und für viele Einzelheiten über den Spionagehintergrund bei *World of Fairs: the Century-of-Progress Expositions* von Robert W. Rydell (University of Chicago Press, 1993).

Meine Beschreibung der Innenräume des Britannia im Kapitel »Ein sonderbarer Vogel« wurde mehr oder weniger wörtlich der Erinnerungsbroschüre *The Britannia Inn: Universal and International Exhibition, Brussels* (Whitbread, 1958) entnommen, die Geschichte des Nachfolgers des Britannia in Dover und seines Schicksals fand sich unter der Internetadresse http://www.dover-kent.com/Britannia-Townwall-Street.html.

Zitatnachweis

Ian Fleming, *Liebesgrüße aus Moskau*.
Übersetzt von Stephanie Pannen und Anika Klüver.
Cross Cult, 2013.

Inhaltsverzeichnis

9   Brüssel macht uns allen große Freude
25 Vorbei ist vorbei
35 Dies ist eine neue Zeit
46 Damit wir uns ein Bild machen können
54 *Welkom terug*
64 Ein sonderbarer Vogel
73 Calloway's Hühneraugenpflaster
84 Motel Expo
92 Gehören die Briten denn nicht zu Europa?
99 Wir handeln mit Informationen
116 Kann ja lieben, wen ich will
127 Das Mädchen aus Wisconsin
143 Künstliche Stimulanzien
152 Wilkins
166 Richtig schön dick in der Tinte
182 Im Separee
194 So ist das mit dem Glück
202 Stadtanger
216 Viel zu viele Statistiken!
223 *Pastorale d'Été*
247 Ganz ausgezeichnete Arbeit, Foley
252 Wie eine Prinzessin
264 Die einfachste Sache der Welt
271 Aus und vorbei
279 Unrast
298 *Hollahi, hollaho*
315 Danksagungen
317 Zitatnachweis

Originaltitel: Expo 58
Originalverlag: Viking, Penguin Books, London

Verlagsgruppe Random House FSC® N001967
Das für dieses Buch verwendete FSC®-zertifizierte Papier
Munken Premium Cream liefert Arctic Paper Munkedals AB, Schweden.

1. Auflage
Copyright © 2013 by Jonathan Coe
Copyright © der deutschsprachigen Ausgabe
2014 by Deutsche Verlags-Anstalt, München,
in der Verlagsgruppe Random House GmbH
Alle Rechte vorbehalten
Gestaltung und Satz: DVA/Brigitte Müller
Gesetzt aus der Stone
Druck und Bindung: GGP Media GmbH, Pößneck
Printed in Germany
ISBN 978-3-421-04614-7

www.dva.de